MAGGIE McGINNIS

Echo Lake
Liebe findet ihren Weg

Weitere Titel der Autorin:

Echo Lake – Zweimal ist für immer
Echo Lake – Mein Herz schlägt für dich
Ein Tanz im Schnee (exklusiv als E-Book)

Über die Autorin:

Maggie McGinnis lebt mit ihren Kindern und Katzen in New England und hat sich in den USA als Autorin von romantischen Liebesromanen einen Namen gemacht. Mit diesem Roman führt sie uns ins wunderbare Vermont.

MAGGIE McGINNIS

Echo Lake

Liebe findet ihren Weg

ROMAN

Aus dem amerikanischen Englisch
von Angela Koonen

lübbe

Dieser Titel ist auch als E-Book erschienen.

Vollständige Taschenbuchausgabe

Deutsche Erstausgabe

Titel der amerikanischen Originalausgabe:
»She's Got a Way« / 03 Echo Lake
Published by arrangement with St. Martin's Press.

Dieses Werk wurde im Auftrag von St. Martin's Press
durch die Literarische Agentur Thomas Schlück GmbH,
30161 Hannover, vermittelt.

Textredaktion: Anne Schünemann, Schönberg
Umschlagmotive: © shutterstock.com:
Impact Photography | Salvan | ESB Professional
Umschlaggestaltung: ZERO Werbeagentur, München
Satz: Dörlemann Satz, Lemförde
Gesetzt aus der Garamond
Druck und Verarbeitung: GGP Media GmbH, Pößneck
Printed in Germany
ISBN 978-3-404-18016-5

2 4 5 3 1

Sie finden uns im Internet unter www.luebbe.de
Bitte beachten Sie auch: www.lesejury.de

Für Tante Judy,
für deinen Mut, deinen Anstand, dein Lachen …
… deine Liebe.

1

»Erstes Vergehen: Juckpulver auf dem Toilettenpapier der Direktorin.« Seufzend schaute Gabriela die vier Mädchen an, die im Aufenthaltsraum vor ihr saßen. Sie liebte sie, als wären sie ihre Töchter, aber im Moment hatte sie Lust, sie im Dienste der Geburtenkontrolle zu verleihen. Sie würden selbst die Pärchen mit dem größten Kinderwunsch zum Umdenken bewegen.

»Zweites Vergehen: Babypuder im Händetrockner.« Sie holte tief Luft. »Drittes Vergehen: die Grillen in ihrem Schlafzimmer. Und sie hat bestimmt noch nicht alle gefunden.«

Madison, die hübsche blonde Anführerin der vier, kicherte. »Die Pritchard hat das verdient, und das wissen Sie. Sie ist eine Bit–«

»Madison.« Gabi schlug einen sehr bestimmten Ton an und zog die Augenbrauen hoch. »Das reicht. Das ist alles noch nichts im Vergleich zu dem, was ihr euch gestern Nacht geleistet habt. Ihr habt keine Ahnung, welcher Ärger auf euch zukommt.«

»Sagen Sie jetzt etwa: ›Viertes Vergehen, heimlich zu einer Jungenschule im geklauten Auto abgehauen‹?« Das Mädchen verdrehte die Augen. »Weil Sie es unbedingt dramatisieren wollen?«

Gabi zog die Brauen noch weiter hoch, aber Madison zuckte bloß mit den Schultern. »Meiner Ansicht nach ist das gar keine große Sache, auch wenn Sie und die Pritch-Bitch eine daraus machen wollen. Wie immer.«

»Falsch. Das ist sogar eine verdammt große Sache. Ihr habt den Schultransporter kurzgeschlossen, um Himmels willen!«

»Aber Gabi …« Waverly versuchte es mit einem flehentlichen Tonfall, doch Gabi hob die Hand.

»Tut mir leid, Mädchen. An der Briarwood Academy herrschen strenge Verhaltensregeln, und ihr habt sie mit Füßen getreten. Der Vorstand hat heute Morgen eine Dringlichkeitssitzung einberufen, und die Direktorin hat schon mit euren Eltern telefoniert. Ihr könnt von Glück reden, wenn ihr nicht der Schule verwiesen werdet.«

Gabi hielt inne und ließ ihre Worte für einen Moment wirken. Waverley senkte die Schultern, Eve blickte gehetzt hin und her, Madison kaute auf der Unterlippe. Gut. Die Zimmergenossinnen hatten sich das ganze Jahr über in den Haaren gelegen und sich nun zum ersten Mal zusammengerauft, aber nur – welche Ironie –, um etwas auszuhecken, für das man die höhnischen kleinen Biester achtkantig rauswerfen würde.

Sam – die Frage nach ihrem richtigen Namen, nämlich Alexandra, verkniff man sich besser – blinzelte argwöhnisch. »Sie hat tatsächlich unsere … Eltern angerufen?« Beim Wort »Eltern« schwankte ihre Stimme, aber nur sie und Gabi wussten, warum.

»Nun ja, es kommt natürlich nicht infrage, dass eure Familien erst von der Polizei über den Vorfall unterrichtet werden, falls diese eingeschaltet wird.«

»Die Polizei? Aber Gabi …« Waverly griff sich erschrocken an die Kehle. »Haben Sie uns denn nicht in Schutz genommen? Das war doch nur ein Streich und nichts Kriminelles.«

Gabi schüttelte den Kopf. Waverly war vermutlich gegen ihren Willen in die Sache mit reingezogen worden, wie immer.

Das Mädchen brauchte dringend mehr Rückgrat. »Muss ich tatsächlich aufzählen, welche Gesetze ihr gebrochen habt?«

Madison verdrehte erneut die Augen. »Und schon wieder dramatisieren Sie alles.«

Waverly schaute auf, ihr Blick schwamm bereits in Tränen. »Aber Sie sind unsere Hausmutter. Haben Sie in der Sache keinen Einfluss? Können Sie uns nicht helfen?«

Hausmutter. Gabi sträubten sich die Nackenhaare, wenn sie so genannt wurde. Eigentlich war sie die Leiterin aller Wohnhäuser des Internats, aber Priscilla Pritchard, die Direktorin, zog diesen antiquierten Begriff vor. Außerdem legte Priscilla großen Wert darauf, dass jeder seinen Platz in der Hierarchie kannte, und es gefiel ihr, dass Gabi trotz eines Masterabschlusses und acht Jahren Berufserfahrung unter ihr stand.

Gabi schüttelte den Kopf. »Mein Einfluss endete in dem Moment, als ihr mit euren hübschen kleinen Füßen den Campus verlassen habt. Diesmal habt ihr es zu weit getrieben und werdet die Konsequenzen tragen müssen.«

In dem Augenblick ging die Tür auf, und Priscilla Pritchard kam herein, in einer Seelenruhe … und mit der Zufriedenheit einer Katze, die gerade einen Kanarienvogel verspeist hat. Gabi verspürte ein unangenehmes Flattern im Magen. Priscilla trug das gewohnte dunkelblaue Kostüm und einen Hermès-Schal, den grünen, weil Freitag war. Ihr eleganter Haarknoten war vollkommen glatt frisiert, und obwohl sie auf die sechzig zuging, war in ihren blonden Strähnen kein Silberschimmer zu sehen – vermutlich dank eines extrem teuren Bostoner Friseurs.

Priscilla verschränkte die Arme und lehnte sich gegen die Wand. »Meine Damen.«

Sie wurde von Schweigen begrüßt, was ihr Lächeln noch

breiter werden ließ. Gabi schluckte. Sie hatte ein schlechtes Gefühl bei der Sache – ein noch schlechteres als vor zwölf Stunden, als sie die Feuertreppe des Pendleton-Wohnheims hochgestiegen war und sich die Mädchen geschnappt hatte.

»Ihr denkt sicherlich, dass ich hier bin, um euch allesamt rauszuwerfen«, begann Priscilla. »Und erfreulicherweise sind eure Eltern geschlossen der Ansicht, dass der Schulverweis eine angemessene Strafe ist.«

Verdammt. Sie wird es tun. Vielleicht hatten die Mädchen das tatsächlich verdient, aber Gabi ging ihr Schicksal viel zu nah, als dass sie Genugtuung empfinden konnte.

Wie auf ein stilles Zeichen hin schüttelten die Mädchen ihre defensive Haltung ab. Sie glaubten offenbar, wenigstens noch ein bisschen Macht zu behalten, wenn sie sich gleichgültig gaben. Madison und Waverly täuschten das vermutlich nicht einmal vor. Sie würden lediglich die Schule wechseln, ihr neues Zimmer in der aktuellen Designerfarbe dekorieren und von Neuem Dummheiten anstellen.

Sam und Eve würden eine Designerfarbe nicht mal erkennen, wenn sie ihnen auf den Kopf tropfte. Wenn die beiden ihren Platz in Briarwood verloren, würden sie nach Boston zurückgeschickt – zu ihren Pflegeeltern, die ihre Rückkehr vermutlich nicht weiter zur Kenntnis nähmen … sofern die beiden Mädchen überhaupt zu den vorigen Pflegeeltern kämen.

»Habt ihr schon einmal von Camp Echo Lake gehört?« Mit einem abfälligen Lächeln blickte Priscilla in die Runde. Das Flattern in Gabis Magen verstärkte sich.

Priscilla trat ein paar Schritte von der Wand weg und setzte sich vor die Mädchen auf einen Stuhl. »Das ist ein schöner Flecken Erde am Echo Lake in Vermont, nur drei Stunden von hier entfernt. Unsere Schule hat die Anlage kürzlich gekauft, und dem Vorstand ist es sehr wichtig, sie endlich zu nutzen. Zum Glück bietet sich dafür jetzt die perfekte Gelegenheit, wie mir scheint.«

Gabi ließ sich auf einen Stuhl fallen und musste die Nachricht erst einmal verdauen. Priscilla schickte die Mädchen in ein Camp?

»So.« Priscilla legte die Hände ineinander wie eine Großmutter, die ihren Enkeln freudig ein neues Auto schenkt. »Mit der Erlaubnis eurer Eltern – oder eures Vormunds – haben wir uns eine Alternative zum Schulverweis überlegt. Ihr vier werdet nächste Woche eure Zimmer nur zu den Prüfungen und zu den Mahlzeiten verlassen, und am Freitag werdet ihr eure Sachen für einen vierwöchigen Aufenthalt in Camp Echo Lake packen.«

Madison kniff die Augen zusammen. »Glaub ich nicht. Mein Vater hat dem garantiert nicht zugestimmt.«

»Hat er.« Priscilla zeigte auf jedes einzelne Mädchen. »Genau wie eure Väter. Ihr habt Glück, dass wir uns für diese Möglichkeit entschieden haben. Ihr habt sogar ganz großes Glück, dass der Vorstand nicht beschlossen hat, euch in eines der Camps zu schicken, die ich zunächst vorgeschlagen habe. Da müsstet ihr nämlich eure Kleidung, eure Seife und euer Zelt selbst herstellen.«

Gabi biss sich hart auf die Lippe. Einerseits war sie erleichtert, weil ein Schulverweis vom Tisch war, andererseits wirkte Priscilla viel zu erfreut über diese Strafe. Daher war nicht anzunehmen, dass die Mädchen den halben Sommer in einer paradiesischen Ferienanlage verbringen würden.

Die Sache musste einen Haken haben.

Eve verschränkte die Arme noch fester. »Dieses Camp Echo Lake … hat das Hütten?«

Priscilla zuckte mit den Schultern. »Ich war noch nicht

dort, aber der Leiter hat mir versichert, dass die Anlagen der Situation angemessen sind.«

Gabi blickte sie prüfend an. Der Situation angemessen wären im Augenblick Zweimannzelte in Bärenterritorium mit einem Brotlaib als Kopfkissen.

Waverly blinzelte heftig. »Aber ich soll nach Paris fliegen.«

Das erinnerte Gabi an ihre eigenen Flugtickets, die an der Pinnwand über ihrem Schreibtisch hingen. Nächsten Freitagabend würde sie – nachdem sie sich von der ins Camp verbannten Schar verabschiedet hatte – in das Flugzeug nach Barbados steigen und ihre wohlverdienten Ferien im Paradies antreten. Noch schöner wäre es, wenn sie in die Flitterwochen fliegen würde – etwa mit dem Helden aus einer ihrer heiß geliebten romantischen Komödien –, aber obwohl ihr dreißigster Geburtstag kurz bevorstand, musste sie den Mann, mit dem sie es auch nach den Flitterwochen aushalten konnte, erst noch finden.

Natürlich hegte sie keine unrealistischen Erwartungen, auch wenn die Mädchen ihr vorwarfen, in einer romantischen Hollywood-Traumwelt zu leben. Sie war einfach überzeugt davon, dass sich eines Tages ein Mann als perfekt erweisen würde, wenn er nur erst unter dem richtigen Einfluss stünde. Doch bisher hatte sich dieser Wunsch nicht bewahrheitet. Und sie konnte nicht sagen, woran das lag. Jedenfalls lebte sie mit ihren neunundzwanzig Jahren in einer winzigen Wohnung im Mädcheninternat, und der Märchenprinz hatte den Weg zu ihrer Tür seltsamerweise noch nicht gefunden.

Nun flog sie also in die Karibik. Vielleicht fand sich zwischen den verliebten Pärchen, die dort ihre Flitterwochen verbrachten, an der Cocktailbar jemand wie sie, der auch nach seinem Happy End Ausschau hielt.

Na klar.

Sam zog die Knie an die Brust und rutschte tiefer in die Couchecke, in derselben Abwehrhaltung wie an ihren ersten Tagen in Briarwood. Das Mädchen konnte einen Kleinbus kurzschließen, ohne Führerschein bis über die Staatsgrenze fahren und vermutlich einen Erwachsenen unter den Tisch trinken, aber im Augenblick wirkte es verängstigt. Gabi hatte beinahe Mitleid, aber nur bis sie wieder an die vergangene Nacht dachte, in der sie stundenlang den Himmel angefleht hatte, die Mädchen mögen noch am Leben sein.

»Wie kommen wir dorthin?«, fragte Eve.

»Ihr werdet mit dem Schulbus hingebracht – diesmal unter Verwendung des Zündschlüssels.« Priscilla lächelte über die kleine Kostprobe ihres Humors. Dann blickte sie Gabi direkt an. »Ms O'Brien wird euch hinfahren.«

Gabi riss die Augen auf.

Sekunde mal. Oh. Nein. Ganz bestimmt nicht.

»Es tut mir leid, Pris… äh, Ms Pritchard. An dem Abend fliege ich in den Urlaub. Wir müssen jemand anderen dafür finden.« Sie wusste genau, dass Priscilla über ihren Urlaub im Bilde war. Sie hatte nämlich einen Monat lang darüber nachgedacht, ob sie ihr zwei Wochen unbezahlten Urlaub genehmigen könne. Oder hatte sie das an dem turbulenten Morgen vergessen?

Als sie sah, wie Priscilla die Lippen aufeinanderpresste, zog sich ihr Magen zusammen. Die Mädchen drehten die Köpfe zu ihr herum. Sie wussten, wie sehr sie sich auf diesen Urlaub gefreut hatte. Das ganze Frühjahr über hatten sie Bilder von den Tropen für ihre Pinnwand ausgeschnitten. Sie hatten für sie die Ausflugstouren bis ins Einzelne geplant und ihr zehn ihrer Lieblingsfilme aufs Tablet geladen, damit sie sie am Strand schauen konnte.

Priscilla räusperte sich. »Nun, Ms O'Brien, wir müssen über Ihren Urlaub reden.«

Ein hohles Gefühl machte sich in Gabis Magen breit.

Priscilla hatte ihn wohl doch nicht vergessen.

»Internatsmädchen?« Luke Magellan schüttelte den Kopf. »Hier?«

Oliver nickte. Er lehnte sich in dem wackligen Gartenstuhl zurück und fuhr sich mit einer Hand durch den grauen Haarschopf. »Da war nichts zu machen. Briarwood hat das Camp im April gekauft. Wir gehören jetzt denen. Und ich schätze, die fangen an, es zu nutzen.«

Luke schaute über den Echo Lake, der in der Sommersonne glänzte. Am Strand war es still, am Anleger war es still, der Speisesaal war leer … und genau so hatte er sich den Sommer dieses Jahr vorgestellt. Keine Jungen auf den Reifenschaukeln oder in Paddelbooten auf dem See, niemand, der sich johlend vom Badeponton ins Wasser stürzte.

Es war vollkommen still.

Verwirrt stemmte er die Hände in die Hüften. »Ich kapiere das nicht. Zuerst kaufen sie das Gelände ganz offensichtlich zur Steuerabschreibung und versprechen, dass du das Camp weiter betreiben darfst wie seit dreißig Jahren. Dann machen sie es für den Sommer dicht und geben uns eine Liste mit zu erledigenden Arbeiten, die eindeutig zeigt, dass sie ganz andere Absichten haben. Und jetzt schicken sie uns eine Handvoll reicher Mädchen, die kurz vor dem Schulverweis stehen? Was sollen wir denn mit denen?«

»Ich weiß es nicht«, antwortete Oliver und seufzte.

Luke lief unruhig auf dem Anleger hin und her und trat automatisch über drei lose Bohlen hinweg, die er noch nicht hatte auswechseln können. Dabei kam ihm ein Gedanke.

Wenn die Briarwood-Direktorin wüsste, in welchem Zustand sich die Anlage befand, würde sie die Schülerinnen mit Sicherheit nicht herschicken. Denn deren Eltern würden sich furchtbar darüber aufregen.

Er drehte sich zu Oliver um. »Die wissen, dass wir keine Schlafplätze für sie haben, ja?«

»Wir haben Zelte«, entgegnete Oliver und zuckte mit den Schultern.

Luke schnaubte. »Klar. Du denkst, diese Briarwood-Mädels rollen hier an und finden es okay, wenn wir sie zu ihren Army-Zelten bringen?«

»Ich denke, diese Mädchen haben das Ende der Briarwood-Fahnenstange erreicht, da die Alternative offenbar der Schulverweis war. Zelte sind wohl ihr geringstes Problem.«

Luke brummte unwirsch: »Warum haben sie sie nicht einfach rausgeworfen, wenn sie es verdient haben?«

»Ich sag nur zwei Worte: reiche Eltern. Wenn du die verärgerst, siehst du die Spendengelder davonflattern. Briarwood will das Geld, also muss Briarwood die Kinder behalten.« Oliver schüttelte den Kopf. »Anscheinend hat die Schulleitung darauf bestanden, dass die Mädchen entsprechende Konsequenzen tragen. Vielleicht wird an ihnen ein Exempel statuiert, um andere potenzielle Missetäter abzuschrecken. Keine Ahnung.«

»Und dazu haben sie sich unser Camp ausgesucht.« Luke seufzte. »Sie wissen, dass außer dem Speisesaal alles kurz vor dem Zusammenbruch steht, ja? Sie wissen, dass wir beide die einzigen verbliebenen Mitarbeiter sind?«

Er fluchte leise. Natürlich wussten sie das. Schließlich gehörte ihnen das Camp jetzt.

»Ja. Und die Direktorin klang sogar erfreut, als sie das hörte.«

»Dann müssen die Mädchen sie sehr verärgert haben. Uns stehen weder finanzielle Mittel noch Personal zur Verfügung. Und sie haben keine Zeit vergeudet und mich sofort vom Camp-Leiter zum Hausmeister heruntergestuft. Wer soll die Mädchen den Sommer über beaufsichtigen? Wer soll sie davon abhalten, auf dem Gelände zu verwahrlosen?«

Oliver blickte auf seinen Zettel. »Gabriela O'Brien. Die Hausmutter. Offenbar hat sie den Kürzeren gezogen.«

Vor Lukes innerem Auge erschien das Bild einer Frau mit krausen grauen Haaren und einem weiten geblümten Kleid. Er runzelte die Stirn. Eine Hausmutter? »Und soll diese ... *Hausmutter* die Mädchen auch beschäftigen?«

»Scheint so.«

»Also, das ist wirklich ... Mist. Was sollen wir hier mit einer älteren Frau tun? Wir können die doch nicht in einem Zelt schlafen lassen, Oliver.«

»Willst du deine Hütte hergeben?«

»Bestimmt nicht, Mann. Die ist alles, was ich noch habe.« Luke rieb sich die Schläfen. »Aber ich werde sie nicht in ein Zelt stecken.«

»Tja, wüsste nicht, dass es eine andere Option gäbe. Ich kann sie schlecht bei mir im Büro schlafen lassen. Das gäbe Gerede.«

Luke lächelte, als er sich Olivers Wohnverhältnisse vor Augen rief. Das Arbeitszimmer war groß genug, um sich darin umzudrehen, solange man den Bauch einzog und die Luft anhielt. Dann fügte er an: »Wir haben keine Zeit, ihnen eine Hütte zu bauen. Nicht bei allem, was wir hier sonst noch erledigen sollen. Die werden in einer Woche hier sein.«

Oliver nickte. »Lassen wir das Ganze einfach auf uns zukommen. Vielleicht ist die O'Brien ja gar nicht so alt. Oder wenn doch, dann vielleicht der Typ, der einen schönen Sommer im Freien ohne Luxus und Glamour genießen kann.«

»Sie arbeitet an der Briarwood Academy. Das Unglamouröseste, was die dort haben, ist der Haferbrei, und selbst der ist wahrscheinlich Bio und gehackt und glutenfrei.« Luke legte die Stirn in Falten. »Unsere Auftragsliste ist einen Kilometer lang. Was wir brauchen, ist ein Arbeitskommando, kein Haufen reicher Mädchen, die sich am Strand sonnen.«

»Es sei denn, du verwandelst sie in ein Arbeitskommando«, sagte Oliver und zog bedeutungsvoll die Augenbrauen in die Höhe.

Luke warf ihm einen Blick zu. »Es ist nur der erste Schritt, Oliver. Das siehst du auch, oder?«

»Was meinst du?«

»Ich meine, dass sie uns zuerst diese Mädchen schicken und das Ganze als Notbehelf ausgeben – sie konnten sie nirgendwo anders unterbringen, bla, bla, bla. Als Nächstes hören wir dann, dass sie etwas übereilt entschieden haben, das Camp weiter als Camp für Jungen laufen zu lassen, schließlich können wir ja mit eigenen Augen sehen, wie gut es sich für die Mädchen aus dem Internat eignet. Und dann kriegen wir einen Haufen Papiere voller Juristengeschwafel zugeschickt, in denen wir von unseren jetzigen Positionen entbunden werden, weil sich die ursprüngliche Ausrichtung des Camps geändert hat. Sicherlich wünschen sie uns noch viel Glück für unsere Zukunft …«

»Bla, bla, bla?«

»Genau.« Luke nickte. »Ich sag's dir, das riecht nach einem Plan und kein bisschen nach einer Ausnahme.«

»Na ja, es hörte sich aber schon danach an.«

»Und ich kaufe ihnen das nicht ab. Die hatten nie vor, hier ein Camp für Jungen zu betreiben, und das ist ihr erster Schritt, um die Zusage zurückzunehmen. Darauf wette ich mein neues Hausmeistergehalt.«

Oliver verdrehte die Augen. »Du bist der Einzige, der deinen Job so nennt, Luke.«

Er lachte kurz und bitter. »Tja, angesichts der Tatsache, dass ich jeden Sommer Projekte für hundert bedürftige Kinder geleitet habe und jetzt eine Liste mit Handwerkerprojekten abarbeiten muss, ist das wohl angebracht.«

Er seufzte. Zehn Jahre lang hatte er unter Olivers Leitung erlebnispädagogische Projekte für Kinder mit psychosozialen Risiken ausgearbeitet, und er war verdammt gut darin, denn er hatte alles gegeben, um so weit zu kommen. Wegen seiner eigenen Herkunft fiel es ihm leicht, das Vertrauen dieser Jungen zu gewinnen. Er half ihnen, Selbstvertrauen, Teamgeist und Verantwortungsgefühl zu entwickeln, und er nahm seine Aufgabe sehr ernst.

Diese drei Dinge waren das Beste, was Oliver ihm beigebracht hatte, seit Luke seinen Fuß zum ersten Mal ins Camp Echo Lake gesetzt hatte. Damals war er als wütendes Pflegekind hergekommen und hatte es darauf angelegt, von jedem gehasst zu werden, weil das einfacher war. Da wusste man wenigstens, woran man bei anderen war.

Ihm war klar, wo solche Kinder enden konnten, wenn sie keine Hilfe bekamen, und das wünschte er keinem von ihnen, denn er hatte es am eigenen Leib erfahren müssen.

Er schaute auf den spiegelglatten See, wo zwei Segelboote auf eine kleine Brise warteten. »Also, was tun wir?«

»Wir heißen sie willkommen, zeigen ihnen, wo alles ist, und kümmern uns fröhlich um unseren eigenen Kram, nämlich die Liste. Dass sich vier Briarwood-Schülerinnen nachts vom Campus geschlichen und in diese Situation gebracht haben, ist nicht unser Problem.«

»Dabei bleibst du?« Luke zog die Augenbrauen hoch. »Du wirst kein Mitleid kriegen, wenn sich zeigt, dass die Hausmutter hier völlig überfordert ist?«

»Ist sie ja vielleicht nicht.«

»Ernsthaft?«

»Na gut. Sie wird überfordert sein.« Oliver hob beschwichtigend die Hände. »Aber sie kann sich in die Sache reinfinden. Ich bin mir sicher, sie wird sich bis zu ihrer Ankunft etwas überlegt haben.«

»Und wenn nicht?«

»Dann lassen wir sie eine Woche herumstümpern und schicken dann alle nach Hause.«

Luke seufzte. »Bist du sicher, dass sie uns nicht reinlegen? Dass wir nicht die Opfer einer neuen Realityshow sind, in der kleine Prinzessinnen in der Wildnis ausgesetzt werden, um zu sehen, welche am Ende des Sommers überlebt hat?«

»Im Augenblick rechne ich wirklich mit allem.«

»Okay, ich sag dir was – wenn der Briarwood-BMW mit einem Kamerawagen im Schlepptau vorfährt, bin ich hier weg.«

»In Ordnung.« Oliver schüttelte den Kopf. »Aber du wirst schnell sein müssen, wenn du vor mir vom Hof fahren willst.«

2

Eine Woche später betrat Luke, gefolgt von zwei Fellknäueln, mit schnellen, wütenden Schritten den Speisesaal.

Piper Bellini, vorübergehende Camp-Köchin, tauchte hinter einem Stapel Kartons in der Küche auf, warf einen Blick in sein Gesicht und tauchte wieder ab.

»Klappe, Piper.«

Sie kam hinter dem Stapel hervor. »Hab gar nichts gesagt!«

»Musstest du auch nicht.«

»Du weißt also schon, dass du aussiehst, als wolltest du jemanden umbringen?« Sie deutete auf die Hunde. »Die Gesundheitsbehörde würde ausrasten, wenn sie wüsste, dass du die hier reinlässt.«

Luke schaute auf die Welpen hinunter, die um seine Füße wuselten, und runzelte die Stirn, als wüsste er nicht so recht, wie er eigentlich zu den beiden gekommen war. Vor sechs Monaten hatte er noch einen alten schwarzen Labrador gehabt, der ihm überallhin gefolgt war. Einen Monat nachdem Duke friedlich entschlafen war, waren diese wuscheligen Dinger auf Lukes Veranda aufgekreuzt.

Piper hob einen der Welpen auf den Arm und bedeutete Luke und dem zweiten Hündchen, mit ihr die Küche zu verlassen. »Ist das Nummer eins? Oder Nummer zwei? Und wann gibst du ihnen mal einen Namen?«

»Ich überlege schon die ganze Zeit. Wie wär's mit Ding und Dong?«

Lachend hielt sie dem kleinen Hund die Ohren zu. »Nicht nett.«

»Ping und Pong? Dings und Bums?«

»Wow. Deine Laune ist echt mies.« Piper setzte den Welpen ab und bedeutete Luke, an einem der langen Picknicktische Platz zu nehmen, die sie am vorigen Wochenende lackiert hatte. Hauptberuflich war sie Kunsttherapeutin, abends kellnerte sie im Restaurant ihrer Familie, und in der übrigen Zeit schwang sie den Pinsel, um alten Möbeln einen neuen Anstrich zu verpassen. Als Luke sie vorigen Freitag angerufen hatte, damit sie ein paar schnelle Verschönerungen vornahm, war sie innerhalb einer Stunde mit Noahs Pick-up vorbeigekommen, der mit Farbdosen in allen Regenbogenfarben beladen war.

Sie nahm das zweite Hündchen hoch und knuddelte es. »Also, wann kommen die reichen Püppchen denn an?«

»In vier Stunden.«

»Habt ihr Zelte aufgestellt?«

»Ich habe ein Zelt. Aber das müssen sie selbst aufbauen.«

Piper lächelte breit. »Das wird lustig. Wie steht's mit einem Waschraum und Duschen?«

»Wir haben ein prima Plumpsklo. Und einen See. Wenn sie einen Waschraum mit Dusche wollen, können sie sich einen bauen. Der steht sowieso auf der Liste.«

Piper hielt beim Streicheln inne. »Gut, dass du nicht völlig verbittert bist.«

»Oh, über Verbitterung bin ich hinaus, seit Oliver den Verkauf unterschreiben musste, Piper. Das Camp sollte jetzt eigentlich randvoll sein mit unausstehlichen Jungen.«

»Besteht eine winzige Hoffnung, dass du, na ja, falschliegst? Dass Briarwood doch vorhat, Echo Lake als Jungen-Camp weiterzubetreiben, nachdem es auf Vordermann gebracht wurde?«

Luke zog ein zusammengefaltetes Blatt Papier aus der Hosentasche und breitete es aus. »Die Antwort kannst du der Liste entnehmen.«

Piper nahm das Blatt und überflog es. Er wusste, sie las nun von den geplanten Duschkabinen, dem Fernsehzimmer, Hütten mit Klimaanlage und dergleichen. Aus dem rustikalen Camp am Ufer des schönen, stillen Echo Lake würde eine gewöhnliche Ferienanlage werden, die im Grunde ein besseres Internat wäre. Hunderte verwöhnte Mädchen würden hier vom nächsten Sommer an durchgeschleust. Darauf würde er seinen rechten Arm verwetten.

Und Hunderte Jungen, denen es an allem fehlte, hätten das Nachsehen.

»Schön.« Sie gab ihm das Blatt zurück. »Ich sehe, was du meinst. Was wirst du mit den Prinzessinnen machen? Willst du deine Projekte mit ihnen durchziehen?«

Luke schüttelte den Kopf. »Keine Projekte. Oliver will, dass sie sich selbst beschäftigen, und ich bin ganz seiner Meinung.«

»Ach, wirklich?«

»Ja, wirklich. Verdreh jetzt bloß nicht die Augen, Piper.«

»Und du machst dir gar keine Gedanken, was vielleicht dabei herauskommen wird?«

»Oh, und ob.« Luke seufzte. »Oliver hat vor, sie eine Woche hierzubehalten und dann heimzuschicken. Ich habe vor, die Biege zu machen, sobald sie hier ankommen.«

»Das ist der große, tapfere Luke, den ich kenne.« Piper tätschelte ihm den Arm.

»Piper?«, knurrte er.

»Ich weiß.« Sie lachte. »Klappe halten! Aber bevor ich das tue, kann ich nicht anders, als dich zu warnen.«

»Wovor?«

»Vor der Tatsache, dass du praktisch unfähig bist, andere Leute in deinem Territorium einfach machen zu lassen. Erst recht Fremde.«

»Tja, zum Glück für uns alle habe ich zu viel zu tun, um mich darum zu scheren.«

»Okay.« Sie seufzte. »Mach nur. Aber ich wette um eine Bellinis-Pizza, dass du am dritten Tag einknickst. Der hochnäsigen Hausmutter einer hochnäsigen Schule überlässt du dein Camp ganz bestimmt nicht.« Sie schüttelte den Kopf. »Das wird nicht passieren.«

»Wir werden sehen, Piper.« Er blickte über den See und ließ die Schultern hängen. »Das ist sowieso nicht mehr mein Camp.«

Vier Stunden später hörte Luke den Schulbus schon von Weitem kommen. Doch erst, als der Wagen vor dem Bürohäuschen anhielt, überwand er sich, die Kletterseile liegen zu lassen, die er gerade entwirrte. Der Bus war wie erwartet ein glänzender BMW, auf dessen Seite das Briarwood-Logo prangte. Angestrengt versuchte Luke, sich ein einladendes, tolerantes Lächeln abzuringen, während er auf dem Rasen wartete.

Je eher er hinging, desto eher wäre auch die Begrüßung vorbei. Und zumindest wurde der BMW nicht von einem Übertragungswagen begleitet.

»Sei nett«, raunte Piper, als sie sich neben ihn stellte. »Selbst wenn es dich umbringt.«

»Oh, das wird es definitiv.«

»Sei trotzdem nett.« Sie setzte ein strahlendes Lächeln auf, als die hintere Doppeltür des BMW geöffnet wurde. »Ich bringe die Mädchen in den Speisesaal. Du sprichst mit der Hausmutter. Ich garantiere dir, sie will auch nicht hier sein.«

Wen interessiert's, dachte er. Aber um sich wie ein Erwachsener zu benehmen, setzte er sein freundlichstes Lächeln auf und ging um den Wagen herum zur Fahrerseite. Als er die junge Frau sah, die gerade ausstieg, stutzte er. Das war keine alte Jungfer mit grauer Haarkrause und geblümtem Kleid. Nein. Sie hatte glatte dunkle Haare, einen Haufen goldener Armreifen am Handgelenk und Kurven an den richtigen Stellen. Blinzelnd warf er einen Blick auf die Rückbank, um sich zu vergewissern, ob die Hausmutter noch dort saß. War diese Schönheit vielleicht bloß die Fahrerin?

»Mr Magellan?« Die Frau zog erwartungsvoll die Augenbrauen hoch. Jetzt sah er ihre ausgestreckte Hand und begriff, dass sie ihn schon einmal angesprochen hatte. Mist.

Er schüttelte ihr rasch die Hand. »Ich bin Luke.«

»Gabriela.« Sie zeigte mit dem Finger auf sich, und er riss die Augen auf.

»Moment mal. Gabriela O'Brien?«

»Ja. So wahr ich hier stehe.«

»Verzeihung.« Er lächelte. »Es ist nur … Unter einer Hausmutter hatte ich mir jemand anderen vorgestellt.«

Nein, sie war nicht im Geringsten, was er sich vorgestellt hatte. Vielmehr war sie ein Bild von einer Frau. Und sie konnte allerhöchstens dreißig sein. Sie trug eine ärmellose lilafarbene Bluse, die wahrscheinlich mehr gekostet hatte als seine Lebensmittel für diesen Monat, eine kurze Jeanshose, die bis knapp über die Knie reichte, und Riemchensandalen. Ihre Fußnägel waren pink lackiert. Von allen Frauen, die je sein Camp betreten hatten, hatte keine so wenig dort hingepasst wie sie.

»Ich habe Lockenwickler und Bademantel im Internat gelassen, da ich nicht wusste, was mich hier erwartet und wie die Ausstattung Ihrer Anlage wohl ist. Aber meine Plüschpantoffeln habe ich dabei.«

»Touché. Ich bitte um Entschuldigung.«

»Ist okay.« Sie zwinkerte. »Ich bin mit meiner Stellenbezeichnung auch nicht glücklich. Aber die Direktorin hält daran fest. Das kann ich leider nicht ändern.«

»Und wie nennen die Mädchen Sie?«

»Gabi.«

»Dann heiße ich Sie im Camp Echo Lake herzlich willkommen, Gabi. Wir pflegen hier einen sehr freundschaftlichen Umgang untereinander. Also wenn es dir nichts ausmacht, würde ich vorschlagen, dass wir ebenfalls die Förmlichkeit beiseitelassen. Wie gesagt, ich bin Luke.« Er deutete auf Piper. »Das ist Piper. Sie wird den Sommer über für uns die Küche schmeißen.«

Gabi gab ihr lächelnd die Hand. »Schön, dich kennenzulernen.« Dann bedeutete sie den Mädchen, es ihr gleichzutun. »Das sind Sam, Eve, Madison und Waverly.« Ihre Armreifen klirrten leise.

Nachdem sie sich begrüßt hatten, klatschte Piper in die Hände. »Gerade habe ich Plätzchen gebacken. Wie wär's, wenn ich die Mädchen in den Speisesaal mitnehme, während ihr beide euch näher miteinander bekannt macht?«

Luke hörte eines der Mädchen kichern. Das Lächeln auf Gabis Gesicht verschwand für einen Moment, und sie warf der Übeltäterin einen vernichtenden Blick zu.

»Eine kleine Stärkung wäre wunderbar. Danke, Piper«, sagte sie dann an die Köchin gewandt und neigte elegant den Kopf. »Mädchen, geht bitte mit Piper hinein. Ich komme gleich nach.«

Ein unzufriedenes Gebrummel war die Antwort darauf, und Luke hätte beinahe entnervt geseufzt. Nachdem die fünf hinter dem Bürohäuschen verschwunden waren, schloss Gabi die Tür des Schulbusses und schob die Hände in die Hosentaschen.

»Danke, dass ihr uns noch aufgenommen habt. Das Camp ist wahrscheinlich schon voll, nicht wahr?«

Er schaute sie verblüfft an. »Äh, nein. Diesen Sommer zeltet hier niemand.«

»Wie bitte?« Sie runzelte die Stirn. »Was soll das bedeuten?«

»Das Camp ist geschlossen, Gabi. Auf Anweisung von Briarwood. Wir sollen erst nächsten Juni wieder öffnen. Vielleicht.«

»Aber … warum hat man das Camp schließen lassen?«

»Hier soll sich einiges verändern, bevor das Camp unter dem Namen der Schule läuft. Diesen Sommer sind eine Menge Bauarbeiten und Umgestaltungsmaßnahmen geplant. Also«, er machte eine umfassende Armbewegung, »ist es geschlossen.«

»Ich verstehe nicht …« Nervös blickte sie sich um und sah wohl jetzt erst, wie ruhig und verlassen das Gelände dalag. Er folgte ihrem Blick zum leeren Anleger, zu den angebundenen Kanus, den Lichtungen zwischen den Bäumen, wo in den Jahren zuvor Zelte gestanden hatten. »Es ist wirklich niemand hier?«

»Nur der Camp-Leiter, ich und jetzt ihr.«

»Also …« Sie wandte sich ihm wieder zu. »Ich bin verwirrt. Ms Pritchard hat die Mädchen mit einem vierwöchigen Camp-Aufenthalt bestraft. Aber das ist kein Camp. Weiß sie … Sie kann unmöglich davon gewusst haben … oder?«

Das letzte Wort kam ihr sehr leise über die Lippen, und einen Moment lang empfand Luke Mitleid mit ihr. Da hatte man sie mit diesen ungehorsamen Gören für einen Monat in die Wildnis geschickt, und sie hatte sich wahrscheinlich ein tadelloses Ferienlager am Ufer eines unberührten Sees mit makellosen Hütten und einem Speisesaal mit Vollbedienung vorgestellt.

Der Anflug von Mitleid war rasch wieder verflogen. Natürlich musste sie etwas Derartiges erwartet haben. Wer von der Briarwood Academy kam, erwartete so etwas immer. Er seufzte. Nächstes Jahr würde das Camp wohl tatsächlich solche Ansprüche erfüllen, sofern alles klappte, was die Schulleitung plante. Aber jetzt würde sie mit dem vorliebnehmen müssen, was ihnen zur Verfügung stand. Und das war nicht viel.

Er räusperte sich. »Bin mir nicht sicher, was dort unter Strafe verstanden wird. Und ich kann dir nicht sagen, was die Direktorin wusste. Ich habe nicht mit ihr gesprochen.«

»Sie weiß es.« Olivers tiefe Stimme erklang hinter ihm. Dann trat er neben Luke und streckte Gabi seine kräftige Hand entgegen. »Hallo. Oliver Black. Ehemaliger Camp-Leiter. Sie hat euch nicht gesagt, dass das Camp offiziell geschlossen ist?«

»Nein.« Gabi schüttelte den Kopf und erinnerte Luke an ein verängstigtes Reh im Scheinwerferkegel. »Hat sie nicht. Ich verstehe das nicht. Das wird doch niemals funktionieren. Ihr seid gar nicht betriebsfähig. Ich … Ich muss da anrufen.« Gabi holte ihr Handy aus dem Wagen, aber als sie es einschaltete, runzelte sie die Stirn. »Hier gibt es keinen Empfang?«

»Nein.«

»Habt ihr vielleicht ein Festnetztelefon, das ich benutzen könnte?«

Oliver zog ein gequältes Gesicht. »Wenn du die Direktorin anrufen willst, die wirst du nicht erreichen, fürchte ich.«

»Warum?«

»Na ja …« Er schaute von ihr zu Luke und überlegte wohl, was er sagen sollte. »Sie hat für vier Uhr einen Flug gebucht.«

»Einen *was?*«

Luke hörte das zornige Knurren in Gabis Stimme und hätte beinahe gelacht. Sie schloss kurz die Augen, atmete tief ein und blickte sie beide an. »Das muss ein Missverständnis sein.«

»Tut mir leid, meine Liebe. Das ist kein Missverständnis.« Oliver zeigte zu dem Weg, den Piper mit den Mädchen entlanggegangen war. »Wir haben eine Köchin angeheuert, die uns aushilft, aber es sieht so aus, als säßet ihr einen Monat bei uns fest. Bringen wir die Mädchen erst mal unter, und morgen früh können wir uns etwas einfallen lassen.«

Noch einmal holte sie tief Luft und schaute auf ihre Uhr. »Ich kann nicht mal … Es gibt keine … Wir können hier nicht bleiben.« Sie sah zu den Bäumen ringsherum, wo alles still war, außer den zwitschernden Vögeln und ein paar Eichhörnchen, die über Zweige sprangen. »Ihr habt wirklich keine Pädagogen hier?«

»Nein.«

»Keine Projektangebote? Keinen Veranstaltungsplan?« Sie zählte die Fragen an ihren Fingern ab. »Keine Wanderausflüge, keine Origami- und Schwimmkurse?«

»Nichts davon.«

»Was tut ihr dann hier, obwohl das Camp geschlossen ist?«

Luke lächelte bitter. »Ich bin … der Hausmeister. Oliver ist der ehemalige Leiter. Und im Moment besteht unsere Aufgabe darin, die Anlage für nächstes Jahr tipptopp herzurichten. Wir kommen euch also nicht in die Quere, aber ihr seid auf euch allein gestellt.«

Ein mutloser Ausdruck trat in ihr Gesicht, und wieder bekam er ein schlechtes Gewissen. Aber es war nicht seine Schuld, dass sie mit vier reichen Gören hier festsaß und sie beschäftigen musste. Auf ihn wartete genug Arbeit, und sosehr es ihm widerstrebte: Dieser umwerfenden Lady aus dem Schlamassel zu helfen war nicht seine Aufgabe.

»Also dann.« Sie straffte die Schultern und hob das Kinn. »Ich werde mich bemühen, euch auch nicht in die Quere zu kommen.«

Luke nickte. »Es tut mir leid, wenn ich jetzt schonungslos werde. Ich möchte nur, dass ganz klar ist, wie die Dinge liegen: Briarwood hat uns zwar gekauft, aber bisher nicht mit Personal ausgestattet. Wir müssen die Anlage den Vorschriften entsprechend erneuern und sind nur zu zweit. Piper Bellini hat uns angeboten, fürs Essen zu sorgen, soweit es ihr möglich ist, aber das ist alles. Du siehst ja den derzeitigen Stand der Dinge. Wir haben nicht genug Leute, um mal eben ein Vier-Wochen-Programm auf die Beine zu stellen.«

»Verstehe.« Sie nickte, aber die Zornesflecken auf ihren Wangen waren noch nicht verblasst. »Obwohl ich es eigentlich nicht verstehe. Jedenfalls ist es zu spät, um zurückzufahren, zumindest heute. Vielleicht kannst du uns unsere Hütten zeigen? Damit wir euch nicht weiter aufhalten.« Gabi nahm den Fahrzeugschlüssel in die Hand, als wollte sie in den Wagen steigen und einen Weg entlangfahren, der zu ihrer zweistöckigen Hütte mit regelmäßigem Handtuchwechsel und voll ausgestattetem Bad führte.

»Wir haben keine Hütten, Gabi.«

»Was heißt das, ›keine Hütten‹?« Sie blickte sich um, und natürlich sah sie das Bürohäuschen und die Hütte mit dem Speisesaal, aber keine anderen, denn seine eigene lag ein Stück den Hang hinauf. Auf einmal wirkte sie ängstlich, und Luke konnte förmlich beobachten, wie der Zorn von Neuem in ihr hochkochte.

Er verschränkte die Arme. »Wir haben Zelte.«

»Zelte?« Sie kniff die Augen zusammen. »Das ist nicht dein Ernst.«

»Doch.« Er setzte sich in Bewegung und bedeutete ihr mitzukommen. »Ich zeige dir gern eures.«

Sie griff nach seinem Ellbogen und berührte ihn leicht, zog die Hand jedoch hastig zurück wie bei einem Versehen.

»Bitte sag mir, dass das ein Scherz ist.«

Er drehte sich zu ihr um und blieb stehen. »Hör zu, das ist nicht das Ritz-Camp. Bei uns wird gezeltet.«

»Okay«, sagte sie gedehnt und spähte zu beiden Seiten in den Wald. »Aber was ist mit … wilden Tieren? Die Mädchen werden mich das fragen. Was für Tiere gibt es hier?«

»Du meinst, welche ins Zelt eindringen könnten? Oder welche sich gewöhnlich nicht die Mühe machen?«

»Das ist nicht witzig, Mr Magellan.«

»Luke.«

»Das ist nicht witzig, *Luke.*«

Er hob beschwichtigend die Hände. »Hier gibt es viele Tiere. Aber solange die Mädchen sich an die Regeln halten, sollte das kein Problem sein.«

»Okay.« Sie atmete auf. »Und du verrätst uns diese Regeln, bevor es dunkel wird?«

»Wenn wir noch Zeit haben.« Erneut hob er die Hände. »Ich weiß. Nicht witzig. Komm mit. Ich habe euch ein bärensicheres Zelt reserviert.«

»Die gibt es?«

Er blieb so abrupt stehen, dass sie beinahe gegen ihn geprallt wäre. Ihr Parfüm umhüllte ihn, und es traf ihn völlig unerwartet, wie sehr ihm der würzig-liebliche Duft gefiel. Verdammt. Er wollte an ihr gar nichts mögen, auch nicht, wie sie roch.

»Gabi, hast du mal einen Bären gesehen?«

»Nein.«

»Auf einem Foto vielleicht?«

»Natürlich.« Sie verdrehte die Augen.

»Und auch, was für Zähne er im Maul hat?«

»Äh …«

Er lächelte und ging weiter den Weg entlang. »Es gibt keine bärensicheren Zelte.«

3

»Es hieß doch, wir hätten ein Zelt.« Fünf Minuten später starrte Gabi auf eine Holzplattform umgeben von Kiefern. Widerwillig räumte sie ein, dass die Lichtung sehr schön war – hohe Bäume, ein weicher Nadelteppich und ringsherum Vogelgezwitscher.

Aber kein Zelt.

»Das liegt im Geräteschuppen.« Luke zeigte auf die Holzbohlen, die von hellorangefarbenen Nadeln bedeckt waren. »Aber hier kommt es hin.«

»Wer baut es auf?« Schon während sie das fragte, stieg in ihr Empörung auf, da sie ahnte, wie die Antwort lauten würde.

»Das sollten die Mädchen tun.«

Gabi lachte nervös, denn sie sah ihre vier Mädchen vor sich, die gezwungen waren, lauter rätselhafte Einzelteile zu einem Zelt zusammenzubauen. Das würde hinten und vorne nicht funktionieren, nicht mal mit ihrer Hilfe. Sie hatte selbst noch nie eines aufgebaut.

»Gibt es dazu eine Anleitung?«

»Nein. Nur viele Teile. Aber sie werden das schon hinkriegen. Zelte sind nicht so kompliziert.«

»Du meinst also, die Mädchen sollten zum Einstieg ins Camp-Leben ihre Unterkunft selbst errichten?«

Er holte scharf Luft. »Sie werden keine Unterkunft errichten, sondern ein Zelt aufbauen.«

Ihr kam ein anderer Gedanke. Wenn es keine Hütten gab,

wo waren dann die Waschräume? »Nur aus Neugier: Wo sind die Toiletten?«

Sie sah ein winziges Lächeln über Lukes Gesicht huschen, als er den Weg hinunterzeigte. »Komm mit.«

Sie gingen dreißig Schritte über eine kleine Anhöhe, dann blieb er stehen.

»Da drüben.«

Gabi holte entsetzt Luft, als sie die winzige Holzhütte abseits des Weges sah. An ihr hatte sich wohl kürzlich jemand mit Pinsel und Farbe ausgetobt, sie war also frisch gestrichen und hübsch bunt, aber das war ein Klohäuschen. Ein *Klohäuschen!*

»Das ist keine Toilette.«

»Doch, das ist eine.«

»Uns wurde gesagt ...«

»Hör zu.« Luke hob beide Hände. »Ich kenne die Person nicht, die die Vereinbarungen getroffen hat, und ich weiß auch nicht, was ihr angestellt habt, um bei uns zu landen, aber etwas anderes als das können wir euch nicht anbieten. Niemandem in Briarwood ist weisgemacht worden, wir hätten hier Hütten und Waschräume. Wir haben Zelte und Klohäuschen. Und der Speisesaal existiert nur, weil die Gesundheitsbehörde einen Fußboden und Fenster verlangt hat, wo Essen serviert wird.«

»Reizend.«

»Piper sagt, sie hat das Klohäuschen für weibliche Bedürfnisse hergerichtet. Was das heißt, weiß ich nicht, und ich will es auch gar nicht wissen, aber das wird für die Mädchen genügen. Es gibt zwei Kabinen, und ihr seid fünf. So ist das nun mal beim Zelten, Gabi. Du kannst von Glück reden, dass du ihnen nicht beibringen musst, wie man sich von dem ernährt, was der Wald hergibt.«

»Noch reizender, vielen Dank.« Gabi stemmte die Hände in die Hüften und blickte sich fassungslos um. Sie kannte jene Person, die die Vereinbarungen getroffen hatte, sehr gut – und konnte sich die boshafte Schadenfreude vorstellen, die Priscilla jetzt empfand, während sie bei einem Gläschen Weißwein auf ihrem Platz in der ersten Klasse saß und sich ausmalte, wie Gabi im Camp ankam und feststellte, dass es weder Hütten noch richtige Toiletten gab und nicht mal …

»Moment. Wo werden wir duschen?«

Luke zeigte mit dem Daumen über die Schulter. »Im See.«

»Das ist nicht witzig.«

»Und nicht gelogen.«

Sie kniff die Augen zusammen. »Weißt du was? Wenn die Handwerker nicht bei unserem Wohnheim angerollt wären, als wir abfuhren, wäre ich jetzt sehr versucht, die Mädchen in den Wagen zu laden und heute noch zurückzufahren.«

Er zuckte mit den Schultern, als könnte ihm nichts gleichgültiger sein, und das machte sie noch wütender.

»Das ist deine Entscheidung.«

Seufzend dachte sie an die Hinweisschilder zur Helmpflicht an den Türen. Sie saß hier fest.

Gabi beäugte ihn einen Moment lang. Er hoffte wohl, dass sie genau das täte – aufgab, noch ehe sie eine Stunde in diesem dämlichen Camp verbracht hatte. Er ärgerte sich offensichtlich, weil sie und die Mädchen ihm den ruhigen Sommer verdarben, und wahrscheinlich sähe er nichts lieber, als wenn sie sich jetzt umdrehte und heimführe. Er hatte sie bereits als zimperliche reiche Gören abgestempelt, die mit seinem Camp sowieso nicht klarkamen. Ihre Abreise würde das nur beweisen.

Aus irgendeinem Grund brachte sie das mehr auf die Palme als der Rest der Situation, was in diesem Moment wirklich etwas heißen wollte.

»Wir werden bleiben, danke.« Sie hob das Kinn. Die Mädchen würden das verflixte Zelt eben aufbauen müssen. Und sie würde ihnen helfen. Die Sanitäranlagen würden sie hoffentlich erst später entdecken. »Wenn du mir den Schuppen und die Zeltteile zeigst, können wir anfangen.«

»Gern.« Er hielt einen Moment lang inne, dann schlug er den Rückweg ein. Gabi folgte ihm. Um sie herum sah sie nichts als Bäume.

»Und wo steht dein Zelt?«

Lächelnd drehte er den Kopf zu ihr und zwinkerte. »Ich habe eine Hütte.«

»Okay, lasst uns die Teile ausbreiten, dann sehen wir sicher, wie sie zusammengehören.« Gabi zeigte auf den Haufen Stangen. »Waverly und Sam, wie wär's, wenn ihr die Stangen der Länge nach sortiert, und Madison und Eve, ihr breitet die Zeltplanen aus?«

»Ich fasse das Zeug nicht an.« Madison schüttelte den Kopf und verschränkte die Arme. »Wer weiß, wo das gelegen hat?«

»In einem Geräteschuppen, da hat es gelegen.« Gabi zeigte in die entsprechende Richtung. »Jetzt breitet sie aus.«

Madison stöhnte angewidert. »Haben wir Handschuhe oder so was? Igitt. Mein Vater wird wütend sein, wenn er das erfährt.«

»Glaubst du das wirklich?« Gabi zog die Augenbrauen hoch. »Soll ich dir mal die Gründe für unsere derzeitige Lage verraten?«

»Nein. Eigentlich nicht.« Madison deutete mit dem Kinn auf die Zeltplanen. »Denn offenbar wussten Sie über unsere *gesamte* Lage einen Scheiß.«

Gabi nickte und sah, dass Eve bei Madisons Wortwahl die Augen aufriss. »Das muss ich tatsächlich zugeben. Und ich sehe dieses eine Mal über deinen Ausdruck und deine Haltung hinweg, weil wir alle müde sind und vor einer ungewohnten Herausforderung stehen. Aber ich sag euch was: Ratet mal, wer ganz genau wusste, was wir hier vorfinden würden.«

Sam schnaubte. »Die Pritch-Bitch, die wusste das.«

»Genau. Aber hör auf, sie so zu nennen. Und wer wusste es noch?« Gabi sah die Mädchen der Reihe nach an. »Eure Eltern und euer Vormund. Ihnen gegenüber musste Ms Pritchard nämlich ehrlich sein, weil sie ihre Einwilligung brauchte.«

Kurz ließ sie die Informationen wirken. Dann lächelte sie mit zusammengekniffenen Lippen. »Die hat sie von allen bekommen, sonst wären wir jetzt nicht hier.«

»Unmöglich«, widersprach Waverly mit dünner Stimme. »Meine Mutter hat sich furchtbar aufgeregt, sie hat gesagt, dass sie auf keinen Fall einwilligt.«

»Hat sie aber. Tut mir leid, Waverly.« Gabi zeigte zum Parkplatz. »Ich habe die Einwilligungen unterschrieben im Auto liegen. Wenn die jemand sehen möchte.«

Für ein paar Augenblicke verstummte das Brummeln, während die Mädchen verarbeiteten, was Gabi gesagt hatte. Ja, Priscilla hatte genau gewusst, was sie ihnen antat. Die Eltern hatten es gewusst, und Luke und Oliver ebenfalls. Die einzigen Ahnungslosen, die nun einen Monat in der Plumpsklo-Hölle verbringen würden, waren Gabi und ihre Mädchen.

»Also gut. Machen wir uns an die Arbeit.« Sie wandte sich den Zeltstangen zu. »Wenn das Ding bis zur Dunkelheit stehen soll, müssen wir uns ranhalten.«

Die Mädchen murrten, aber ein paar Minuten später hatten sie die Bauteile geordnet und überlegten, welche Stangen in welche Zeltbahn geschoben werden mussten, als Luke aufkreuzte.

Er verschränkte die Arme und betrachtete die Szene mit einem schiefen Lächeln. »Wie läuft es, Ladys?«

»Gut.« Madison zwinkerte. »Aber wir könnten Hilfe gebrauchen. Keiner von uns hat schon mal ein Zelt aufbauen müssen.«

»Ach so.« Luke rührte sich nicht. »Na, dann würde ich sagen, ist es höchste Zeit, dass ihr das lernt.« Er wandte sich Gabi zu. »Kann ich dich kurz sprechen?«

Sie ging mit ihm den Weg entlang, und als sie außer Sicht waren, die Mädchen aber noch hören konnten, hielt Luke an und verschränkte die Arme. Sie fragte sich, ob das seine übliche Körperhaltung war oder ob sie die bei ihm provozierte.

Er sah sie herausfordernd an. »Glaubst du, dass das Zelt bis zum Einbruch der Nacht steht?«

Sie erwiderte seinen Blick mindestens ebenso herausfordernd. »Könnte es, wenn wir ein wenig Hilfe bekämen.«

Daraufhin wurde seine Miene nachdenklich. »Eine Frage: Was erhoffst du dir konkret von den vier Wochen bei uns?«

»Wie bitte?« Gabi schaute ihn verständnislos an. »Das ist eine ziemlich umfassende Frage.«

»Jep.«

Sie seufzte innerlich. »Offen gestanden habe ich im Moment nur ein Ziel: die nächste Nacht zu überleben und nicht von den Kreaturen, die am Waldrand lauern, gefressen zu werden. Davon abgesehen weiß ich es noch nicht.«

Er lächelte, und sie wünschte, er sähe dabei nicht dermaßen gut aus. »Möchtest du einen Rat?«

»Wenn er den Aufbau des Zeltes betrifft, ja.«

»Tut er. Und er ist simpel. Du musst das die Mädchen wirklich allein tun lassen.«

»Warum?« Sie hatte Mühe, nicht gereizt zu klingen. Wer war er, dass er meinte, ihr raten zu können, wie sie ihre Schülerinnen behandeln sollte? Dieser Mann kannte keine von ihnen.

Er zuckte mit den Schultern. »Na ja, mir steht hier kein Urteil zu, aber wie mir scheint, haben sie etwas so Schlimmes angestellt, dass jemand der Ansicht ist, sie hätten vier Wochen in der Hölle verdient – denn genau das wird es für sie. Und wir beide wissen, dass du ebenfalls hierbleiben musst. Wenn du die Mädchen hier verhätschelst, werden sie in vier Wochen noch genauso sein wie vorher. Wenn du dagegen die Samthandschuhe ausziehst und sie nicht mehr wie Prinzessinnen behandelst, können sie sich zu ihrem Vorteil verändern. Und das klappt umso besser, wenn du es vom ersten Tag an tust. Mehr sage ich nicht.«

Gabi starrte ihn an und verschränkte ihrerseits die Arme. *Eine Unverschämtheit.*

»Bei allem Respekt, du kennst die Mädchen doch gar nicht und mich auch nicht. Ich weiß es zu schätzen, dass du mir einen guten Rat geben willst, aber wenn es dir nichts ausmacht, werde ich das entscheiden. Wir werden das Zelt gemeinsam aufbauen.«

»Wie du meinst.« Er hob die Hände zu der klassischen Wollte-dich-nur warnen-Geste, was sie noch mehr ärgerte. »Viel Glück«, sagte er, dann wandte er sich ab. Doch sie sah noch sein leicht amüsiertes Lächeln, das ihr schon die ganze Zeit auf die Nerven ging.

Na warte!

»Samthandschuhe«, murmelte Gabi, als sie zur Lichtung zurücklief. »Dem zeige ich, was Samthandschuhe sind.«

Als sie die kleine Anhöhe hinaufgestiegen war, sah sie die Mädchen auf der Plattform sitzen, und keines rührte einen Finger, um das Zelt aufzubauen.

Großartig.

Sie war an die Bequemlichkeit der vier gewöhnt. Die erlebte und bekämpfte sie tagtäglich. Doch jetzt, mitten im Wald, wo es in den nächsten zwei Stunden dunkel werden und sich allerhand Viecher anschleichen würden, brachte sie diese Bequemlichkeit auf die Palme. So wütend war sie nicht mehr gewesen seit ... tja, seit vorigem Freitag, als sie erfuhr, dass sie ihren Urlaub abschreiben musste.

Sie gab wirklich ungern zu, dass Luke recht haben könnte, aber dass sie da alle herumsaßen und auf sie warteten, damit sie das Denken übernahm, machte sie furchtbar wütend. Die Mädchen hatten sich den Schlamassel eingebrockt, und sie würden die Konsequenzen tragen.

Konsequenz Nummer eins: das verdammte Zelt aufbauen.

»Mensch, Gabi. Nett, dass Sie zurückkommen«, sagte Madison, als Gabi die Lichtung betrat. »Es wird nämlich bald dunkel.«

Gabi zog die Augenbrauen hoch und nickte langsam. »Warum baut ihr dann nicht das Zelt auf?«

»Wir wissen nicht, wie das gehen soll«, jammerte Waverly.

»Tja«, Gabi holte tief Luft, »wenn ihr heute Nacht irgendwo schlafen wollt, werdet ihr es hinkriegen müssen. Ich muss noch mal in Olivers Büro und ein paar Telefonate führen. Ihr kümmert euch in der Zeit um das Zelt. Irgendwelche Fragen?«

»Sie gehen?«, keuchte Eve und betrachtete die auf der Plattform verstreuten Bauteile. »Sie können uns doch nicht einfach alleinlassen.«

»Kann ich und werde ich. Luke meinte, die Bären streunen erst durch die Gegend, wenn es dunkel ist, aber ich will nicht unbedingt austesten, ob seine Behauptung stimmt. Je eher das Zelt steht, desto besser, nicht wahr?«

Luke hatte nichts dergleichen gesagt. Soweit sie wusste,

schliefen Bären nachts in ihren gemütlichen Höhlen. Aber das wussten die Mädchen nicht. Gabi wandte sich ab und ließ sie mit ihrer Verblüffung allein. Resolut lief sie den Hügel hinauf, ohne sich noch einmal umzudrehen.

Natürlich musste sie niemanden anrufen, aber das wussten die Mädchen auch nicht. Ihre zwei Freundinnen, die sie in Briarwood hatte, unternahmen an der Küste von Maine eine Kajak-Tour, sonst hätte sie die beiden anrufen können. Dann hätte sie ihnen von der ersten Höllenstunde im Camp Echo Lake erzählt ... von dem Camp, das eigentlich geschlossen war ... von Zelten mit so großen Löchern darin, dass sie sicher innerhalb einer Woche eine Gallone Blut an die Mücken verlieren würde ... von einem großen, attraktiven Hausmeister, der so von sich eingenommen war, dass er ihr bereits Ratschläge erteilte, wie sie ihre Aufgabe bewältigen sollte.

Sie schlug sich eine Mücke vom Arm, dann fiel ihr Blick auf den Schultransporter. Gut. Sie würde im Auto warten, bis die Mädchen mit dem Zelt fertig waren. Und es würde eine Menge Selbstbeherrschung kosten, nicht einfach abzuhauen.

Als sie sich hinters Steuer setzte, schreckte sie zusammen, weil sie plötzlich eine Stimme hörte.

»Du willst schon flüchten?«, fragte Luke. Er schlenderte vom Bürohäuschen auf den Wagen zu, noch dasselbe belustigte Lächeln im Gesicht, und sie hasste es, wie schön sein Bartschatten seine Kinnlinie betonte und wie anerkennend sie das bemerkte. Obendrein hatte er dichte dunkelbraune Haare – die geradezu darum bettelten, dass eine Frau mit den Fingern hindurchstrich.

Verlegen wandte sie den Blick ab. Dann hielt sie den Zündschlüssel hoch. »Erwischt.«

»Ich dachte wirklich, du würdest wenigstens noch eine Stunde durchhalten.«

»Nö.« Sie schüttelte den Kopf. »Ich bin raus. Die Mädchen gehören dir. Du fürchtest dich ja nicht vor ein paar Teenagern, oder?«

»Und ob. Die würde jeder fürchten, der bei Verstand ist.«

»Na, du wirst schon klarkommen.« Sie steckte den Schlüssel in die Zündung, und er trat an ihr Fenster und stützte die Arme auf.

»Du willst nicht wirklich weg.«

»Wetten?«

Er grinste. »Du kannst gar nicht.«

»Wieso nicht?«

»Weil du ein viel zu schlechtes Gewissen hättest, zum Beispiel.«

Gabi schüttelte den Kopf. »Im Moment nicht, nein.«

»Mag sein.« Er neigte den Kopf zur Seite. »Aber nach zehn Kilometern würdest du es dir noch mal überlegen. Das weißt du selbst.«

»Da bin ich mir nicht so sicher. Habe ich erwähnt, dass ich eigentlich heute in den Urlaub fliegen sollte und nicht die Direktorin?«

Er nahm die Arme von der Fensterkante, als wäre er ein wenig angewidert, wollte das aber verbergen. »Manche Leute haben Probleme.«

»Ich sag ja nur.«

»Ich hab's gehört. Und die Prinzessinnen hatten sicher auch anderes vor.«

»Sie werden sich von dem Schock erholen.« Sie legte den Sicherheitsgurt an, als wollte sie tatsächlich losfahren. »Und du auch. Ich hab's mir anders überlegt, ich bleibe nicht. Eigentlich sollte ich die Mädchen nur herbringen. In euer Camp. Also viel Spaß mit ihnen. Pass auf, dass sie nicht umkommen. In vier Wochen hole ich sie ab.«

Er grinste, und ihr Magen machte einen komischen Hopser, wie schon lange nicht mehr. »Klar. Also dann, gute Fahrt.«

Gabi runzelte die Stirn. Er wollte es also drauf ankommen lassen. Tja, er würde schon sehen. Sie würde es genauso drauf ankommen lassen, einfach losfahren und erst im Dunkeln zurückkommen. Mal sehen, was er und die Mädchen dann dachten.

»Okay.« Sie umfasste den Zündschlüssel. »Viel Glück. Das wirst du brauchen.«

»Alles klar.« Er gab dem Wagen einen Klaps, dann wandte er sich ab und hielt auf das Bürohäuschen zu. »Verirr dich nicht.«

Gabi drehte den Schlüssel. Oh, und wie sie sich verirren würde. Sie würde direkt zu einem Hotel mit WLAN und Restaurant fahren und dort bleiben.

Bloß dass der Wagen nicht ansprang.

Auch wenn sie nur bluffen wollte – der blöde Schultransporter sprang einfach nicht an.

Sie drehte den Schlüssel zurück, drehte ihn noch mal … und noch mal. Da tat sich gar nichts. Der Wagen war vollkommen tot.

»Gibt's ein Problem?« Luke erschien in der Hüttentür. Versuchte er etwa krampfhaft, nicht zu lachen? Oder sah es nur danach aus?

Gabi ließ die Motorhaube aufspringen und stieg aus, als wüsste sie nach einem Blick in den Motorraum, was zu tun wäre. Aber was blieb ihr anderes übrig. Sie arretierte die Haube und inspizierte alles.

Dann schloss sie zutiefst frustriert die Augen.

»Wo ist die Batterie, Luke?«

»Im Camp-Tresor.«

»Was?«

»Laut Oliver haben wir die strikte Anweisung zu verhindern, dass eure kleine Autoknackerin – noch einmal – mit dem Schultransporter abhaut. Darum habe ich die Batterie ausgebaut.«

Gabi verschränkte die Arme. »Du hältst mich hier fest.«

Er zuckte mit den Schultern. »Nebeneffekt.«

»Luke, jetzt mal im Ernst. Du kannst uns hier nicht einfach festhalten.«

»Ich will dich nicht festhalten, sondern dir helfen. Diese Straßen bei Nacht abzufahren und nach weggelaufenen Teenagern zu suchen ist kein Vergnügen. Wenn du die Batterie brauchst, sag es nur. Wir bauen sie dann wieder ein.«

»Ich brauche die Batterie.«

»Nee. Eigentlich nicht.« Grinsend schloss er das Bürohäuschen ab. »In der Stadt ist ab sechs Uhr alles zu. Es lohnt sich nicht hinzufahren.« Er bog auf den Weg ein. »Schönen Abend, Gabi. Sorg dafür, dass nichts Essbares im Zelt herumliegt, wenn es denn mal steht. Andernfalls garantiere ich euch, dass ihr Besuch bekommt.«

Gabi schauderte, während sie ihm nachblickte. Dann verschränkte sie die Arme.

Wenn sie auch nur eine erwischte, die Snacks im Zelt aufbewahrte … Die würde sie, ohne zu zögern, nach draußen verbannen, als Futter für die Bären.

4

»Gabi, was für ein Geräusch ist das?« Waverlys panische Stimme kam aus der Richtung von Gabis Füßen. Es war zwei Uhr früh, und keine von ihnen hatte bisher geschlafen. Ganze vier Stunden hatte Gabi vor Wut geschäumt wegen Priscillas Anweisung, den Wagen nach ihrer Ankunft fahruntüchtig zu machen, und bis die Mädchen endlich eine zeltähnliche Konstruktion errichtet hatten, war es schon lange dunkel gewesen.

Als sie schließlich die Schlafsäcke aus dem Wagen holten, hatte der Mond hoch am Himmel gestanden, und bis sie ihr elementares räumliches Denken in Gang gesetzt und herausgefunden hatten, wie fünf ausgerollte Schlafsäcke in das Zelt passten, war Gabi fast bereit gewesen, im Transporter zu übernachten.

Es hatte sie regelrecht zermürbt, nur dazusitzen und den Mädchen zuzusehen, wie sie den richtigen Aufbau des Zeltes besprachen. Während sie stritten und mit den Stangen klirrten und kreischten, wenn die Konstruktion – wieder mal – zusammenklappte, schaute Gabi immer wieder auf die Uhr und zum Himmel und spähte ringsherum zwischen die Bäume, ob dort Augen leuchteten. Denn sie war sicher, dass im Tierreich bereits die Nachricht kursierte, dass frisches Fleisch eingetroffen war.

Nach fünf ausgiebigen Versuchen waren die Zeltstangen richtig ineinandergesteckt, und ihre Schlafstätte stand – auch wenn sie sich für einen erneuten Misserfolg wappneten. Gespannt beobachtete Gabi, wie die vier mit ausgestreckten Armen dastanden, um die kippenden Zeltstangen abzufangen. Als Sam ihrer Stange einen sanften Schubs gab und nichts Schlimmes passierte, jubelten sie. Und Gabi hatte erleichtert geschmunzelt.

Jetzt war es stockfinster, die Mücken hatten schon sämtliche Löcher des vermaledeiten Zeltes entdeckt, und draußen schienen sich sämtliche Vierbeiner des Waldes neugierig um die Plattform versammelt zu haben. So hörte es sich jedenfalls an.

»Das ist bestimmt nichts, Waverly. Schlaf jetzt.«

Plötzlich sprang Waverly aus dem Schlafsack und kroch über Sam hinweg, die deshalb laut fluchte.

»Das Nichts hat eine Nase, und die hat es gerade durch das Loch da geschoben.« Halb flüsterte, halb quiekte sie, und Gabi zog ihre Taschenlampe hervor und leuchtete in die Richtung, wo Waverlys Kopfkissen lag.

Ein Gesicht mit schwarzer Augenmaske blickte in den Lichtschein, und zwei geschickte schwarze Pfoten griffen sich einen Schokoriegel.

Während der nächsten dreißig Sekunden gab es einen kreischenden Tumult, denn Gabi und ihre vier Schützlinge fuhren aus den Schlafsäcken und drängten zum Zeltausgang, um auf die Lichtung zu fliehen. Sie hatten es fast geschafft, als Waverly versehentlich Eve ins Stolpern brachte, die wiederum gegen eine Zeltstange fiel. Gabi schloss frustriert die Augen. Das Zelt klappte erneut zusammen, worauf fünf kleine Waschbären in den Wald flitzten.

Gabi leuchtete mit der Taschenlampe zwischen die Bäume und hoffte, ihr rasender Puls würde sie nicht noch ins Krankenhaus bringen. Nachdem sie sich beruhigend zugeredet hatte, dass sich keine Vierbeiner mehr bei der Plattform versteckt hielten, richtete sie den Lichtkegel auf die Mädchen.

Die kauerten mit schreckerfüllten Augen neben dem flach gelegten Zelt und schlugen Mücken weg.

»Wer hatte Schokolade im Zelt?« Gabi betonte jedes Wort, das sie zähneknirschend ausstieß.

Niemand meldete sich. War ja klar.

Sie deutete auf das Zelt. »Waverly und Eve, ihr hebt den Eingang an, Sam und Madison, ihr holt die Rucksäcke heraus.«

»Wollen Sie uns etwa durchsuchen?« Madison verschränkte die Arme. »Um zwei Uhr früh?«

»Hast du etwas zu befürchten?«

Sie schaute trotzig. »Nein.«

»Dann geh die Rucksäcke holen.« Gabi leuchtete ihnen den Weg und erschrak, weil ein zweiter Lichtkegel auf dem Pfad erschien.

Na großartig. Das musste Luke sein.

»Alles in Ordnung da unten?« Er kam näher, und im schummrigen Licht betrachtete Gabi seine zerzausten Haare, sein schläfriges Gesicht, das T-Shirt, das er sich übergezogen hatte. Sie schluckte schwer. Diesen Anblick wollte sie nicht mal halb so sehr mögen, wie sie es tat.

»Wir kommen zurecht, danke«, antwortete sie.

»Konstruktionsfehler?« Er zog die Augenbrauen hoch, als er den Lichtkegel seiner Taschenlampe auf den Zelthaufen richtete.

»Nein«, brummte Madison. »Das Zelt stand wie eine Eins, bis Eve es umgerissen hat.«

»Weil Waverly mich gestoßen hat!«, schoss Eve zurück.

»Ich wollte nur von den Waschbären weg!«, schrie Waverly. »Es tut mir leid!«

Gabi sah Luke schmunzeln, als er sich ihr zuwandte. »Ein Begrüßungskomitee war hier, hm?«

»So was in der Art.«

Er drehte sich zu den Mädchen. »Hat jemand vergessen, was ich euch zu Waschbären und Essen im Zelt gesagt habe?« Niemand antwortete, und wie Gabi sah, hatte er nichts anderes erwartet. »Tja, wisst ihr, das war kein Scherz. Wird schwierig werden, das Zelt im Dunkeln wieder aufzurichten.« Er knipste seine Taschenlampe aus und wandte sich zum Gehen. »Dann gute Nacht.«

»Er will uns nicht helfen?« Madison schaute ihm wütend nach.

»Offensichtlich nicht«, antwortete Gabi. »Warum sollte er? Hat *er* denn den Schokoriegel ins Zelt gebracht? Dachtet ihr, er macht nur Witze? Dachtet ihr, *ich* mache nur Witze?«

Die Mädchen blieben still. Gabi war todmüde und hatte es satt, nach Mücken zu schlagen. Und auf keinen Fall hatte sie jetzt die Energie, das Errichten des Zeltes zu beaufsichtigen.

»Holt euer Zeug, Mädchen.« Sie wünschte, sie hätte eine Pritchard-Voodoo-Puppe. Dann würde sie ihr jetzt Stecknadeln in die Augen stechen. »Wir schlafen im Transporter.«

Sam warf Madison einen wütenden Blick zu, und plötzlich wusste Gabi genau, wem der Schokoriegel gehört hatte.

Am nächsten Tag, wenn sie wach und ausgeschlafen war, würde ihr vielleicht eine Idee kommen, wie sie damit umgehen sollte.

»Wie ich sehe, habt ihr die Nacht überlebt.« Luke grinste über seiner Kaffeetasse, als Gabi am nächsten Morgen in den Speisesaal wankte, vier mürrische Mädchen im Schlepptau. Er lehnte in einem weichen grauen T-Shirt und dunkelgrauen Shorts an der Theke, und Gabi verbot sich energisch, ihn mit dem Kerl in der Kaffeewerbung zu vergleichen, die sie so gern sah. »Wie habt ihr geschlafen?«

Sie musste sich sehr anstrengen, um ein Lächeln aufzusetzen. »Bestens, danke.«

»War's bequem im Wagen?«

»Kein bisschen, aber wenigstens waren wir sicher vor den stechenden Flugmonstern, die ihr Mücken nennt.«

»Ja, die sind dieses Jahr wieder schlimm.«

»Meinst du? Wie viel Blut verliert ein Kind in eurem Camp durchschnittlich?«

»Die Kinder haben gewöhnlich Insektenspray dabei.«

»Ah.« Sie nickte und trat sich in den Hintern, weil sie daran nicht gedacht hatte.

»Vielleicht kannst du mir heute die Batterie einbauen, damit ich welches besorgen kann?«

»Vielleicht.« Er hob seine Tasse und trank einen Schluck. Gabi fühlte sich zu dem frisch geduschten, entspannten Frühmorgen-Luke unangenehm hingezogen.

Sekunde mal. Frisch geduscht?

Er hatte offenbar eine Dusche.

»Luke, im Ernst, du kannst mir den Wagen nicht vorenthalten.«

Er zuckte mit den Schultern und lächelte. »Kann ich, wenn ich die Anweisung von deiner Chefin habe, die jetzt – offenbar – auch meine Chefin ist. Und du kennst sie besser als ich. Ich könnte mir vorstellen, dass die Anweisung dich nicht wirklich überrascht, auch wenn du deshalb mächtig sauer bist.«

»Und was mich *noch* saurer macht, könnte die Schadenfreude sein, mit der du mir den Wagen *vorenthältst.«*

»Oh, glaub mir, Gabi. Ich bin nicht schadenfroh.« Er reichte ihr eine Tasse mit Kaffee. »Ein bisschen motzig vor dem ersten Kaffee?«

Sie sah ihn böse an. »Ja. Das ist es – ein Kaffeeproblem.«

Er reichte ihr auch ein Milchkännchen, und sie registrierte die kleinen Lachfältchen, die sich in seinem Gesicht abzeichneten. Seine Augen waren von einem dunklen Grün, einer Farbe, die er als Kind vermutlich gehasst, die Mädchen dagegen geliebt hatten.

Gabi unterdrückte ihren Ärger. Er hatte ihr Kaffee gemacht. Da sollte sie wenigstens höflich sein. »Danke für den Kaffee.«

»Ladys?« Luke wandte sich ihren Schützlingen zu, die etwas verloren in der Nähe der Tür herumschlenderten. »Piper hat Pfannkuchen und gebratenen Speck für euch. Saft und Milch stehen hier auf dem Tresen. Nehmt euch einen Teller, und esst. Die Küche ist eine halbe Stunde lang geöffnet, dann bis Mittag geschlossen.«

Sam und Eve kamen an den Tresen, aber Madison blieb, wo sie war, und Waverly folglich auch. Gabi blickte die beiden auffordernd an. »Habt ihr ihn gehört?«

»Hab ich.« Madison verschränkte elegant die Arme. »Bin bloß kein Fan von Pfannkuchen und Speck.«

»Kein Problem«, sagte Luke. »Dann iss eben nichts.«

»Aber … gibt es nichts anderes? Joghurt? Obst?«

»Nö.«

Madison schnaubte. »Ich spüre schon, wie meine Arterien sich verschließen.«

»Deine Arterien sind fünfzehn Jahre alt. Die werden eine Scheibe Speck verkraften.« Luke sah Gabi stirnrunzelnd an und deutete mit dem Kopf zum Tresen. »Isst du etwas?«

Gabi hatte überhaupt keinen Hunger, aber ihre guten Manieren hielten sie davon ab, ihm das mitzuteilen. Auf keinen Fall wollte sie Piper schon am zweiten Tag wegen der Speisenauswahl kränken. Schließlich könnte die sich noch als ihre einzige Verbündete erweisen.

»Zuerst Kaffee.« Sie setzte sich auf einen klapprigen Hocker neben dem Tresen und trank einen Schluck, dann stöhnte sie unwillkürlich. »Oh Gott, ist der gut.«

Sie betrachtete Luke über den Tassenrand hinweg. Sein Bartschatten war ein bisschen heller als gestern, aber nicht vollkommen verschwunden. Entweder brauchte er eine neue Rasierklinge, oder er zog den schattigen Look vor. Ihr Blick verlagerte sich auf seinen Bizeps, dann auf die Brustmuskeln, die sich unter seinem T-Shirt abzeichneten.

Sie fragte sich, ob er verheiratet war. Dann schloss sie die Augen.

Echt jetzt?

Als sie die Augen wieder öffnete, blickte er ihr direkt ins Gesicht, unverhohlen amüsiert. Sie spürte die Röte in ihre Wangen kriechen.

»In Zukunft werden euch die Waschbären nicht mehr belästigen, solange ihr kein Essen im Zelt habt. Ihr werdet euch noch daran gewöhnen, dass sie ringsherum schnuppern und scharren. Stinktiere übrigens auch.«

Gabi dachte an die Rucksäcke, die noch im Wagen lagen. Vermutlich waren die vollgestopft mit allem, was der Snackautomat im Speisesaal der Briarwood Academy hergegeben hatte, bevor sie gestern losgefahren waren.

»Und mit Essen meine ich alles Essbare. Ein Müsliriegel lockt eine ganze Waschbärenfamilie zum Plündern in euer Zelt. Und was ein Waschbär wittern kann, können auch andere Bären wittern.«

Gabi schauderte. »Natürlich. Klar. Was sonst.«

»Ich kann die Mädchen gern mit meiner Donnerstimme daran erinnern, wenn du willst.«

»Ich habe selbst eine ausgezeichnete Donnerstimme, aber danke.«

Er lächelte. »Hast du schon mal nach einem Waschbärenraubzug aufgeräumt? Was die gestern Nacht mit dem Zelt gemacht haben, war noch gar nichts.«

»Nein«, musste sie zugeben. »Noch nicht.«

»Dann wird meine Donnerstimme furchterregender sein.«

»Na schön.« Gabi wedelte schlaff mit der Hand. »Nur zu.« Dann stützte sie seufzend das Kinn in die Hand.

»He, Gabi?«

Müde hob sie den Blick. »Was?«

»Das mit den anderen Bären war kein Witz.«

5

»Eine Bastelaufgabe?« Eves Augenbrauen berührten fast ihren violett gesträhnten Haaransatz. »Das meinen Sie nicht ernst.«

»Sogar todernst.« Gabi teilte Plastiktüten aus. »Wir sind in einem Camp und werden tun, was man in Camps tut.«

Madison seufzte. »Wir werden an Langeweile sterben.«

»Vielleicht, vielleicht auch nicht.« Gabi warf ihr auch eine Tüte zu. »Man kann nie wissen. Die Bastelaufgabe könnte sagenhaft toll werden.«

Alle vier stöhnten und verdrehten die Augen.

Wenn sie vorher gewusst hätte, dass Camp Echo Lake ohne Personal dastand und kein Programm anbieten konnte, wäre sie zumindest noch zur Bücherei gegangen und hätte einen Stapel Bücher mitgenommen, um die vier Wochen als behelfsmäßige Freizeitpädagogin zu überstehen. Doch nun war sie beschränkt auf Aktivitäten, an die sie sich noch aus ihren eigenen Camp-Ferien erinnern konnte … und die lagen erschreckend lange zurück.

Als sie Papier und Malkreide austeilte, blieb ihr Blick an Luke hängen, der den Weg entlangkam und eine frisch geschlagene kleine Kiefer hinter sich herzog. Er bewegte sich mit einer Geschmeidigkeit, die kaum zu seinem muskulösen Körperbau passen wollte und, oh Gott, diese Muskeln! Man sah, dass er sie durch gute, ehrliche Arbeit erworben hatte, nicht durch Hanteln. In einem Moment des Irrsinns, der dem Schlafentzug geschuldet war, hatte sie sich gestern Nacht gefragt, wie es wohl wäre, sie anzufassen … *ihn* anzufassen.

Sie schüttelte den Kopf. Auf den Körperbau des Hausmeisters sollte sie sich jetzt wirklich nicht konzentrieren. Die Sonne schien, der See funkelte, und sie hatte aus einer Laune heraus entschieden, dass sie eine Bastelstunde abhalten sollten. Ihr war schon klar, dass die Mädchen das hassen würden, aber das war ihr piepegal. Sie waren hier, um bestraft zu werden. Sie würden damit zurechtkommen müssen ... mit allem.

Gabi zeigte den Weg hinauf, der zu anderen Zeltlichtungen führte. »Folgende Aufgabe: In Sichtweite des Bürohäuschens sammelt ihr im Wald Blätter, Farnwedel und Blumen, alles, was man pressen kann. Steckt sie in eure Tüte, und wenn ihr zehn verschiedene beisammenhabt, kommt zum Picknicktisch. Dann zeige ich euch, was ihr damit tun sollt.«

Madison verdrehte wie immer die Augen. »Das ist total blöd.«

»Willst du lieber in das andere Camp? In das, wo du dir dein Essen selbst beschaffen musst? Das kann ich arrangieren.«

Murrend schnappte sich Madison ihre Tüte und stapfte damit los. Gabi war sich ziemlich sicher, dass sie sie »Bitch« zischen hörte, aber sie war zu müde, um das Mädchen zur Rede zu stellen.

Waverly setzte ihr höhnischstes Gesicht auf, als sie ihre Tüte entgegennahm, eifrig bemüht, Madison zu zeigen, dass sie das Projekt auch lahm fand. Zu schade, dass ihr Eifer umsonst war, denn Madison war schon auf halbem Weg zu den Bäumen.

Eve seufzte und streckte die Hand aus. »Zehn verschiedene?«

»Zehn verschiedene.«

Sam sah Gabi siegessicher an. »Sie hoffen wohl, dass wir

dazu ewig brauchen? Aber soll ich Ihnen was verraten? Hier gibt es jede Menge Pflanzen. Wir sind in höchstens fünf Minuten wieder da.«

Kopfschüttelnd reichte Gabi ihr die Tüte, musste aber schmunzeln. Wahrscheinlich hatte Sam recht.

»Dann geh langsam, okay?«

Zehn Minuten später, lange bevor Gabi innerlich bereit war, kehrten drei der Mädchen zum Picknicktisch zurück, die Tüten voller Pflanzen. Sie gab ihnen Papier, das sie von Oliver aus einem Materialschrank im Büro bekommen hatte, und zeigte ihnen, wie sie es auf die Blätter legen und mit den Malkreiden darüberstreichen mussten, damit die Blattrippen und Ränder sich farbig abzeichneten. Das hatte sie als Kind gemacht, aber während sie es den Mädchen zeigte, fand sie es selbst viel lahmer, als es ihr in Erinnerung geblieben war.

Mit verhältnismäßig geringem Murren begannen die Mädchen, ihre Pflanzenteile zurechtzulegen. Nachdem sie sich eine halbe Stunde lang damit beschäftigt hatten, schaute Gabi zum Waldrand. Dort saß Madison, seit sie vom Picknicktisch fortgegangen war.

»Wirst du dich noch anschließen, Madison?«

Die verdrehte wieder die Augen, und kurz wünschte sich Gabi, das alte Ammenmärchen wäre wahr und ihr würden die Augäpfel so stehen bleiben.

Sam sah auch hinüber. »Basteln ist immer noch besser, als im Giftefeu zu sitzen.«

Wie von der Tarantel gestochen schnellte Madison hoch, dann musterte sie prüfend ihren Sitzplatz. »Halt die Klappe, Sam. Das sind nur Gras und Unkraut.«

Sam lachte, ohne sie anzusehen. »Weißt du überhaupt, wie Giftefeu aussieht?«

Madison hob den gestreckten Mittelfinger, kam aber widerstrebend zum Tisch und warf ihre Tüte mit Blättern darauf. Gabi gab ihr Papier und Malkreiden, machte sich aber nicht die Mühe, etwas zu erklären. Schließlich war das ja etwas für Viertklässler, wie Madison spitz bemerkt hatte. Oder für den Kindergarten.

»Wie sieht Giftefeu denn aus?« Gabi hielt in den Zeichenbewegungen auf ihrem eigenen bunten Blatt inne. Es wäre recht nützlich, das zu wissen, schließlich campierten sie in der Wildnis.

Sam blickte auf. »Das weißt du nicht?«

»Nein. Keine Ahnung.«

»Ha.« Sam biss sich auf die Lippe, schaute einen Moment lang auf ihr Blatt Papier, dann auf das Pflanzenhäufchen in der Tischmitte. »Genau wie das da.« Mit dem Radiergummi zeigte sie auf ein paar Zweige. Dann drehte sie sich zu Madison, die einen ähnlichen in der Hand hielt. »Und das.«

Sie malte weiter und gab sich keine Mühe, ihr Lächeln zu unterdrücken. »Du hast nämlich doch in welchem gesessen, Prinzessin.«

»Giftefeu? Du hast die Mädchen mit Giftefeu basteln lassen?« Luke sah sie ungläubig an, als Gabi ihn kurz darauf im Bürohäuschen aufsuchte.

»Das wusste ich doch nicht. Und nicht ich habe es gepflückt, sondern die Mädchen.«

Er schüttelte den Kopf. »Hast du eine Ahnung, wie stark das Zeug juckt?«

»Ja, Luke.« Sie kratzte sich möglichst unauffällig an den Handflächen. Die juckten, obwohl sie sich ziemlich sicher war, dass es für eine allergische Reaktion noch zu früh war. »Was tun wir dagegen?«

Er ging bereits zu einem Hängeschrank, der an der Wand

über dem Kopierer befestigt war, und öffnete ihn. »Hast du es nur an den Händen?«

»Ich glaube, ja. Madison leider nicht. Sie hat – äh – darin gesessen.«

Luke hielt inne, dann drehte er sich um. »Ich frage lieber nicht.«

»Dafür bin ich dankbar.«

»Bitte.« Er reichte ihr eine Flasche. »Das ist für den See unschädlich. Scheuch die Mädchen ins Wasser. Damit können sie sich waschen. Und du solltest für später eine große Flasche Calamine-Lotion besorgen. Die werdet ihr wohl alle nötig haben.«

»Das ist nicht witzig.« Sie nahm die Flasche und wünschte, sie könnte ihm das Grinsen aus dem Gesicht wischen.

»Nein. Da hast du recht. Definitiv.«

»Dann hör auf zu grinsen.«

Er lachte. »Es tut mir leid. Ich … kann nicht anders.«

»Eine Frage: Wachsen hier noch andere Pflanzen, die so aggressiv sind?«

»Tja.« Er zuckte wie so häufig nur gelassen mit den Schultern. »Ihr solltet sie nicht provozieren.«

»Luke.«

Er hob die Hände. »Ja, natürlich. Hier wachsen Pflanzen, die Juckreiz auslösen, an denen man sich die Haut aufreißt, an denen man stirbt, wenn man sie isst. Also fasst nichts an, was ihr nicht genau kennt.«

»Ich kenne hier gar nichts genau.«

Er nickte wissend und drehte sich wieder zu dem alten Computer auf dem Schreibtisch um. »Dann bleibt ihr am besten immer in der Nähe des Camps. Da draußen gibt es nicht nur tödliche Pflanzen, sondern auch Tiere, die Angst wittern können und das besonders mögen.«

Kurz darauf standen Gabi und die Mädchen im Badeanzug am sandigen Ufer des Sees. Außer Sam. Die saß weiterhin am Picknicktisch, beschäftigt mit Malkreiden und Papier, und grinste, wenn sie zu ihnen hinüberblickte.

Gabi war alles andere als erfreut.

»Wir werden doch nicht ernsthaft in der Brühe baden.« Madison starrte das Wasser derart angeekelt an, dass Gabi befürchtete, sie würde gleich davonrennen.

Bestimmt drückte sie dem Mädchen die Flasche mit biologisch abbaubarer Flüssigseife in die Hand. »Willst du dich lieber blutig kratzen? Die Entscheidung liegt bei dir.«

»Ich will lieber *duschen.«*

»Die Möglichkeit haben wir nicht.« Gabi gab sich alle Mühe, nicht verärgert zu klingen.

»Luke muss in seiner Hütte ein Badezimmer haben«, sagte Eve. »Wie wär's, wenn Sie ihn weglocken und wir uns reinschleichen und duschen?«

»Nein. Das kommt nicht infrage.«

Madison verschränkte die Arme. »Ach, kommen Sie, Gabi. Er kann unmöglich von uns erwarten, dass wir in dem widerlichen See baden. Das ist unmenschlich.«

»Der See ist vollkommen klar, und keiner zwingt dich, Madison. Es steht dir frei.«

Zwar schlug Gabi einen entschiedenen Ton an, aber oh, was gäbe sie nicht alles für eine heiße Dusche. Und wieder einmal stellte sie sich eine Pritchard-Voodoo-Puppe vor. Diesmal streute sie Juckpulver darauf.

Sie lächelte angestrengt. »Betrachtet es einfach als Abenteuer, Mädchen. Wann konntet ihr euch schon mal die Haare in einem See waschen, hm?«

Keine von ihnen löste die verschränkten Arme.

»Okay. Wie ihr wollt. Ich gehe ins Wasser.«

Sie lief den Anlegesteg hinunter bis zum Ende und wusste, sie konnte sich nur auf eine Art zwingen, in das eiskalte Wasser zu tauchen. Sie holte tief Luft und machte einen flachen Kopfsprung. Das Wasser fühlte sich an wie tausend spitze Eiszapfen, die auf ihre Haut einstachen, und beinahe hätte sie Wasser eingeatmet, weil sie vor Schreck nach Luft schnappte.

Der See war arktisch.

Sie tauchte mit dem Kopf aus dem Wasser, und weil sie wusste, dass die Mädchen ganz genau auf ihre Reaktion achteten, unterdrückte sie den spitzen Schrei, der sich durch ihre Kehle zwängen wollte.

»Wer macht es mir nach?«, rief sie und schwamm möglichst mühelos auf der Stelle, als hätte das Wasser eine angenehme Badetemperatur. Dabei hatte sie schon kein Gefühl mehr in den Füßen.

Madison ließ die Arme sinken und seufzte. »Ich tue das nur aus Verzweiflung. Komm, Waverly.«

Sie packte das andere Mädchen, das sich kreischend zum Ende des Anlegers ziehen ließ. Eve schloss sich ihnen schließlich an, und auf drei sprangen sie in den See.

Als sie auftauchten, konnte man sie im ganzen Umland kreischen hören, dessen war sich Gabi sicher.

»Was in Gottes Namen geht da unten vor?« Lukes Freund Noah spähte aus einem Fenster im Speisesaal. »Wenn die weiter so schreien, wird noch jemand den Notruf wählen.«

Luke nickte. Er saß am Tisch und reparierte einen Ventilator. Es würde heute dreißig Grad heiß werden, und Piper hatte ihm unmissverständlich zu verstehen gegeben, dass sie am Abend nur kochen würde, wenn das Ding wieder lief.

»Sie nehmen ihr erstes Bad im See. Sind mit Giftefeu in Kontakt gekommen.«

»Schon? Wie haben sie das denn geschafft?«

Luke deutete mit dem Kinn zum Waldrand. »Haben die Stelle erwischt, die ich schon seit zwei Jahren bekämpfe.«

»Ich kann nicht glauben, dass du sie zwingst, das im See abzuwaschen. Der hat bloß dreizehn Grad.«

»Eine andere Möglichkeit gibt's nicht. Wir haben keine Duschen.«

»Du hast eine.«

»Tja, die teile ich nicht.«

Noah runzelte die Stirn. »Du könntest sie wenigstens Gabi anbieten.«

»Auf keinen Fall.« Gabi, die ihren seidenweichen, kurvigen Körper in seiner Dusche einseifte, das war ein Bild, das er jetzt nicht im Kopf haben wollte. »Das stärkt den Charakter. Ich zwinge sie zu gar nichts. Die springen aus freien Stücken rein.«

Noah drehte sich vom Fenster weg. »Hast du einen Defibrillator parat, falls jemand eine Herzattacke erleidet?«

»He, die sind jung und gesund. Ein bisschen Seewasser bringt niemanden um.«

»Unterkühlung schon.«

»Ich habe Gabi gesagt, dass sie aus dem Wasser müssen, wenn ihnen warm wird. Und übrigens, bevor du vor Mitleid zerfließt: Die Mädchen haben sich die Ferien hier selbst zuzuschreiben. Warme Duschen standen nicht in der Ausschreibung.«

Luke blickte auf den Ventilator und fluchte. Er hatte gerade ein Teil verkehrt herum eingebaut. Wenn Gabi sich nicht bald was überzog, würde er heute gar nichts mehr geregelt bekommen.

»Hast du denn gar kein Mitleid mit Gabi?«

»Im Moment nicht, nein. Oliver und ich haben darum gebettelt, dass sie uns für diesen Sommer ein paar Handwerker schicken, nachdem wir die Endlosliste gesehen hatten. Und wen hat Briarwood geschickt?« Er deutete mit dem Daumen zum Fenster. »Eine Bande Privatschülerinnen und ihre adrette Hausmutter oder wie immer sie sich nennt. Wie soll ich arbeiten, wenn die einem ständig in die Quere kommen?«

Noah sah noch mal aus dem Fenster, und Luke fiel plötzlich auf, dass das Kreischen aufgehört hatte.

»Sind sie aus dem Wasser raus? Oder sind sie tot?«

»Nicht tot.« Noah neigte den Kopf zur Seite. »He, hast du Gabriela im Badeanzug gesehen?«

»Ja, und hör auf zu gaffen.«

Noah grinste. »Wieso?«

»Erstens: Piper bringt dich um. Und zweitens: Äh … lass es einfach.«

Mist. Er schloss die Augen, denn ihm wurde gerade klar, was Noah gehört hatte: seinen Besitzanspruch, den er sich gar nicht anmerken lassen wollte. Noah hatte ihn klar und deutlich vernommen.

»Verstanden.« Noah nickte langsam und lächelte unverändert. »Ist da jemand in die heiße Hausmutter verknallt?«

Luke runzelte verärgert die Stirn. »Ist da jemand zwölf? Nein. Niemand ist in irgendwen verknallt.«

Noah zuckte mit den Schultern. »Hey, vier Wochen sind eine lange Zeit. Du sitzt hier fest, sie sitzt hier fest … Da weiß man nie, richtig?«

»Das kommt überhaupt nicht infrage. Sie ist nicht mein Typ. Anderer Lebensstil. Daraus wird nichts.«

»Ganz wie du meinst.« Er sah wieder aus dem Fenster. »Kleiner Rat von mir: Sieh auf keinen Fall zu, wenn sie aus dem Wasser kommt. Sonst stellst du noch fest, dass sie ganz genau dein Typ ist.«

»Noah?«

»Schon gut. Heiße Braut in heißem Badeanzug ist kein Thema zwischen uns.«

»Danke.« Luke sah vom Ventilator auf und schaute nach draußen, dann riss er sich zusammen und konzentrierte sich wieder auf das Gerät. Aber nach längstens einer Sekunde sah er wieder aus dem Fenster. Es sah aus, als wollte Gabi den Mädchen beibringen, wie man … angelt? Im Ernst? Wo hatte sie die alten Angelruten gefunden?

Noah deutete mit dem Kopf Richtung Bürohäuschen. »Wie kommt Oliver damit klar, dass die hier sind?«

Luke ließ eine Schraube fallen und fluchte, weil sie weit unter den Tisch rollte, wo er nicht so einfach an sie herankam.

Oliver hatte sein Leben damit zugebracht, jede Minute und jeden Penny in die Erziehung von Jungen zu investieren, die die Gesellschaft schon abgeschrieben hatte, und nun musste er mitansehen, wie sein Lebenswerk den Bach runterging. Schließlich hatte er eingestanden, dass er sich allmählich zu alt fühlte. Jedes Mal, wenn Oliver sich hinsetzte, tat es Luke in der Seele weh, denn solange er ihn kannte, hatte Oliver noch nie herumgesessen.

»Ich weiß es nicht«, antwortete er auf Noahs Frage. »Aber das Einzige, was ihn schneller ins Grab bringen wird als der Ruhestand, ist, zusehen zu müssen, wie sein Camp in eine Ferienanlage für reiche Töchter verwandelt wird.«

»Was wirst du dagegen unternehmen?«

»Ich gehe meine Liste stinkreicher Bekannter durch und überzeuge einen davon, die Anlage zu kaufen.«

»Ja, das bietet sich an. Aber angenommen, der Plan geht nicht auf. Weil du zum Beispiel keine stinkreichen Bekannten hast.«

»Tatsächlich spiele ich mit dem Gedanken, mich direkt an den Schulvorstand zu wenden.«

Noah riss die Augen auf. »Und was willst du sagen?«

»Das habe ich mir noch nicht überlegt.« Luke schüttelte den Kopf. »Aber es muss doch wenigstens ein verständnisvoller Mensch dem Vorstand angehören – einer, der bereit ist zu begreifen, was wir verlieren würden, wenn das Vorhaben realisiert wird. Und der kann vielleicht die anderen irgendwie überzeugen.«

»Du klingst nicht sehr optimistisch.«

»Bin ich auch nicht, aber ich muss es versuchen. Ich kann nicht einfach den ganzen Sommer lang herumsitzen und das Camp in eine Anlage umbauen, die es nie sein sollte, und dann im September meine Sachen packen, bevor die mich rauswerfen.«

Noah schaute zum Strand. »Hast du einen Verbandskasten griffbereit? Für den ersten Angelhaken in einer Wange?«

Besorgt hob Luke den Blick. Gabi verteilte die Mädchen am Ufer, dann versuchte sie, ihnen zu zeigen, wie man die Angel auswarf. Er schüttelte den Kopf, musste aber lächeln. Sie hatte absolut keine Ahnung, was sie da tat, legte sich aber verdammt ins Zeug. Wenn sie so weitermachte, würden die Mädchen heute Abend frühzeitig in den Schlafsack kriechen, nur um von solchen fröhlichen Camp-Aktivitäten verschont zu bleiben.

»Was hast du damit angestellt?« Noah zeigte auf Lukes dunkelblaue Daumenspitze. »Warst du in Gabis Anblick vertieft und hast nicht aufgepasst, wo du hinschlägst?«

Luke zeigte ihm den Mittelfinger, was Noah nur zum Lachen brachte.

»Hey, wenn *ich* Single wäre und diese umwerfende Frau würde in *meinem* Camp den Sommer verbringen, hätte ich auch blaue Flecke.«

»Du bist *nicht* Single, und sie ist in *meinem* Camp, aber die blauen Flecke kriegst du von Piper, wenn sie erfährt, wo du hinglotzt. Gabi ist für vier Wochen hier, und dann fährt sie zurück ins Briarwood-Paradies, wo alle aus derselben Gesellschaftsschicht kommen und Blender am Tor abgewiesen werden.«

»Nicht, dass du da versteckte Probleme hättest.«

Luke schnaubte empört. »Ich verstecke meine Probleme nicht. Sie und ich stammen aus verschiedenen Welten. Die sind unvereinbar, wie man so sagt.«

»Klar.« Noah nickte und sah wieder nach draußen. »Also Vorsicht vor dem Badeanzug. Sonst werden sie sich doch noch vereinen.«

6

»Eine Schnitzeljagd? Oh, megaspannend.« Madison stöhnte, als Gabi am nächsten Morgen die Aufgabenlisten verteilte, die sie vor einer Stunde geschrieben hatte.

»Mach so weiter, und ich setze auf deine Liste ein Bärenjunges.«

»Na, na, Gabi«, murmelte Sam. »Ich glaube nicht, dass Sie uns an die Bären verfüttern dürfen.«

»Zeig mir, wo das geschrieben steht, und ich nehme die Option zurück. Ansonsten kann ich das wie einen Unfall erscheinen lassen.« Gabi reichte Sam ihre Liste, dann setzte sie sich mit den Mädchen an den Picknicktisch. »Ihr bildet heute Teams. Madison und Sam, ihr seid das eine, Eve und Waverly, ihr das andere. Ihr habt zwei Stunden Zeit. Lauft nur so weit, dass ihr das Camp noch sehen könnt. Das Team, das als Erstes alle Aufgaben erfüllt hat, hat gewonnen.«

»Was gewinnen wir denn?«, fragte Sam.

Gabi überlegte. Darüber hatte sie sich noch keine Gedanken gemacht. Schließlich kam ihr die Idee. »Einen Nachtisch. Wenn ihr die Schnitzeljagd durchzieht, ohne euch gegenseitig umzubringen, in den See zu fallen oder euch zu verirren, mache ich euch etwas Leckeres zum Nachtisch.«

»Ist der dann leckerer als Lukes Müsli?« Eve rümpfte angewidert die Nase, was die anderen ihr sofort nachmachten. Sogar Gabi schüttelte sich unwillkürlich. Luke hatte es ihnen beim Frühstück angedreht und behauptet, seine Mischung enthielte alles einschließlich der Reste im Auffangsieb der Spüle. Leider schmeckte es auch danach. Gabi war natürlich für Ballaststoffe bei der Ernährung, aber sie sollten genießbar sein.

»Auf jeden Fall. Ich werde sogar Zucker reintun.« Sie scheuchte die Mädchen mit einer Geste vom Tisch weg. »Geht. Sucht die Dinge zusammen, bringt sie her, gewinnt die Nachspeise.«

Zehn Sekunden nachdem die Mädchen auf dem Weg verschwunden waren, hörte sie Lukes Stimme hinter sich und zuckte zusammen. »›Sucht die Dinge, bringt sie her, gewinnt die Nachspeise?‹ Heute sind Abenteuerspiele angesagt?«

Seine Belustigung war unüberhörbar – vielleicht war es auch Spott –, aber sie hatte jetzt keine Lust, darauf einzugehen. Er lief um den Tisch herum.

»Wenn du bessere Ideen hast, darfst du die Mädchen gern unter deine Fittiche nehmen. Ich fahre dann und mache endlich Urlaub.«

»Nach nur zwei Tagen? Wow.« Er setzte sich auf die Bank gegenüber. »Nö. Nicht für alles Geld der Welt. Außerdem lässt du sie keine fünf Minuten aus den Augen. Du würdest sie garantiert nicht bei mir lassen.«

»Stell mich nicht noch mal auf die Probe. Du könntest eine Überraschung erleben.«

Er sah ihr in die Augen. »Kommst du hier zurecht?«

Sie runzelte irritiert die Stirn. Was für ein Ton war das auf einmal? Er klang beinahe … nett. Bisher hatte er sie und die Mädchen, so gut er konnte, gemieden, und jetzt klang er auf einmal verständnisvoll. Sie wusste nicht, wie sie das interpretieren sollte.

»Ich komme gut zurecht, danke.«

»Hast du eine Nacht durchgeschlafen, seit ihr hier seid?«

Sie rieb sich die Augen. »Sieht man mir die Müdigkeit so sehr an?«

»Hängt davon ab, wie dunkel die Ringe unter deinen Augen normalerweise sind.«

»Eigentlich schlafe ich immer sehr gut … Zumindest war das bisher der Fall.«

Er lächelte. »Hast du dich noch nicht an die nächtlichen Geräusche gewöhnt?«

»Es liegt eher an den Holzplanken, auf denen ich liegen muss.«

»Wie? Habt ihr euch keine Feldbetten genommen?«

Gabi riss die Augen auf. »Es gibt Feldbetten?«

»Natürlich haben wir Feldbetten. Die stehen im Schuppen, direkt neben den Zelten.«

»Und das hast du nicht erwähnt, weil …?«

»Habe ich nicht?« Er blickte tatsächlich etwas beschämt drein. »Die muss ich euch doch gezeigt haben.«

»Hast du nicht.«

Luke schüttelte den Kopf. »Ich weiß, ich habe euch nicht gerade einen herzlichen Empfang bereitet. Aber im Ernst, ich habe die Feldbetten ganz bestimmt nicht absichtlich verschwiegen und euch gezwungen, auf der nackten Plattform zu liegen. Ich zeige dir nachher noch mal, wo die stehen.«

»Danke. Kannst du mir auch zeigen, wo der Zucker aufbewahrt wird? Ich habe mich gerade verpflichtet zu backen.«

»Obwohl sich die Mädchen gerade schrecklich benommen haben, belohnst du sie mit Kuchen?« Er blickte sie herausfordernd an.

»Ich belohne nicht ihr Benehmen, sondern ihren Erfolg bei der Schnitzeljagd.«

»Klar. Verstanden.«

Sie neigte den Kopf zur Seite. »Was willst du mir sagen?«

»Nichts.« Er zuckte mit den Schultern. »Es sind deine Mädchen, nicht meine.«

»Und trotzdem erstickst du fast an deiner Meinung, die du krampfhaft zurückhältst.«

»Das stimmt nicht. Ich bin sicher, du weißt, was du tust.«

Sie seufzte. »Nein. Dir ist genauso klar wie mir, dass ich gar keine Ahnung habe. Ich bin hier ein bisschen überfordert.«

»Ehrlich gesagt, bin ich ziemlich beeindruckt, was du hier auf die Beine stellst. Wenn die Mädchen noch nicht bereuen, was sie zu Hause angestellt haben, dann werden sie es bestimmt bald tun.«

»Moment mal.« Gabi runzelte die Stirn. »Willst du damit andeuten, meine Beschäftigungen sind eine Bestrafung?«

»Ganz ehrlich? Blätter sammeln und abmalen, sinnloses Angeln, eine Schnitzeljagd ... Das sind keine Strafen?«

Gekränkt verschränkte Gabi die Arme. »Wir sind in einem Camp. Ich mache mit ihnen, was man in Camps macht.«

»Bist du überhaupt mal in einem gewesen, Gabi?«

»Selbstverständlich.«

»Wie alt warst du da?«

Sie seufzte. »Zehn. Aber vor drei Tagen dachte ich noch, ich würde mich jetzt in einem Liegestuhl am Strand sonnen, während qualifizierte Pädagogen meine Schülerinnen zurechtbiegen. Ich hatte keine Ahnung, dass man mir das aufhalsen würde. Eine Camp-Freizeit ist nicht mein Fachgebiet.«

Luke schwieg. Er wog augenscheinlich ab, ob er aussprechen sollte, was ihm auf der Zunge lag. Schließlich nahm er die Arme auseinander und stützte die Ellbogen auf die Tischplatte. Er wirkte zugleich locker und doch angespannt. Sehr zu ihrer eigenen Verärgerung konnte Gabi den Blick nicht von seinen Händen abwenden. Starke, sonnengebräunte, geschickte Hände hatte er. Sie schloss die Augen, damit sie sich nicht vorstellte, was die alles tun könnten. Nein, daran durfte sie nicht denken.

Er ballte eine Hand zur Faust und klopfte damit leicht auf den Tisch. »Weißt du, ich arbeite ... schon eine Weile in dem Camp. Da habe ich einiges an Ideen aufgeschnappt. Also, wenn du Hilfe möchtest ...«

Sie schüttelte den Kopf. Verdammt, ihr Selbstvertrauen hatte schon genug gelitten. Sich schon am dritten Tag retten zu lassen würde ihr bestimmt nicht guttun. Obwohl sie inzwischen verzweifelte. Aber nein, sie konnte das Angebot nicht annehmen.

»Vielen Dank. Ich weiß das zu schätzen. Aber du hast viel zu tun, und ich will dich nicht davon abhalten. Wir werden schon zurechtkommen.«

Er lächelte, aber sein Blick blieb ernst. »In Ordnung. Deine Entscheidung.« Er stand auf und schlug den Weg hinauf Richtung Speisesaal ein. Sie wartete, bis er außer Sicht war, bevor sie den Kopf in die Hände sinken ließ. Tränen standen ihr in den Augen.

Eigentlich sollte sie jetzt ihre dritte Piña Colada trinken, die Zehen in den Wind der Karibik strecken und erraten, wer in ihrem Krimi der Mörder war, bevor der Detektiv dahinterkam. Abends sollte sie sich in ihrem neuen Sommerkleid an die Theke der Cocktailbar setzen und mit ihren sonnengebräunten Schultern und dem Kokosduft in den Haaren unwiderstehlich sein.

Sie sollte jetzt nicht für einen Haufen halbwüchsiger Zicken die Freizeitpädagogin spielen.

Und sie sollte definitiv nicht in den dunkelgrünen Augen eines fremden Mannes versinken und sich vorstellen, was er mit seinen Händen tun könnte, damit sie den ganzen Schlamassel vergaß.

»Was hast du zu ihr gesagt?«, fragte Piper scharf, als Luke die Küche betrat.

»Was? Wer?« Er nahm sich eine Flasche Wasser aus dem Kühlschrank. »Wovon redest du?«

»Von Gabi. Von wem denn sonst?« Piper deutete mit dem Daumen zum Fenster. »Sie sieht aus, als hättest du ihr gerade ihr Haustier weggenommen.«

Luke blickte hinaus, und es zog ihm den Magen zusammen. Gabi saß noch an ihrem Platz. Sie rieb sich die Schläfen, dann schloss sie die Augen, hob das Gesicht in die Sonne und atmete tief durch. Selbst von hier aus konnte er an ihren Schultern, ihrem Gesicht, ihrer ganzen Haltung erkennen, wie angespannt und frustriert sie war.

Sie war derart überfordert, dass sie mit den Mädchen ebenso gut auf dem Mars hätte sitzen können, aber offenbar war sie zu stolz, um Hilfe anzunehmen. Zumindest noch.

»Ich habe angeboten, ihr zu helfen, wenn du es unbedingt wissen willst.«

»Wow.« Piper zog die Mundwinkel herab und nickte. »Schon nach drei Tagen verlierst du die Nerven, weil da ein Laie am Werk ist?«

»Klappe, Piper.«

Sie lachte. »Ich mein ja bloß. Mir war klar, dass du nicht einfach die Füße stillhalten und zusehen kannst.«

»Mir bleibt eigentlich nichts anderes übrig, oder? Sie ist für die Schülerinnen verantwortlich, ob sie nun Ahnung von der Materie hat oder nicht.«

»Hat sie denn Ahnung davon?«

Ihm ging durch den Kopf, was in den letzten zwei Tagen vorgefallen war – die Waschbären, das Giftefeu, der Angelhaken in Eves Wange …

»Sie weiß sicherlich, was bei den Mädchen in ihrer gewohnten Umgebung zieht. Aber hier sind sie sehr weit von ihrer gewohnten Umgebung entfernt.«

»Offensichtlich. Aber warum willst du ihr helfen?«

Luke seufzte. »Weil mir in den letzten vierundzwanzig Stunden der Gedanke gekommen ist, dass wir jemandem aus Briarwood zeigen sollten, was wir hier tatsächlich leisten. Das ist vielleicht die beste Art, den Schulvorstand davon abzubringen, unsere Existenz zu vernichten.«

»Ah.« Piper nickte. »Aber Gabi beißt nicht an. Also was willst du tun?«

»Was kann ich tun?« Er hob ratlos die Hände. »Sie ist entschlossen, das allein zu schaffen, und ich habe Arbeit für zehn Mann zu bewältigen. Daher sehe ich das erst mal so: Wenn sie und die Mädchen mich in Ruhe lassen, werde ich ihnen denselben Gefallen erweisen.«

»Hm, hm.« Piper gab einige Zutaten in eine Rührschüssel und wich seinem Blick sorgsam aus.

»Piper?«

Sie verdrehte die Augen. »Ich weiß: Klappe.«

Ein Weilchen später verließ Oliver das Bürohäuschen. »Gabi? Mir ist eine Idee gekommen.«

»Okay?«

»Komm, ich will dir etwas zeigen.« Er ging mit ihr einen Weg entlang, den sie noch nicht kannte. Er verlief vom Strand bergan auf eine dichte Gruppe von Kiefern zu. Dort war es kühl. Oliver führte sie durch den kleinen Hain und einige Steinstufen hinauf, die aussahen, als lägen sie schon seit Ewigkeiten dort.

Auf halber Höhe des Hangs blieb er stehen. »Das ist die schönste Aussicht, die das Camp-Gelände zu bieten hat, findest du nicht auch?«

Sie folgte seinem Blick und nickte. Bunte Segelboote schaukelten über die schaumgekrönten Wellen des Sees. Doch sie vermutete, dass er vor allem angehalten hatte, um Atem zu schöpfen, und nicht vorrangig, um ihr die Aussicht zu zeigen.

Einen Moment später drehte er sich um und stieg weiter den Hügel hinauf, und Gabi musste sich eingestehen, dass sie nicht fitter war als er, denn sie schnaufte wie ein Asthmatiker, als sie endlich auf der Hügelkuppe ankamen. Vor ihr lag ein ebenes abgezäuntes Stück Land, das vielleicht mal ein Garten gewesen war. Auch von hier war die Aussicht über den See fantastisch.

»Wow.« Sie wischte sich unauffällig über die Stirn. »Es ist herrlich hier oben.«

»Jep. Vielleicht ist *das* die schönste Aussicht auf unserem Gelände.« Er nickte, dann wandte er sich der eingezäunten Fläche zu. »Kennst du dich mit Gartenarbeit aus?«

»Voriges Jahr habe ich Kräuter in Töpfen ziehen wollen.« Sie schüttelte den Kopf. »Es kam nicht viel dabei heraus.«

Er lachte. »Also, wir bepflanzen den Garten jedes Frühjahr, und was wir nicht essen, geht an die Suppenküche in der Stadt. Dieses Jahr hatten wir keine Zeit dazu, aber ich habe überlegt, ob du das mit den Schülerinnen als Projekt übernehmen willst. Ich lasse nur ungern fruchtbaren Boden brachliegen.«

»Wirklich?« Gabi betrachtete das viele Unkraut. Das sah nach enorm viel Arbeit aus.

»Ja.« Er zuckte mit den Schultern. »Es ist schon ein bisschen spät zum Pflanzen, aber wir könnten trotzdem noch etwas ernten. Die Mädchen könnten sich aussuchen, was sie säen wollen, und ich würde euch sehr gern zeigen, wie man es machen muss, damit etwas dabei herauskommt.«

Gabi nickte nachdenklich und stellte sich dabei vor, wie

ihre vier emsig hackten und schaufelten und sich freuten, sobald grüne Sprösslinge aus dem Boden lugten.

Innerlich verdrehte sie die Augen, denn so würde es garantiert nicht werden.

Trotzdem. Das war eigentlich ein guter Vorschlag.

»Weißt du was? Ich halte das für eine wirklich gute Idee. Vielen Dank dafür.«

Oliver lachte leise. »Sei nur nicht zu blauäugig. Ein Garten ist ein Haufen Arbeit. Es gibt eine Menge zu beachten. Aber das bringe ich euch bei, wenn du meinst, deine Mädchen können von der Arbeit profitieren.«

»Oh, das können sie ganz bestimmt. Danke, Oliver. Das ist großartig.«

Er nickte und schaute dann über den See. »Weißt du, es steht mir vielleicht nicht zu, das zu sagen, aber du sollst wissen, dass du auch ein bisschen Unterstützung in Anspruch nehmen kannst. Luke hat lange mit Teenagern gearbeitet und noch länger Camp-Arbeit geleistet. Mit Jungen meistens, aber die Fähigkeiten kann man genauso gut bei Mädchen anwenden. Er könnte dir helfen, falls du mal das Gefühl hast, du könntest eine zusätzliche Hand gebrauchen.«

Gabi runzelte die Stirn. »Mache ich heute einen verzweifelten Eindruck?«

»Nein. Wir sind es nur gewohnt, im Team zu arbeiten. Wir greifen einander unter die Arme. Wie es scheint, gehörst du jetzt auch zum Team, ob du das vorhattest oder nicht. Also, wir sind da, wenn du uns brauchst. Keiner kann alles können. Es ist keine Schande, um Hilfe zu bitten. Mehr will ich damit gar nicht sagen.«

Gabi holte tief Luft und schaute zu den Segelbooten. Oliver konnte nicht wissen, dass ihr Drang, unabhängig und selbstständig zu sein, schon früher enorm groß gewesen war.

Auch bevor sie ihre Familie, ihr altes Zuhause abserviert und ihren Investmentfonds ausgeschlagen hatte. Das war zehn Jahre her. Seitdem hatte sie nur einem einzigen Menschen völlig vertraut, sich nur auf eine Person verlassen, egal in welcher Situation sie gewesen war, und von keinem anderen Hilfe angenommen.

Diese eine Person war sie selbst.

Ja, sie sah sich jedes Wochenende romantische Komödien an. Ja, sie liebte die Geschichten vom Retter in der Not, genau wie das übrige Publikum der Hollywoodfilme. Aber sie brauchte keinen Retter. Sie würde allein mit der Situation fertigwerden.

Denn wenn sie das nicht tat, würde Luke das für sie erledigen.

7

»Luke! Luke!«, schrie Trina. »Hilf mir!«

Mit polternden Schritten rannte Luke zwischen grauen Stahlspinden entlang ihren Schreien hinterher. An der Decke flimmerten Neonröhren. Er zählte die Türen, an denen er vorbeihetzte, um die beiden einzuholen.

Als er um eine Ecke bog, sah er gerade noch, dass Randall kurz stehen blieb, um Trina besser zu packen, dann rannte er mit ihr über der Schulter weiter. Ihre blonden Haare wehten hin und her, während sie versuchte, sich aus seinem Arm zu winden.

»Hilf mir, Luke! Lass ihn nicht entkommen!«

Luke rannte schneller, aber der Gang vor ihm wurde immer länger. Er bog nach rechts ab, dann nach links und wieder nach rechts. Immer sah er nur ihre Haare hinter der nächsten Ecke verschwinden. Er holte kein bisschen auf. Er streckte die Arme nach ihr aus, als könnte er sie dadurch zu fassen bekommen, aber sie war viel zu weit weg.

»Luke! Rette mich!« Trina hämmerte mit ihren Fäusten auf Randalls Rücken und wand sich in seiner unerbittlichen Umklammerung. »Hilfe!«

Luke raffte jedes Quäntchen Kraft zusammen, machte kurze, kräftige Armschwünge, um sie einzuholen, aber der Gang wurde länger, ihre Stimme schwächer. Randalls Schritte gingen in ein rhythmisches dumpfes Stakkato über, während das Geräusch seines eigenen Keuchens sie allmählich übertönte. Er war schweißüberströmt, fluchte und schrie nach ihr und hörte nur seine eigene Stimme widerhallen. »Trina! Trina! Triiiina!«

»Luke. Luke. Wach auf.« Pipers Stimme riss ihn aus seinem Albtraum. Heftig blinzelnd versuchte er, sich zu orientieren. Verschwunden war der lange Gang, der immer wieder abbog, verschwunden die hässlichen Spinde und die flimmernden Neonröhren.

Verschwunden auch Katrina.

»Alles okay?« Besorgt reichte Piper ihm eine Flasche Wasser. Luke nickte und schloss die Augen, atmete ruhiger. »Wieder derselbe Traum?«

»Ja.« Seufzend versuchte er, sich auf die zwitschernden Meisen zu konzentrieren, um Trinas Hilfeschreie aus seinem Kopf zu verjagen. Er war daran gewöhnt, dass ihn der verdammte Traum nachts immer wieder quälte. Aber mitten am Tag? Das war neu. Er hatte letzte Nacht mies geschlafen und deshalb beschlossen, sich eine Viertelstunde in der Hängematte hinter der Hütte zu gönnen, bevor er den Mädchen gegenübertrat. Offenbar hatten die fünfzehn Minuten ausgereicht, dass ihn seine Dämonen einholten.

»Was war es diesmal?«

»Ein endloser Gang. Ich konnte sie nicht einholen.« Luke fuhr sich mit beiden Händen übers Gesicht. »Ich hole sie nie ein.«

Piper rüttelte ihn zaghaft an der Schulter, als wäre sie sich nicht ganz sicher, ob er den Traum weit genug hinter sich gelassen hatte, um eine Berührung zu ertragen.

»Ich mache mir Sorgen um dich, Luke.«

»Brauchst du nicht. Mir geht es gut. Das ist bloß ein Traum.«

»Ein Traum, der immer wiederkommt. Du solltest dich dabei mal sehen. Das Entsetzen, das dir im Gesicht steht.«

»Ich bin nicht … entsetzt.«

Oh Mann, wem wollte er etwas vormachen? Einmal in der Woche wachte er schweißgebadet auf. Manchmal erinnerte er sich, was er geträumt hatte, und manchmal spürte er nur noch die Angst.

»Meinetwegen. Du bist nicht entsetzt, weil du ein großer, starker Mann bist, der es ablehnt, entsetzt zu sein. Ich verstehe. Aber dein Traum sagt dir etwas, und es ist bestimmt nicht gesund, das zu ignorieren.«

Seufzend stemmte sich Luke aus der Hängematte. »Ich habe zu viele Therapeuten als Freunde, die sich viel zu gern einmischen. Habe ich das mal erwähnt?«

»Mindestens zweimal die Woche.« Piper lächelte, aber ihre Besorgnis blieb. »Dein Wohlergehen liegt uns eben am Herzen. Und dieses Problem nagt an dir, permanent. Ich denke eben, es wäre gut, wenn du mit jemandem darüber redest, weißt du?«

Er schüttelte den Kopf und hob das Red-Sox-Cap vom Rasen auf, das ihm im Schlaf heruntergerutscht war. »Ich will nicht darüber reden, Piper. Der Traum ist meine Buße, okay? Ich habe sie nicht gerettet. Das habe ich nicht gekonnt. Und damit werde ich den Rest meines Lebens klarkommen müssen.«

»Luke …«

Er hob die Hand. »Der Traum ist alles, was ich von ihr noch habe. Den behalte ich gern.«

Am nächsten Abend, als die Mädchen eingeschlafen waren, schlenderte Gabi zum Strand hinunter und setzte sich in einen der Sessel. Ein bisschen Zeit für sich hatte sie dringend nötig. Zwei Tage lang hatte sie versucht, den Mädchen einen Schritt voraus zu sein, aber es war ungeheuer anstrengend gewesen, sie zu beschäftigen und davon abzuhalten, aufeinander herumzuhacken. Luke hatte einen weiten Bogen um sie gemacht und sich nur zu einem schnellen Mittagessen zu ihnen gesetzt. Sie ärgerte sich über sich selbst, weil sie immer wieder nach ihm Ausschau hielt, obwohl er ihnen ganz eindeutig aus dem Weg ging.

Während sie dem Quaken der Frösche und den Schreien der Eistaucher lauschte, wurde sie allmählich ruhiger, und die Anspannung in ihren Schultern ließ nach. Das Wasser plätscherte leise über den Strand, und der Mond schuf einen leuchtenden Pfad vom Ende des Anlegers zum anderen Ufer. Das war nicht Barbados, aber ein friedvolles schönes Fleckchen Erde, das musste sie zugeben.

Seufzend schloss sie die Augen und lehnte den Kopf an, fuhr aber im nächsten Moment hoch, weil sie Schritte im Sand hörte.

»Was dagegen, wenn ich mich zu dir setze?« Luke trat neben den anderen Strandsessel und hielt inne. Sein Gesicht war halb vom Mond beschienen, halb im Schatten, was seine Züge reizvoll hervorhob.

»Äh, okay.« Ihre Finger flogen zu ihren Haaren, die dank dem Seewasser und biologisch abbaubarem Shampoo extrem störrisch und lockig waren. Sie wollte sich keine Gedanken darum machen, was er von ihrem Aussehen hielt, aber eine kleine Eitelkeit war ja wohl verzeihlich, oder?

»Die Mädchen schlafen?«

»Als ich mich weggeschlichen habe, war das zumindest der Fall.«

Er nickte. »Es ist schwer, dem Ruf eines Adirondack-Sessels am Strand zu widerstehen.«

»Hier ist es wunderbar still.« Sie zog die Knie an die Brust. »Und tagsüber brauche ich auf Stille nicht zu hoffen, wie du vielleicht bemerkt hast.«

»Ist kaum zu überhören.« Er lächelte sie an. »Der See sollte sich allmählich erwärmen, sodass wenigstens das Kreischen beim Baden wegfällt. Was die übrigen Gelegenheiten zum Kreischen angeht, kann ich nichts versprechen.«

Sie seufzte. Obwohl sie sich drei Tage lang über ihn geärgert hatte, weil er ihr entweder ungebeten Ratschläge erteilt hatte oder aus dem Weg gegangen war, hatte sie jetzt das Gefühl, sich bei ihm entschuldigen zu müssen. Er erlebte ihre unzufriedene, zänkische Truppe wahrscheinlich wie einen heulenden Taifun, der plötzlich über das Camp hereingebrochen war, aber nicht wieder abzog.

»Das tut mir leid. Ich weiß, so hätte dein Sommer gar nicht aussehen – oder sich anhören sollen.«

Ein Weilchen saßen sie schweigend nebeneinander, dann räusperte er sich. »Erzähl mir etwas über die Mädchen.«

»Was möchtest du wissen?«

»Tja, ich habe mir einen Eindruck von ihnen gemacht, da ich in den vergangenen Tagen hin und wieder bei ihren Aktivitäten zugehört habe …«

»Sie waren nicht in Bestform, nur für den Fall, dass das von Bedeutung ist.«

Er schüttelte den Kopf. »Das würde ich auch nicht von ihnen verlangen. Aber ich denke, sie sind trotzdem nicht viel anders als sonst.«

Sie seufzte. »Leider.«

»Mal sehen, ob ich sie richtig einschätze. Madison ist die Anführerin, das sieht man gleich.«

»Der Typ des gemeinen Biests.« Gabi nickte. »Sammelt ihre Schar um sich, schließt jede nach Belieben aus und kann über die anderen herrschen, weil die genau davor Angst haben.«

»Irgendwelche positiven Eigenschaften, die das wettmachen?«

Gabi seufzte. »Ich denke, tief im Innern ist sie eigentlich ein sehr freundlicher Mensch. Aber sie hält das für eine Schwäche. Waverly tut so ziemlich alles, was Madison verlangt, auch wenn sie entschieden dagegen ist.« Gabi neigte den Kopf zur Seite. »Und wie ich sie einschätze, ist sie meistens dagegen. Im Grunde braucht sie dringend mehr Rückgrat, aber das wird ein langer Prozess.«

»Rückgrat können wir ihr verschaffen, falls das gewünscht wird.« Er zwinkerte.

»Gut zu wissen.« Sie hob den dritten Finger. »Eve.«

Eve war die zweite Stipendiatin, für die Gabi sich entschieden hatte. Sie hatte in einer winzigen Wohnung gelebt, in der es von Kindern wimmelte. Vor den Fenstern hingen Gitterstäbe und an der Haustür sechs Schlösser. Auf den Stufen vor den Haustüren entlang der Straße hockten lauter furchterregende, höhnisch grinsende junge Männer. Nachdem Gabi das Mädchen nach Briarwood geholt hatte, hatte sie die Fürsorge angerufen, weil ihr sofort ins Auge gesprungen war, dass die fünfzehnjährige Eve zu Hause mehr Elternarbeit geleistet hatte als die Erwachsenen.

Sie seufzte. »Eve macht sich gern beliebt und sorgt für andere, obwohl sie keins von beidem zugeben würde. Ich habe den starken Verdacht, dass sie bei der Eskapade nur mitgemacht hat, weil sie dachte, die anderen drei würden jemanden brauchen, der auf ihre Sicherheit achtet.«

»Und das bringt uns zu Sam. Ist sie die Expertin für das Kurzschließen von Autos?«

Seufzend rief Gabi sich das couragierte, außergewöhnlich intelligente Mädchen vor Augen, das seine Siebensachen in einem Müllbeutel nach Briarwood gebracht hatte, obwohl Gabi eigenhändig einen Koffer für Sam bei den Pflegeeltern abgegeben hatte.

Offenbar hatte die Pflegemutter für den Koffer eine andere Verwendung gehabt.

»Sam ist ein gutes Mädchen, hat enorm viel Potenzial. Sie ist bloß in eine dumme Sache reingeraten.«

»Braucht sie auch mehr Rückgrat?«

»Nein.« Gabi schüttelte den Kopf. »Davon hat sie mehr als jeder andere. Wieso glaubst du, dass sie diejenige ist, die den Wagen kurzgeschlossen hat?«

Luke lehnte sich zurück und streckte sich. Gabi musste sich zusammenreißen, um nicht den Anblick seiner Brust und Oberarme zu bewundern.

»Ich bin ein aufmerksamer Beobachter«, erklärte er schließlich. »Wenn Sam einen Raum betritt, weiß sie innerhalb von zehn Sekunden, was sich wo befindet. Sie hat ihren Fluchtweg geplant, bevor sie sich auch nur hinsetzt. Ich garantiere dir, die Kleine kennt immer drei Methoden, um irgendwo rauszukommen, egal, wo man sie einsperrt.« Er nickte bekräftigend. Dann verfinsterte sich seine Miene. »Und ich vermute, sie hat die entsprechenden Erfahrungen gemacht, um so zu werden.«

Überrascht starrte Gabi ihn an. Für einen Hausmeister hatte er ein ziemlich gutes Verständnis von seelischen Zusammenhängen.

»Sam ist kompliziert«, räumte sie ein. »Ich denke, sie hat schon viel erlebt.«

»Weißt du, dass sie Essen hortet? Ich habe sie gestern Abend im Speisesaal erwischt, als du mit den anderen schwimmen warst.«

»Das weiß ich, ja.« Das war ihr aufgefallen, kurz nachdem Sam nach Briarwood gekommen war. Und obwohl ihr dort jederzeit genügend Essen zur Verfügung stand, verhielt sie sich, als wäre die nächste Mahlzeit ungewiss. »Das tut mir leid. Ich werde mit ihr sprechen.«

Gabi wurde plötzlich siedend heiß bewusst, dass Luke das Mädchen anschwärzen könnte. Priscilla würde mit dem Schulverweis nicht zögern, und dann käme Sam genau dahin zurück, wo die nächste Mahlzeit offenbar ungewiss war ... und wo sie Fluchtwege kennen musste.

»Ich wäre dir dankbar, wenn du sie nicht verrätst«, sagte sie sehr leise. »Ms Pritchard ist nicht sehr verständnisvoll. Außerdem würde sie Sam nur zu gern wieder loswerden. Der geringste Anlass wird ihr gerade recht kommen.«

»Keine Sorge, ich werde kein Wort sagen.«

»Ich habe nicht daran gedacht, dass sie das hier auch tun könnte.«

»Ist schon gut, Gabi.« Er schaute sie an, als wäre ihre Entschuldigung völlig überflüssig. »Sam hat ihre Gründe. Und wenn sie Hunger hat, muss sie etwas essen. Ich habe ihr gezeigt, wo alles steht, damit sie sich etwas nehmen kann, wenn sie es braucht.«

Gabi schluckte. »Danke.«

»Ich habe ihr auch ein Schrankfach zur Verfügung gestellt, damit sie ihr Zeug darin verwahren kann. Es ist abschließbar.«

»Das hast du getan?«

Er zuckte mit den Schultern, als wäre das nicht der Rede wert. »Ich kenne dieses Verhalten. Ist nur komisch, das mal bei einem reichen Mädchen zu erleben. Jedenfalls dachte ich mir, es würde sie beruhigen, wenn sie ihre Leckerbissen an einem sicheren Ort horten kann.«

Reiches Mädchen – ha. Wenn er wüsste!

Gabi betrachtete ihn einen Moment lang. Da saß er mit nach hinten gedrehtem Baseballcap und einem Red-Sox-Shirt, das schon bessere Tage gesehen hatte, und redete wie ein Psychologe. Was sollte sie davon halten?

Sie neigte den Kopf zur Seite und warf ihm einen forschenden Blick zu. »Weißt du, mir fällt gerade ein, dass Ms Pritchard keine Gelegenheit mehr hatte, mich über deinen beruflichen Hintergrund zu informieren.«

»Du meinst meine Berufserfahrung?« Er wandte den Kopf zu ihr.

»Ja.« Sie nickte.

»Ich arbeite hier seit zehn Jahren in der Ferienzeit und während der Schulzeit an zwei hiesigen Highschools.«

»Hausmeisterjobs?«

»Verschiedenes.«

»Ich glaube, ganz so einfach bist du nicht.«

»Doch. Ich halte es immer gern einfach. Die Welt ist schwierig genug. Dazu muss ich nicht auch noch beitragen.« Er sah ihr tief in die Augen. »Was ist mit dir? Was ist deine Geschichte?«

»Meine Geschichte? Die ist viel zu lang und einschläfernd, um sie zu erzählen.«

»Ah.« Lächelnd schaute er wieder auf den See und verschränkte die Hände hinter dem Kopf. »Eine Frau mit Geheimnissen.«

»Ja, das bin ich«, entgegnete Gabi theatralisch.

»Aber sag mal: Der Hausmutter-Beruf ist mir neu. Worin besteht deine Aufgabe?«

»Lang und einschläfernd hat dich nicht abgeschreckt?«

»Nö. Und ich bin ernsthaft neugierig. Das ist eine ungewöhnliche Berufswahl.«

»Ursprünglich wollte ich das gar nicht werden. So viel kann ich zu meiner Ehrenrettung sagen.«

»Und was wolltest du werden?«

Gabi dachte an ihre Kurse im ersten Jahr an der Uni, damals, als sie noch ihren Fonds hatte und ihre Zukunft gesichert schien.

»Eigentlich wollte ich Mathelehrerin werden.«

»Was hat das verhindert?«

»Meine Noten.« Sie lachte bitter. »Mein Professor ließ durchblicken, dass ich im Fachbereich Englisch besser aufgehoben wäre.«

»Autsch.«

»Leider hatte er recht. Und dann … habe ich mir ein Jahr freigenommen, überlegt, was ich wirklich will, und bin zurück an die Uni gegangen. Den Fachbereich Englisch habe ich links liegen lassen – vielen Dank auch – und mich für Psychologie und Soziologie eingeschrieben.«

Es war nicht nötig, Luke zu erzählen, warum sie sich das Jahr freigenommen hatte. Er musste nicht wissen, dass ihr Bruder ein Leben führte, als stünde ihm alles zu, was er haben wollte, ob Geld oder Frauen. Und wie sein Verhalten zu ihrem Bruch mit der Familie geführt hatte … und zum Verlust ihres Fonds.

Ein Jahr lang hatte sie gebraucht, um wieder Fuß zu fassen, dann hatte sie schließlich eine Wohnung, zwei Jobs und ihre Würde wiedergefunden.

»Also bist du auch eine von den überqualifizierten, unterbezahlten Geschöpfen des amerikanischen Bildungssystems.«

»Absolut.« Sie schmunzelte. »Wenn mich meine Schützlinge nicht gerade in den Alkoholismus treiben, liebe ich meine Arbeit. Ich bin für die Mädchen Ersatzmutter, Lebensberaterin, Nachhilfelehrerin, Kriseninterventionshelferin und nächtliche Snackbeschafferin, alles in einer Person.«

»Klingt … als wärst du rund um die Uhr beschäftigt.«

»Und zwar Tag für Tag. Die Mädchen haben ihre Eltern nicht vor Ort, und für die meisten ist die Familie die halbe Zeit nicht erreichbar.«

»Also springst du ein?«

Sie nickte. »Aber ich bin nicht die Einzige. Es gibt insgesamt vier Hausmütter. Ich bin verantwortlich für die fünfzig Mädchen in meinem Wohnheim – sorge dafür, dass sie satt, zufrieden und erfolgreich sind bei allem, was die Schule von ihnen verlangt.«

Luke zog eine Braue hoch. »Ein Zitat aus deiner Arbeitsplatzbeschreibung?«

»Absolut.« Gabi lachte.

»Was findest du am schwersten?«

»Sie zufriedenzustellen«, sagte sie ohne Zögern. »Viele der Mädchen wurden schon öfter in Camps geschickt und mehrerer Schulen verwiesen. Und zumindest die in meinem Wohnheim haben mit ihrer Pubertät zu kämpfen und befinden sich in der Hormonhölle. Das ist schwer, selbst für die vernünftigsten.« Sie beugte sich nach vorn. »Und von denen haben wir nicht viele.«

»Darf ich ehrlich sein?« Er zögerte einen Moment. »Mir scheint, deine Stellenbezeichnung wird deinen vielen Aufgaben nicht gerecht.«

»Du meinst, das Wort ›Hausmutter‹ klingt, als würde ich strickend am Kamin sitzen und auf meine Schülerinnen warten, um ihnen frisch gebackene Kekse vorzusetzen, bevor sie sich wieder trollen und tun, was Schüler in dem Alter so tun?«

Er lachte. »Genau.«

»Ja, das stimmt.« Sie nickte. »Und ich hasse meine Stellenbezeichnung.«

»Die ist nicht zu ändern?«

»Bist du Priscilla Pritchard schon mal begegnet? Stellenbezeichnungen sind ein Machtinstrument, und sie sorgt gern dafür, dass alle ihre Mitarbeiter genau wissen, wo sie auf der Hierarchieleiter stehen … nämlich zehn bis zwanzig Sprossen unter ihr.«

»Scheint mir eine echte Herausforderung zu sein.«

»Eine unangenehme Herausforderung.« Gabi kniff die Lippen zusammen. »Tut mir leid. Nach allem, was sie sich vorige Woche geleistet hat, bin ich nicht gut auf sie zu sprechen.«

»Kann man dir kaum vorwerfen«, entgegnete er. »Sofern die Briarwood Academy keine Klientel von Eltern bevorzugt, die sich nach dem finsteren Mittelalter sehnen, sollte die Pritchard eigentlich zeigen wollen, dass sie bestens ausgebildete Dekane und Pädagogen und dergleichen hat – lauter Berufsbezeichnungen, die tatsächlich zu dem passen, was du leistest.«

»Sollte man meinen.« Gabi schaute wieder über den See. »Aber Priscilla ist vor allem eins wichtig: sie selbst. Sie liebt ihren Posten, sie liebt es, dass reiche Familien aus dem ganzen Land ihr die Füße küssen, damit sie ihre Töchter in Briarwood aufnimmt, und sie liebt es, dass sie das Gesicht einer der besten Privatschulen Amerikas ist. Was sie dagegen gar nicht leiden kann, sind Mitarbeiter, die auf die Idee kommen, sie könnten die Leiter hinaufklettern und ihr den Posten abspenstig machen.«

»Willst du ihren Posten?«

Gabi dachte darüber nach. »Nein. Und ja. Nein, weil ich es ganz furchtbar fände, ständig mit diesen Eltern zu tun zu haben. Aber ja.« Sie nickte. »Ich hätte sehr gern die Chance, aus Briarwood eine ganz andere Schule zu machen.«

»Wirklich?« Er blickte sie aufmerksam und neugierig an, was sie nervös machte und zugleich beflügelte. »Was würdest du tun?«

Oh, die Frage war leicht zu beantworten. »Einen beträchtlichen Teil der Stiftungsgelder als Stipendium für Kinder wie Sam und Eve verwenden.«

»Kinder wie …« Er sah sie fragend an. »Was heißt das?«

Ups. Ach, du je.

»Die beiden sind Stipendiaten?«

Sie nickte zögernd. »Ja, aber das hätte ich für mich behalten müssen. Die anderen beiden wissen das nicht. Bitte, bitte, lass das nicht durchsickern.«

Noch während sie darum bat, wurde ihr klar, dass ihm das nicht im Traum einfiele.

Er lehnte sich wieder zurück und verschränkte die Hände hinter dem Kopf. »Ich versuche, nicht gekränkt zu sein, weil du meinst, mich tatsächlich darum bitten zu müssen.«

»Ich weiß. Es tut mir leid. Eigentlich ist mir klar, dass du das nicht tun würdest. Entschuldige bitte.«

»Wie viele Stipendiaten habt ihr pro Schuljahr?«

Sie schluckte. Vor diesen beiden? Keine. »Wir haben … nur diese zwei.«

Er sah sie entgeistert an. »Bei solch einer finanziellen Ausstattung? Zwei Kinder? *Zwei?*«

»Ich weiß. Das ist erbärmlich. Und ich musste drei Jahre lang kämpfen, um den Vorstand zu bewegen, dieses Jahr einen Probelauf zu machen. Und jetzt schau, was passiert ist. Beide Schülerinnen haben etwas so Schlimmes angestellt, dass die Schulleitung sie für den Sommer in ein Camp geschickt hat. Priscilla hätte sie rausgeworfen, wenn es nach ihr gegangen wäre. Zum Glück muss sie bei solch einer Entscheidung den Vorstand einbeziehen, und der hat die Mädchen wohl davor bewahrt.«

Gabi sah die Vorstandsmitglieder an dem langen Eichentisch im Konferenzraum sitzen und konnte sich genau denken, wie jeder Einzelne von ihnen auf die Eskapade der Mädchen reagiert hatte. Die Hälfte dürfte für den Schulverweis gestimmt haben. Und dann sah sie Laura Beringer am Kopf des Tisches sitzen und bedächtig nicken. Seit zehn Jahren war sie die Vorsitzende, und obwohl sie mittlerweile über achtzig Jahre alt war, deutete sich durch nichts an, dass sie gedachte, den Posten abzugeben, sehr zum Missfallen jener Hälfte.

Gabi bewunderte sie, und höchstwahrscheinlich war es ihrem Votum zu verdanken, dass Sam und Eve ihre Habseligkeiten noch nicht zusammenpacken mussten.

»Haben sie das verdient?«, fragte Luke leise, und die Frage klang sehr aufrichtig.

»Kommt darauf an, wie man die Grundsätze der Schule auslegt. Aber eins kann ich dir garantieren: Wenn nur Sam und Eve in der Nacht rausgeschlichen wären, hätte Priscilla mehr Druck ausgeübt, um sich durchzusetzen. Dass sie das Vergehen mit Madison und Waverly zusammen begangen haben, hat sie gerettet, so widersinnig einem das erscheinen mag.«

In Lukes Gesicht spiegelte sich kurz ein Durcheinander an Empfindungen, das sie nicht richtig deuten konnte, dann biss er die Zähne zusammen und nickte langsam. »Was wäre passiert, wenn nur Madison und Waverly das getan hätten?«

»Dann wären wir beide uns nie begegnet, das kann ich dir versichern. Der Vorfall wäre stillschweigend unter den Teppich gekehrt worden.«

»Sieh an.«

»Es sind gute Mädchen, Luke, alle vier. Aber sie stecken derart in ihren Verhaltensmustern fest, dass man das gar nicht merkt.« Sie ballte die Hände in ihrem Schoß zu Fäusten. »Ich habe das ganze Jahr versucht, irgendwie zu ihnen durchzudringen, aber sie haben sich förmlich hinter einer Mauer verbarrikadiert.«

»Und die von Sam und Eve ist noch mal ein bisschen dicker, nehme ich an?«

»Natürlich. Sie sind beide ihr Leben lang herumgestoßen worden, von einer Pflegefamilie zur anderen gekommen, und immer vom Regen in die Traufe. Ich habe mir fünfzig Mädchen angesehen, um dann zwei für das Stipendium auszuwählen. Am liebsten hätte ich alle fünfzig genommen, nur um sie aus den Verhältnissen herauszuholen, in denen sie leben müssen. Es hat mir das Herz gebrochen.«

Darauf sagte er eine Weile nichts und schaute nur über den See. Dann drehte er sich zu ihr. »Ich muss dich jetzt etwas fragen. Warum lässt du die vier zusammen wohnen? Madison ist ziemlich gemein, und Waverly tut alles, was Madison sagt. Warum mutest du die beiden zwei derart belasteten Mädchen zu?«

Gabi senkte den Blick auf ihren Schoß. »Darüber habe ich auch schon oft nachgedacht, glaub mir.« Sie seufzte. »Ganz ehrlich? Von meinen höheren, unrealistischen Zielen einmal abgesehen war ich der Meinung, mit der Zeit würden sie begreifen, dass sie gar nicht so verschieden sind, wie sie annehmen. Alle vier sind von ihren Eltern im Grunde genommen im Stich gelassen worden – nur auf verschiedene Weise. Ich dachte, das würde sie zusammenschweißen.«

»Aber es funktioniert nicht?«

»Überhaupt nicht. Nun ja, es gab Momente … sogar die eine oder andere Woche, wo es ganz gut lief. Aber dann verschärft Madison ihr Spiel wieder oder Sam kommt ihr darin zuvor, und Eve und Waverly sind gezwungen, sich auf eine Seite zu stellen, und dann …«

»Hölle.«

»Jep.«

Er blieb noch einen Moment lang nachdenklich, dann sah er ihr wieder direkt in die Augen.

»Gabi?« Sein Ton war weich, beinahe zärtlich, und er berührte sie an der Schulter, nur kurz, aber es sandte ein Kribbeln durch ihren ganzen Körper bis hinunter in die Zehenspitzen. »Ich hoffe, du springst mir nicht an die Kehle, wenn ich das sage, aber für mich klingt das, als wärst du genau da angekommen, wo du sein musst.«

8

Stunden später lag Gabi wach auf ihrem Feldbett. Sie wünschte sich sehnlichst einzuschlafen, bekam aber kein Auge zu, weil ihr das Gespräch mit Luke immer wieder durch den Kopf ging. Draußen dämmerte es schon, und die Mädchen schliefen tief und fest. Rings um das Zelt scharrten und schnupperten die Waschbären auf der Suche nach Futter. Bemerkenswert, dass die Mädchen sich nach wenigen Tagen schon nicht mehr daran störten und durchschliefen.

Sie wagte nicht, sich zu rühren, da ein Quietschen des Feldbetts vielleicht jemanden weckte. Im Schlaf herrschte endlich einmal Frieden unter den vier Quälgeistern.

In der Woche vor der Abreise hatte sie sich in ihren wohl eher illusionsverhafteten Momenten das gesagt, was auch Luke angedeutet hatte: dass dieses Sommercamp eine Chance war, um die vier Mädchen zueinanderzubringen ... ihnen die Gemeinsamkeiten bewusst zu machen, die sie für das kommende Jahr verbinden könnten ... irgendwie zu erreichen, dass sie nicht wieder etwas anstellten, das ihnen den Schulverweis einbrachte.

Doch obwohl sie sich in den vergangenen Tagen sehr bemüht hatte, waren die Mädchen störrischer denn je. Natürlich konnte sie nachvollziehen, dass Bastelarbeiten sie anödeten, erst recht eine Schnitzeljagd, die keiner gewonnen hatte, und sie konnte absolut verstehen, dass sie das Plumpsklo und die Mücken hassten. Aber sogar das Schwimmen – bei dem sie so leicht Spaß haben könnten – war nervenaufreibend, weil sie sich gegenseitig ärgerten und jammerten, sich über die Kälte des Wassers, über die Muscheln im Sand beschwerten und sich aufregten, weil ihre Haare nie im Leben wieder so sein würden wie vorher.

In dem Punkt war sie fast geneigt, ihnen zuzustimmen. Von dem Shampoo, das Luke ihnen gegeben hatte, fühlte sich ihr Haar schon an wie ein Topfschwamm und das der Mädchen ebenso.

Es musste doch eine Möglichkeit geben, sich eine Art Dusche zurechtzubasteln. Nachdenklich trommelte sie mit den Fingern auf den Schlafsack. Vielleicht könnten sie sich morgen etwas ausdenken. Die Mädchen würden für die Verheißung einer warmen Dusche doch bestimmt zusammenarbeiten, oder?

In dem Moment hörte sie dort, wo Waverlys und Madisons Feldbetten zusammentrafen, etwas laut an der Zeltwand kratzen. Vorsichtig setzte sie sich auf und griff nach der Taschenlampe. Das war ein völlig neues Geräusch. Ihr Puls beschleunigte sich, während sie lauschte. War da etwas Größeres als ein Waschbär am Werk?

Um die Mädchen nicht aufzuwecken, blieb sie in ihrem Feldbett sitzen und richtete lediglich die Taschenlampe auf die Geräuschquelle. Zwei Sekunden lang sah sie nichts, dann holte sie erschrocken Luft, weil sie schwarzes Fell mit einem breiten weißen Streifen erkannte.

Ein Stinktier.

Im Zelt.

Einen halben Meter von Waverlys und Madisons Kopf entfernt.

Mäuschenstill saß sie da, um es nicht zu erschrecken. Vielleicht würde es ein bisschen herumschnüffeln und wieder verschwinden. Aber dreißig lange Sekunden später war es immer noch da. Es schnupperte und schnaubte mit der Nase unter den Feldbetten entlang, dann stieß es vernehmlich gegen eine Plastiktüte, die jemand in die Zeltecke gestopft hatte.

»Was knistert da?«, fragte Eve schläfrig vom anderen Ende des Zeltes.

»Sch-sch.« Gabi zeigte mit dem Lampenkegel auf das Stinktier.

»Scheiße!« Blitzschnell tauchte Eve in ihren Schlafsack ab, sodass ihr Feldbett wackelte. Die Bewegung erschreckte das Stinktier, das sich prompt umdrehte und bedrohlich den Schwanz hob.

Mist, Mist, Mist! Gabi krümmte sich zusammen und wappnete sich, weil sie nicht wusste, was sie anderes tun sollte. Aus dem Schlafsack springen? Würde sie es noch rechtzeitig zum Zelteingang schaffen? Sollte sie vorher die anderen wecken? Würde das die Lage verschlimmern?

Sie rührte sich nicht und beschwor das dumme Vieh im Stillen, endlich abzuziehen. Aber das war offenbar zu dem Schluss gekommen, dass es nicht mehr in tödlicher Gefahr schwebte, und wandte sich wieder der Plastiktüte zu.

Was war darin? Gabi blickte argwöhnisch von einem Mädchen zum nächsten. Und wer hatte sie dorthin gesteckt?

In diesem Moment regte sich Madison im Schlaf. Sie stutzte und setzte sich auf. Dann richtete sie ihren müden Blick auf die gewisse Zeltecke. Und ehe Gabi sie warnen konnte, still zu bleiben, stieß sie einen Schrei aus, der Waverly und Sam augenblicklich aus dem Bett trieb.

Oh nein.

Gabi hatte Stinktiersekret schon einmal gerochen. Doch Sekunden später, als sie alle fünf nach frischer Luft gierend aus dem Zelt stolperten, wusste sie, dass sie es noch nicht *wirklich* gerochen hatte. Nichts war vergleichbar mit dem apokalyptischen Drüsenprodukt eines panischen Stinktiers, das nur ein bisschen Schokolade hatte kosten wollen.

Während Gabi und die Mädchen vornübergebeugt husteten und spuckten, kam Luke über die Anhöhe gerannt. Sie sah ihn abrupt abbremsen und sich die Nase zuhalten.

Dann hörte sie ihn schallend lachen und bekam eine unbändige Lust, ihn zu erwürgen.

»Ladys?« Mühsam unterdrückte er das Grinsen. »Was ist passiert?«

Gabi funkelte ihn böse an. »Das riecht man ja wohl, oder?«

»Wer hat das Stinktier wütend gemacht?«

»Niemand! Es ist in unser Zelt eingedrungen.«

»Wow. Das ist ziemlich seltsam. Das tun sie normalerweise nicht, außer … oh, oh.« Luke neigte argwöhnisch den Kopf zur Seite, als wollte er eine Frage stellen, auf die er die Antwort längst kannte. »Da liegt nicht zufällig etwas Essbares im Zelt versteckt?«

»Weiß ich nicht.« Gabi drehte sich zu ihren Schützlingen um. »Mädchen?«

Alle vier schüttelten den Kopf, aber eine besonders energisch, und zwar Sam, die auf Gabis Verdächtigenliste ganz oben stand. Im Augenblick würde aber keine etwas zugeben, also war es überflüssig, sie weiter zu befragen. Außerdem war die Bestrafung, die das Stinktier ausgeteilt hatte, viel schlimmer als alles, was Gabi sich einfallen lassen könnte.

»Leute, ihr lauft am besten zum See runter. Das Zeug brennt auf der Haut, wenn ihr es nicht schleunigst abwascht.« Wieder wollte Luke sich das Grinsen verkneifen und scheiterte.

Gabi streckte die Arme von sich. Gütiger Himmel, das stank bestialisch. »Lässt es sich denn mit klarem Wasser abwaschen?«

»Einigermaßen. Na ja, eigentlich nicht. Ihr braucht ein großes Tomatensaftbad.« Jetzt verlor er endgültig den Kampf gegen den Lachreiz. »Bis dahin solltet ihr mindestens eine Runde im See schwimmen.«

Waverly schluchzte. »Ich hasse das Camp.« Sie ging den Weg hinunter, dicht gefolgt von Madison, die seltsam still war. Sam und Eve zockelten hinterdrein. Luke wich weiträumig aus, als sie an ihm vorbeigingen, und hielt sich die Nase zu.

Nachdem die vier hinter der Anhöhe verschwunden waren, wandte er sich Gabi zu. »Geht es einigermaßen?«

»Oh ja, fabelhaft. Danke der Nachfrage.«

»Es war wieder Essen im Zelt, stimmt's?«

»Jep.«

»Also hat meine Donnerstimme wohl nicht so gewirkt, wie ich dachte. Harte Lektion. Tut mir leid, dass du auch dran glauben musstest.«

Gabi biss die Zähne zusammen und nickte. »Luke? Du würdest wesentlich mitfühlender erscheinen, wenn du aufhören könntest zu lachen.«

Vier Stunden später hatten Gabi und die Mädchen sich mit Tomatensaft eingerieben und ihn im See wieder abgewaschen, stanken aber noch genauso wie vorher. Gabi war ziemlich sicher, dass auch an ihrer Kopfhaut Stinktiersekret klebte, denn jedes Mal, wenn der Wind in ihre Haare fuhr, drang ihr der entsetzliche Gestank in die Nase.

Das Zelt hatten sie abgebaut und ihre Schlafsäcke in derselben beißenden Mixtur aus Tomatensaft gewaschen. Jetzt lagen die Sachen in der Sonne zum Trocknen. Ob sie bis zum Abend tatsächlich benutzbar sein würden, war noch fraglich.

Eve zeigte auf Sam. »Unfassbar, dass du wieder Essen im Zelt versteckt hast.«

»Das war nicht meins.« Sam schüttelte den Kopf. »Ich schwöre es.«

»Es ist immer deins.« Madison sah sie wütend an. »Du bist wie ein Eichhörnchen, hast immer irgendwo Futter versteckt. Mann, als ob wir dir was klauen würden.«

»Diesmal war ich es nicht.« Sam warf Gabi einen flehenden Blick zu. »Echt nicht.«

Nur Gabi wusste von ihrem abschließbaren Schrankfach in der Küche, die anderen Mädchen nicht, und wäre das nicht gewesen, hätte Gabi sie ebenfalls beschuldigt.

»Ehrlich, Mädchen, im Moment ist es egal, wer das getan hat. Der Schaden ist angerichtet. Wir stinken schlimmer als ein Jauchefeld, und unser Zelt ist wahrscheinlich unbrauchbar.«

»Also können wir jetzt nach Hause fahren?«, fragte Waverly hoffnungsvoll.

»Nein. Wir müssen weiter ausharren und vor uns hin müffeln. Also danke, wer immer gestern Essen im Zelt hatte.« Sie sah ihnen nacheinander ins Gesicht. »Ich nehme an, das wird nicht noch mal vorkommen?«

Alle schüttelten den Kopf, und kurz wurde ihr die Komik dieser Szene bewusst.

Im nächsten Moment schnaubte Sam. »Die Pritch-Bitch würde sich diebisch freuen, wenn sie das wüsste.«

Eve grinste. »Oh ja, und wie.«

»Mädchen.« Gabi seufzte. »Ihr dürft sie nicht so nennen.«

Sam sah sie herausfordernd an. »Wollen Sie wirklich bestreiten, wie gut der Name passt?«

Nach langem Zögern gab sie nach. »Nein.«

»Also was tun wir jetzt?« Madison hielt sich eine ihrer langen blonden Strähnen unter die Nase und runzelte die Stirn. »Wir können unter diesen Bedingungen unmöglich hierbleiben, Gabi.«

»Ich sage euch, was wir tun werden.« Sie stand vom Rasen auf. »Ihr vier sucht im Schuppen nach einem anderen Zelt, das baut ihr auf einer anderen Plattform auf, und zwar, ohne euch in den Haaren zu liegen. Klar?«

»Klar wie Kloßbrühe«, brummte Sam, dann hob sie spöttisch ergeben die Hände, weil Gabi ihr einen warnenden Blick zuschoss.

Nachdem die vier im Schuppen verschwunden waren, rieb Gabi sich die Augen, um die Tränen der Frustration zurückzuhalten, die ihr hinter den Lidern brannten. Sie wünschte, sie könnte noch hoffen, dass sich die restlichen Sommerferien angenehmer gestalteten, aber ihre Zuversicht hatte schwer gelitten.

Olivers Worte kamen ihr in den Sinn. Sie stieß einen langen Seufzer aus und dachte an Luke und ihr nächtliches Gespräch am Strand.

Vielleicht war es an der Zeit, um Hilfe zu bitten.

Jetzt sah sie die Mädchen mit Zeltstangen und Segeltuch unter dem Arm aus dem Schuppen kommen. Sie drängelten und schubsten, sodass ihnen die Stangen scheppernd herunterfielen. Dann zankten sie sich, wer daran schuld sei.

Gabi hielt sich die Ohren zu, drehte sich zum See um und atmete zehnmal tief durch. Sobald das Zelt stand – und wenn es noch so lange dauerte –, würde sie ihre Schar zum Garten hinauftreiben, jeder eine Schaufel in die Hand drücken und sie eine ordentliche Fläche umgraben lassen.

Und morgen, wenn sie ihre Gedanken gesammelt und sich überlegt hatte, wie sie um Hilfe bitten konnte, ohne sich wie eine Versagerin zu fühlen, würde sie zu Luke gehen.

9

Als Luke den Speisesaal betrat, fuhr Gabi erschrocken zusammen, obwohl sie auf ihn gewartet hatte. Sie war früher aufgestanden als sonst, um für ihn Kaffee zu kochen, bevor sie ihn um Hilfe bitten wollte. Im Morgengrauen war sie aus dem Schlafsack gekrochen und kam ihm trotzdem nur knapp zuvor.

»Du bist früh auf. Heute Nacht vom Stinktier verschont worden?«

Da stand er vor ihr in einem sauberen T-Shirt, mit noch feuchten Haaren und einem Rest Rasierschaum am Ohr, und sie fand ihn einfach hinreißend. Obwohl sie sich nach Kräften dagegen wehrte. Schließlich kannte sie ihn ja kaum. Da waren Wörter wie »hinreißend« absolut tabu.

Früher hatte sie sich oft viel zu schnell und viel zu heftig in den Falschen verliebt, selbst noch, nachdem sie dieses dumme Verhaltensmuster erkannt hatte. Es war sterbenspeinlich, wie naiv sie sich ein paarmal verhalten hatte.

Dass sie Luke jetzt im Licht des Morgens betrachtete und überlegte, wie wohl seine muskulöse Brust ohne T-Shirt aussah, das war … bloß eine schlechte Angewohnheit. Keine Anziehung. Keine ernst zu nehmende jedenfalls. Er war in ihrer Nähe, er war heiß, und er entsprach ihrem alten Beuteschema. Wenn sie sich jetzt von seinen dunkelgrünen Augen und dem Grübchen anziehen ließ, steuerte sie direkt auf die Katastrophe zu.

Unausweichlich.

Er würde seinen unwiderstehlichen Humor ausspielen, er würde sich als großartiger Küsser erweisen … Bestimmt hatte er auch ein Kätzchen in seiner Hütte, das seine weiche Seite zum Vorschein brachte, und dann wäre sie geliefert.

»Gabi?«

Sie schüttelte den Kopf, um ihre Fantasien zu vertreiben. Was hatte er gefragt? »Entschuldigung. Was hast du gesagt?«

Er musterte sie, als hätte er jeden ihrer Gedanken gesehen. »Stinktier. Hab nur gefragt, ob du heute Nacht vom Stinktier verschont wurdest.«

»Äh, ja. Nichts passiert. Die Mädchen haben bestimmt jedes Stäubchen, das man für einen Krümel halten konnte, aus dem Zelt gefegt.«

»Gut. Das war eine üble Erfahrung für sie, aber die war nötig. Hätte auch ein Bär sein können.«

Gabi schauderte. »Danke. Daran sollte ich immer denken.«

Er goss sich Kaffee ein und deutete mit dem Kopf zur Tür. »Wollen wir uns ein Weilchen an den See setzen, bevor die Prinzessinnen aufwachen?«

Sie zögerte. Würde es ihr leichterfallen, die zurechtgelegten Sätze unten am Wasser vorzutragen? Oder eher im Speisesaal?

Nein, das ist egal, dachte sie. Es würde ihr so oder so schwerfallen. Sie folgte ihm nach draußen und die Holzstufen hinunter. Zufrieden atmete sie tief den Tannennadelduft des Waldes ein. Trotz allem liebte sie den Morgen am Echo Lake.

Das Licht, die Nebelschwaden über dem Wasser, es kam ihr vor, als hätte sie ein Zauberland betreten und nicht ein ehemaliges Sommercamp. Während sie durch das taufrische Gras zum Ufer liefen, schaute sie sich um und genoss die Schönheit der Umgebung, auch wenn ihr hin und wieder ein Hauch Stinktier in die Nase wehte.

Anscheinend hatte sie noch immer Reste in den Haaren, obwohl sie die gestern dreimal kräftig eingeseift hatte.

Der Echo Lake war an dieser Stelle gut eine Meile breit, und das Gelände des Camps lag in einer sandigen Bucht umgeben von hohen Kiefern. Der Blick zum anderen Ufer erinnerte sie an die Bilder ihrer Traumferien, die sie online gesehen hatte. Darauf waren über einem schmalen Streifen Land nur Wasser und Himmel zu sehen, und kein einziges Bauwerk unterbrach die Horizontlinie.

Sobald sie in dem Strandsessel saß, setzte bei ihr die Entspannung ein, wie jedes Mal. Sie wusste nicht, ob es an dem schönen dunstigen Blick auf die Berge lag oder nur an der frischen, sauberen Luft, jedenfalls hatte dieser Flecken etwas an sich, das ihr inneres Gleichgewicht herstellte.

Die Armlehne des Sessels eignete sich perfekt dafür, die Kaffeetasse darauf abzustellen. Gabi schloss die Augen, um den Frieden einen Moment lang in sich aufzunehmen, bevor sie ihren Mut zusammenraffte. Sie hörte die Wellen an den Strand und gegen den Anleger plätschern, und irgendwo hinter ihr raschelten Vögel und Eichhörnchen im Geäst.

»Was willst du heute mit den Mädchen machen?« Lukes tiefe Stimme holte sie zu ihren Pflichten zurück.

Gabi seufzte. Jetzt wäre ein guter Moment für ihre Frage, aber aus irgendeinem Grund wollten ihr die Sätze nicht einfallen, die sie sich zurechtgelegt hatte. »Ich überlege noch. Sie zu den Bären in den Wald schicken? Oder auf eine Wanderung mit mieser Wegbeschreibung?«

»Wenn ich dir etwas vorschlage, wärst du bereit, mir zu vertrauen?« Er sah sie nicht an, sondern schaute in die Ferne.

Moment mal. War er gerade dabei, es ihr leichter zu machen?

»Schon möglich. Und warum?«

Er drehte den Kopf zu ihr. »Ich denke, die Mädchen brauchen einen Weckruf.«

»Weil das Stinktier nicht gereicht hat? Was soll das heißen?«

»Du wirst das vielleicht nicht hören wollen, aber das soll heißen, dass die bisherige Zeit hier für die Mädchen noch immer viel zu gemütlich war.«

»Wie bitte? Ein Stinktierüberfall, Plumpsklos, Körperwäsche im eiskalten Seewasser – das findest du gemütlich?«

»Und Schnitzeljagd und Basteln und jeden Tag schwimmen gehen. Doch, das war bestimmt hart für sie.« Er sah sie abwartend an, als wäre sie begriffsstutzig. »Camp Echo Lake entspricht kaum ihrem sonstigen Lebensstil, aber die vier empfinden auch keine besondere Reue wegen ihrer Fehlentscheidungen.«

»Nichts für ungut, Luke, aber ich denke, sie bereuen ihre Taten sehr wohl.«

»Nicht nachhaltig.« Er schüttelte den Kopf. »Das ist keine Reue, die ihr Verhalten grundlegend ändern wird.«

Sie seufzte. Im Grunde wusste sie, dass er recht hatte, sie wollte es nur noch nicht zugeben. »Was schlägst du vor?«

»Wir lassen sie etwas tun, wonach sie zu erschöpft sind, um sich noch irgendwelche Dummheiten auszudenken. Sie müssen an ihre Grenzen stoßen und zusammenarbeiten.«

»Das klingt wie ein Werbeclip für eine militärische Ausbildung.« Sie schüttelte den Kopf. »Und als wärst du eiskalt, was Bestrafungen angeht. Wenn du glaubst, dass dieser Ansatz bei den vieren greift …«

Luke zuckte mit den Schultern. »Gib mir einen Tag. Vertrau sie mir für heute an, und wenn es nicht hinhaut, treffen wir uns am Abend wieder, und du kannst mir das Vertrauen explizit entziehen.«

»Eine Frage: Vor knapp einer Woche hast du immer wieder betont, dass du haufenweise Arbeit zu erledigen hast und nicht von uns behelligt werden willst. Und jetzt bietest du mir Hilfe an, wenn auch noch unklar ist, wie die aussehen soll. Warum tust du das?«

Er nickte. »Gute Frage. Ich weiß noch nicht, wie ich darauf antworten soll.«

»Willst du helfen, weil du mich für unfähig hältst und verhindern willst, dass eins der Mädchen Schaden erleidet? Für den Angelhaken konnte ich nämlich nichts. Die Angelruten waren alt, hat Oliver gesagt. Und das Giftefeu … Nun ja, das kann man mir wohl vorwerfen, aber das hat keine dauerhaften Schmerzen oder Wunden hinterlassen.«

Ihr war klar, dass sie plapperte. Dabei hatte sie sich doch fest vorgenommen, ihn um Hilfe zu bitten. Also sollte sie wirklich dankbar sein, dass er sie ihr anbot. Stattdessen war ihre erste Reaktion Abwehr.

Fiel es ihr wirklich so schwer, Hilfe anzunehmen?

»Ich will dir nicht aus der Klemme helfen, weil ich um das Leben der Schülerinnen fürchte, nein.« Luke lächelte. »Ich tue es, weil … weil ich das eben nun mal tue. Und um das eindeutig klarzustellen: Ich biete meine Hilfe nur für einen Tag an. Danach gehören sie wieder ganz dir.«

Gabi starrte aufs Wasser. Einen Tag. »Hast du wirklich Erfahrung mit solchen Jugendlichen?«

»Mit allen möglichen Jugendlichen, Gabi.«

Sie registrierte seinen Unterton und bemerkte, dass er die Lippen aufeinanderpresste. Jetzt bekam sie ein schlechtes Gewissen. Er bot Hilfe an, die sie wirklich brauchte. Und dass sie die brauchte, ging ihr gegen den Strich.

Sie schloss die Augen. »Einen Tag?«

Sein Gesichtsausdruck wurde milder, und seine Lippen deuteten sogar ein Lächeln an. »Einen Tag.«

In dem Moment hörten sie die Stimmen der Mädchen, die den Weg zum Strand entlangliefen. Sie maulten über die Hitze und die Kälte und ihre Haare und das Essen … Es war so viel, das ihnen jetzt schon nicht passte, dass Gabi nicht weiter zuhörte. Dabei war es noch nicht einmal Vormittag.

Sie wandte sich zu Luke und stellte fest, dass er sie amüsiert ansah. Sein Blick sandte einen wohligen Schauer durch ihren Körper. Sie seufzte und hob ihre Kaffeetasse, um ihm scherzhaft zuzuprosten.

»Luke, sie gehören ganz dir.«

10

Luke stand auf, und Gabi tat es ihm gleich. Ohne zu zögern, pflanzten sich Madison und Waverly in die frei gewordenen Strandsessel, aber Luke bedeutete ihnen mit dem Daumen, sich gleich wieder zu erheben.

»Bedaure, Ladys, sitzen könnt ihr später. Und von jetzt an sind die Sessel den Erwachsenen vorbehalten.«

Madison stöhnte genervt, bevor sie der Aufforderung nachkam. Aber Waverly gehorchte sofort.

»Gut.« Luke griff in die hintere Hosentasche, holte ein Blatt Papier hervor und faltete es auseinander, während er die Mädchen der Reihe nach anblickte. »Heute starten wir das Projekt Camp Echo Lake.«

Als Reaktion auf seine Ankündigung erhielt er Schweigen. Da sie bei ihrem Gespräch unterbrochen worden waren, wusste Gabi nicht, was er vorhatte. Die Mädchen natürlich erst recht nicht.

»Ich habe hier eine Liste mit Arbeiten, die erledigt werden müssen, und ich habe sie schon mal nach Dringlichkeit sortiert. Bevor wir damit anfangen, bin ich für Anregungen durchaus offen.«

Madison verschränkte die Arme und nahm ihre bewährte Trotzhaltung ein. »Gabi? Wovon redet er da? Sie geben uns an ihn ab und lassen uns schuften? Nur wegen eines kleinen Stinktiers? Echt jetzt?«

Luke schüttelte den Kopf. »Sie gibt euch nicht ab, sie leiht euch nur aus, ganz umsonst.«

Als sie sah, wie die Mädchen scharf nach Luft schnappten, musste Gabi lachen, aber sie war nicht geneigt, ihre Schützlinge in Sicherheit zu wiegen, indem sie Luke widersprach oder seine Worte abschwächte. Für heute hatte sie seine Hilfe akzeptiert. Allerdings ließ er den Eindruck aufkommen, als hätte sie ihm die Mädchen für den Rest der Zeit als Arbeitsmannschaft abgetreten. Komischerweise fand sie es in Ordnung, sie in dem Glauben zu lassen.

»Was für ein Projekt soll das sein?« Sam nahm dieselbe Pose ein wie Madison.

»Ein Arbeitsprojekt. Bauen, anstreichen, säubern, ihr wisst schon, arbeiten eben. Wir haben für den Sommer Handwerker angefordert, stattdessen hat Briarwood euch hierhergeschickt. Vielleicht gab es eine Verwechslung, vielleicht auch nicht. Ihr seid jedenfalls jetzt hier. Fast eine Woche lang habt ihr Ferien in unserem Paradies genossen, und heute geht der Ernst des Lebens los. Ich habe hier eine Liste mit Arbeiten, und ihr habt nichts zu tun, das passt also perfekt. Ihr dürft mein Arbeitsteam sein.«

Fünf Minuten später saßen die Mädchen mit grimmig verschränkten Armen am Picknicktisch vor dem Bürohäuschen, wo Luke vier Kopien seiner Liste austeilte. Dazu gab er jeder einen Bleistift.

»So. Da steht, was bis Ende August fertig sein muss, ihr dürft aber mitbestimmen, in welcher Reihenfolge wir es angehen.«

»Wow, vielen Dank«, sagte Madison verächtlich. »Wieso sind wir plötzlich Ihre Sklaven, möchte ich mal wissen.«

»Ich nenne euch lieber mein Arbeitsteam. Und ihr müsst kein Votum abgeben.« Er zuckte mit den Schultern. »Aber wenn ihr darauf verzichtet, wird hinterher nicht gemeckert. Ist das klar?«

Gabi runzelte die Stirn, beschloss aber, den Mund zu halten.

Er wartete ab, ob sie dazu etwas sagen wollte, dann fuhr er fort: »Ich denke, wir legen ein Belohnungssystem fest. Wir erledigen die Arbeit, dann dürfen wir spielen.«

»Spielen?« Sam schnaubte. »Wir sind keine fünf.«

»Das war bloß metaphorisch, Schnaubosaurus. Wenn eine Arbeit erledigt ist, machen wir Pause und tun, was uns Spaß macht.«

Eve sah gelangweilt drein. »Und was macht hier Spaß?«

Luke grinste. »Hier gibt es einen großen See, einen großen Berg und einen großen Wald. Da wird uns schon was einfallen. Ihr seid hier im Paradies, Mädels. Da gibt es jede Menge Spaß.«

Madison überflog die Liste und tippte mit dem Finger auf eine Zeile in der Mitte. »Das kann nicht Ihr Ernst sein. Sie finden, dass der Bau eines Waschraums erst an zehnter Stelle steht? Hinter der Ausbesserung des Anlegers?«

Luke zuckte mit den Schultern. »Bist du anderer Meinung?«

»Soll das ein Witz sein? Ein Waschraum – mit einer richtigen Toilette – hat oberste Priorität!«

»Sind die anderen auch dieser Ansicht?« Die anderen drei nickten, als Luke nacheinander auf sie zeigte. »Gabi? Was meinen Sie?«

Gabi dachte unweigerlich an die vielen verschiedenen Insekten, die sie bisher im Plumpsklo gesehen hatte. »Ein Waschraum wäre schön, ja.«

Aber Moment mal. Sie konnten doch unmöglich an nur einem Tag einen Waschraum bauen. Sie kniff die Augen zusammen. Das war ein Projekt von mindestens einer Woche. Hatte er sie eingewickelt, damit er an billige Arbeitskräfte herankam?

Sie wollte wütend werden, stellte aber ernüchtert fest, dass sie im Grunde erleichtert war.

»Also gut. Dann bauen wir zuerst den Waschraum.« Luke sammelte die Listen ein und rollte sie zusammen, um sie in die hintere Hosentasche zu stecken. »Ich gebe euch fünfzehn Minuten, um zu tun, was immer Mädchen in eurem Alter morgens tun müssen. Tretet dann pünktlich hier an. Wir müssen eine Fuhre Bauholz ausladen.«

Ein paar Augenblicke lang rührten sich die Mädchen nicht. Es schien, als könnten sie es nicht fassen, dass Gabi sie an Luke als Arbeitsteam auslieh – ganz umsonst. Aber als Gabi nicht einschritt, standen sie brummelnd und murrend vom Tisch auf und gingen den Weg entlang zum Zelt.

Gabi musterte Luke, der sich über ein weiteres Blatt Papier beugte und etwas schrieb. »Findest du wirklich, dass ein Bad an zehnter Stelle kommt?«

»Nein.« Er klemmte sich den Bleistift hinters Ohr und wandte sich ihr zu. »Ich habe ihnen nur die Möglichkeit gegeben, sich am ersten Tag in einer Sache einig zu sein. Ich dachte, Duschen und Toiletten sind ein guter Anreiz, das erste Projekt durchzuhalten.«

»Am *ersten* Tag? Das *erste* Projekt?«

Er lächelte. »Wir werden sehen, wie es läuft. Ich kenne mich mit Mädchen nicht aus, aber eins weiß ich: Die sanitären Verhältnisse sind ihnen wichtig. Das ist ein Anfang, oder?«

»Sicher.« Sie verschränkte die Arme. »Hast du dir überhaupt überlegt, wie du ihnen beibringen willst, einen Waschraum zu bauen?«

»Nö. Das wird sich ergeben.« Er zwinkerte und bedeutete ihr, zu seinem Pick-up mitzukommen, der, wie sie jetzt sah, mit Holz beladen war. »Komm, Gabi, wir müssen ein Team bilden. Heute Abend werden die Mädchen zu müde sein, um uns irgendwelchen Ärger zu machen. Das ist doch ein gewisses Maß an Vertrauen wert, oder?«

Sie holte tief Luft und nahm die Arme auseinander. »Also gut, ich verlasse mich auf dich. Aber wenn sich eines meiner Mädchen einen Finger absägt oder etwas Ähnliches passiert, sind wir beide geliefert.«

»Keine Sorge.«

»Hast du die vier mal in Aktion gesehen?«

Statt zu antworten, schaute er sie nur an, und diesmal lag keine Spur von Humor in seinem Blick, dafür umso mehr Entschlossenheit, kein Argument, das ihr noch einfallen könnte, gelten zu lassen.

»Vertrau mir, Gabi.«

Vier Stunden später hatten die Mädchen das Bauholz abgeladen und zu der Stelle geschleppt, an der der Waschraum entstehen sollte. Dabei hatten sie unablässig gejammert und sich beschwert. Nach zwei Stunden hatte Luke ihnen Limonade zum Mittagessen versprochen, wenn sie dafür mal für zehn Minuten den Mund hielten.

Er stand neben dem Fundament, das er in der vorigen Woche gegossen hatte, und sah zu, wie die Mädchen langsam das Holz stapelten und wieder zum Pick-up gingen. Er hatte sie von Anfang an richtig eingeschätzt.

Körperliche Arbeit hatten sie wohl noch nie geleistet. Sie waren ungeschickt, ineffizient und ungeheuer wütend über die ganze Aktion, außer Eve, die einfach versuchte, nicht aufzufallen. Wenn es ihn nicht so amüsiert hätte, wie sehr die anderen drei sich bemühten, möglichst unkooperativ zu sein, wäre er verärgert gewesen, weil sie so lange zum Abladen brauchten.

Ihm war klar gewesen, dass sie sich dieses Projekt als Erstes aussuchen würden. Er hatte sich darauf verlassen, als er das Holz gestern Abend gekauft und im Pick-up auf dem Camp-Parkplatz liegen gelassen hatte. Zusammen mit Oliver hatte er die Rohrleitung zur Abwassergrube bereits installiert. Jetzt mussten nur noch die Hütte gebaut und die Leitungen im Innern verlegt werden. Das war genau das richtige Projekt für die Mädchen, da so ziemlich alles, was dabei getan werden musste, zwei Paar Hände erforderte.

Jep. Wenn sie auf einem Porzellanklo pinkeln und richtig duschen wollten, würden sie zusammenarbeiten müssen, ob es ihnen gefiel oder nicht.

Er wollte die Teenager keine Sekunde aus den Augen lassen, stellte aber betroffen fest, dass seine Aufmerksamkeit immer wieder zu Gabi abdriftete. Beim Anblick des vielen Bauholzes hatte sie die Augen aufgerissen und ihn dann angesehen, als sei er verrückt.

»Die Bretter sind nicht schwer«, hatte er versichert.

»Aber das sind Unmengen.«

»Deshalb wird es eine Weile dauern.«

Daraufhin hatte sie den Kopf geschüttelt, aber den Mund gehalten und ihm die Führung der Mädchen überlassen. Gabi fiel es schwer, die Kontrolle abzugeben, dessen war er sich sicher. Andererseits kannte sie sich mit solcher Arbeit nicht aus, sodass ihr kaum eine andere Wahl blieb.

Und nun, vier Stunden später, war fast alles Holz zum Bauplatz geschafft worden, und nach dem Mittagessen würden sie mit der Konstruktion des Waschraums anfangen können.

»Wird die Hütte bis heute Abend fertig sein?«, fragte Eve.

»Das hängt davon ab, wie gut ihr vorankommt. Die Wände werden vielleicht stehen, aber das Dach nicht. Und die Installationen auch nicht. So was braucht seine Zeit. Denk nur daran, wie lange ihr gebraucht habt, um das Holz auszuladen.«

Madison und Waverly kamen mit den letzten beiden Brettern an. Sobald sie diese abgeladen hatten, ließen sie sich auf den Stapel sinken.

»Bitte sagen Sie uns, dass es für heute genug ist.« Madison wischte sich über die Stirn, dann sah sie angewidert auf ihre Handfläche, als wäre ihr unvorstellbar, wie sie derart schmutzig werden konnte.

»Für heute Vormittag, ja.« Luke zeigte zum Speisesaal. »An der Rückseite gleich neben der Küchentür gibt es ein Waschbecken. Da könnt ihr euch waschen. Piper hat euch das Mittagessen auf die Theke gestellt. In einer halben Stunde treffen wir uns wieder hier.«

»In einer halben Stunde? Mehr kriegen wir nicht?«, jammerte Waverly.

Als die vier zum Speisesaal gingen, hörte Luke eine von ihnen »Sklaventreiber« grummeln, aber das brachte ihn bloß zum Grinsen.

»Willst du sie etwa umbringen?« Gabis Frage ließ sein Grinsen erlöschen.

Er drehte sich zu ihr um. »Nein. Warum? Findest du, sie sehen tot aus?«

»Das werden sie mir ewig vorhalten, vielen Dank.« Sie stemmte die Hände in die Hüften, und ihn überkam ein Impuls, der ihn ärgerte: Er wollte ihr die Sorgenfalten aus dem schönen Gesicht küssen.

Stattdessen lächelte er und hätte ihr beinahe einen Schmutzfleck von der Nase gewischt, hielt sich aber noch zurück, denn das wäre schließlich völlig unpassend.

»Gabi, bis du heute Abend allein mit ihnen im Zelt bist, werden sie zu müde sein, um sich gegenseitig zu ärgern. Nach acht Stunden körperlicher Arbeit sind die völlig erledigt. Garantiert.« Er legte seinen Werkzeuggürtel ab und stand auf. »Weißt du, ich hätte gedacht, du wärst die Erste, die die Mädchen durch die Hölle gehen lässt. Schließlich sind sie der Grund, weshalb du jetzt hier und nicht auf Bermuda bist.«

»Barbados.«

Er grinste leichthin. »Irgendwas mit B.«

Sie schien etwas sagen zu wollen, überlegte es sich aber wohl anders und ging voraus. »Nur damit das klar ist: Ich habe dir heute Morgen die Verantwortung übertragen, weil … na ja … ich noch nie einen Waschraum gebaut habe. Aber egal, was du ihnen sagst, ich werde sie dir nicht für längere Zeit überlassen.«

»Gut. Ich will sie auch gar nicht. Und vereinbart war lediglich ein Tag … bisher.«

Er sah einen Hauch Röte auf ihren Wangen und fragte sich, ob der von Ärger, Verlegenheit oder Angst herrührte.

»Entschuldigung«, sagte sie endlich. »Ich vertraue dir ja. Nur fällt mir das eben sehr schwer.«

Er lachte und wischte ihr doch noch den Schmutz von der Nase. »Daran können wir arbeiten. Aber erst mal sorgen wir heute Nachmittag dafür, dass die Mädchen es bereuen, dir den Urlaub versaut zu haben, okay?«

Sie setzte zum Sprechen an, doch er hob die Hand. »Ihnen wird nicht das Geringste passieren, und ich werde sie auch nicht einschüchtern.« Dann zwinkerte er. »Sie werden vielleicht sogar etwas zustande bringen, wenn wir nicht aufpassen.«

11

Am nächsten Morgen setzte sich Gabi in einen der Strandsessel neben dem Anleger, um die Stille und die Schönheit des Sonnenaufgangs zu genießen, obwohl ihr der Rücken schrecklich wehtat vom Holzschleppen.

»Morgen«, grüßte Luke, der hinter ihr den Strand betrat. Er setzte sich neben sie. »Gut geschlafen?«

Er sah frisch geduscht und zum Anbeißen aus. Die stundenlange Plackerei schien ihm nicht das Geringste anzuhaben. Dabei hatte er viel mehr Bretter getragen als Gabi. Sie hatte ein blitzschnelles Tauchbad im See genommen, aber das hatte die Schmerzen von der gestrigen Anstrengung nicht gelindert.

»Ganz wunderbar, danke.« Wenn sie still saß, würde er hoffentlich nicht merken, was für einen fiesen Muskelkater sie hatte.

Er blickte sie an und musterte ausgiebig ihr Gesicht. »Blödsinn.«

»Ja.« Sie biss sich auf die Lippe, als sie in Zeitlupe die Beine übereinanderschlug. »Du hast nicht zufällig einen Vorrat an Schmerztabletten?«

»Oliver könnte welche haben. Bin mir nicht sicher.«

»Apropos Vorrat, ich habe eine Gruppe fünfzehnjähriger Mädchen, die dachten, wir kämen in ein voll ausgestattetes Ferienlager. Daher muss ich in die Stadt fahren und gewisse Dinge besorgen.«

Er nickte. »Diese gewissen Dinge haben wir hier tatsächlich nicht.«

»Heißt das, du rückst meine Batterie heraus?«

»Aber gern. Ich würde bloß nicht mit einem fünfzehnsitzigen Bus nach Echo Lake hineinfahren. Nach den Haarnadelkurven und den engen Parklücken wirst du die Versicherung anrufen müssen.«

»Was soll ich machen? Ein anderes Fahrzeug wollte Priscilla mir für den Sommer nicht geben.«

»Ich kann dir meinen Pick-up leihen.«

Stirnrunzelnd stellte sich Gabi den Pick-up vor, der aussah, als würde er von Klebeband und Gebeten zusammengehalten. Würde sie damit überhaupt bis in die Stadt kommen?

Luke schaute zu seinem Wagen hinüber. »Er ist nicht hübsch, läuft aber.«

Gabi musste kichern, aber als sie sah, wie sich seine Miene verhärtete, unterdrückte sie es. Ihr wurde bewusst, dass er glaubte, sie lache über seinen Wagen und nicht, weil er sich anhörte wie einer von den Beverly Hillbillies.

»Tut mir leid, dass ich lachen musste, aber du hörst dich gerade an wie ein grummeliger alter Mann, der auf seiner Veranda sitzt, mit seinem alten Jagdhund neben sich und der Schrotflinte quer über dem Schoß.«

»Nett.« Ihm war anzusehen, dass er sich das Grinsen verkniff, und seine Miene wurde ein wenig weicher.

»Es freut mich, dass du mir den Pick-up leihen willst. Vielen Dank.«

Das Städtchen lag ein gutes Stück vom Camp entfernt, und Gabi hatte es bei der Herfahrt nicht gesehen. Sie wusste nur durch ihre kurze Recherche am Computer in der Schule, dass die Hauptstraße am Fluss Abenaki entlangführte, der schließlich in den See mündete.

»Was für Geschäfte gibt es dort?«

»Einen Lebensmittelladen, eine Drogerie, ein Textilgeschäft, sechs Antiquitätenläden, die nur im Sommer geöffnet haben, und ein paar kleine Restaurants. Einen Mexikaner am Fluss, einen neuen Pub auf der Lake Street und das Bellinis, Pipers Restaurant.«

»Sie hat ein Restaurant?« Wie schaffte sie es bloß, nebenbei noch im Camp zu arbeiten?

»Es gehört nicht ihr, sondern ihrer Tante und ihrem Onkel. Sie und ihre Cousine Molly bedienen aber nach der Arbeit die Gäste.«

Gabi nickte. »Fleißig.«

»Familie.«

Er sagte das mit dem ganzen Gewicht, das dem Wort zukam, so als wäre es gar keine Frage, dass Molly und Piper in ihrer Freizeit mit müden Füßen kellnerten, weil es eben für die Familie war.

Sie fragte sich, wie es sich wohl anfühlte, sich so für seine Familie zu engagieren.

Und dann kam ihr eine andere Frage in den Sinn. »Wie steht es mit deiner Familie, Luke? Wo bist du aufgewachsen?«

Sie sah förmlich, wie er sich vor der Frage verschloss, und im nächsten Moment lag ein entspannter, nichtssagender Ausdruck auf seinem Gesicht, für den man mit Sicherheit viel Übung benötigte.

»Lange Geschichte. Also … Wollen wir den Waschraum heute fertig bauen? Überlässt du mir deine Wilden noch mal?«

Gabi schluckte. Okay, er wollte also nicht über seine Familie reden. »Du willst sie wirklich übernehmen?«

»Hängt von dir ab. Wir hatten uns auf einen Tag geeinigt. Der war gestern Abend zu Ende. Aber jetzt haben wir einen halb fertigen Waschraum und eine Schar Teenager, denen körperliche Arbeit guttut. Ihr sitzt hier fest, und ich sitze mit euch fest. Da können wir auch das Beste draus machen, oder?«

»Nett. Du glaubst wirklich, die Mädchen können das? Eine Hütte mit Duschen bauen?«

»Du hast sie ja gestern dabei gesehen. Nachdem sie einmal darüber hinweg waren, sich unglücklich zu fühlen, haben sie zusammengearbeitet. Nicht mit Absicht, aber sie haben es getan. Ein Viertel ist schon geschafft, und sie sind motiviert. Wenn sie die Sache tatsächlich durchziehen, müssen sie nicht mehr das Plumpsklo benutzen. Ich schlage vor, wir lassen sie weiter daran arbeiten. Und ich erkläre mich bereit, sie dabei zu betreuen, unter einer Bedingung.«

»Wenn ich zustimme, musst du sie beaufsichtigen. Schließlich habe ich keine Ahnung, wie man Duschen baut.«

»Genau.«

»Aber ich kann Bedingungen nicht leiden.«

»Ich weiß. Aber ich.« Er lächelte. »Und ich nenne dir meine: Du musst mit mir arbeiten, nicht gegen mich.«

Gabi drehte sich zu ihm und versuchte, nicht zusammenzuzucken, als sich ihr Muskelkater empfindlich bemerkbar machte. »Inwiefern arbeite ich denn gegen dich? Ich habe gestern den ganzen Tag geholfen.«

»Ich weiß. Du versuchst aber immer noch, die Mädchen vor dem großen, bösen Hausmeister zu beschützen. Du musst sie wirklich tun lassen, was getan werden muss, damit die Hütte fertig wird.«

»Reden wir etwa von Motorsägen? Und deren Neigung, unerfahrene Finger zu durchtrennen? Denn in der Hinsicht weiche ich nicht von meiner Haltung ab. Das komplizierteste Werkzeug, das die Mädchen je benutzt haben, ist ein Haarglätter, klar?«

Er lachte. »Wie sollen sie denn lernen, richtig damit umzugehen, wenn sie es nicht ausprobieren dürfen? Du kannst sie nicht vor allem bewahren.«

»Aber das ist mein Job, Luke. Und wenn ich diesen Sommer nichts anderes tue. Ich muss sie in einem Stück zurückbringen.«

»Sie werden keine Körperteile verlieren, wenn sie ein elektrisches Werkzeug in die Hand nehmen oder ein paar Kabel verlegen.«

»Warst du in letzter Zeit mal in einer Notaufnahme? Das ist nämlich absolut im Bereich des Möglichen.« Sie reckte stur das Kinn empor, doch sobald ihr das bewusst wurde, schämte sie sich für diese arrogante Geste.

»Tja, wenn du sie davon abhältst zu tun, was ich von ihnen verlange, werden wir nicht sehen, wie gut sie sich dabei schlagen. Du hast gesagt, du vertraust mir.«

»Da war auch noch nicht die Rede von Motorsägen.«

Er wurde ernst. »Du kannst viel mehr dabei gewinnen als verlieren, Gabi. Lass ein bisschen los. Ich achte darauf, dass ihnen nichts passiert. Das ist gut für die Mädchen. Das garantiere ich dir.«

Nachdenklich schwieg sie. War sie überängstlich? Schließlich seufzte sie. »Wie weit ist es bis zum nächsten Krankenhaus?«

Er berührte sie sanft am Arm, zog die Hand aber hastig zurück, als wäre ihm gerade bewusst geworden, dass diese Vertrautheit unangebracht war.

»Es liegt ganz in der Nähe.«

»Was meinst du, wie lange es dauern wird, den Waschraum fertigzustellen?«

»Das hängt davon ab, ob wir elektrische Werkzeuge benutzen dürfen.«

Sie seufzte. »Na schön. Aber keine Motorsäge. Das meine ich ernst.«

»In Ordnung.« Er freute sich, wollte das aber scheinbar

nicht zeigen. »Wie wär's, wenn du heute Vormittag in die Stadt fährst und Besorgungen machst und ich mit den Mädchen hierbleibe?«

Sie sah ihn argwöhnisch an. »Keine Motorsäge.«

»Vertrau mir, Gabi.« Er hob die Hände. »Das geht ohne Verletzungen über die Bühne.« Dann stand er auf und lief den Weg hinauf. Gabi verbot sich streng, ihm hinterherzusehen, aber vergeblich.

Sobald er außer Sicht war, drehte sie sich wieder zum See. Der Dunst löste sich langsam in der Sonne auf. Am Ostufer schrien Seetaucher. Sie fasste sich an den Arm, an dem er sie gerade berührt hatte, und nahm einen langen bebenden Atemzug.

Das würde auf keinen Fall ohne Verletzungen über die Bühne gehen. Zumindest nicht für sie.

Fluchend schloss Luke die Fliegengittertür hinter sich und betrat seine Hütte. Was hatte er sich dabei gedacht, sie anzufassen? Schon wieder?

Nummer eins und Nummer zwei sprangen von ihrem Hundebett auf und kamen auf ihn zugelaufen, sie wedelten so stark mit den Schwänzen, dass man meinen konnte, sie würden gleich umkippen. Er ging in die Hocke und streichelte sie schuldbewusst, weil sie zu viel Zeit in seiner Hütte verbrachten, anstatt draußen herumzustreunen. Doch es hatte sich nun mal herausgestellt, dass sie sich schnell mit ihrem lockigen Fell in den Brombeersträuchern verfingen, die rings um das Camp wuchsen, und außerdem neigten sie dazu, in den Wald zu verschwinden. Da nicht nur vierbeinige Fressfeinde umherpirschten, sondern auch Raubvögel über dem Gelände kreisten, hatte er entschieden, dass die Welpen besser die meiste Zeit in der Hütte blieben.

Die kleine Hündin stellte sich auf die Hinterbeine und leckte ihm das Kinn, und er schob sie lachend weg.

Dann hielt er inne und dachte daran, wie gern die Jungen sich immer mit Duke beschäftigt hatten. Im Lauf der Jahre war der alte Labrador mit der Nase am Boden in manches Zelt spaziert, und Jungen, die der Zuneigung von Menschen nicht trauen wollten, hatten den Hund in die Arme geschlossen. Ob die beiden Welpen auch bei Gabis Mädchen das Eis brechen würden?

»Wisst ihr was, Ladys?« Er griff nach den Hundeleinen, und die Welpen drehten sich kläffend im Kreis. »Genug gefaulenzt. Euer Luxusleben ist vorbei. Ich habe Arbeit für euch.«

Er ging mit ihnen nach draußen und den Weg hinunter, ohne genau zu wissen, wie er sie nun einsetzen würde. Aber seiner Erfahrung nach gab es keine Frau auf der Welt, die zwei flauschigen Welpen widerstehen konnte … auch nicht vier Fünfzehnjährige, die sich unzugänglicher gaben, als sie eigentlich sein wollten.

Ja, vielleicht war es schwierig, Gabis Vertrauen zu gewinnen, aber mithilfe seiner zwei Mini-Teammitglieder hatte er eine realistische Chance, zu ihren Mädchen durchzudringen.

Nein, nicht möglich. Er hat doch nicht etwa … das kann nicht sein, oder? Zwei Stunden später blieb Gabi abrupt auf dem Weg stehen und hievte die Lebensmittel- und Drogerietüten, die ihr langsam wegrutschten, mit hastigen Gegenbewegungen wieder nach oben.

Der Mann hatte zwei Hündchen.

Zwei winzige Fellknäuel.

Waren sie die ganze Zeit über auf dem Gelände gewesen, und er hatte sie den Mädchen vorenthalten? Oder waren sie der neue Trick, um die Mädchen kooperativer zu machen?

»Süß, hm?« Piper trat neben sie und nahm ihr eine Einkaufstüte ab.

Gabi wandte sich zu ihr um. »Sind das seine?«

»Ja.«

»Wirklich? Pudel?«

Piper grinste. »Bichons Frisés. Er hatte einen schwarzen Labrador, der vor einer Weile gestorben ist. Und nach einer angemessenen Trauerphase hat jemand entschieden, er könnte zwei Welpen gebrauchen.« Piper lächelte. »Das war genial, wenn ich das so sagen darf.«

Gabi beobachtete, wie Sam eines der Hündchen hochhob und an die Wange drückte. Sie fragte sich, ob sie in einer der Pflegefamilien je einen Hund gehabt hatte.

»Lass mich raten. Du hast ihm die Welpen geschenkt.«

Piper setzte eine Unschuldsmiene auf. »Ich weiß von nichts. Sie sind eines Morgens auf seiner Veranda aufgetaucht, hat er erzählt.«

Gabi lachte. »Nichts für ungut, aber ich glaube nicht, dass du eine Zukunft als Schauspielerin hast.«

»Wirklich? Das hat nicht funktioniert?«

»Nö.« Gabi beobachtete, wie die flauschigen Tierchen Luke um die Füße sprangen. »Warum gerade solche Winzlinge?«

»Das war ein Zufall. Die alte Mrs Devereaux ist ins Seniorenheim gezogen und konnte sie nicht mitnehmen, und der junge Mr Magellan brauchte dringend eine Welpentherapie. Das war eine himmlische Fügung, fand ich.«

Gabi lachte und wandte sich ab, um die Einkäufe in die Küche zu tragen. Piper folgte ihr. »Ich habe Eis gekauft. Das sollten wir in den Tiefkühler packen, bevor es zerläuft.«

»Ich sehe, Luke hat dir seinen Pick-up geliehen?«

»Ja, und ich sollte mich schon entschuldigen für all den

Klatsch, den ich damit wohl ausgelöst habe.« Kopfschüttelnd dachte sie an die Leute in Echo Lake, die große Augen gemacht und einander in die Rippen gestoßen hatten, als sie an ihnen vorbeigetuckert war.

Piper hielt Gabi die Tür auf. »Kleinstadt. Jeder kennt hier den Wagen des anderen. Und wenn eine heiße Braut im Pick-up des Camps aufkreuzt, setzt das die Gerüchteküche in Gang. Ich werde mir heute Abend im Bellinis einiges anhören müssen.«

»Also, solange du mich größer, blonder und vollbusiger darstellst, darfst du den Gerüchten neue Nahrung geben. Nur zu.«

Piper lachte. »Tut mir leid, Schätzchen. Du bist gesehen worden. Deine Maße und Heiratsaussichten werden schon auf der ganzen Hauptstraße erörtert.«

»Hör auf.« Gabi tat, als schüttelte es sie. »Du machst mir Angst.« Sie öffnete sich einen Joghurtbecher und fluchte, weil sie sich bekleckerte. »Okay, nächste Frage. Hast du einen Tipp für mich, wo ich Wäsche waschen kann?«

»Luke wird dir erzählen, dass er seine Sachen im See wäscht.«

Gabi seufzte. »Das habe ich befürchtet.« Dann schaute sie auf. »Tut er das wirklich?«

»Nein. Er kann die harte Wäsche von der Leine nicht leiden. Er fährt in die nächste Stadt. Da gibt es einen Waschsalon. Aber ich sag dir was – wenn wir es richtig anstellen, können wir ihn vielleicht überzeugen, dich mal wegfahren zu lassen. Dann kannst du übers Wochenende bei mir in meiner Wohnung waschen.«

»Wohnung? Mit richtigen Wänden? Fließend Warmwasser?«

Piper lachte. »Ich würde dich ja zum Übernachten einladen, damit du in einem richtigen Bett schlafen kannst, aber Luke würde es uns wahrscheinlich nicht verzeihen, wenn wir ihn so lange mit den Mädchen allein lassen. Du könntest aber bei mir duschen, solange deine Wäsche im Trockner ist.«

»Abgemacht. Du ahnst gar nicht, wie dankbar ich dir bin.«

Gabi trat näher ans Fenster und beobachtete Luke und die Mädchen. Er gab ihnen Anweisungen, und sie führten sie einigermaßen bereitwillig aus. Zu ihrer Verblüffung stand auf dem Fundament inzwischen ein Rohbau, der schon aussah, als könnte eine Hütte mit Duschkabinen daraus werden.

Eve sagte etwas, das Luke lustig fand, und Gabi berührte es, wie er den Kopf in den Nacken warf und schallend lachte. Er zeigte auf Eve, als hätte sie ins Schwarze getroffen, und Gabi griff sich ans Herz, als das Mädchen sich wegdrehte und tatsächlich dabei lächelte.

Ha. Er drang zu ihnen durch. Er … verstand sie.

»Er ist gut.« Piper kam zu ihr und gab ihr eine Tasse Tee.

»Das sehe ich. Wir werden wohl bald Duschen und Toiletten haben.«

»Das meinte ich nicht.«

Gabi nickte langsam. »Ich weiß. Aber eins ist mir noch schleierhaft. Woher kann der Hausmeister eines Camps so gut mit Jugendlichen umgehen?«

Piper blickte sie an, und Gabi sah ein Dutzend verschiedene Antworten über ihr Gesicht huschen, bevor sie kaum merklich den Kopf schüttelte.

»Das zu erklären ist seine Sache, aber … frag ihn noch nicht danach.«

»Warum nicht?«

Piper beobachtete ihn einen Moment lang. »Weil er dir nicht antworten wird.«

12

Zwei Tage später verließ Gabi kurz nach Morgengrauen den Speisesaal, dankbar für Lukes Kaffee, von dem sie sich eine Tasse voll mitgenommen hatte. Sie ging an dem Rohbau des Waschraums vorbei hinunter zum Strand, und wie erwartet – oder erhofft – saß Luke in einem der Strandsessel, ebenfalls mit einem Becher Kaffee.

Sie blieb stehen und betrachtete ihn, bevor er sie bemerkte. Wie immer trug er T-Shirt und Jeans und diesmal ein Red-Sox-Cap dazu, dessen Schirm er sich in den Nacken gedreht hatte. Gabi holte tief Luft. Bisher hatte sie geglaubt, nur gut rasierte Männer attraktiv zu finden, aber ihr war wohl noch keiner begegnet, dem ein Bartschatten dermaßen gut stand.

»Willst du den ganzen Morgen da stehen, oder setzt du dich?«, fragte er plötzlich, ohne sich zu ihr umzudrehen. Er trank von seinem Kaffee und schaute weiter auf den See.

Sie ging zu dem freien Sessel und setzte sich. »Danke fürs Kaffeekochen.«

»Ohne komme ich morgens nicht in Gang. Du auch nicht, wie mir aufgefallen ist.«

»Das stimmt. Und du hast mich schon zu deiner Sorte bekehrt.«

»Ein Selbstläufer«, antwortete er und lächelte. »Die Mädchen schlafen noch?«

»Ja, so erschöpft habe ich sie noch nie gesehen.«

»Erstaunlich, was man mit zwei Tagen harter Arbeit erreichen kann, hm?«

Unsicher, was sie darauf sagen sollte, nahm sie einen Schluck von ihrem Kaffee. Ja, sie jeden Tag todmüde zu machen war eine wirksame Methode. Da blieb ihnen keine Energie mehr, sich gegenseitig zu ärgern und Dummheiten zu begehen. Sie bezweifelte aber, dass sie sich dadurch nachhaltig verändern würden. Das Leben im Schülerwohnheim der Briarwood war mit dem Camp-Alltag kaum zu vergleichen. Nach ihrer Rückkehr würden sie in ihre alten Verhaltensweisen verfallen, in dieselben kleinlichen Streitereien.

Er wandte sich ihr zu. »Du bist anderer Ansicht?«

»Gegenwärtig funktioniert deine Methode.«

»Aber nicht nachhaltig, glaubst du?«

»Schon mal was von der Honeymoon-Phase gehört?«

Er lächelte. »Klär mich auf.«

»Hier ist alles neu – die Umgebung, die Arbeit ... du.« Gabi machte eine vage Geste. »Obwohl sie körperliche Arbeit als unter ihrer Würde betrachten, tun sie, was du vorschlägst, aber ich fürchte, bekehren wird sie das nicht. Die Duschen sind ein starker Anreiz, damit hältst du sie jetzt bei der Stange, aber ob die Mädchen weiter so kooperativ sind, wenn die Hütte fertig ist, bleibt abzuwarten. Aufsichtspersonen provozieren, das können sie am besten. Und dann kommt die Bruchlandung.«

Er nickte. »Ha. Also vollbringe ich kein Wunder und werde sie nicht innerhalb einer Woche zu neuen Menschen machen? Mist.«

»Gut.« Sie musste lächeln. »Du machst dir also keine Illusionen.«

»Gewöhnlich nicht. Also, was schlägst du vor?«

»Dass wir sie keine Sekunde aus den Augen lassen. Sie neigen alle dazu auszubüxen ... aber das hast du dir sicher schon gedacht.«

Er schaute über den See, dann zum Waldrand. »Gabi, ist den Mädchen klar, wie gefährlich es wäre, hier auf eigene Faust umherzustreifen?«

»Muss es.«

»Ist es ihnen wirklich klar?«

Sie seufzte. »Ich weiß es nicht. Ich hoffe es. Ich hoffe, sie hätten dann doch zu viel Angst, um es zu versuchen. Andererseits haben die vier zusammen gerade erst eine Riesendummheit begangen. Da weiß ich nicht, ob ich mich auf ihre Vernunft verlassen möchte.«

»Okay.« Er nickte nachdenklich. »Ich habe eine Idee. Beugen wir vor. Legen wir eine Baupause ein. Wie wär's mit einer Wanderung?«

Schon bei dem bloßen Gedanken daran spürte sie jeden schmerzenden Muskel, den sie in den vergangenen Tagen überanstrengt hatte. Es war demütigend, wie wenig sie in Form war, nachdem sie den ganzen Winter hauptsächlich sitzend in ihrer kleinen Wohnung verbracht hatte.

»Möchtest du meine ehrliche Meinung hören? Im Augenblick klingt das nach Schmerzen.«

Er lachte. »Wandern ist gut, um die Muskeln zu lockern.«

»Wie soll eine Wanderung die Mädchen überzeugen, nicht mitten in der Nacht abzuhauen?«

»Ganz leicht. Ich werde dabei ständig auf Spuren wilder Tiere hinweisen, die in der Umgebung auf Futtersuche sind.«

Gabi schauderte, und er lachte.

»Außerdem halte ich es für sinnvoll, ihnen beizubringen, wie man notfalls in der Wildnis überlebt. Wenn sie also die Anwandlung befällt, allein loszuziehen, werden sie zumindest nicht umkommen … jedenfalls nicht so schnell.«

»Das ist beruhigend, Luke.«

Er zuckte mit den Schultern. »Ich kann nichts versprechen – ich meine, was das Abhauen betrifft. Aber schließlich haben sie das schon mal getan, und wir tragen die Verantwortung. Dafür würden unsere Köpfe rollen.« Er hielt inne und sah sie eindringlich an. »Und da du jetzt hier bist, weißt du ja, wie das aussähe.«

»Seht ihr das?« Drei Stunden später blieb Luke vor einem Baum stehen, worauf sich die Mädchen maulend um ihn scharten. Sie wanderten schon seit zwei Stunden, und sogar Gabi war es mittlerweile leid, sich Lukes enzyklopädisches Wissen über die Wildnis anzuhören.

Ihr schwirrte schon der Kopf von der Dauerbeschallung mit »das dürft ihr nicht essen« und »das darf man nicht verbrennen«. Sie war sehr beeindruckt, wie gut er sich auskannte, aber wenn es hart auf hart käme, würde sie vermutlich die verschiedenen Pflanzen anstarren und sich nicht erinnern können, welche sie am Leben erhalten und welche sie vergiften würden.

»Was sehen wir da?«, fragte Madison genervt und rückte die Riemen ihres Rucksacks zurecht. Luke hatte darauf bestanden, dass jeder einen alten Armeerucksack mit Wasser, Müsliriegeln, Taschenlampe, Streichhölzern und anderem Zeug mitnahm, obwohl die Wanderung nur ein paar Stunden dauern sollte. Die waren schwer, und die Mädchen wurden immer mürrischer.

»Seht ihr das hier oben?«

Gabi sah sich die senkrechten Linien an der Baumrinde an, konnte sich aber genauso wenig einen Reim darauf machen wie die Mädchen. Luke stellte sich auf einen herabgefallenen Ast, um hinaufzureichen. Er strich darüber, rieb die Fingerspitzen aneinander und stieg herunter.

»Ganz frisch.« Er lächelte. »Das sind Kratzspuren von einem Bären.«

Waverly blickte sich hastig nach allen Seiten um und rückte näher zu den anderen. »Von einem Bären? Was soll das heißen?«

»Das sind Spuren von seinen Krallen. Und das ausgetretene Harz ist noch frisch. Wahrscheinlich ist er heute Morgen hier vorbeigekommen.«

»Es ist noch heute Morgen«, flüsterte Madison entsetzt.

»Jep.« Luke wirkte sehr entspannt. Ihn schien es gar nicht zu kümmern, dass sie den Wald mit einem Tier teilten, das sie mit einem Prankenhieb umhauen und fressen konnte. »Hat wahrscheinlich Junge. Bären halten sich gewöhnlich von Menschen fern. Meistens wittern sie euch, bevor ihr sie seht. Aber wenn ihr zwischen die Bärin und ihre Jungen geratet, dann könnt ihr anfangen zu beten.«

Nervös schaute sich Gabi um, ob sie irgendwo kleine Pelztiere herumstreunen sah.

»Keine Sorge.« Er lächelte. »Ihr vier trampelt wie Elefanten durch den Wald. Die Bärin wird mit ihren Kleinen längst weitergezogen sein. Wenn ihr mal einen Bären seht, dürft ihr nicht rennen. Weicht langsam zurück, als wolltet ihr euch nicht weiter aufhalten, und hofft auf das Beste.«

Wow, er trug wirklich dick auf. Wollte er den Mädchen solche Angst einjagen, dass sie sich nicht aus dem Camp trauten? Tja, das dürfte ihm gelungen sein. Und sie selbst würde sich nach dieser Lehrstunde lieber in die Hosen machen, bevor sie allein das Zelt verließ und zum Plumpsklo ging.

»Habt ihr schon mal einen Elch gesehen?« Er strahlte vor guter Laune, die Laune der Mädchen war dagegen im Keller.

»Wie wär's, wenn wir umkehren?«, schlug Eve vor. »Sie wissen schon, falls der Bär doch noch in der Nähe ist.«

»Nicht doch. Wir haben Proviant mitgenommen. Ich kenne eine gute Stelle für eine kleine Pause.« Luke ging voran, dann stoppte er plötzlich und streckte die Arme zur Seite, was allen einen Riesenschreck einjagte. Er blickte vor sich auf den Boden. »He, seht euch das mal an.«

»Was?« Sam kniff die Augen zusammen und umfasste die Riemen ihres Rucksacks. »Was ist das?«

»Bin mir nicht sicher. Losung von einem Luchs oder einem Puma.«

Gabi riss die Augen auf. Luchs? Puma? Nicht einmal einen Kilometer von ihrem Zelt entfernt? Ihr nächstes Projekt war definitiv der Bau einer Übernachtungshütte mit festen Wänden, Fenstern und einer richtigen Tür.

»Was ist Losung?«, flüsterte Eve.

»Kot. Der stammt von einer Raubkatze.« Er betrachtete ihn genauer. »Wahrscheinlich von gestern. Von letzter Nacht vielleicht. Die sind hauptsächlich nachts auf Beutesuche.«

Er richtete sich auf und sah die Mädchen an. »Hier ist nachts allerhand los. Nicht alle Tiere sind groß genug, um einen Menschen zu reißen, aber manche sind es. Achtet darauf, ihnen keinen Grund dazu zu geben, okay? Manche von ihnen brauchen nicht mal einen.«

Gabi wandte sich ab und tat, als spähte sie in den Wald, nur damit die Mädchen sie nicht schmunzeln sehen konnten. Jede Wette, dass die keinen Gedanken mehr daran verschwendeten, sich aus dem Camp davonzustehlen. Bären? Elche? Luchse und Pumas? Ja, die Mädchen würden heute Nacht kein Auge zutun und sich schon gar nicht nach draußen wagen.

Punkt für Luke.

Eine Stunde später, nach einer ausgedehnten Klettereinheit, von der Gabi ihre Oberschenkel noch tagelang spüren würde, saßen sie zu sechst auf einem felsigen Überhang auf dem Gipfel der Welt. Zumindest oberhalb des Echo Lake in Vermont. Unter ihnen erstreckte sich der See schimmernd in der Mittagssonne, und Gabi meinte, dass sie noch nie etwas so Schönes gesehen hatte.

Der Wind strich durch die Baumwipfel und kühlte ihre erhitzten Gesichter. Gabi nahm einen Schluck aus ihrer Wasserflasche und wischte sich den Schweiß von der Stirn. Die Mädchen streckten sich stöhnend im Gras aus, anstatt die Aussicht zu genießen, aber das war ihr völlig egal. Wenn sie den Lohn ihrer Anstrengung nicht gebührend würdigen wollten, war das ihre Sache.

»Möchte jemand Schokolade?« Luke schwenkte eine Handvoll Schokoriegel, und die Mädchen fuhren so plötzlich hoch, dass Gabi laut lachte.

Waverly sabberte geradezu. »Sie haben Schokoriegel mitgenommen?«

»Bei einer Wanderung sind das gute Energielieferanten.« Er warf jedem einen Riegel zu. »Teilt sie euch ein. Denkt daran, euer Wasser zu trinken. Wir haben einen langen Abstieg vor uns.«

Schließlich war der Proviant verzehrt, und die Mädchen dösten an ihre Rucksäcke gelehnt. Luke zwinkerte Gabi zu, dann schlug er mit einem Löffel auf seinen Blechteller, sodass sie hochschreckten.

»Frage: Wer von euch glaubt, dass er jetzt allein zum Camp zurückfinden kann?«

Zögerlich hoben alle vier die Hand, als wären sie sich nicht sicher, trauten sich aber nicht, es zuzugeben.

»Wirklich?« Luke tat überrascht. »Ihr habt also alle auf jede Wegbiegung achtgegeben?«

Madison verdrehte die Augen. »Nein. Wir sind bloß hinter Ihnen her gelatscht.«

»Stimmt.« Er zeigte auf sie, als hätte sie die richtige Antwort gegeben. »Also, zweite Frage: Was tut ihr, wenn ich jetzt von dem Felsen stürze? Oder wenn ich stolpere und mit dem Kopf gegen einen Stein schlage? Meint ihr, ihr würdet dann den Rückweg finden?«

Gabi wurde es mulmig im Bauch. Auch sie war ihm lediglich den Berg hinauf gefolgt und hatte kein einziges Mal daran gedacht, sich markante Wegpunkte zu merken.

Gleich würde er sie sicherlich zwingen, allein zurückzuwandern, das ahnte sie schon.

Er schwieg, bis jeder zu dieser Erkenntnis gekommen war, dann grinste er. »Nein, ich werde euch nicht allein zurücklaufen lassen. Diesmal noch nicht.«

Gabi entspannte sich wieder, und die Mädchen atmeten erleichtert auf. Beim nächsten Mal, das nahm sie sich fest vor, würde sie sich jeden Baum und Stein, ja jeden Grashalm merken. Wie hatte sie so gedankenlos sein können?

»Daran müsst ihr immer denken«, fuhr Luke fort. »Egal wie viele Leute ihr seid, jeder muss Augen und Ohren offen halten und den Verstand eingeschaltet lassen. Der Wald ist schön und erst recht dieser Berg, aber ihr müsst sehr aufmerksam sein, sonst seid ihr am Ende tot.«

»Tot? Was ist denn noch hier draußen?« Waverly riss ängstlich die Augen auf. »Gabi? Wissen unsere Eltern davon?«

»Er übertreibt.« Gabi schoss ihm einen warnenden Blick zu, aber Luke schien es gerade nicht zu bemerken oder es kümmerte ihn nicht.

»Keineswegs«, widersprach er entschieden. »Die erste Voraussetzung zum Überleben ist, die Gefahren der Umgebung ernst zu nehmen, und dazu muss man sie alle kennen. Erst dann kann man sich richtig schützen. Dazu gehört auch, dass man immer weiß, wie man im Notfall nach Hause gelangt. Außerdem sollte man wissen, was zu tun ist, falls man den Rückweg nicht findet. Darüber werden wir heute Nachmittag sprechen.«

Gabi sah die Mädchen an. Das musste sie ihm lassen, er hatte jetzt ihre volle Aufmerksamkeit. Sogar Madison schaute konzentriert zu, als er ihnen zeigte, wie man den Platz für ein Lagerfeuer vorbereitete. Danach ließ er sie ihre Rucksäcke ausleeren und erklärte ihnen, wozu die Dinge, die sie mitschleppen mussten, zu gebrauchen waren.

Zwei Stunden später hatten sie ein Lagerfeuer entfacht und eine Behelfsunterkunft gebaut, und vier schmutzige Mädchen glühten vor Stolz über ihr Können. Sie hatten Zweige herangetragen, Kiefernäste zerkleinert und drei Pflanzen erkannt, deren Stängel essbar waren. Sie hatten gelernt, Wasser aus dem Bach zu filtern, der von einem Felsen herabstürzte, und zu warten, bis es gefahrlos getrunken werden konnte. Sie hatten gelernt, einen Weg zu markieren, für den Fall, dass sie sich verirrten, und einen Kompass zu benutzen. Und sie hatten begriffen, dass sich all das am schnellsten bewerkstelligen ließ, wenn sie zusammenarbeiteten.

Während Gabi zusah, wie sie ihre Sachen einsammelten und in den Rucksack packten, schöpfte sie Hoffnung. Ein Schuljahr lang waren sich die Mädchen nur in einem einig gewesen, nämlich in der Geringschätzung füreinander. Und jetzt, nach nur einer Woche im Camp Echo Lake, hielten sie zusammen.

Sie wandte sich ab, um ebenfalls ihre Sachen zu packen, und stöhnte innerlich auf. *Klar, Gabi, die Probleme sind alle gelöst. Ein selbst gezimmerter Waschraum und eine Wanderung, und schon ist alles im Lot.*

»Alles okay?« Luke unterbrach ihre stille Hetzrede, als er zu ihr trat.

»Sicher. Ja. Na klar.« Sie setzte ein Lächeln auf und drehte sich zu ihm um.

Er musterte sie skeptisch. »Sehr überzeugend.«

»Ich weiß.« Sie schüttelte den Kopf und packte weiter. »Tut mir leid. Ich habe mir nur im Stillen in den Hintern getreten, weil ich mich so sehr gefreut habe, wie gut die Mädchen sich in den letzten zwei Stunden verhalten haben.«

»Warum sollte man sich dafür in den Hintern treten?«

»Weil das Augenwischerei ist. Das wird nicht anhalten. Sie befinden sich in einer Ausnahmesituation und unter fremder Betreuung … das ist nur vorübergehend.«

»Ah.« Er nickte. »Und du bist überzeugt, die neu entwickelte Fähigkeit zum Zusammenhalten geht in Briarwood wieder verloren?«

»Sie könnten darauf achten, sie zu behalten, aber das werden sie nicht tun.«

»Das glaube ich nicht.«

Sie hielt inne und sah ihn an, während er die Mädchen beobachtete, die gerade das Feuer mit Erde und Wasser löschten, genau wie er es ihnen beigebracht hatte.

»Es freut mich, dass du so optimistisch bist, Luke, auch wenn das illusorisch ist.«

Er schmunzelte, als würde er sich über sie noch mehr amüsieren als über die vier Internatsschülerinnen, die er den Berg hinaufgeführt hatte.

»Also, ob illusorisch oder nicht, das war doch ein schöner Tag, oder?«

»Ja.« Das musste sie zugeben. »Ganz eindeutig.«

»Und die Mädchen haben jetzt eindeutig zu viel Angst, um nachts allein loszuziehen, nicht wahr? Also wird es auch eine gute Nacht werden?«

»Durchaus möglich. Sagst du als Nächstes, dass man einen

Tag nach dem anderen angehen muss, quasi als neue Camp-Parole?«

»Nein.« Er zuckte mit den Schultern. »Könnte ich aber. Wir haben kleine Erfolge erzielt, Gabi. Und das ist doch etwas. Schmälere das nicht. Wir haben ein paar lange Wochen vor uns. Da können wir noch manches erreichen.«

»Wir?« Sie hörte sich das fragen, ehe sie sich eines Besseren besinnen konnte.

Er stutzte. »Oder du. Ich will dir deine Verantwortung nicht streitig machen. Nur Hilfe anbieten, wenn du sie brauchst.«

»Okay.«

»Aber wenn du abwinkst, gehe ich und warte dann im Camp auf euch.« Er grinste.

»Das ist nicht lustig, Luke.«

»Siehst du? Du brauchst mich. Ein bisschen wenigstens.«

Er drehte sich weg, und so sehr sie sich zusammenreißen wollte, sie konnte es nicht lassen, seinen Körper von oben bis unten zu betrachten.

Und wie sie ihn brauchte!

Sie wollte es nur nicht.

13

Am nächsten Morgen schleppten sich Gabi und die Mädchen um sieben Uhr in den Speisesaal, weil Luke sie mit einem Jagdhorn, das er weiß Gott wo ausgegraben hatte, aus dem Schlaf getrötet hatte. Gabi konnte darüber nicht lachen, und noch weniger die Mädchen, die nach wie vor meinten, sie dürften doch wohl wenigstens am Wochenende ausschlafen.

»Guten Morgen, Ladys!«, rief Luke aus der Küche. »Putzmunter und gut gelaunt, wie ich sehe!«

Gabi schaute stumm zu ihm hinüber. Er trug Cargo-Shorts und ein dunkelblaues T-Shirt, seine Haare waren noch feucht vom Duschen. Selbstsicher und gut gelaunt stand er vor einer großen elektrischen Grillplatte, in der einen Hand einen Pfannenwender, in der anderen eine Kaffeetasse. Ja, das war der Speisesaal eines Feriencamps, aber er bot ein so entzückendes Bild von Häuslichkeit, dass Gabi heftig blinzeln musste, um nicht ins Träumen zu geraten.

Die Mädchen ließen sich auf den Bänken fallen, stützten den Kopf auf die Hände und stöhnten, wie früh es noch war, während Gabi sich zur Kaffeemaschine begab.

»Ein Jagdhorn? Echt jetzt?«

Luke grinste. »Hatte ganz vergessen, dass ich das alte Ding noch habe.«

»Könntest du es bitte noch mal vergessen?«

»Nicht doch. Die Mädchen sind jeden Tag später aufgestanden. Das muss aufhören. Wir haben heute viel zu tun.«

Gabi trank einen großen Schluck Kaffee. »Es ist Wochenende, Luke. Willst du nicht auch einen Tag Pause einlegen?«

»Nein. Samstag ist ein guter Tag zum Arbeiten. Bei einer Fünftagewoche können wir die Liste nicht schaffen, besonders wenn wir wandern gehen und dergleichen.«

»Die Wanderung war deine Idee.«

»Jep. Und eine gute.« Er deutete mit dem Kopf zu den Mädchen. »Guck mal, wie erledigt die sind. Das gefällt mir!«

Waverly blickte auf, aber mit minimalem Bewegungseinsatz. »Gabi? Bezahlen Sie ihn dafür, uns zu ärgern?«

»Aber nein.« Luke grinste. »So bin ich immer. Also, lasst uns ordentlich frühstücken, damit wir den Waschraum fertigkriegen. Wenn alles gut geht, können wir es heute schaffen, nehme ich an.«

»Wirklich?« Madison hob den Kopf. »Ganz im Ernst?«

»Das hängt davon ab, wie die Damen sich anstellen, aber es ist definitiv möglich. Rieselfeld und Faulgrube sind schon fertig. Ihr müsst nur noch die oberirdischen Anlagen installieren.«

Sam stand lächelnd auf und holte sich einen Teller. »Es wäre zu schön, wenn in Briarwood alle wüssten, dass man dein Herz in Wirklichkeit mit einem Wasserklosett gewinnt, Prinzessin.«

»Halt's Maul, Sam.« Madison stand ebenfalls auf, gefolgt von Waverly.

Gabi seufzte. »Und da wären wir wieder.«

»Keine Sorge.« Luke schlürfte seinen Kaffee. »Überlass das mir.«

»Der Satz sollte mich wirklich, wirklich in Angst versetzen.«

Er schaltete die Grillplatte aus und warf den Pfannenwender ins Spülwasser. »Piper sagt, du musst Wäsche waschen? Und dass du das nicht gern am See tust? Was ich kaum glauben kann.«

Gabi grinste. »Ja. Es hat sich haufenweise Wäsche angesammelt. Und nein, ich habe keine Lust, die im See zu waschen. Piper meint, ich kann heute Vormittag ihre Waschmaschine und ihren Trockner benutzen, aber das würde bedeuten, dass ich die Mädchen bei dir lasse.«

»Und du zögerst noch?«

»Na ja … das ist vielleicht eine immense Zumutung.«

»Sorgst du dich um die Mädchen oder um mich?«

Sie lachte. »Vielleicht ein wenig um euch alle.«

»Verständlich.« Er deutete zum Fenster, durch das der Rohbau der Hütte zu sehen war. »Ich werde gut auf sie aufpassen. Und Oliver ist auch noch da. Er kann den Rettungswagen rufen, wenn sich jemand den Finger abschneidet. Wir werden schon klarkommen.«

Gabi holte tief Luft. »Machst du das mit Absicht?«

»Nein.« Luke zwinkerte. »Wir kommen zurecht. Geh Wäsche waschen. Iss in der Stadt zu Mittag. Mach mal Pause, Gabi. Ich denke, du bekommst selten genug eine Auszeit.«

Sein Ton war nett, fürsorglich … fast liebevoll, und Gabi wusste nicht, wie sie darauf reagieren sollte. Vor einer Woche noch hatte er mit verschränkten Armen neben dem Schultransporter gestanden und sich gewünscht, er könnte sie auf der Stelle zurückschicken. Und heute? Heute befahl er ihr praktisch, sich eine schöne Zeit allein zu gönnen und ihm die Arbeit zu überlassen.

»Bist du sicher? Ich bin immer noch gegen die Elektrowerkzeuge. Ich sag's nur.«

Er klopfte ihr sanft auf die Schulter. »Ich weiß, du wirst fürs Schwarzsehen bezahlt, aber ich gebe dir offiziell die Erlaubnis, damit aufzuhören. Niemand wird sich verletzen. Und wenn doch, haben wir in der Nähe ein Krankenhaus.«

»Luke.«

»Geh, Gabi. Alles wird gut, und denk dran: Heute Abend haben wir Duschen und Toiletten.«

Sie drehte sich zu ihrer kleinen Schar um, aber ehe sie den Mund aufmachen konnte, um sie wegen diesem und jenem zu ermahnen, hob Sam die Hand.

»Wir wissen das. Gehen Sie einfach.«

Luke lachte, dann hielt er sich schnell die Hand vor den Mund. »Entschuldige.«

»Na schön.« Gabi lächelte. »Ich bin dann mal weg. Ich erwarte fließend kaltes und warmes Wasser, wenn ich wieder da bin, Mädels.«

Die Schülerinnen salutierten spöttisch, als Gabi zur Tür hinausging, aber nach drei Schritten machte sie kehrt und streckte den Kopf wieder hinein.

»Luke? Kannst du mir sagen, wo Piper wohnt?«

»Ich hätte nie gedacht, dass ich eine heiße Dusche mal derart genießen würde.« Gabi ging in Pipers Wohnzimmer und rubbelte sich die Haare mit einem Handtuch trocken. »Vielen, vielen Dank.«

»Gern geschehen.« Piper reichte ihr eine Tasse Kaffee. »Komm und setz dich auf meine Terrasse. Ich habe zwei Stunden frei und will sie auf meinem Allerwertesten sitzend am Fluss verbringen.«

Gabi lachte. Pipers Wohnung befand sich in einem Gebäude am Ufer, das früher mal eine Mühle gewesen war. Die Mauern bestanden aus altem Backstein, und die Decken ruhten auf dicken Balken. Auf den Fluss schaute man durch eine Glaswand, und da die Schiebetür offen stand, hörte man das

Wasser rauschen, was beruhigend und ein bisschen hypnotisch wirkte.

Sie machten es sich auf Liegestühlen bequem. Gabi lehnte den Kopf an und schloss die Augen. Ja, die Feldbetten im Camp waren bequemer als das nackte Holz unter dem Zelt, aber dennoch ließen sie einiges zu wünschen übrig. Auf Pipers Liegestuhl würde sie dagegen in zehn Minuten weggedöst sein, da war sie sich ziemlich sicher.

Vorsorglich schlug sie die Augen wieder auf. »Ich verstehe nicht, wie du die Wohnung überhaupt je verlassen kannst.«

»Ich weiß.« Piper nickte. »Eines Tages werden Noah und ich uns in den Bergen ein Holzhaus bauen, aber fürs Erste ist die Wohnung wunderbar.«

»Mir fiele es schwer, sie aufzugeben, selbst für ein Haus in den Bergen.«

»Ja, wir hätten beinahe ein Haus am See gehabt, gleich neben dem Camp, aber das konnten wir dank der Behörden in den Wind schreiben.«

»Ach, du je. Was ist passiert?«

Piper stellte ihre Tasse ab. »Als Noah hierherzog, hatten er und Luke den großartigen Plan, das Grundstück neben dem Camp-Gelände zu kaufen. Sie wollten zusammen eine Fortbildungsstätte für Führungskräfte aufziehen, die dort ihr inneres Gleichgewicht finden sollten, indem sie in der Wildnis ihre Grenzen austesten und Ähnliches.«

»Klingt interessant.« Gabi trank von ihrem Kaffee und stellte sich Luke dabei vor, wie er Unternehmenschefs im Wald essbare Pflanzen suchen und Wasser filtern ließ.

»Ja, war es. Oder hätte es sein können. Letztes Frühjahr waren sie so nah daran, die Verträge zu unterschreiben, und dann kam bei der Überprüfung der Eigentumsverhältnisse eine verrückte Sache ans Licht. Jedenfalls haben sie schließlich ihr Darlehen verloren, und nach einigen rechtlichen Auseinandersetzungen wurde das Grundstück unter Naturschutz gestellt und darf nicht mehr bebaut werden.«

»Und jetzt hat meine Privatschule auch noch Lukes Camp-Gelände gekauft.« Gabi nickte. Jetzt wurde ihr manches klar. »Er hat kein gutes Jahr gehabt, hm?«

»Das ist noch milde ausgedrückt.«

»Glaubt er wirklich, Briarwood zielt darauf ab, das Camp in eine Luxusferienanlage für Kinder reicher Eltern umzuwandeln?«

Piper sah sie verwundert an. »Du etwa nicht?«

»Nein. Warum sollten die das tun? Soweit ich weiß, ist das bloß eine Anlageimmobilie.«

»Genau. Und wie viel bringt die ein, wenn sie da weiterhin unterprivilegierte Kinder betreuen lassen?«

»Ich bin mir sicher, dabei geht es nicht um Profit.« *Oder doch?*

»Fördert ihr denn viele andere gemeinnützige Projekte? Denn wenn ja, würde Luke sich wirklich freuen. Dann glaubt er vielleicht, dass sich hier etwas Gutes tut.«

Gabi nickte. »Natürlich tun wir das.« Sie hatte an etlichen Vorstandssitzungen teilgenommen, wo dem Antrag zugestimmt wurde, hundert Dollar an die Tafel zu spenden oder fünfzig an das Obdachlosenasyl. Angewidert dachte sie an Priscilla, die wirklich jedes Mal fragte, ob die Schule etwa öffentliche Anerkennung für die Spende bekäme.

Dann dachte sie an Laura, die Vorsitzende, die Priscilla dann zur Ordnung rief.

Und jetzt mal im Ernst: Konnten fünfzig Dollar überhaupt etwas Bemerkenswertes bewirken? Gabi wusste, wie groß das Stiftungskapital war. Damit wurde in jedem Jahresbericht geprahlt. Aber wofür wurde das Geld tatsächlich verwendet?

Für Priscillas Gehalt? Renovierungen, die im Grunde nicht nötig waren? Einen BMW-Bus?

Als sie in der vergangenen Woche zum ersten Mal von dem Kauf des Camp Echo Lake gehört hatte, hatte sie kurz die Hoffnung gehegt, dass endlich die gespendeten Gelder genutzt wurden, um bedürftigen Kindern zu helfen ... dass die Briarwood endlich ihre Rolle als Stütze der Gesellschaft wahrnahm.

Das war es, was sie hier taten. So musste es sein.

Sie holte tief Luft. »Ich hatte mit dem Kauf nichts zu tun, wie du dir denken kannst, aber ich möchte gern glauben, dass meine Schule damit gute Absichten verfolgt.«

Piper runzelte skeptisch die Stirn. »Ich möchte deiner Schule nichts unterstellen, Gabi, aber hast du gesehen, was für Arbeiten Luke aufgetragen wurden? Das deutet nicht darauf hin, dass sie es hier laufen lassen wollen wie bisher.«

»Ich habe nur die Liste gesehen, die Luke den Mädchen gezeigt hat, als sie sich ein Projekt aussuchen sollten. Es standen komische Sachen darauf wie ein Fernsehzimmer und eine Bühne. Das war nur eine Scherzliste, die er ausgedruckt hat, damit sich alle auf den Bau des Waschraums stürzen.«

Piper schaute auf den Fluss, und Gabi sah ihr an, dass sie nach der angemessenen Formulierung suchte. »Das war keine Scherzliste, Gabi.«

»Wie bitte?« Das konnte nicht sein. »Du irrst dich bestimmt.«

»Das ist die Liste, die sie Luke im Mai bei ihrer ersten Besichtigung vorgelegt haben ... derselben, bei der sie ihm mitteilten, dass sie das Camp für den Sommer schließen.«

»Oh.« Gabi wurde es fast schwindlig bei dem Gedanken, dass ein paar Anzugträger mit Luke über das Gelände gegangen waren, ihm dann die lächerliche Liste in die Hand gedrückt und dabei den Blickkontakt gemieden hatten, damit er nicht merkte, dass etwas faul war.

»Du siehst also, warum er sich Sorgen macht.«

»Ich … das kann nicht sein … ich weiß nicht, was ich denken soll. Wäre es nicht möglich, dass sie die Anlage nur verbessern wollen? Den Standard ein wenig anheben wollen?«

»Mit dem Bau einer Bühne? Eines Fitnessraums?«

Gabi wusste nicht, was sie dagegen vorbringen könnte. Das sah nicht gut aus. Das sah ganz und gar nicht gut aus.

Sie hob ihre Tasse an den Mund und starrte in die Stromschnelle des Flusses. Lag Piper mit ihrer Vermutung richtig? Lag Luke damit richtig? Wollte die Schulleitung dieses stark vernachlässigte, aber wunderschöne Camp-Gelände in eine moderne Ferienanlage für reiche Töchter umwandeln, ohne Oliver und Luke reinen Wein einzuschenken?

Ihre Stimme schwankte, als sie schließlich sagte: »Ich halte das nicht automatisch für verdammenswert, obwohl ich verstehen kann, warum sich bei Luke und Oliver die Nackenhaare aufrichten. Aber auch arme Jungen können eine Bühne und einen Fitnessraum benutzen. Vielleicht wollen die wirklich nur den Standard anheben.«

»Möglich.«

»Aber nicht wahrscheinlich, denkst du.« Gabi nickte langsam. »Das höre ich dir an.«

Piper zuckte mit den Schultern. »Ich sage nur, wie ich das sehe. Und was ich sehe, sieht nicht gut aus für Oliver und Luke. Da fällt es mir wirklich schwer, mich zurückzulehnen und zuzusehen, wie es passiert.«

»Wie lange gibt es das Camp hier schon?«

»Dreißig Jahre.«

Gabi war verblüfft. »Wirklich?«

»Jep. Oliver war früher Betreuer von Gewaltopfern. Nach

einigen Jahren fand er, dass er Kindern und Jugendlichen mehr helfen kann, wenn er sie auffängt, bevor sie mit dem Gerichtswesen in Kontakt kommen. Darum hat er eine Menge Fördergelder beantragt und jeden Cent für den Kauf dieses Geländes verwendet. Viele Jahre hat er es als normales Camp geführt und dabei aufgebaut, und dann nahm er nur noch gefährdete Jungen hier auf, meistens Teenager.«

Gabi lächelte anerkennend. Sie sah es förmlich vor sich, wie der leidenschaftlich engagierte Oliver sein ganzes Gehalt ausgab – das wie bei allen Sozialarbeitern wahrscheinlich klein war –, um einen Zufluchtsort für Jungen zu schaffen, die verzweifelt auf Hilfe angewiesen waren. Sie stellte sich Sam und Eve vor, die vor diesem lausigen Sommer vermutlich nie an einem Ferienlager teilgenommen hatten, und fragte sich, wie sie sich wohl entwickelt hätten, wenn sie schon als Kinder die Ferien in einem Camp wie diesem hätten verbringen dürfen.

»Du sagst also, dass meine Schule hier mit der typischen Ignoranz von Firmenheinis auftritt und einen Mann kaltstellt, der sein ganzes Leben darauf verwendet hat, ein sicheres, strukturiertes Camp für Kinder zu schaffen, die weder Sicherheit noch Struktur in ihrem Alltag haben?«

Piper hob abwehrend die Hände. »Ich glaube nicht, dass ich so kräftige Ausdrücke verwendet habe.«

»Scheiße.«

Piper riss die Augen auf, und dann lachte sie. »Ich habe dich bisher nicht fluchen hören.«

»Du kennst mich erst seit einer Woche.«

»Trotzdem. Das kam unerwartet.«

»Auch reiche Zicken fluchen, Piper.«

»Hey.« Erneut hob sie die Hände. »Das habe ich auf gar keinen Fall gesagt.«

Gabi schloss die Augen und schüttelte den Kopf. »Entschuldige bitte. Ich weiß nicht, wo das plötzlich herkam.«

»Vielleicht daher, dass du ständig mit Leuten zu tun hast, die das von dir denken? Dass du reich und zickig bist?«

»Tja, denen würde ich gern mal meinen Kontoauszug zeigen. Dann würden sie mir zumindest keinen Reichtum mehr unterstellen.«

»Du bist auch keine Zicke, Gabi. Oder falls doch, kannst du es gut verbergen.«

Gabi senkte den Blick und kratzte sich den letzten Rest Nagellack vom Daumennagel. »Wie es scheint, hat Luke sich schon vor unserer Ankunft eine Meinung über uns gebildet, und jetzt kann ich gegen seine Vorurteile nichts mehr ausrichten, weil sie durch das Verhalten der Schulleitung in seinen Augen bestätigt werden.«

»Kann man ihm das wirklich vorwerfen? Ich will dir nicht zu nahetreten, aber kann man ihm das verübeln?«

»Nein.« Gabi seufzte. »Wohl nicht.«

»Er urteilt nach seiner Erfahrung, Gabi. Und er versucht durchaus, diese beiseitezulassen. Er möchte dir ehrlich helfen.«

»Das tut er.« Gabi nickte. »Unbestreitbar. Und einerseits möchte ich einfach nur dankbar sein, andererseits komme ich nicht dahinter, ob er das tut, weil er das tatsächlich möchte oder weil er fürchtet, dass er andernfalls wegen meiner Mädchen einen Suchtrupp organisieren muss.«

»Es wird wohl ein bisschen von beidem sein.«

Gabi lächelte. »Danke. Das war der Moment, in dem du eine kleine Binsenweisheit zum Besten geben solltest, damit ich mich besser fühle.«

»Oh.« Piper lachte. »Tut mir leid. Hab ihn verpasst.«

Gabi schmunzelte, aber das Thema ließ sie einfach noch

nicht los. »Luke bewegt sich im Camp, als ob es ihm gehört, und er und Oliver gehen partnerschaftlicher miteinander um, als es zwischen einem Leiter und einem Hausmeister üblich ist. Er weiß, wie man in der Wildnis überlebt, und kann das anderen beibringen.« Sie schaute einen Moment lang nachdenklich ins Leere. »Und hat ein erschreckend gutes Gespür im Umgang mit meinen Mädchen. Das passt nicht so ganz zusammen. Er spielt den ungebildeten Hausmeister, aber den kaufe ich ihm nicht ab.«

»Du meinst, der Hausmeister eines Feriencamps kann nicht einfach so verstehen, was in fünfzehnjährigen Mädchen vorgeht?«

Gabi schnaubte. »Kann das überhaupt jemand einfach so?«

»Gutes Argument.«

»Ist er aufs College gegangen?«

Piper seufzte, lächelte dann aber. »Bist du hier, um Wäsche zu waschen oder um mit mir ein Fragespiel über den heißen Hausmeister zu veranstalten?«

»Ich will nur … nein.« Gabi merkte, dass sie rot wurde. »Ich bin nur neugierig, mehr nicht. Und er erzählt nicht gern etwas über sich, jedenfalls nicht mir.«

»Lass ihm Zeit. Er ist ziemlich reserviert und grummelig für sein Alter. Aber er wird noch auftauen.«

»Wie lange dauert das im Allgemeinen?«

»Na ja, vor einer Woche war er noch überzeugt, dass du eine verwöhnte, eingebildete Prinzessin bist, die für einen Sommer von ihrem hohen Ross steigen muss.«

»Ich bin keine … Ach, egal.« Gabi holte tief Luft. Piper konnte nicht ahnen, wie tief sie das traf und warum. »Ich entspreche nicht dem Klischee, das er im Kopf hat. Wirklich nicht.«

Piper lächelte. »Es steht mir vielleicht nicht zu, das zu sagen, aber ich glaube, das begreift er gerade.« Dann fügte sie hinzu: »Und falls es dich interessiert, Luke hat ein sehr feines Gespür dafür, ob ihm jemand etwas vormacht. Wenn er dich noch so sähe, würde er dir seine Zeit nicht opfern.«

»Ich schätze, dafür sollte ich wohl dankbar sein?«

»Gib der Sache Zeit, Gabi. Du wirst vielleicht noch überrascht sein, was ihr von Luke lernen könnt, deine Mädchen und du.«

14

»Eine zeremonielle Spülung?« Gabi lachte und teilte die Müllbeutel mit der sauberen Wäsche an die Mädchen aus. Ihre vier Schützlinge waren vom Picknicktisch aufgesprungen, als sie den Schultransporter von der Allee auf den kleinen Parkplatz gelenkt hatte.

Sam lächelte. »Anscheinend macht man das so.«

»Ja klar«, warf Eve ein. »Wenn man eigenhändig Duschen und Toiletten gebaut hat, steht eine zeremonielle Spülung an.«

»Und Luke hat die kleine Zeremonie aufgeschoben, bis ich wieder da bin?« Gabi schloss die Wagentüren. »Meine Güte, ich fühle mich geehrt.«

»Ja, eine Wahnsinnsehre ist das, Gabi«, sagte Madison sarkastisch. »Sie sollten megastolz sein.«

»Oh, das bin ich.« Gabi drückte ihre Schulter. »Eine Toilette mit Wasserspülung ist keine Kleinigkeit. Jetzt ist es hier schon fast wie im Ritz, Mädels.«

»Klar.« Waverly grinste zuerst spöttisch, musste dann aber doch lächeln. »Kommen Sie mit, Gabi, damit wir sie endlich benutzen können.«

Die Mädchen liefen vor ihr her den Weg hinunter und legten ihre Wäschebeutel vor dem Waschraum ab, in den jetzt auch die Tür eingebaut war. Als die vier hineinliefen, ging Gabi erst einmal außen um das Gebäude herum. Staunend strich sie mit der Hand an der Bretterwand entlang und bewunderte die schnurgerade Reihe von Nägeln.

»Du hättest nicht geglaubt, dass sie das können, stimmt's?« Lukes leise, tiefe Stimme erklang hinter ihr, und sie erschrak kurz. Er stand nah bei ihr, viel zu nah. Sein Atem streifte ihr Ohr und sandte eine Sehnsucht durch ihren ganzen Körper, die sie nun wirklich nicht spüren sollte.

»Ähm.« Nervös drehte sie sich zu ihm um, aber als sie sein amüsiertes Lächeln sah, fiel ihr nicht mehr ein, was sie sagen wollte.

»Ähm?« Sein Lächeln wurde breiter und brachte sein Grübchen zum Vorschein. »Wir haben uns den ganzen Tag abgerackert, und als einzigen Kommentar bekomme ich ein ›Ähm‹?«

»Entschuldigung. Die Hütte ist toll! Unglaublich, dass sie das geschafft haben. Dass du das geschafft hast. Ihr alle zusammen.« Sie schüttelte den Kopf. Gütiger Himmel. Es wäre hilfreich, wenn ein wenig Blut in ihr Gehirn zurückkehren würde.

»Hallo? Gabi?« Er kam noch eine Handbreit näher. Fast stieß sie mit der Nase an seine Brust. Sie atmete tief ein und rechnete damit, seinen männlichen Schweiß zu riechen. Schließlich hatte er den ganzen Tag bei Hitze körperlich gearbeitet. Aber was sie roch, war Seife, Waschpulver und – war das Rasierwasser? An einem Mann, der sich nicht rasierte? »Nicht bewegen.«

Er hob eine Hand, verflixt nah an ihrem Körper, und ihr schossen allerhand Gedanken durch den Kopf, während sie stocksteif dastand. Dann griff er ganz sanft und langsam in ihre Haare. Was machte er denn da?

»Eine Spinne«, erklärte er endlich und trat von ihr weg. Zwischen Daumen und Zeigefinger hielt er eine große Wolfsspinne. Hatte seine Stimme gerade ein wenig heiser geklungen? Oder hatte sie sich das eingebildet?

Unwillkürlich fasste sie sich an den Kopf, als sie das große schwarze Tier sah.

»Keine Sorge. Die sind hässlich, aber harmlos.« Er trat noch einen Schritt von ihr weg und setzte die Spinne in einen Busch.

Gabi schauderte. Der Grund dafür war jedoch vielmehr seine Berührung als die Spinne, die sich in ihren Locken hatte einnisten wollen.

»Danke«, krächzte sie leise und versuchte, sich nicht anmerken zu lassen, wie stark ihr Körper auf seine Nähe reagiert hatte.

»Gern geschehen.« Er sah ihr in die Augen, dann auf den Mund, dann senkte er den Blick und wandte sich ab. »Okay. Die Mädchen warten auf uns.«

»Richtig. Die Mädchen. Ja.«

Gabi schüttelte den Kopf über sich, als sie ihm um die Hütte herum folgte. Ging es noch erbärmlicher? Hatte sie geglaubt, er würde sie küssen oder dergleichen? Wie kam sie auf diese Idee?

Sie atmete einmal tief durch, als sie die Tür erreichten, und setzte ein strahlendes Lächeln auf, als er sich zu ihr umdrehte und sie hineinwinkte.

»Ihr Bad, Ms O'Brien.«

Gabi betrat die Hütte, und ihr aufgesetztes Lächeln verwandelte sich in ein echtes. Sie roch frisches Holz und sah vier Kabinen und einen offenen Bereich am anderen Ende des Raumes, wo die Mädchen standen.

»Hier kommen dann noch die Duschen hin.« Eve zeigte auf die Wände.

»Sehen Sie!« Sam schwenkte eine Kabinentür hin und her. »Türen!«

»Ach, das ist noch gar nichts!« Waverly zeigte in eine Kabine. »Toiletten!«

Gabi lachte über ihre fröhlichen Gesichter. »Und das habt ihr alle selbst eingebaut? Wirklich?«

»Haben sie.« Luke lehnte im Türrahmen, die Arme vor der Brust verschränkt, die sie eben noch fast berührt hätte. Wie würde es sich anfühlen, die Hände unter das weiche T-Shirt zu schieben und …

»Okay, Leute«, rief Sam. »Auf die Plätze bitte.«

Gabi riss ihren Blick von Lukes T-Shirt los, bemerkte dann aber, dass er sie beobachtet hatte. Mit einem wissenden Grinsen auf den Lippen zwinkerte er ihr zu. Sie schüttelte leicht den Kopf und konzentrierte sich auf die Mädchen, die sich in den Kabinen aufstellten.

»Auf die Plätze, fertig, Spülung!«

Unisono rauschte das Wasser durch die Porzellanschüsseln, und Gabi drückte die Daumen, dass alles in Ordnung war. Nachdem sie so viel Kraft und Mühe geopfert hatten, würde es ihr leidtun, ein Rohr platzen zu sehen.

Die Mädchen achteten gespannt auf ihre Toilette, und Gabi hätte über die geschärfte Aufmerksamkeit gelacht, wenn sie nicht genauso um den Erfolg bangte wie sie. Und dann jubelten sie, als klar wurde, dass die Toiletten funktionierten.

»Sie funktionieren!« Eve machte große Augen. »Wir haben tatsächlich Toiletten mit Wasserspülung installiert, die funktionieren!«

»Echt toll.« Madison verdrehte in ihrer typischen Art die Augen, aber Gabi sah in ihrem Blick auch ein bisschen Stolz durchscheinen. »Jetzt können wir Hank im Wohnheim unter die Arme greifen.«

»Das ist eine großartige Idee.« Gabi nickte. »Hank könnte auch mal ein freies Wochenende gebrauchen. Und da ihr euch jetzt mit Sanitärinstallation auskennt, können wir ihm das ermöglichen.«

»Oh nein, Sie werden uns nicht weiterempfehlen.« Waverly drohte mit dem Finger. »Was im Camp passiert, bleibt im Camp. Kein Mensch wird erfahren, dass wir uns für Toiletten begeistert haben, kapiert?« Sie zeigte mit dem Finger nacheinander auf die Mädchen, und Gabi und Luke lachten.

Er stieß sich vom Türrahmen ab. »Ihr dürft ruhig begeistert sein. Ihr habt hart gearbeitet, und jetzt habt ihr vier Wasserklosetts. Und wenn mich nicht alles täuscht, hat Gabi gestern Eis in den Tiefkühlschrank gepackt. Möchte jemand welches?«

Die Mädchen johlten und stürmten hinaus. Nur Madison drehte sich noch einmal um, mit einem lustig funkelnden Blick. »Und werden wir danach das Plumpsklo zeremoniell abfackeln?«

»Essen!« Um acht Uhr am nächsten Morgen stapelte Luke die Pfannkuchen auf einer Platte und stellte sie auf die Theke zusammen mit einem Teller voller Würstchen.

Die Mädchen reagierten kaum.

Er musterte sie verwundert. »In einer halben Stunde fangen wir mit der Arbeit an. Ihr könnt satt oder hungrig arbeiten, ganz wie ihr wollt. Mir ist das egal.«

Nach kurzem Murren standen die vier vom Tisch auf und kamen zur Theke herüber, um ihre Teller zu füllen. Sie nahmen sich mehr zu essen denn je. Gabi schmunzelte. Offenbar waren sie hungrig, weil sie tatsächlich Kalorien verbrannt hatten, indem sie mal etwas anderes taten, als sich anzugiften.

»Wo ist Piper?«, fragte sie Luke, während sie sich zwei Würstchen nahm.

»Sie hat im Moment zu viel zu tun, als dass sie uns am Wochenende versorgen könnte. Ich dachte, ich mache mal das Frühstück, und die Mädchen können sich ihr Mittagessen selbst kochen. Vielleicht könntest du das Abendessen übernehmen? Wenn das für dich in Ordnung ist.«

»Sicher«, sagte sie, aber innerlich erschrak sie. »Solange du Nudeln magst.«

Er schmunzelte. »Keine Köchin?«

»Ich wohne in einem Internat, wo uns ein Küchenchef das Essen zubereitet. Da habe ich leider wenig Gelegenheit, mir das Kochen anzueignen.« Eine völlig unbedachte Antwort, die seine Vorurteile bestätigte.

Zum Glück sprang er nicht darauf an. Das war bemerkenswert und beruhigend. »Und wie war das in deiner Kindheit? Haben dir deine Eltern kein Gericht beigebracht?«

Sie schüttelte den Kopf. Ha. Ob die Küchen in den verschiedenen Häusern auch mal jemand anderes betreten hatte als die Caterer?

»Äh, nein. Da habe ich auch schon im Internat der Briarwood Academy gewohnt.«

Luke drehte sich zu ihr. »Hast du auch mal nicht dort gewohnt?«

»Kurz.« Sie blieb einen Moment stumm, dann fügte sie hinzu: »Ich war auf dem Wellesley College, bevor ich die Stelle in Briarwood antrat. Ich weiß, ich passe voll ins Klischee.«

»Das habe ich nicht gesagt.«

»Musstest du nicht. Ich konnte spüren, dass du es denkst.«

Er schaute betont gelangweilt, als er den Pfannenwender hob. »Pfannkuchen?«

»Nur um das mal klarzustellen«, sie ließ sich den Pfannkuchen auf den Teller legen, »ich bin keine Internatsprinzessin, die sich nicht mal selbst die Schuhe zubinden kann.«

»Ich nehme an, das kannst du inzwischen. Dafür sollten wir an deiner Empfindlichkeit arbeiten. Und vielleicht müssen wir dir das Kochen beibringen, damit du nicht verhungerst, wenn der Küchenchef Urlaub macht.«

»Sehr lustig. Mit meinen Kochkünsten kann ich mich durchaus am Leben halten.«

»Was ist deine Spezialität?« Er sah sie neugierig an.

Verlegen schaute sie auf ihren Teller. »Weiß nicht, ob ich eine habe.«

»Na gut. Sagen wir, es ist ein kühler Sonntagabend im Herbst. Du hast ein entspanntes Wochenende genossen und möchtest jetzt etwas Leckeres zu Abend essen. Was machst du dir?«

»Cornflakes mit Marshmallows. Der Klassiker für Sonntagabende, nicht wahr?«

»Nein, eigentlich nicht. Aber mir gefällt dein Hang zum Frühstück am Abend.« Mit dem Fuß öffnete er den Schrank unter der Grillplatte und zeigte auf einen großen bunten Karton.

Sie lachte. »Das kann nicht wahr sein.«

»Warum so überrascht?«

»Luke, du mischst dir dein Müsli selbst.« Sie schüttelte den Kopf. »Bunte Marshmallow-Flocken hätte ich dir nicht zugetraut.«

»Jeder Mann braucht eine Schwäche.« Er lächelte, und ihr Magen vollführte einen erschreckend intensiven Salto.

»Also, dein Kaffee wird wohl meine Schwäche.« *Ja, der Kaffee. Was sonst?* »Wer hätte gedacht, dass Camp-Kaffee so gut schmecken kann?«

»Camp-Kaffee?« Er griff sich gekränkt ans Herz. »Du denkst, das ist Camp-Kaffee?«

»Ist das keiner?«

»Oh, das tut weh.« Er warf den letzten Pfannkuchen auf den Teller und schaltete die Grillplatte aus. Dann öffnete er den Oberschrank neben sich und zeigte auf eine Blechdose mit Kaffeepulver, die sie immer in dem kleinen Lebensmittelgeschäft nahe der Schule sah. »Das ist Camp-Kaffee.«

Sie nickte. »Heißt das, du teilst deinen privaten Vorrat mit mir?«

»Das tue ich, und er schwindet rapide. Du trinkst immense Mengen.«

»Ich weiß. Tut mir leid. Eine Berufskrankheit, wenn man Teenager großzieht.«

Wieder schaute er sie mit einer Mischung aus Neugier und Herausforderung an. »Du ziehst sie groß?«

»Die Mädchen werden am ersten September bei uns abgeladen und am dreißigsten Juni wieder abgeholt, Luke. Ich weiß nicht, wie das in anderen Internaten ist, aber bei uns werden die meisten Mädchen nicht mal von ihren Eltern gebracht und geholt. Sie sind auch nur für eine Woche im Dezember mal zu Hause. Also leben sie praktisch bei mir. Rund um die Uhr, sieben Tage die Woche.«

»Ah ja.« Er goss Orangensaft in zwei Gläser und reichte ihr eines. »So habe ich das bisher noch nicht gesehen. Trotz allen Reichtums fehlt ihnen das Wichtigste ... Sie sind sehr bedürftig.«

»So ist es. Nur eben nicht, was das Materielle angeht.«

»Tja.« Luke nahm seinen Teller und ging zur Schwingtür, die in den Essbereich führte. »Meiner Erfahrung nach schafft Geld mehr Probleme, als es löst.«

Sie folgte ihm an den Tisch und setzte sich. »Was für Erfahrungen sind das? Denn ich habe den Eindruck, dass du lieber dein Camp in Flammen aufgehen siehst, als es hochnäsigen Schülerinnen einer Privatschule zu überlassen.«

»Das hast du gesagt, nicht ich.«

»Egal. Ich verstehe das.«

Er redete nicht weiter. Piper hatte ihr geraten, ihn nicht zu drängen. Obwohl sie darauf brannte, mehr über sein Leben zu erfahren, fragte sie nicht weiter. Genießerisch steckte sie sich ein Stück Pfannkuchen in den Mund. Der schmeckte fantastisch, besonders wenn man gleich danach von dem würzigen Würstchen abbiss. Sie könnte sich glatt von ihm das Kochen beibringen lassen, wenn seine Pfannkuchen ein Indikator seiner Fähigkeiten waren.

Und wenn seine Fähigkeiten in der Küche ein Indikator für seine Fähigkeiten … woanders … waren …

»Schmeckt es?«

Sie blickte auf. Luke hatte sie beobachtet und amüsierte sich offenbar. Sie legte ihre Gabel hin und wunderte sich, wie schnell sie den zweiten Pfannkuchen in sich reingeschaufelt hatte. Und wie gut er ihre Gedanken lesen konnte.

Sie schluckte verlegen. »Die Pfannkuchen schmecken wunderbar, ja. Danke dafür.«

»Frühstück ist *meine* Spezialität.« Er zwinkerte, aber sie konnte nicht sagen, ob die Zweideutigkeit beabsichtigt war oder nicht.

»So.« Sie wischte sich den Mund mit einer Papierserviette ab und schob ihren Teller zur Seite. »Arbeitsbeginn in einer halben Stunde, hast du gesagt. Was hast du geplant?«

»Die Duschen.«

Sie lächelte erfreut. »Duschen? Ehrlich?«

Er lachte. »Wenn ich gewusst hätte, dass man damit dein Herz gewinnen kann …« Dann sah er weg, als wäre ihm das unabsichtlich rausgerutscht.

»Mein Herz gewinnt man eigentlich mit einem Lavendelschaumbad in einer frei stehenden Badewanne, aber im Augenblick bin ich schon mit einer Camp-Dusche glücklich.«

»Ja, eine Wanne gibt's hier nicht. Und Schaumbäder erst

recht nicht.« Leise seufzend schloss er die Augen, als könnte er dem plötzlich etwas abgewinnen.

»Heißt das, du bietest mir an, meine Äffchen wieder zu betreuen?«

»Es sieht wohl ganz danach aus.«

Gabi lachte über seinen Gesichtsausdruck, dann bekam sie ein schlechtes Gewissen, weil ihr einfiel, wie viel er stattdessen von seiner Liste erledigen könnte.

»Willst du dir wirklich die Zeit dafür nehmen? Für die Mädchen?«

»Warum fragst du? Willst du sie zurückhaben?« Er lächelte. »Du brauchst nur ein Wort zu sagen.«

»Ich habe ein schlechtes Gewissen. Du hast noch so viel auf deiner Liste stehen. Und ja, ich weiß, dass du diese Liste nicht leiden kannst.«

»So ist es.«

»Und du gibst es zu.«

Er zuckte mit den Schultern. »Es ist nun mal wahr. Aber auf der Liste steht auch eine neue Hütte mit Duschen und Toiletten. Also wird davon doch etwas erledigt. Ich habe nur ein bisschen mehr Hilfe dabei als erwartet.«

»So siehst du das?« Gabi sah die vielen krumm gehauenen Nägel vor sich, die die Mädchen gestern Abend eingesammelt hatten. Der Bau ging ganz bestimmt nicht schneller voran, weil sie mithalfen.

Er holte tief Luft. »Alles ist gut, Gabi. Lass uns die Duschen fertig bauen, und dann überlegen wir uns, was wir als Nächstes unternehmen, okay? Ich habe Arbeit, und sie brauchen Arbeit. Das passt doch bestens. Und wir beide«, er deutete mit dem Zeigefinger auf sie und sich, »sind nicht das schlechteste Team, oder?«

15

Vier Stunden später stand Gabi kurz davor, Luke und die Mädchen allesamt in den See zu schubsen. Den ganzen Vormittag saß er schon vor der neuen Hütte im Strandsessel. Den ganzen Vormittag trank er schon Kaffee und las Zeitung. Den ganzen Vormittag zankten sich die Mädchen und zickten herum.

Nach dem Frühstück hatte er ihnen den Installationsplan gegeben, die Bauteile gezeigt und gesagt, sie sollten selbst herausfinden, wie sie zusammenzusetzen waren. Als Gabi sich dann aufregte – nur ein bisschen, wohlgemerkt –, weil er ihnen womöglich eine Lötlampe und dergleichen geben könnte, stieß er einen jener langen Seufzer aus, die er so gut draufhatte, und zeigte ihr den Haufen Plastikbauteile.

»Kein Metall. Keine offene Flamme.«

»Du lässt sie eine Plastikdusche bauen?«

Er warf genervt die Arme hoch. »Ist dir lieber, sie arbeiten mit offener Flamme?«

Jetzt war der Vormittag um, und die Mädchen sprangen sich gegenseitig an die Kehle. Gabi war ein Stück spazieren gegangen, um die gemeinen Bemerkungen nicht mehr mit anhören zu müssen, aber nun war sie wieder zurück im Camp und ging ohne Umwege zu Luke.

»Wie kommen sie zurecht?«

Ein schriller Schrei in der Hütte war Antwort genug.

Gelassen nahm er einen weiteren Schluck von seinem Kaffee. »Heute ist Alphatier-Tag.«

»Was soll das heißen?«

»Sie sind es leid, kooperativ zu sein. Heute will jede die anderen bevormunden. Das läuft nicht gut.«

»Sogar Waverly?« Gabi runzelte die Stirn.

»Nein, die ordnet sich immer der unter, die sich gerade durchsetzt. Ist anstrengend für sie, denn das ändert sich andauernd.«

Gabi musterte ihn. Er war die Gelassenheit in Person. »Du scheinst dich ja gut zu amüsieren. Und scheinbar bist du auch ganz unbesorgt, was deine endlose To-do-Liste angeht.«

Seelenruhig wandte er sich wieder seiner Zeitung zu. »Die wird noch erledigt. Es ist wichtig für die Mädchen, ungestört durchzuarbeiten.«

Sie stutzte bei seinen Worten. Woher wusste er, wann er sie machen lassen musste und wann nicht? Und wieso war er eigentlich bereit, ihnen den ganzen Tag zu opfern?

Sie blickte auf und schaute in die Ferne, um die Fragen beiseitezuschieben. »Wie klappt es denn mit dem eigentlichen Installieren? Kommen sie voran?«

Er blickte zu ihr hoch. »Du bist richtig erpicht auf die Dusche, hm?«

»Ja. Und denk nicht, mir wäre entgangen, dass du eine in deiner Hütte hast. Du kommst jeden Morgen frisch geduscht zum Frühstück, und das macht mich verrückt.«

Sie spürte, wie ihr die Hitze in die Wangen stieg, während sie das sagte, und sie wandte sich schnell ab. Ja, das machte sie verrückt, denn wenn er mit feuchten Haaren hereinkam und nach Fichtennadeln und Sommer roch, dann wollte sie nur noch über seinen Nacken und durch die welligen Haarspitzen streichen. Sich an ihn pressen und fühlen, ob seine Brust so stark und fest war, wie sie aussah. Dann wollte sie nur noch …

»Gabi?« Seine Stimme durchdrang ihren Tagtraum. »Lechzt du nach der Dusche oder nach mir?«

»Ich lechze nach gar –«

Wieder ein schriller Schrei, aber diesmal klang er euphorisch, dann hörten sie Getrampel.

Die vier Mädchen strömten freudestrahlend aus der Hütte. »Luke! Wir sind fertig! Die Duschen sind fertig!«

Er blickte auf. »Ganz sicher?«

»Ja! Drehen Sie das Wasser auf!«

Gabi lächelte breit, die Freude wirkte ansteckend. »Ihr habt es wirklich ausgetüftelt?«

»Jep!« Eve wischte sich die Hände an den Shorts ab. »War ein Kinderspiel.«

Luke stemmte sich aus seinem Sessel und ging zum Absperrhahn. »Also gut. Ich drehe ihn auf. Nur eine Frage noch: Ich sehe da noch ein paar Teile im Gras liegen. Die habt ihr nicht gebraucht?«

»Nein.« Madison reckte arrogant das Kinn. »Wir haben die Konstruktion optimiert. Das ist doch erlaubt, oder?«

»Das werden wir gleich sehen, denke ich.« Mit einer Geste schickte er sie in die Hütte zurück. »Okay. Sorgen wir für Wasser.«

Als er mit Gabi allein vor dem Haupthahn stand, flüsterte sie: »Sind die ausgelassenen Teile ein Problem?«

Eine Hand am Ventil sah er verschlagen grinsend zu ihr hoch. »Das wirst du gleich sehen.«

Er drehte den Hahn nach links, und kurz war es still, dann kreischten die Mädchen im Chor und keineswegs glücklich.

»Abdrehen!«

»Das spritzt wie Sau!«

»Oh nein!«

»Madisonnnnnn!«

Gabi konnte nicht an sich halten und lachte. Bis auf die Haut durchnässt und mit triefenden Haaren kamen ihre Schützlinge aus der Hütte getaumelt. Luke stand neben dem Absperrhahn, den er zudrehte, als Madison erschien, die Letzte der Mannschaft.

Ruhig ging er zu seinem Strandsessel und setzte sich, hob seine Kaffeetasse aus dem Gras und schlug die Zeitung auf. Als sich von den anderen niemand rührte, blickte er auf.

»Offensichtlich stimmt die Installation nicht so ganz. Versucht es noch mal. Und vielleicht verwendet ihr diesmal alle Bauteile. Konstruktionspläne haben ihren Sinn.«

Nachdem sie die übrig gebliebenen Teile aufgeklaubt und murrend in die Hütte verschwunden waren, atmete Gabi tief durch und nahm Luke die Zeitung aus der Hand, damit er sie anblickte.

»War dir klar, dass das ein Reinfall wird?«

»Jep.«

»Warum hast du sie dann weiterarbeiten lassen?«

»Weil man dadurch lernt.«

»Durch einen Fehlschlag?«

»Manchmal.«

Sie kniff die Augen zusammen. »Ich weiß nicht so recht, ob ich deine Methoden gut finde, Luke. Meinst du nicht, du solltest ihnen jetzt helfen?«

»Nö.«

»Du bist bereit, den ganzen Tag für das Projekt zu opfern?«

»Jep.«

Gütiger Himmel! Sie würde ihn gleich erwürgen mit seinen Nös und Jeps.

»Gabriela, eine Frage: Glaubst du, sie werden ihre erste

Dusche morgen mehr genießen, wenn sie die ganz allein gebaut haben oder wenn ich die erst zum Funktionieren gebracht habe?«

»Ehrlich gesagt, glaube ich, dass ihnen das im Moment egal ist. Sie wollen bloß endlich duschen.«

»Wenn ich ihnen jetzt helfe, haben sie am Ende das Gefühl, versagt zu haben. Wenn sie sich den Nachmittag über noch anstrengen und es hinkriegen, dann können sie sich über ihren eigenen Erfolg freuen.«

»Sie können sich jeden Tag über Erfolge freuen, Luke. Was glaubst du denn, was für Kinder du vor dir hast?«

Er schwieg, und sie hatte den Eindruck, einen Nerv getroffen zu haben. Dann zog er ihr die Zeitung aus der Hand, holte tief Luft und sah ihr in die Augen.

»Ich glaube, das weiß ich genau.«

»Okay, wir sind so weit.« Sam klang gedämpft, als sie zwei Stunden später aus der Hütte kam, um Luke zu holen.

Zehnmal war er versucht gewesen, die Mädchen sich selbst zu überlassen und eine andere Arbeit in Angriff zu nehmen. Aber weil er fürchtete, sie könnten sich verdünnisieren, blieb er im unmittelbaren Umkreis der Hütte. Sie mochten fleißig erscheinen, aber sie waren auch gerissen und hatten sich unter Gabis Aufsicht davongeschlichen. Das durfte auf keinen Fall noch einmal passieren, nicht unter seiner Verantwortung. Nicht, nachdem er so viel investiert hatte, um ein bisschen Vertrauen aufzubauen.

Deshalb hatte er stundenlang dagesessen und so getan, als läse er Zeitung. Dabei hatte er sich angehört, wie drei der Mädchen sich um die Führung kabbelten. Nachdem Gabi zum Speisesaal gegangen war, um das Abendessen zuzubereiten, hörte er schmunzelnd zu, während sie einander Ausdrücke an den Kopf warfen, bei denen seine hartgesottensten Schüler rot geworden wären.

Und dann war es drinnen still geworden. Wunderbar still. Kurz hatte er überlegt, ob sie wohl aus dem Fenster gestiegen und zum See geschlichen waren, aber im nächsten Moment hörte er sie herumfrickeln und dann ein ganz überraschendes Geräusch: Eine von ihnen kicherte, dann noch eine und schließlich auch die anderen zwei.

Das war vor einer halben Stunde gewesen.

Und jetzt kam Sam ihn holen, damit er sich ihre Arbeit ansah. Er hoffte für sie, dass sie es diesmal richtig gemacht hatten, aber nicht nur, weil ihr Fehler die halbe Hütte unter Wasser gesetzt hatte. Er wünschte ihnen ein Erfolgserlebnis, um ihnen zu beweisen, dass sie so etwas konnten, und damit Gabi sah, dass seine Methode die richtige war.

»Alle Teile verwendet?« Noch blieb er sitzen.

Sam nickte. »Restlos alle. Wenn man den Konstruktionsplan richtig herum hält, passt auf einmal alles.«

»Ja, komisch, wie das funktioniert. Ich kann mir allerdings nicht erklären, wie vier Leute eures Alters das nicht merken.«

»Luke, nichts für ungut, aber in Briarwood schrauben wir selten mal eine Dusche zusammen.«

Er stand auf. »Also, dann lasst mich mal sehen.«

Er betrat die Hütte, wo die anderen drei an den neuen Duschkabinen lehnten. Sie sahen müde, verschwitzt und schmutzig aus, machten aber triumphierende Gesichter. Gut.

Er sah sich an, wie die Rohre verlegt waren, prüfte die Verbindungen, klopfte demonstrativ gegen einige, dann nickte er.

»Sieht gut aus. Also. Ihr bleibt da stehen, ich gehe den Haupthahn aufdrehen.«

Eve flitzte zur Tür hinaus. »Lieber nicht.«

»Was ist los, Eve? Traust du eurem Werk nicht?«

»Meinem eigenen auf jeden Fall, aber dem der anderen nicht.«

»Tja, ihr habt gemeinsam daran gearbeitet«, sagte er ungerührt, »also steht ihr auch gemeinsam vor der Duschkabine und wartet ab, was diesmal passiert.«

Eve stöhnte genervt, ging aber zurück zu den anderen. Luke lief zur Rückseite der Hütte und drehte das Ventil auf, halb darauf gefasst, drinnen Wasser spritzen zu hören, doch es blieb still.

Er lächelte. Die Mädchen hatten es tatsächlich hinbekommen.

»Da passiert nichts«, sagte Waverly durchs Fenster, und sie klang nervös.

»Das ist gut«, antwortete er. »Dreht die Hähne auf.«

Augenblicke später hörte er ein zufriedenstellendes Prasseln.

»Oh mein Gott! Sie funktioniert!«, rief Eve.

Madison und Waverly jubelten, aber dann hörte er Sams Stimme: »Oh-oh, wir haben ein Problem.«

»Was?«, fragten die anderen einstimmig.

»Das Wasser bleibt kalt.«

Luke grinste, während den Mädchen klar wurde, dass sie zwar Duschen gebaut hatten, aber aus keiner heißes Wasser strömte.

»Luke?« Madison kam heraus und stemmte argwöhnisch die Hände in die Hüften. »Haben Sie uns etwa Kaltwasserduschen bauen lassen?«

»Nicht doch.« Er lächelte, weil er schon wusste, dass sie ihm gleich an die Kehle springen würden. »Heute haben wir nur die Duschen installiert, morgen sorgen wir für heißes Wasser.«

»Soll das ein Witz sein?« Sam sah ihn fassungslos an. »Wieso gibt es kein heißes Wasser?«

»Nun ja, ist keiner von euch aufgefallen, dass wir keine Wärmequelle eingebaut haben?«

Waverly runzelte die Stirn. »Was soll das heißen, Wärmequelle?«

»Das Wasser wird nicht von selbst heiß. Man braucht ein Gerät, um es zu erhitzen. Morgen bauen wir den Boiler ein.«

Sam warf sich ins Gras und legte die Arme über die Augen. »Ist mir egal. Ich hasse Klempnern. Ich hasse das Camp. Ich hasse Wasser. Und am meisten hasse ich … Sie.«

Luke lachte. »Gut. Dann läuft ja alles nach Plan.«

Eine Weile später schaute Gabi durch das große Fenster des Speisesaals und sah die Mädchen zum See gehen, Luke hinter ihnen her. Alle außer Sam hatten Badesachen an. Offenbar war ihnen so heiß geworden, dass ihnen die eisige Kälte des Wassers egal war.

Sie wischte sich die Hände am Geschirrhandtuch ab. Das Abendessen war fertig vorbereitet. Vor zwei Stunden hatte Luke auf den Speiseplan am großen Kühlschrank, dann auf die Zutaten gedeutet. »Sag Bescheid, wenn du einen Helfer brauchst.«

Darauf kannst du lange warten, hatte sie gedacht. *Keine Ahnung, wie das viele Zeug im Kühlschrank zubereitet werden soll, aber das werde ich ganz bestimmt nicht zugeben.*

Aber sie hatte sich etwas einfallen lassen. Die Hähnchenbrüste und die Kartoffeln standen im Backofen, eine Schüssel grüner Salat im Kühlschrank, und sie hatte sogar Brownies gebacken. Mit einer Backmischung, aber immerhin. *Wer sagt, ich hätte keine häuslichen Fähigkeiten?*

Sie lief zum Strand hinunter und lächelte, als sie Madison, Waverly und Eve auf dem Anleger sah. Sie forderten einander heraus, ins Wasser zu springen. Sam sah vom Strand aus zu, wie die drei sich bei den Händen fassten und fünfmal bis drei zählten, bevor es einer von ihnen schließlich gelang, die anderen zwei mit sich ins Wasser zu ziehen. Als sie an die Oberfläche kamen und die unvermeidlichen Jauchzer ausstießen, schüttelte Sam den Kopf.

»Idioten«, murmelte sie gerade, als Gabi sich neben sie in den Sand setzte.

»Willst du nicht bei ihnen mitmachen?«

»Will ich das je?«

Gabi seufzte. »Nicht freiwillig, nein. Aber es ist heute sehr heiß. Willst du dich nicht mal abkühlen?«

»Ha.« Sam sah wütend zu Luke hinüber, der beim Geräteschuppen an etwas herumfummelte. »Wenn ich das will, stelle ich mich unter eine der nagelneuen Duschen. Das wäre total erfrischend«, rief sie, sodass er es hörte.

Er lächelte geduldig. »Kalt zu duschen ist besser als gar nicht zu duschen, oder?«

»Kalt zu duschen?« Gabi war verwirrt. »Warum das?«

»Die Mädchen haben vergessen, eine Wärmequelle einzubauen.«

»Die Mädchen wussten nichts von einer Wärmequelle«, schoss Sam zurück.

Er ließ sich davon kein bisschen beeindrucken. »Aber jetzt wissen sie's.«

Sam knurrte, was Gabi zum Lachen brachte.

»Das ist nicht lustig, Gabi.«

»Ich weiß. Es tut mir leid. Ich lache nicht über die Situation, sondern weil du Luke anknurrst.«

»Tja, dann hätten Sie einen Lachanfall gekriegt, wenn Sie mich vorhin gehört hätten. Könnte sein, dass ich ihm ein paar neue Schimpfwörter beigebracht habe.«

Gabi kniff die Lippen zusammen. »Das gehört nicht zu unseren Zielen hier, Sam.«

»Na ja, eine heiße Dusche war auch eins unserer Ziele hier, und wir haben sie nicht gekriegt.« Sam warf einen Kieselstein nach ihren Zehenspitzen und verfehlte sie.

»Hey, Sam! Kommst du diesmal auch ins Wasser?« Madison winkte ihr zu.

»Nee, keine Lust.«

»Ach, komm schon.« Waverly planschte neben Madison. »Nie gehst du mit schwimmen.«

»Du hast doch keine Angst vor dem Wasser, oder?« Madison neigte den Kopf zur Seite, und Gabi sah bestürzt, wie sehr sie dem gemeinen Biest in dem Film ähnelte, den sie vorigen Monat im Wohnheim gesehen hatten.

Sam zog die Knie an die Brust. »Nö. Mir ist nur nicht nach Schwimmen.«

»Aber dir ist nie danach.« Waverly grinste auf eine eigentümliche Art, und bei Gabi klingelten die Alarmglocken. »Komm schon, Sam. Komm auch rein.«

»Nein.« Sam schüttelte den Kopf. »Such dir eine Schildkröte zum Quälen oder so was und lass mich in Ruhe.«

Madison schwamm zielstrebig auf den Strand zu wie ein Piranha, der sich auf seine Beute stürzen will. »Ach, Sam. Ich finde, du musst endlich mal mit uns schwimmen.«

Eine Sekunde später fuhr Gabi überrascht zusammen, weil Eve plötzlich hinter Sam aufkreuzte. Dann sprinteten Madison und Waverly wie abgesprochen aus dem Wasser, packten Sam an den Beinen, und Eve griff ihr unter die Arme, und so hoben die drei sie aus dem Sand.

Sam kreischte, wie Gabi sie noch nie hatte kreischen hören, und sie zappelte, um sich loszureißen, während die drei sie auf den Anleger schleppten.

»Dann schwimm eben mit den Fischen, Sammy!«, sang Madison. »Du hast dich lange genug gedrückt.«

»Aufhören! Lasst mich los! Sofort!«, brüllte Sam. »Lasst mich los!«

»Hört auf damit!« schrie Gabi, nun zutiefst alarmiert. Sam sah nicht wütend aus, sie sah entsetzt aus. »Madison! Waverly! Lasst sie los!«

Aber entweder hörten die Mädchen sie nicht oder sie ignorierten sie, denn fünf Sekunden darauf brachten sie ihre Last in Schwung und warfen sie vom Ende des Anlegers ins Wasser. Es platschte laut, und die drei rannten ungestüm lachend über den Anleger.

Gabi sprang auf und blickte suchend übers Wasser. Aus dem Augenwinkel sah sie Luke über den Rasen angelaufen kommen. Die Zeit schien stillzustehen, während sie auf die Stelle starrte, wo Sam eingetaucht war, und in Gedanken drängte sie sie, mit dem Blödsinn aufzuhören und endlich aufzutauchen.

Doch nach zehn Sekunden verwandelte sich ihr Ärger in Entsetzen. Die Wasserfläche blieb still.

Sam war noch da unten … und blieb verschwunden.

16

Gabi sprintete zum Wasser und warf sich mit einem flachen Kopfsprung hinein, als Luke auf den Anleger rannte. In wenigen Sekunden legte sie die Strecke zu der Stelle zurück, wo Sam eingetaucht war, aber sie kamen ihr vor wie Minuten.

Als sie an das Ende des Anlegers gelangte, hielt sie an und schwamm einen Moment lang auf der Stelle, dann tauchte sie. Das Wasser war glasklar, aber enorm tief. Sie erschrak, als sie Sams blonde Haare ein gutes Stück tiefer schweben sah und viel weiter vom Anleger entfernt als gedacht. Sam ruderte mit den Armen, und während Gabi auf sie zutauchte, sah sie Luke von hinten näher kommen.

Sobald sie Sam erreichte, packte sie sie an einem Arm, und ihr Drang, Luft zu holen, war bereits stark. Sam jedoch schlang die Arme um Gabis Hals und klammerte sich an ihr fest, sodass Gabi in Panik geriet. Sam drückte sie nach unten, und sie selbst hatte nicht genug Kraft, um sie beide durch Treten nach oben zu befördern.

Sie versuchte, sich von Sams Armen zu befreien, aber vergeblich, und kalte Schauder strömten durch ihren Kopf, als sie die Kraft in den Armen verließ. Oh Gott. Wo blieb Luke? Sie würde noch mit Sam zusammen ertrinken!

Nach einer Ewigkeit spürte sie ihn dicht hinter sich, dann einen schmerzhaften Zug an den Haaren, weil er Sams Hände mit Gewalt von ihr löste. Er versetzte Sam einen Aufwärtsstoß, dann sandte er Gabi mit einem kräftigen Stoß zur Wasseroberfläche. Während sie nach oben stieg, sah sie

Luke um Sam herumtauchen, um ihre Taille greifen und mit ihr nach oben schießen. Sam erschien dabei beängstigend schlaff.

Gabi durchbrach die Wasseroberfläche und rang nach Luft, ruderte mit den Armen und nahm ihre letzte Kraft zusammen. Einen Moment nach ihr tauchte Lukes Kopf aus dem Wasser, dann Sams.

»Kommst du klar?«, keuchte Luke. »Kannst du dich auf den Anleger hochziehen?«

Sie nickte nur, weil sie zum Reden keine Puste hatte. Sie wusste nicht, wo sie die Kraft noch hernahm, aber sie griff um die Kante des Anlegers und zog sich auf die Planken, dann griff sie hinunter und zog Sam zu sich hoch, während Luke sie hochstemmte. Madison, Waverly und Eve standen schreckensstarr mit angstvollen Gesichtern auf dem Anleger.

»Los, ruft 911 an! Beeilt euch!«, schrie Gabi, und nach einem Moment erwachten die drei aus ihrer Schockstarre und rannten zum Bürohäuschen.

Sobald sie Sam auf dem Anleger in Sicherheit gebracht hatten, zog Luke sich hoch und kniete sich neben sie, drehte sie auf die Seite und klopfte ihr auf den Rücken. Oliver kam angerannt.

»Komm schon, Sam. Spuck es aus. Die Fische brauchen das Wasser, nicht du.«

Keine Reaktion.

»Sam, Liebes.« Gabi beugte sich an ihr Ohr. »Los, komm zu dir, gleich geht's wieder, alles okay. Na komm. Alles wird gut.«

Sie hörte sich panisch plappern und wusste, Oliver und Luke hörten es auch. *Verdammt! Wieso habe ich nicht gewusst, dass Sam nicht schwimmen kann?*

Luke klopfte dem Mädchen weiter auf den Rücken, während Oliver sich das Handy ans Ohr hielt, aber sie reagierte noch immer nicht.

»Sie war doch gar nicht so lange unten.« Gabi sah Luke an. »Wie kann sie da …«

»Wahrscheinlich ist sie in Panik geraten und hat Luft geholt, als sie eintauchte. Hat Wasser in die Lunge bekommen.« Er klang ruhig, blickte aber auf die Uhr, dann zum Parkplatz und wieder auf Sams Gesicht. Gabi wurde erneut von Angst überschwemmt, als sie begriff, dass er Sams Überlebenschancen schwinden sah.

Sie beugte sich wieder an Sams Ohr. »Hör zu, Alexandra Marie. Wenn du das Wasser jetzt nicht ausspuckst …«

In dem Moment bäumte sich Sam auf und gab einen Schwall Wasser von sich. Dann hustete und würgte sie und übergab sich über den Rand des Anlegers in den See.

»Oh mein Gott. Oh mein Gott.« Gabi zog Sams Kopf auf ihren Schoß. »Du bist wieder okay. Du bist okay.« Sie streichelte ihr übers Haar, während Sam schluchzte und nach Atem rang. »Alles ist wieder gut.«

»Der Notarzt ist unterwegs.« Oliver deutete mit dem Kopf zum Wald, und Gabi hörte die Sirene, aber sie schien noch weit weg zu sein.

Luke nahm Sams Füße in die Hände und rieb sie kräftig. Wohl ein Ersthelfertrick, vermutete Gabi.

»Du hast noch sämtliche Zehen, puh.« Er beugte sich über Sam, um ihr Gesicht zu sehen. »In einer Sage über den See heißt es nämlich, dass das Seeungeheuer einem die Zehen abfrisst, wenn man unter die Dreimetermarke taucht.«

Von Sam kam keine Reaktion, sie lag nur da, und das fand Gabi beunruhigender, als wenn sie fluchend zum Schlag ausgeholt hätte, weil Luke sie behandelte wie eine Fünfjährige. Noch beunruhigender als das war die Tatsache, dass sie ganz still lag und sich über den Kopf streichen ließ. Die Sam, die sie kannte, ließ sich von niemandem anfassen.

Gabi sah Luke an, der wiederum nahm Sams Handgelenk und prüfte den Puls. Dabei schien er sich wortlos mit Oliver zu verständigen. Schließlich sagte er: »Wickeln wir sie in eine Wärmedecke, nur für alle Fälle.«

Oliver drehte sich um und eilte zu seinem Bürohäuschen. Währenddessen hielt Luke weiter Sams Füße in den Händen, und Gabi registrierte das mit einem mulmigen Gefühl.

»Ist sie unterkühlt?«

Er schüttelte den Kopf. »Sollte sie eigentlich nicht sein. Dafür war sie nicht lange genug im Wasser. Aber sie zittert stark. Vielleicht von der Kälte des Wassers und der Adrenalinausschüttung, aber Vorsicht ist besser als Nachsicht.«

Gabi strich Sam die kurzen blonden Haare aus der Stirn und versuchte, sich zu beruhigen. Was hätte sie ohne Luke getan? Hätte sie sich aus Sams Armen winden und sie an die Wasseroberfläche stoßen können? Hätte sie das noch rechtzeitig geschafft? Hätte sie an die Symptome einer Unterkühlung gedacht und bis zur Ankunft des Notarztes etwas dagegen getan?

Es erschütterte sie, dass die Antwort auf all die Fragen vielleicht Nein lautete.

Und während Luke ruhig die Situation managte und Sam in die von Oliver gebrachte Decke wickelte, ihr dann sanft mit dem Handtuch das Gesicht abrieb, erfasste Gabi der übermächtige Drang, ihn … was? Ihn vor Erleichterung zu umarmen? Sie konnte es nicht sicher benennen. Aber eines wusste sie genau: Der Luke, den sie jetzt vor sich hatte, war nicht mehr der gereizte, abweisende Mann, der sie vor einer Woche in Empfang genommen hatte, als sie aus dem Schultransporter gestiegen war.

Luke beugte sich wieder über Sam. »He, Schnaubosaurus. Stimmt es, dass du eigentlich Alexandra heißt?«

Sam schüttelte den Kopf, dann hustete sie noch mehr Wasser aus und hüllte sich tiefer in die Decke. »Keine Ahnung, wovon Sie reden.«

Kurz nach Mitternacht stand Luke im dunklen Speisesaal und schaute durchs Fenster auf den mondbeschienenen See. Er war noch immer nicht bereit, sich schlafen zu legen, und seiner Vermutung nach ging es nicht nur ihm so. Darum war er vorhin bereits den Weg hinuntergeschlendert, um zu sehen, ob Gabi vielleicht am Strand saß. Schon vor Stunden war sie mit Sam aus dem Krankenhaus zurückgekommen, hatte aber nur kurz beim Bürohäuschen haltgemacht, um sich zurückzumelden und Bescheid zu sagen, dass es Sam gut ging. Seitdem war sie in ihrem Zelt geblieben. Die Mädchen waren um neun schlafen gegangen, und er lief seitdem auf und ab, fluchte und brannte darauf, mit Gabi zu reden.

Er hatte sich hingesetzt, um zu warten, hatte gehofft, sie käme noch zu ihm. Um elf Uhr hatte er sich gesagt, er würde nur noch bis halb zwölf warten. Um halb zwölf beschloss er, noch bis Mitternacht aufzubleiben. Um Mitternacht … ach zum Teufel. Er hatte keine Ahnung, was er tun sollte.

Eine Bewegung auf dem Weg erregte seine Aufmerksamkeit. Es war Gabi, die zum Strand hinunterlief. Ein seltsames Gefühl breitete sich in seinem Bauch aus, als er sah, wie sie die Arme um sich schlang, als müsse sie sich damit zusammenhalten.

Plötzlich verspürte er den Drang, sie in die Arme zu nehmen, und stutzte für einen Moment, dann lief er hinaus, schloss leise hinter sich die Fliegengittertür und ging ebenfalls den Weg entlang zum See. Gabi stand am Strand. Als er noch zehn Schritte von ihr entfernt war, blieb er stehen. Seit einer Woche beobachtete er sie nun, wie sie mit ihrer kleinen Schar auf Konfrontation ging, und war beeindruckt von ihrer inneren Stärke, die sie davor bewahrte zu verzweifeln. Aber im Moment wirkte sie kraftlos. Sie sah traurig und resigniert aus ... und als bräuchte sie ganz dringend ... was? Einen Freund? Einen Verbündeten? Einen langen, leidenschaftlichen Kuss, der sie alles andere vergessen ließ?

Er schüttelte den Kopf. Sie brauchte das Erste und das Zweite. Er war derjenige, der neuerdings viel an das Dritte dachte.

»Alles okay?«, fragte er schließlich und möglichst leise, um sie nicht zu erschrecken.

Sie ließ sich Zeit, bevor sie sich zu ihm drehte, und er tat, als bemerke er nicht, dass sie sich mit dem Ärmel übers Gesicht wischte. Verdammt. Tränen waren nicht sein Ding.

»Mir geht es gut.« Sie drehte den Kopf, und Tränen waren keine zu sehen, aber ihre Augen waren leicht gerötet. Er musste an sich halten, um nicht die zwei Schritte zwischen ihnen zurückzulegen und sie in seine Arme zu ziehen.

»Wie geht es Sam?«

»Körperlich gut, sagt der Arzt.« Sie legte den Kopf schräg. »Bis sie sich seelisch davon erholt hat, könnte es jedoch eine ganze Weile dauern.«

Er trat einen Schritt auf sie zu. »Ich kann es immer noch nicht ganz glauben, dass sie nicht schwimmen kann.«

»Ja, allerdings. Eine schöne Überraschung.« Gabi schniefte, dann blinzelte sie hastig und schlang wieder die Arme um sich. Ihre Augen schwammen in Tränen, und sie machte ein Gesicht, als könnte sie jeden Moment zusammenklappen. Ohne noch eine weitere Sekunde zu überlegen, schloss er sie in die Arme.

»Hey. Das war eine schwierige Situation, Gabi. Du hast sie großartig bewältigt.«

Sie tat einen zittrigen Atemzug an seiner Brust, und er begriff, dass sie gleich restlos die Fassung verlieren würde. Gleich würde sie sich in seinen Armen in Tränen auflösen – sich schluchzend hineinsteigern in das, was hätte passieren können –, und er würde das durchstehen müssen. Denn man musste schon ein ziemliches Arschloch sein, um jemandem die Tür zu öffnen und sie ihm im nächsten Moment vor der Nase zuzuschlagen.

Aber zum ersten Mal in seinem Leben machte ihm das keine Angst. Er wollte nur da sein und sie in den Armen halten, aus welchem verrückten Grund auch immer, bis sie das nicht mehr brauchte.

»Entschuldige bitte«, murmelte sie an seiner Brust. »Ich bin eigentlich nicht … das passiert mir gewöhnlich nicht.«

»Ist schon gut. Das ist eine ganz normale Reaktion, wenn jemand beinahe ertrunken wäre, für den man verantwortlich ist.« Ihre Schultern zitterten, als sie noch einmal tief durchatmete, und er drückte sie an sich. »Hey, es ist gut. Sam ist nichts passiert.«

»Sie hätte sterben können, Luke.«

»Ist sie aber nicht.«

»Dem Himmel sei Dank … und dir. Ich muss immer wieder daran denken, wie es gekommen wäre, wenn du nicht da gewesen wärst.«

»Du hättest das hingekriegt, Gabi. Du hättest sie gerettet.« Er sagte ihr, was sie jetzt hören musste, wusste aber, dass sie das durchschaute. Keiner von ihnen konnte wissen, was passiert wäre. Gabi konnte selbst tropfnass höchstens fünfundsechzig Kilo wiegen, und Sam war kein kleines Mädchen. Gabi hätte ihre ganze Kraft gebraucht – und mehr –, um sich aus den Armen der Ertrinkenden zu befreien und sie aus dem Wasser zu bringen.

»Da bin ich mir nicht so sicher, Luke. Überhaupt nicht, und das erschreckt mich.«

»Ich weiß.« Er strich ihr übers Haar und fand es noch weicher als in dem Moment, in dem er ihr die Spinne aus den Locken gesammelt hatte. »Und mir ist auch klar, dass du sämtliche meiner Plattitüden durchschaust. Also lasse ich mir jetzt keine mehr einfallen.«

»Okay.« Sie sah zu ihm hoch, mit Tränen in den Augen. »Ich sehe immerzu vor mir, wie sie im Wasser tief unter mir schwebte, außer Reichweite. Ich fürchte mich davor, die Augen zu schließen, weil ich dann nur dieses Bild sehe. Heute Nacht werde ich bestimmt nicht schlafen können.«

Ihre Stimme war zittrig und verriet ihre Angst, und in einem anderen Leben hätte Luke sich ihr vielleicht angeboten – seinen Körper, sein Bett – als Trost. Er hätte das getan, wenn es ihm egal gewesen wäre, wie es am nächsten Morgen weiterging.

Aber nicht bei Gabi. Zugegeben, er hatte verdammt wenig Zeit gehabt, sie näher kennenzulernen, aber er war sich hundertprozentig sicher, dass sie keine war, die sich mal eben auf jemanden einließ, weil sie gerade eine seelische Erschütterung verarbeiten musste. Und er selbst war auch nicht mehr dazu bereit. Eines Tages würde er vielleicht so weit sein, sich wieder ganz auf eine Frau einzulassen. Aber bis dahin würde rein gar nichts passieren.

Dann jedoch sah sie ihm ein bisschen länger in die Augen und danach auf den Mund. *Verdammt.* Er könnte sie jetzt küssen. Er spürte, sie würde sich küssen lassen. Aber er wusste auch, sie würde es am nächsten Tag bereuen. Sie war verletzlich und erschöpft, und wenn er das ausnutzte, wäre er ein totales Arschloch.

Sie schloss die Augen, und der Moment war vorbei. Aber sie lehnte die Stirn an seine Brust, als wollte sie sich gar nicht mehr von ihm lösen.

»Ich bin fassungslos, weil keiner von uns es gewusst hat. Sie ist nie ins Wasser gegangen. Nie. Wieso bin ich nicht stutzig geworden? Ich habe das als Bockigkeit aufgefasst. Gedacht, dass sie bloß nichts gemeinsam mit den anderen dreien tun will. Unglaublich, dass ich überhaupt keinen Verdacht geschöpft habe.«

»Kinder können sehr gut verbergen, was wir nicht merken sollen. Das weißt du. Das ist nicht deine Schuld.«

»Ich weiß, aber Mensch, Luke. Normalerweise bin ich nicht so begriffsstutzig. Wieso habe ich mich nicht gewundert? Mir ist nicht in den Sinn gekommen, sie danach zu fragen. Aber wer kann mit fünfzehn noch nicht schwimmen? Auf die Idee bin ich gar nicht gekommen.«

Er strich ihr die Haare aus dem Gesicht. »Hör auf, dich fertigzumachen, Gabi. Zum Teil ist sie auch daran schuld, weißt du. Sie hätte es dir sagen sollen.«

»Klar.« Gabi schnaubte sarkastisch. »Weil das ja auch überhaupt nicht peinlich ist.«

Er legte die Hände auf ihre Schultern und sah ihr in die Augen, mit der stummen Aufforderung, sich keine Vorwürfe mehr zu machen.

»Wichtig ist jetzt, wie wir weiter vorgehen. Was geschehen ist, ist geschehen. Das lässt sich nicht rückgängig machen. Aber wir können ergründen, was den Mädchen zu schaffen macht, damit die nächsten drei Wochen nicht mehr so katastrophal sind.«

»Oder … ich bringe sie zurück ins Internat.« Sie kaute auf der Unterlippe und schaute zum Anleger. Ihm war klar, dass sie das schon seit Stunden immer wieder überlegte.

»Ja, das könntest du tun.«

Sofort sah sie ihn an, so als hätte sie gehofft, er würde dagegen argumentieren. Gut. Fast hätte er gelächelt. Sie hielt das also auch nicht für eine Lösung.

»Oder du hältst hier durch, und wir arbeiten zusammen, um die Lage zu verbessern.«

»Sagt der Camp-Hausmeister, der eine Handvoll motzender Trotzköpfe am Hals hat, die sich gegenseitig ertränken wollen.« Sie schüttelte den Kopf. »Warum willst du jetzt überhaupt noch helfen? Wir haben dir deine Sommerpläne auf den Kopf gestellt. Da musst du dir doch wünschen, unsere Rücklichter die Auffahrt hinunter verschwinden zu sehen.«

Er lachte leise. »Der Gedanke ist mir schon gekommen, ja.«

»Also warum, Luke? Warum liegt dir was daran, dass unser Aufenthalt hier schöner wird?«

Ja, warum eigentlich? Er atmete tief durch, um Zeit zu gewinnen. Anstatt zu antworten, zog er sie wieder an sich. Ging es ihm dabei um die Kinder?

Oder um Gabi?

17

Am nächsten Morgen nach einem ernsten, stillen Frühstück versammelte Luke die Mädchen an einer großen Feuerstelle. Gabi schaute sich um und konnte sich dabei einen normalen Sommer in Camp Echo Lake vorstellen, wo man andauernd am Lagerfeuer saß und die üblichen Lieder schmetterte und die Kinder lachten, wenn ihre Marshmallows ins Feuer fielen.

An diesem Morgen brannte jedoch kein Feuer, niemand sang, und es wurde schon gar nicht gelacht. Die Mädchen waren sehr still, vorsichtig … erschrocken. Gabi war früh aufgewacht und noch immer im Zweifel gewesen, ob sie bleiben sollten. Aber nachdem sie sich zwei Stunden damit gequält hatte, das Für und Wider abzuwägen, hatte sie beschlossen, Luke eine Chance zu geben, zumindest für einen weiteren Tag.

Er hatte auf ihre Frage gestern Abend nicht mehr geantwortet – hatte sie nur umgedreht und zu ihrem Zelt gebracht, als fürchtete er, sie könnte sich verlaufen, wenn er sie allein gehen ließe. Und vor dem Zelt hatte er sie sanft auf die Stirn geküsst. Dieser Kuss hatte ihr weiche Knie beschert. Er war süß und ungeheuer zärtlich gewesen, und doch lag es auch an der Verheißung dieses Kusses, dass sie kaum geschlafen hatte, und nicht nur an ihrer Angst, die Augen zu schließen und dann vom Ertrinken zu träumen.

»Gut.« Luke setzte sich auch auf einen der Baumstämme, und als sie auf sein Band-Shirt blickte, musste sie unwillkürlich daran denken, wie schön es gewesen war, die Wange an seine Brust zu schmiegen, und wie er sie in den Armen gehalten hatte, als gehörte sie selbstverständlich dorthin. Und wie sehr sie sich gewünscht hatte, er möge sie richtig küssen, auch wenn das falsch gewesen wäre, weil sie in dem Moment vor lauter Schrecken und Fassungslosigkeit nicht sie selbst gewesen war.

Sie fragte sich, ob er sie hatte küssen wollen.

Eve und Waverly saßen auf einem Baumstamm, Sam auf einem anderen, und Madison saß auf einem dritten, und jede von ihnen machte ein Gesicht, als stünden sie vor einem Erschießungskommando. Sam hatte die Knie unter ihrem viel zu großen Sweatshirt an die Brust gezogen, in ängstlicher Abwehrhaltung. Madison saß dagegen mit übereinandergeschlagenen Beinen und verschränkten Armen da.

»Lasst uns über gestern reden.« Luke sah die Mädchen nacheinander an. »Denn ich weiß, dass ihr genau das möchtet.«

Eine von ihnen schnaubte, aber wer es war, hatte Gabi nicht gesehen.

»Wir hatten keine Ahnung«, sagte Eve leise, und sie klang gequält. »Ehrlich.«

»Das sollte nur ein Spaß sein«, erklärte Waverly mit schwankender Stimme. Womöglich hat sie auch die halbe Nacht wach gelegen, dachte Gabi, und Angst gehabt, welche Konsequenzen sie heute Morgen erwarten, sich gefragt, ob sie für ihr Verhalten bestraft wird, obwohl Madison die Idee dazu gehabt hat. »Wir wollten dir gar nichts tun, Sam.«

Luke nickte. »Ich denke, wir haben bereits festgestellt, dass das ein Unfall gewesen ist. Ihr könnt euch jeder persönlich bei Sam entschuldigen, und ich hoffe wirklich, dass ihr das tut. Es mag keine Absicht gewesen sein, aber ich bin sicher, es ist ihr so vorgekommen, und ihr müsst diesen Eindruck wirklich aus der Welt schaffen.«

Während er einmal tief einatmete, blickte er forschend in

ihre Gesichter. »Sie hat euch aufgefordert, sie loszulassen, und ihr habt es nicht getan. Das habt ihr euch vorzuwerfen.«

Madison ließ die Arme sinken. »Wir wussten nicht, dass sie sich gewehrt hat, weil sie nicht schwimmen kann. Wir dachten, sie will nur nicht ins Wasser geworfen werden.«

»Und das muss sie sich vorwerfen.« Luke sah Sam an, die, wie Gabi wusste, sich dem Blick keinesfalls stellen würde. Sie hielt den Kopf gesenkt und fummelte an ihren Fingernägeln. »Sam? Wusstest du, dass du nicht schwimmen kannst?«

Sie blickte auf und lächelte unverhohlen sarkastisch. »Muss ich das wirklich beantworten?«

»Du hast das nie jemandem gesagt?«

Sie schüttelte den Kopf. »Das ging keinen was an. Ich habe mich vom Wasser ferngehalten. Das war kein Problem, bis Madison beschloss, mich zu ertränken.«

»Ich habe nicht ...« Madison stand auf mit zornroten Flecken im Gesicht. »Ich wollte dich bloß reinschmeißen, nicht ertränken. Mensch, Sam!«

»Mädchen!«, mahnte Gabriela scharf. »Das ist nicht hilfreich.«

»Okay, okay«, warf Luke beschwichtigend ein. »Regt euch ab. Wir können wohl mit Gewissheit sagen, dass niemand beabsichtigt hat, was passiert ist. Ich bin mir sicher, das hat euch mächtig zugesetzt, auch wenn ihr euch für groß und stark haltet. Erlaubt euch ruhig, ein bisschen auszuflippen, okay?«

Gabi hatte damit gerechnet, dass die Mädchen bockig, sauer, höhnisch reagieren würden ... wie schon die ganze Zeit, seit sie im Camp waren. Stattdessen sah sie in ihren Gesichtern vor allem Angst. Und das zeigte ihr, dass sie Sam nichts hatten antun wollen – sie hatten tatsächlich nicht gewusst, dass Sam nicht schwimmen konnte.

Erleichtert atmete sie auf. Während der ganzen Nacht hatte

sie wach gelegen und die Befürchtung gewälzt, dass Madison es vielleicht doch gewusst haben könnte … dass sie aufgrund einer komplizierten, schwerwiegenden Fehleinschätzung die Szene arrangiert hatte, ohne ernsthaft zu glauben, dass das Schlimmste passieren könnte.

Luke blieb ein Weile still – mit Absicht, wie sie wusste. Ein uralter Trick. Doch die Mädchen sagten nichts mehr. Er bekam nichts weiter aus ihnen heraus.

»Ich glaube euch«, sagte er schließlich, und ihre Erleichterung war ihnen anzusehen. »Niemand wollte Sam etwas antun. Aber es ist eben auch so, dass Sam wusste, warum sie seit einer Woche am Ufer blieb. Sie wollte den Grund aber niemandem anvertrauen. Und jetzt seht, was deshalb passiert ist.«

»Oh mein Gott.« Sam sah ihn entgeistert an. »Sie wollen *mir* dafür die Schuld geben?«

»Es geht mir überhaupt nicht um Schuld. Aber jeder von euch hat seinen Teil zu dem Unglück beigetragen.« Er zeigte auf Sam. »Du hast etwas sehr Wichtiges für dich behalten.« Dann zeigte er auf die anderen drei. »Und ihr habt es ignoriert, dass eure Freundin sichtlich Angst hatte.«

»Freundin«, sagte Sam und schnaubte verächtlich. »Ja, so sehen wir uns ganz bestimmt.«

Gabi seufzte. Wenn Sam nur mal für ein paar Minuten aufhören könnte, die Unnahbare zu spielen. Nach dem Vorfall schien ihr Schutzwall noch dicker als sonst zu sein. Luke würde sie heute bestimmt nicht dazu bewegen können, kooperativ zu sein.

»Hab's kapiert, Sam.« Er nickte. »Wenn ich in deiner Haut stecken würde, wäre mir das Wort jetzt auch zuwider. Was passiert ist, war erschreckend. Das wird dir wahrscheinlich sehr lange im Kopf herumgehen.«

»Danke, Dr. Freud.«

»Sam –«, begann Gabi mahnend, doch Luke hob die Hand, um ihr das Wort abzuschneiden.

»Wisst ihr was? Vielleicht werdet ihr nie Freundinnen sein.« Er zuckte mit den Schultern. »Und das ist okay. Das macht gar nichts. Aber ihr müsst irgendwie zusammenleben und arbeiten, ohne euch gegenseitig umzubringen – im übertragenen wie im wörtlichen Sinne. Und daran werden wir hier arbeiten, von heute an.«

Eve kniff die Augen zu schmalen Schlitzen zusammen. »Was meinen Sie denn damit?«

Waverly kicherte und schlug sich im nächsten Moment die Hand vor den Mund. Das arme Mädchen war ein nervöses Wrack.

»Als Erstes werden wir anfangen, als Team zu arbeiten. Und zwar wie ein richtiges Team. Ohne dass ihr euch bei jeder Gelegenheit anfahrt, höhnische Bemerkungen ablasst und euch gegenseitig das Leben schwer macht.«

»Aber …«, wollte Eve einwenden.

»Kein Aber. Ihr seid außergewöhnlich gut darin, andere zu ärgern. Ich gehe mal davon aus, dass ihr euch in Briarwood ständig so verhaltet, und ich denke, das hat enorm dazu beigetragen, dass ihr jetzt hier seid. Aber eines kann ich euch garantieren: Wenn ihr dieses Verhaltensmuster hier nicht durchbrecht, werdet ihr in Briarwood so weitermachen wie bisher, und soweit ich weiß, steht ihr alle ganz kurz vor dem Rauswurf.« Er hielt inne und schaute, was in ihnen vorging. »Ist eine von euch vielleicht darauf aus?«

Gabi rechnete ernsthaft damit, dass ein oder zwei die Hand hoben, aber keine tat es. *Ha.*

»Gut.« Er rieb sich die Hände. »Wir haben eine Menge Arbeit vor uns, und als Erstes nehmen wir das in Angriff, was uns in die gestrige Lage gebracht hat.«

Madison sah ihn misstrauisch an. »Was meinen Sie?«

»Sam wird schwimmen lernen.«

»Was?« Sam schaute so entsetzt, als würde sie lieber flüchten und es mit den Bären aufnehmen.

»Du hast mich verstanden. Tatsächlich ist das einer unserer Grundsätze im Camp. Ich kann also gar nichts anderes tun. Wenn wir feststellen, dass einer unserer Gäste nicht gut oder gar nicht schwimmen kann, dann ändern wir das. Das ist unsere Pflicht. Und nach all den Jahren hier weiß ich, dass der Betreffende nichts dafürkann. Andere haben es versäumt, ihm das Schwimmen beizubringen. Das ist ein Versäumnis der Erwachsenen.«

Gabi gefiel es, wie er Sam von der Schuld entlastete, sie zweifelte aber, ob Sam das auch so sehen würde.

Er fuhr fort. »Also, Sam, ob du je die Gelegenheit hattest, es zu lernen, oder nicht, Tatsache ist, dass dich jemand im Stich gelassen hat. Und im Augenblick bin ich auf denjenigen stocksauer.« Mit einer subtilen Geste appellierte er an sie, sich damit auseinanderzusetzen. »Wir werden dich nicht im Stich lassen, Sam. Du wirst nicht von hier wegfahren, ohne schwimmen zu können. Und wenn du es dann kannst, brauchst du nie wieder Angst vor dem Wasser zu haben, okay?«

Sam sah ihn voller Schrecken an. Aber schimmerte da nicht auch ein Funken Hoffnung in ihren Augen?

Madison schaute skeptisch drein. »Wer wird ihr das beibringen?«

Darauf sah Luke von einer zur andern. »Darüber werden wir noch entscheiden.«

»Oh, nein. Kommt nicht infrage.« Sam stand von ihrem Baumstamm auf. »Auf keinen Fall nehme ich bei denen Schwimmunterricht.«

»Sam?« Luke sagte es sanft, aber Gabi wusste, keines der

Mädchen missverstand seinen Ton. Wage es ja nicht, jetzt abzuhauen, bedeutete der.

Sam verdrehte die Augen, schob die Hände in die Hosentaschen und lehnte sich an einen Baum, um Luke zu demonstrieren, dass sie gehen würde, wann immer es ihr passte.

Gabi gefiel es, dass er sie in dem Moment die Oberhand behalten ließ.

Am Abend verließ Gabi das Zelt und zog hinter sich den Reißverschluss zu. Sie konnte nicht schlafen und war es leid, auf ihrem Feldbett zu liegen und sich zu fragen, welches Tier da draußen gerade schnüffelte und raschelte. Den ganzen Tag war sie praktisch an die Mädchen gefesselt gewesen, die mit Luke zusammen die neue Hütte gestrichen und den Boiler installiert hatten. Sie hatten sich tatsächlich kooperativ verhalten. Trotzdem war Gabi mit sich noch uneins, ob sie die richtige Entscheidung gefällt hatte, indem sie beschloss, den Camp-Aufenthalt fortzusetzen, anstatt alle in den Transporter zu verfrachten und heimzufahren.

Der Gedanke an die Schutzhelm-Schilder an den Türen des Wohnheims hatte sie wohl letzten Endes davon abgehalten.

Doch da gab es noch einen zweiten Grund, der sie dazu bewogen hatte, Oliver nicht um die Autobatterie zu bitten: Wenn sie jetzt nämlich heimführen, hätte sich rein gar nichts geändert. In der Schule angekommen, würden die Mädchen wieder in die alten Verhaltensmuster verfallen und sich wahrscheinlich noch vor Oktober den Schulverweis einhandeln.

Das wäre dann das Ende von Stipendiaten an der Briarwood Academy. Und die große Chance für Eve und Sam wäre vertan. Sie würden zu ihren miserablen Pflegeeltern zurückkehren, und dann … Gabi atmete tief durch. Dann? Das konnte niemand wissen. Würden sie einen Schulabschluss machen? Oder würden sie die statistisch wahrscheinlichen Bahnen einschlagen, auf denen so viele Gleichaltrige stecken blieben?

Sosehr sie sich um die beiden sorgte, sie geriet auch wegen Madison und Waverly ins Schwitzen. Sie waren in privilegierten Verhältnissen aufgewachsen, hatten das ganze Jahr über ungestraft kleine Ordnungsvergehen begangen, und dank Priscilla und dem Schulvorstand waren sie sogar mit einem Autodiebstahl davongekommen, da man die Polizei nicht benachrichtigt hatte. Was würden sie also gelernt haben, wenn Gabi diesen Sommer versagte?

Dass ihr Weg mit Geld gepflastert war, dass sie mit Geld alles unter den Teppich kehren, sich aus der Verantwortung freikaufen und in dem Glauben leben konnten, Regeln und Gesetze würden nur für andere gelten.

Genau wie Garrett.

Gabi hatte ihren älteren Bruder vor Augen, blond und gut aussehend, arrogant und unantastbar, und es schüttelte sie. Er war ein Internatszögling genau wie sie, aber von ganz anderem Charakter. Während der Schuljahre hatte er sich immer wieder in Schwierigkeiten gebracht. Meistens mit kleinen Regelverstößen, den typischen dummen Streichen. Es war aber auch vorgekommen, dass ihr Vater einen Umschlag mit Geld über den Tisch schob, damit der eine oder andere Direktor ein Auge zudrückte.

Nachdem sie das mitbekommen hatte, war sie empört gewesen. Was sollte Garrett aus den Vorfällen lernen, wenn Dad seine Vergehen immer wieder mit Geld vertuschte? Nach einigen Jahren war ihr klar geworden, was er daraus lernte, nämlich dass ihn für sein Tun niemand zur Rechenschaft ziehen konnte ... dass Dad ihn immer freikaufen würde, egal was er sich zuschulden kommen ließ, weil das besser war, als den unvermeidlichen Skandal durchzustehen, wenn die Wahrheit herauskäme. Dad propagierte auf seiner politischen Bühne – welch eine Ironie – das Ideal der Ehrlichkeit und Transparenz. Ein ungeratener Sohn war dafür eine Gefahr, und darum wurde der ungeratene Sohn permanent ins Ausland geschickt, um ihn dem Blick der Öffentlichkeit zu entziehen.

Länder mit großzügigeren Gesetzen waren das bevorzugte Reiseziel.

Ja, wenn die normalen gesellschaftlichen Regeln die Erziehung ihres Bruders bestimmt hätten – und ihr kam noch immer die Galle hoch bei dem Gedanken an jene Nacht –, dann würde er jetzt in einer Gefängniszelle schmoren, denn da gehörte er hin. Stattdessen fuhr er wahrscheinlich gerade auf der gigantischen Jacht eines Freundes übers Mittelmeer, nach wie vor unantastbar, nach wie vor mit Dads Geld, als hätte er es selbst verdient, und verschliss dabei einen Schwarm von Models und Schauspielerinnen. Schaudernd fragte sie sich, ob eine von denen seine dunkle Seite kennengelernt hatte … ob Dad noch mehr Leute für ihr Schweigen bezahlte.

Sie sah ihre Freundin Nora vor sich, die sich mit tränenüberströmtem Gesicht dagegen entschied, bei der Polizei auszusagen. Und sie dachte daran, wie sie selbst noch am selben Weihnachtsabend mit zitternden Händen ihren Koffer packte, sich eine Fahrkarte nach Boston kaufte und Stunden später ihre Mutter anrief, um ihr zu sagen, wo sie war.

Und um ihr zu sagen, dass sie nie wieder nach Hause kommen würde.

Ihr Vater schickte ihr Briefe mit Schecks und bettelte, sie solle an die Familie denken, den Mund halten … dafür sorgen, dass Nora das auch tat. Und sie schickte die Schecks wieder zurück.

Der Lohn dafür war ein schneller, sauberer Schnitt. *Unsere*

Familie ist dir nicht gut genug? Dann ist es unser Geld auch nicht. Und ihr Investmentfonds wurde Garrett zugeteilt.

Das nächste Semester blieb sie an der Wellesley, arbeitete in zwei Teilzeitjobs und bewarb sich um ein Stipendium, und als sie schließlich das Backsteingebäude wieder betrat, tat sie das mit einem klaren Ziel, an dem sie seitdem festhielt.

Ja, sie fühlte sich in der Verantwortung, Mädchen wie Sam und Eve Chancen zu eröffnen, aber genauso wichtig war es ihr zu verhindern, dass Madison und Waverly – und die anderen Mädchen an der Briarwood – mit der Überzeugung groß wurden, unantastbar zu sein. Sie durften sich nicht einbilden, für sie würden andere Gesetze gelten, weil sie sich mit Geld vor Strafverfolgung schützen konnten. Sie durfte und wollte nicht zulassen, dass die Mädchen jemandem schadeten und damit durchkamen, nicht mal wenn sie es unabsichtlich getan hatten.

Denn wenn sie hier versagte, würde sie zwei weitere Garretts auf die Welt loslassen. Und Menschen wie Sam und Eve würden unter ihnen leiden, genau wie Nora.

Sie schaltete die Taschenlampe ein und schwenkte den Lichtkegel über die Lichtung, sah aber keine gruseligen Augen im Gebüsch leuchten. Daher ging sie den Weg entlang zu Lukes Hütte. Es war elf Uhr – eindeutig zu spät, um jemanden unangekündigt zu besuchen –, aber sie konnte nicht weiter im Zelt liegen, sie musste mit ihm reden.

Als sie die Anhöhe erreichte, sah sie seine Hütte am Hang stehen. Es brannte noch Licht. An der rechten Seite ragte ein gemauerter Schornstein auf, und vorne gab es eine breite Veranda mit einer Schaukel und zwei Gartensesseln. Die Tür stand offen. Sie konnte Luke durch das Fliegengitter sehen. Nur mit Shorts bekleidet ging er gerade durch die Küche.

Sie blieb stehen und beobachtete ihn, obwohl sie sich dafür tadelte. Wie jämmerlich war das denn? Draußen im Dunkeln zu stehen und einen Mann zu begaffen, der davon nichts ahnte?

Sie sah ihn zwei Bier aus dem Kühlschrank nehmen. *Oh*. Er hatte Besuch. Gabi stand wie ein Spanner vor seiner Hütte, während er eine Frau bei sich hatte.

Gerade wollte sie sich umdrehen und zurückgehen, doch sie hielt einen Moment inne, denn er zog sich ein T-Shirt über. Dann nahm er eine Schüssel und die Bierflaschen und stieß die Fliegengittertür zur Veranda auf. Dort stellte er alles auf den Tisch und stand dann da, als blickte er sie direkt an.

Instinktiv wich sie zurück. Obwohl er sie in Wirklichkeit gar nicht sehen konnte, oder? Er hob die Hand, und plötzlich war sie von einem grellen Licht geblendet, das ihr direkt ins Gesicht schien.

Tja. Offenbar sah er sie sehr gut.

»Gehst du spazieren, Gabi?« Er bewegte den Lichtkegel an ihr hinab und dann von ihr weg. Sein belustigter Unterton war ihr nicht entgangen. *Großartig.*

Sie ging auf ihn zu und blieb stehen, als sie in den Lichtkreis der Verandaleuchte trat. »Entschuldige. Die Mädchen schlafen tief und fest, aber ich bekam kein Auge zu. Da dachte ich, ich laufe ein bisschen herum.«

»Nach der Wanderung gestern? Du willst es in der Dunkelheit drauf ankommen lassen?«

»Ich konnte wirklich nicht schlafen. Und ich dachte, du hast deine Warnungen für die Mädchen ein bisschen übertrieben.« Sie deutete auf die Bierflaschen. »Tut mir leid. Ich wollte dich und deinen Besuch nicht stören.«

»Ich habe keinen Besuch.«

»Aber – das sind zwei Bierflaschen.« Sie schüttelte den Kopf. Das ging sie nichts an. »Vergiss es.«

»Gabi, ich habe dich über den Hügel kommen sehen. Ich dachte, entweder schlafwandelst du oder du brauchst Gesellschaft.« Er kniff die Augen ein wenig zusammen, als wollte er ihr Gesicht genauer sehen. »Und wenn du gerade schlafwandelst, dann bist du erstaunlich klar im Kopf.«

Sie sah zu ihm hoch und wünschte, sie wäre im Augenblick nicht so verdammt verletzlich. Daher konnte sie nicht so genau wissen, ob sie ihn normalerweise – zu Hause zum Beispiel – auch so umwerfend, so warmherzig, so süß fände …

Er winkte sie auf die Veranda. »Ich habe hier deine Lieblingsstühle. Möchtest du dich setzen und ein Bier mit mir trinken? Ich würde dir ja Wein anbieten, aber ich trinke das Zeug nicht.«

Da sie nicht näher kam, redete er weiter. »Ich könnte menschliche Gesellschaft gebrauchen. Hab hier nur Vierbeiner um mich herum.« Als sie die Stufen hinaufstieg, zog er die Fliegengittertür auf, und zwei weiße Fellknäuel sprangen heraus und zielstrebig auf sie zu.

Lachend trat sie auf die oberste Stufe und konnte nicht weitergehen, weil die Kleinen ihre Füße beschnupperten.

»Platz, ihr Schnüffler.« Luke nahm ein Hündchen in jede Hand und ließ Gabi auf die Veranda. »Entschuldige bitte. Wir bekommen so selten Besuch.«

»Sie sind anbetungswürdig.« Sie streichelte einen der Welpen. »Hallo, meine Kleine.« Sie sah Luke fragend an. »Wieso sehen wir so wenig von den beiden?«

»Meine Freunde Josie und Ethan leiten in der Stadt eine Einrichtung für krebskranke Kinder. Josie entführt die Hunde in einem fort, damit die Kinder mit ihnen spielen können.«

»Das ist toll. Also sind sie quasi Therapiehunde?«

»Nicht offiziell. Sie sind eben klein und niedlich und mögen Kinder. Das funktioniert.«

»Darf ich einen auf den Arm nehmen?«

»Nur zu.« Er gab ihr einen. Die Hündin versuchte, sich aus ihrem Arm zu winden und an ihr hochzuklettern, um ihr das Gesicht zu lecken. Gabi setzte sich und kicherte, weil das Tierchen den Kopf an ihren Hals schob und ihr das Ohr leckte.

»Tut mir leid. Du kannst sie ruhig auf den Boden setzen.« Luke wollte ihr die Hündin abnehmen, aber Gabi winkte lachend ab.

»Nein, lass nur.« Sie setzte das Fellknäuel auf ihren Schoß, wo es sich dreimal um sich selbst drehte und hinlegte, um sie mit seinen großen braunen Augen anzublicken. »Ich muss sagen, ich hätte dir eher einen Bernhardiner zugetraut.«

»Danke. Bisher habe ich immer einen respektablen Hund gehabt, falls es dich interessiert.« Er reichte ihr ein Bier und deutete auf das Popcorn. »Ich weiß nicht, was du gern trinkst. Hoffe, das geht.«

»Ich lebe in einem Wohnheim mit fünfzig Schülerinnen. Da trinke ich gar keinen Alkohol, obwohl sie mir reichlich Grund geben, damit anzufangen.«

Sie stießen mit dem Flaschenboden an. »Dann sollte dir das Bier richtig gut schmecken.«

Sie setzte die Flasche an den Mund und versuchte zu ignorieren, dass sein Blick an ihren Lippen hing, während sie einen langen Zug tat.

»Gut?« Er lächelte.

»Fast so gut wie dein Kaffee, ja.« Dann probierte sie eine Popcornflocke und kaute genüsslich. »Und das habe ich auch ewig nicht gegessen. Danke schön.«

»Also … was treibt dich wirklich um diese Zeit in die Wildnis, wo du Leib und Leben riskierst?« Er stellte sein Bier ab und sah sie aufmerksam an. »Ich vermute, da steckt mehr dahinter als nur Schlaflosigkeit.«

Sie nahm einen weiteren Schluck aus ihrer Flasche und überlegte dabei, wie sie es ausdrücken sollte. Nachdem sie mehrere Versionen verworfen hatte, holte sie tief Luft und sah ihm in die Augen.

»Ich möchte dir die Mädchen überlassen.«

18

Mit diesen Worten hatte er nicht gerechnet. Aber vermutlich ging es Gabriela selbst genauso. Als er vorhin ihren Taschenlampenstrahl über die Anhöhe wandern sah, hatte er gehofft, sie käme zu ihm. Fühlte sie sich einsam? Hatte sie auch immer wieder in Gedanken den Moment durchlebt, als sie sich am Strand fast geküsst hätten? Hatte sie auch die vorige Nacht wach gelegen und sich gewünscht, endlich einzuschlafen?

Oder hatte sie sich gewünscht, sie hätte einen Grund, die Nacht nicht mit Schlafen zu verbringen?

Er räusperte sich. »Ich bin mir nicht sicher, ob ich richtig verstehe. Und das ist ein wirklich beängstigender Vorschlag. Ich sag's nur.«

Sie trank von ihrem Bier, und es fiel ihm schwer, den Blick von ihren feuchten Lippen loszureißen, die sich um die Flaschenmündung schlossen. Er wollte sie schmecken.

Oh Mann. Er schüttelte den Kopf, um seine Fantasie zu zügeln.

»Ich habe darüber nachgedacht, was du an unserem ersten Tag hier gesagt hast – als du gefragt hast, ob ich die Mädchen unverändert nach Briarwood zurückbringen will.«

Er nickte. Ja, so was Ähnliches hatte er gesagt. Komisch, dass ihr das seitdem im Kopf herumspukte.

»Sie müssen sich verändern, Luke. Sie dürfen nicht wieder in die alten Muster verfallen, wenn wir zurück sind. Sie müssen das Selbstvertrauen gewinnen, ihr Leben einmal allein zu bestreiten, und aufhören, ihre Kraft mit ständigen Zankereien zu vergeuden, nur um der Zankerei willen. Es ist wichtig für mich, dass sie zurechtkommen, anderen ein Vorbild sind und sich vielleicht sogar leiden können.«

Er nickte. »Das ist ein großes Vorhaben. Dir bleiben dafür nur noch drei Wochen Zeit.«

»Ich weiß. Deshalb bin ich hier und bitte demütig um Hilfe.«

»Was du vermutlich nicht oft tust? Und was dir auch nicht leichtfällt?«

Der Anflug eines Lächelns huschte über ihr Gesicht, als sie ihre Flasche an den Mund setzte. »Bingo.«

Luke nickte nachdenklich. Sams Badeunfall hatte Gabi einen gehörigen Schrecken eingejagt, ganz offensichtlich ... sodass sie schon am nächsten Tag auf seiner Veranda saß, sein Bier trank, um Hilfe bat – um echte Hilfe diesmal, nicht bloß um ein bisschen Betreuung. Die Sache lag ihr scheinbar schwer im Magen.

Obwohl er vor Kurzem noch halb gehofft hatte, die Rücklichter des BMW von der Auffahrt verschwinden zu sehen, nickte er jetzt. Oh Mann. Ihre vier Schützlinge waren zwar erstklassige Nervensägen, aber er wollte dafür sorgen, dass sich die Mühe, die sie allen bereiteten, am Ende gelohnt haben würde. Er konnte gar nicht anders.

Und er konnte tatsächlich helfen. Aber er musste das tun, ohne in Gabi das Gefühl auszulösen, vorher versagt zu haben. Er hatte ihre Verletzlichkeit gespürt, als sie nicht lange fackelte und die Flasche Bier von ihm annahm. Und auf keinen Fall wollte er die Sache für sie verschlimmern.

»Ich habe vielleicht ein paar Ideen«, sagte er schließlich. »Allerdings müsstest du mir wirklich vertrauen.«

Die Flasche halb zum Mund geführt, hielt sie inne. »Ich weiß, und das macht mir Angst.«

»Und ich bräuchte deine Hilfe. Ohne die kann ich die vier nicht übernehmen.«

»Also werde ich Oliver nicht bestechen, mir die Batterie einzubauen, und nicht für die nächsten drei Wochen in ein Hotel ziehen, während du deine Magie wirkst?«

»Nein.«

»Mist.«

»Ich tue das nur unter einer Bedingung.«

Sie lächelte. »Du weißt, wie wenig ich Bedingungen leiden kann.«

»Ja, aber du bist verzweifelter denn je. Das werde ich gehörig ausnutzen.«

»Na schön.« Sie verdrehte die Augen. »Welche Bedingung stellst du?«

»Du musst mir helfen, den Schulvorstand davon zu überzeugen, dass sie das Camp in seiner Größe weiterbestehen lassen.«

Gabi schluckte schwer. »Mehr nicht?«

»Mehr nicht.« Er nickte.

»Dir ist doch klar, dass du ausgerechnet die Person darum bittest, die von besagtem Vorstand in die Wildnis geschickt wurde? Ich bin mir nicht sicher, ob dir mein Einfluss wirklich etwas nützt.«

»Tja, ich habe leider keinen stinkreichen Vater in meinem Bekanntenkreis, der uns da raushauen könnte. Also muss ich den Kampf selbst ausfechten. Und du bist mein Spitzel.«

Gabi seufzte. »Es gibt nur einen Menschen im Vorstand, der je etwas für mich übrighatte.«

»Prima. Mit dem fangen wir an.« Er hielt mit der Flasche am Mund inne. »Wer ist es?«

»Laura Beringer.«

Er nickte bedächtig. »Hab sie im April kennengelernt.

Sie scheint … recht normal zu sein, verglichen mit den anderen.«

»Ist sie.« Gabi lachte leise. »Sie ist außerdem die Einzige, die sich bei den Sitzungen mal zu lächeln traut. Die es riskiert, dass die anderen sie für menschlich halten. Obwohl ich glaube, dass sie eigentlich aus Geld besteht.«

»Noch besser. An die werde ich mich wenden.«

Gabi trank einen Schluck, dann nickte sie. »Okay. Ich nehme deine Bedingung an. Ich werde versuchen, Laura zu erreichen.«

»Gut. Und möchtest du jetzt wissen, was ich mit deinen Mädchen vorhabe?«

»Absolut.«

Rasch durchdachte er ein paar Dinge, während er einen Schluck von seinem Bier nahm. »Okay, ich habe mir Folgendes überlegt. Die Arbeitsteam-Maßnahme funktioniert. Sie eignen sich neue Fähigkeiten an, sie verhalten sich kooperativ, selbst wenn sie es gar nicht wollen, und sie sind zu sehr beschäftigt, um nebenbei noch Dummheiten anzustellen.«

»Da stimme ich dir zu. Trotzdem fürchte ich, dass das nicht anhalten wird. Bedenke, was gestern passiert ist.«

»Ich weiß.« Er überlegte weiter, und allmählich nahm ein Plan in seinem Kopf Gestalt an, der ihm für die Situation genau richtig erschien. Nichts daran war neu oder sonderlich raffiniert, jedenfalls nicht für ihn, aber es hatte bei den Jugendlichen jahrelang seinen Zweck erfüllt. Für Gabi mochte das neu sein, und für die Mädchen war es das definitiv. »Kennst du die Erlebnispädagogik von Kurt Hahn? Und sein Konzept der freiwilligen Teilnahme?«

»Natürlich.« Sie sah ihn gespannt an.

»Wie wär's, wenn wir die Mädchen vormittags handwerklich arbeiten lassen und nachmittags für Erlebnisse sorgen?«

»Was für welche schweben dir vor?«

Er zuckte mit den Schultern. »Hier geht praktisch alles. Wir haben einen See, Berge, Wald …«

Aufmerksam beobachtete er ihr Gesicht, während sie darüber nachdachte, und wusste, sie war noch nicht überzeugt. Wahrscheinlich gingen ihr fünfzig Einwände durch den Kopf.

»Wie freiwillig hältst du das Ganze denn? Räumst du ihnen die Möglichkeit ein, komplett abzulehnen? Denn dann würde die Sache platzen.«

»Während meiner Zeit hier ist das selten mal vorgekommen. Gruppenzwang ist eine schöne Sache, wenn man ihn zum Guten nutzt.«

Sie blickte auf. »Und du weißt, wie du das anstellen musst?«

»Ja.«

»Und du weißt auch, wie man die Erlebnisse konzipiert?«

»Auch das.« Er seufzte. Jetzt würde er die Rolle des Hausmeisters endgültig ablegen müssen. »Ich war sechs Jahre lang stellvertretender Leiter des Camps und sollte dieses Jahr eigentlich Olivers Platz übernehmen.«

Sie nickte, als wäre sie längst im Bilde. »Warum die Charade?«

»Weil«, er trank einen Schluck, um sich Zeit zu verschaffen, »ich dachte, wenn ich als Hausmeister auftrete, dann wirst du mich nicht um Hilfe bitten.«

»Ach, und deshalb hast du mir keine zwei Stunden nach unserer Ankunft schon Ratschläge erteilt? Guter Plan.«

»Ich weiß. Tut mir leid. Da bin ich zu weit gegangen.«

Sie schüttelte leicht den Kopf. »Du hattest ja recht.«

»Ich weiß.«

Sie lachte und ergänzte in ironischem Ton: »Und bist auch gar nicht von dir eingenommen.«

»Meine größte Tugend«, sagte er und zwinkerte ihr zu. »Und niemand hat dich gezwungen, meinen Rat zu beherzigen.«

»Wohl wahr. Aber das habe ich getan, und es hat funktioniert. Und weißt du was? Dein Plan, dich zurückzuhalten, ist nach hinten losgegangen, denn jetzt denke ich, dass du tatsächlich was draufhast, und bitte dich um Hilfe.«

»Ich wusste, das war eine schlechte Idee.«

Nachdenklich schaute sie zum dunklen Wald hinüber. »Da du gerade die Karten auf den Tisch legst: Wo arbeitest du während der Unterrichtszeit?«

»Ich bin Schulpsychologe. Überqualifiziert, unterbezahlt – ganz nach Klischee, genau wie du.«

»Du hast Psychologie studiert? Ernsthaft?« Sie machte große Augen.

»Danke, dass du nicht komplett ungläubig guckst.«

Sie lachte. »Jetzt begreife ich so manches. Jetzt verstehe ich so einiges an dir.«

»Sag bloß. Was denn?«

Sie schüttelte den Kopf und wirkte enorm erleichtert, ihm war nur nicht klar, worüber.

»Du kannst … einfach gut mit ihnen umgehen. Und an meinen moralischen Tiefpunkten – von denen ich hier etliche erlebt habe – hat mich wirklich geärgert, dass du bei meinen Mädchen mehr bewirkt hast als ich.«

»Aber jetzt ist das in Ordnung, weil ich studiert habe?«

»Und wenn?« Sie reckte das Kinn empor. »Ist das schlimm?«

»Denkst du das denn?«

»Oh, komm mir nicht mit der Therapeutenmasche. Mir ist egal, wie viele Abschlüsse du hast. Das zieht bei mir nicht.«

»Bist du ganz sicher?« Er schmunzelte, da er sie offenbar durcheinandergebracht hatte.

»Ja. Vielleicht. Kommt drauf an.« Sie kniff die Augen zusammen. »Wie viele Abschlüsse hast du denn?«

»Drei. Pädagogik, Natursport und einen Master in Kinder- und Jugendpsychologie.«

»Ach, du meine Güte.«

Er lachte schallend, als sie sich in den Sessel zurückfallen ließ und die Flasche an den Mund hob. »Mir war nicht klar, was für ein Schock das sein würde.«

»Aber hallo. Wir rollen hier an, und du stellst dich als Hausmeister vor. Und stehst da vor mir als Handwerker-Typ ... na ja, eben typisch männlich.«

Er musste lächeln, als er sah, wie sie errötete, während sie mit einem Blick auf die Flasche prüfte, wie viel Bier sie getrunken hatte. Wie es aussah, konnte Gabi nicht viel vertragen.

»Was heißt typisch männlich?«

Sie seufzte. »Na ja ... du präsentierst dich mit deinen starken Muskeln und deinen Bartstoppeln und deinen knackigen Jeans.« Sie schluckte. »Streich das Letzte. Auf die hab ich gar nicht geachtet.«

»Aber was da sonst so vor dir stand, ist für dich ... typisch männlich?« Er grinste.

»Keine Ahnung, was da sonst noch stand – oh Gott.« Sie stützte den Kopf in die Hand und streckte ihm ihre Bierflasche hin. »Bitte, bremse mich.«

Er lachte. »Gabi, du hast gerade mal eine halbe Flasche Bier getrunken.«

»Ich weiß. Stell dir vor, was los ist, wenn ich die austrinke.«

Er wurde still, denn er tat genau das und betrachtete sie im warmen Schein des Windlichts. Sie war in diesem Moment so wunderbar aus der Fassung gebracht. Im Lauf der Woche war sie ein bisschen braun geworden, und die Sonne hatte helle Strähnen in ihr Haar gezaubert. Unter ihrem Sweatshirt trug sie das Trägerhemdchen und die Jogahose, die sie vermutlich zum Schlafen anzog, und sie wirkte unglaublich ungezwungen … und erotisch.

»Gut.« Er wechselte das Thema, um ihr aus der Verlegenheit zu helfen. »Kennst du dich mit Erlebnispädagogik aus?«

Sie sah auf, und er konnte nicht mit Sicherheit sagen, ob sie erleichtert oder enttäuscht war, weil er wieder sachlich wurde. Ihrem Blick nach zu urteilen, hätte er darauf gewettet, dass es tatsächlich Enttäuschung war.

»Nur in der Theorie, schätze ich.« Sie zog die Knie an und schlang die Arme darum.

Er schwieg für ein paar Augenblicke und überlegte sich seinen nächsten Schritt … Genau genommen raffte er seinen Mut zusammen, auch wenn er sich das nicht gern eingestand.

»Willst du ein bisschen von der Praxis kennenlernen?«, fragte er schließlich.

»Mitten in der Nacht mitten im Wald?« Sie sah ihn mit großen Augen an. »Nein. Definitiv nicht.«

»Aber du weißt doch gar nicht, welches Erlebnis dir bevorsteht.«

»Muss ich auch nicht. Solche hatte ich zur Genüge auf dem College.«

»Aber du hattest nie ein Luke-Magellan-Echo-Lake-Camp-Erlebnis.«

»Stimmt.« Sie holte tief Luft. »Na schön. Worin besteht es?«

»Küss mich.«

Oh verdammt. Er hatte es tatsächlich gesagt.

Jetzt wurden ihre Augen noch größer. *»Wie bitte?«*

»Nur damit du weißt, wie das läuft. Ich nehme an, das hast du noch nie gemacht, richtig?«

»Äh, küssen?« Sie schüttelte den Kopf. »Ich habe schon – wie bitte?«

Er lachte leise, als sie wieder rot wurde. »Ich meinte das Erlebnis-Konzept, nicht das Küssen. Und die Freiwilligkeit ist dabei ganz wichtig, Gabi. Ich biete dir das Erlebnis an, du entscheidest, ob du das willst.«

Äußerlich gab er sich ruhig, aber in seinem Inneren tobte ein gewaltiger Sturm und setzte jede seiner Nervenzellen unter Strom. Was dachte er sich denn dabei? Ja, es war fast Mitternacht, und neben ihm saß eine umwerfende Frau, aber trotzdem. Gabi würde in drei Wochen wieder fort sein. Warum legte er es darauf an, ihr heute Abend näherzukommen?

Wollte er tatsächlich etwas mit ihr anfangen? Oder war das letzte Mal nur zu lange her?

Zu seiner Überraschung streckte Gabi, ohne den Blickkontakt zu unterbrechen, die Beine aus und stand langsam auf, bewegte sich elegant um das Tischchen herum auf seinen Platz zu. Er hielt den Atem an, als sie sich mit beiden Händen auf die Armlehnen stützte und sich zu ihm hinunterbeugte, bis sie nur noch ein paar Fingerbreit von seinem Gesicht entfernt war. Er zwang sich, ihr weiter in die Augen zu sehen und nicht etwa in den Ausschnitt des Trägerhemdchens, der jetzt vor ihm klaffte und zwei verführerische Rundungen preisgab. Aber scheinbar war sein Blick doch gewandert, denn plötzlich spürte er einen Finger unter dem Kinn, der seinen Kopf anhob.

Ihre Augen funkelten amüsiert, als sie näher kam, dann glitten ihre Lippen an seiner Wange vorbei zu seinem Ohr, und sie flüsterte: »Ich lasse mich auf das Erlebnis nicht ein, Luke.«

19

Luke blinzelte heftig. »Was? Du kannst nicht – was?«

Sie wich zurück, nahm aber nicht die Hände von den Armlehnen. Er hatte Mühe, den Blick oberhalb ihres Ausschnitts zu halten, aber verdammt, er war sich ziemlich sicher, dass sie ihn mit Absicht quälte.

»Ich sagte, ich lasse mich auf das Erlebnis nicht ein. Du hast gesagt, es ist freiwillig.«

»Aber – warum – Gabi, im Ernst. Du kommst hier an, als wolltest du mit mir ins Bett gehen … und dann sagst du, du lässt dich auf das Erlebnis nicht ein? Das ist nicht nett.«

Sie grinste. »Ich will gar nicht nett sein. Vielleicht habe ich ein anderes Erlebnis für dich im Sinn.«

»Oh.« Er war kurz davor, sie auf seinen Schoß zu ziehen. Ihr die Oberteile hochzuschieben und ihre glatte seidige Haut anzufassen. Sie hochzuheben und in die Hütte zu tragen, egal, wie sehr diese leidenschaftliche Nacht ihr Verhältnis verkomplizieren mochte. »Was für eins?«

Sie neigte den Kopf zur Seite. »Ich bin eine Frau mit Prinzipien, Luke. Vielleicht möchte ich ja, dass du mich zuerst küsst.«

Erleichtert lächelnd schob er die Finger in ihre Haare. »Aber ich muss es nicht tun?«

»Du darfst genauso ablehnen wie ich.«

Er lachte, und dabei schob er eine Hand in ihren Nacken und strich ihr mit der anderen die Haare aus der Stirn. Dann zog er sie sanft zu sich heran und sah, wie sie ihre Lider flatternd herabsinken ließ.

»Oh Mann, Süße, ich lasse mich definitiv darauf ein.«

Und dann traf sein Mund auf ihren. Es war, als hätte er noch nie zuvor eine Frau geküsst. Die schwirrende Hitze, die von ihren Lippen in seinen Unterleib schoss, ließ ihn schon nach zwei Sekunden in dem Sessel zur Vorderkante rutschen. Wie ein Fünfzehnjähriger, verdammt. Sie war verlockend, süß, und ihre Haut fühlte sich wahnsinnig weich an, und sie schmeckte nach Erdbeeren und nach Bier. Die Haare fielen ihr um das Gesicht, und er stellte sich unwillkürlich vor, wie sie über ihm im Bett herabhingen.

Er tippte sie nur leicht an, und schon saß sie auf seinem Schoß und schmiegte sich an ihn. Eine Hand auf seiner Brust, ließ sie die andere langsam zu seinem Hals hinauf und in seine Haare gleiten. Und dabei bewegten sich ihre Zungen unaufhörlich in einem langsamen süßen Rhythmus. Dann legte er den Arm fester um sie und presste sie an sich.

Es war sehr lange her, dass er sich so in einem Kuss verloren hatte und nur den Moment genoss, aber Gabriela ließ ihm keine andere Wahl. Er konnte überhaupt nicht an etwas anderes denken als an sie, denn sie stöhnte leise, als er sie an sich drückte. Er dachte nur noch daran, ihr die Sachen über den Kopf zu ziehen, die Hände um ihren Hintern zu legen und sie hochzuheben bis an seinen Mund.

Würde sie es zulassen?

Sie küssten sich lange, wie eine Stunde kam es ihm vor. Sein Puls beschleunigte zu demselben Tempo wie das flatternde Pochen, das er unter der Haut ihres zarten, süß duftenden Halses spürte. Er schob die Hand unter ihr Top und fühlte ihre unglaublich zarte Haut. Als er mit dem Daumen ihre Kurven streifte – gütiger Himmel, sie trug keinen BH –, da gab sie ein tiefes zufriedenes Schnurren von sich, das ihm wie ein Blitz in die Lenden fuhr, und er wusste, wenn sie nicht bald aufhörten, würde er nicht mehr aufhören wollen.

Ach, wem wollte er etwas vormachen? Er wollte jetzt schon nicht mehr aufhören. Er hatte keine Ahnung, wo die Frau küssen gelernt hatte, aber bei Gott, sie machte ihn fertig, und er war nicht willens, sie davon abzuhalten.

Ihre Finger spielten in seinen dichten Haaren, verwöhnten ihn mit einer paradiesischen erotischen Massage, bis sie den Kuss unterbrach und seinen Kopf an ihren Hals zog. Er küsste an ihrem Schlüsselbein entlang und zu ihrem Ohr hinauf, zog es mit der Zungenspitze nach und brachte sie zum Keuchen, sodass sie seine Haare fest packte.

Dann schob er einen Träger herunter und küsste ihre Schulter, während er mit den Fingern ihren Arm entlang und über ihren Oberschenkel strich. Ihr Atem ging schneller, ihr Puls unter seinen Lippen auch …

Doch dann kläffte einer der Hunde und lief zum Rand der Veranda, rasch gefolgt von dem anderen. Gabi schreckte zusammen, und während sie sich von ihm löste, zog sie ihr Top zurecht. Luke fluchte im Stillen und griff nach der Taschenlampe. Die Hunde waren zwar sehr klein, aber keine typischen Kläffer. Wenn sie anschlugen, hatten sie etwas gehört oder gewittert, das sich aus dem Wald näherte. Und dort schliefen vier Teenager in einem Zelt.

»Gabi?« Eine zaghafte Stimme meldete sich nah bei der Hütte, aber außerhalb des Lichtscheins, worauf Luke den Lichtkegel in Richtung der Stimme schwenkte.

Blieben noch drei Teenager in besagtem Zelt.

Gabi stand hastig auf und verlor beinahe das Gleichgewicht. Ihre Wangen waren rot, ihr Hals ebenfalls und ihre Haare leicht zerzaust, doch sie nahm eine sachlich-nüchterne Haltung ein, als sie sich zu Sam herumdrehte.

»Was gibt es, Sam? Alles okay?«

»Ähm, ja. Bin nur aufgewacht und hab gesehen, dass Sie weg sind, und dann kamen Sie nicht wieder. Da dachte ich, ich geh besser mal nachsehen, ob Sie etwa vom Bären gefressen wurden.« Sie zuckte mit den Schultern und verschränkte dann die Arme. »Aber ich schätze mal ... das war nicht das Problem. Na egal. Lassen Sie sich nicht stören. Vergessen Sie einfach, dass ich hier war.«

Gabi drehte den Kopf zu Luke und machte demonstrativ große Augen. Er verstand jedoch nicht, was sie ihm damit sagen wollte. Jedenfalls waren sie erwischt worden. Selbst wenn Sam nicht gesehen hatte, wie sie sich küssten, musste ihr spätestens jetzt, da sie Gabi bei Licht betrachtete, klar sein, dass sie kurz davorgestanden hatten, drinnen weiterzumachen.

»Sam?« Gabi räusperte sich. »Ich fände es nett, wenn das, du weißt schon, unter uns bliebe.«

Sam grinste höhnisch, aber Luke fiel auf, dass nicht halb so viel Gift darin lag wie vor einer Woche. »Wollen Sie mir für mein Schweigen etwas anbieten?«

»Nein. Ich sage das nur von Frau zu Frau.«

Einen Moment lang hielt Sam inne und nickte schließlich. »Gut. Ich habe nichts gesehen. Aber wenn Sie auf dem Rückweg zum Zelt von einem Bären zerfleischt werden, dann soll jeder wissen, dass wenigstens einer von uns sich die Mühe gemacht hat, nach Ihnen zu suchen.«

»Weißt du, du kannst das Ding noch sechs Mal auf den Kopf stellen, und es wird nicht besser.« Oliver stemmte kopfschüttelnd die Hände in die Seiten. »Wo bist du heute Morgen mit deinen Gedanken?«

Luke schaute von dem Außenbordmotor auf, den er zu reparieren versuchte, dann legte er ihn seufzend hin und wischte sich die Hände an einem Lappen ab.

»Nirgendwo«, brummte er und hob entschuldigend die Hand. »Tut mir leid. Hab nicht viel Schlaf bekommen letzte Nacht.«

»Ah.« Oliver wandte sich der Werkbank zu, aber Luke sah ihn noch lächeln. »Kann ja nichts mit einer Frau zu tun haben, hm?«

Ha. Und ob. Und diese Frau war gerade im Wasser und schwamm zwischen dem Ponton und dem Anleger hin und her, obwohl die Lufttemperatur noch kühle 22 Grad betrug. Sie hatte auf ihren Morgenkaffee verzichtet und sich lieber mit einem ordentlichen Bauchklatscher ins Wasser geworfen, angesichts dessen er sich fragte, wie viel Schlaf sie noch in der Nacht bekommen hatte, nachdem sie Sam zum Zelt gefolgt war.

»Wieso denkt immer gleich jeder, dass miese Laune oder Übermüdung mit einer Frau zu tun haben?«

»Weil es meistens so ist.« Oliver grinste verschmitzt. »Und ich habe vielleicht eine herumwandern sehen gestern Nacht, als sie eigentlich längst hätte schlafen sollen.«

»Oh.«

»Zu meiner Verteidigung muss ich sagen, dass ich nicht neugierig am Fenster gestanden habe. Hatte nur gewohnheitsmäßig ein Auge offen, wie seit dreißig Jahren.«

»Tja, dann musst du auch gesehen haben, dass sie eine Stunde später den Weg wieder zurückging, nicht wahr?«

»Nö. Da habe ich geschlafen. Dachte, du wirst mit ihr fertig.«

Luke seufzte. Er sah sie am Badeponton wenden und zurückschwimmen. Sie wurde schneller, machte lange, geschmeidige Schwimmstöße, und er fragte sich, ob sie heute Morgen auch so hin- und hergerissen war wie er.

»Ich weiß nicht, Oliver. Fertig werden ist vielleicht zu viel gesagt.«

»Na ja, ich denke, sie war nicht bei dir, um sich Zucker zu borgen.« Mit vielsagendem Blick drehte er sich zu Luke um. »Hat dich mächtig erschreckt, was? Sie ist nicht der Typ, von dem du erwartest, dass sie um Mitternacht vor deiner Tür aufkreuzt.«

»Sie ist nicht der Typ, der überhaupt zu irgendeiner Zeit vor meiner Tür aufkreuzen würde, wenn sie nicht bei uns festsäße.«

»Und das hat dich heute früh so durcheinandergebracht?«

»Vielleicht.«

Und wie.

Oliver grinste noch immer. »Es steht mir vielleicht nicht zu, das zu bemerken, aber bisher kann ich nur sagen, sie wirkt aufrichtig und ernsthaft. Sie hätte hier mit viel mehr Getöse und viel weniger Niveau agieren können, und das hat sie nicht getan. Mit dieser Aufgabe hat jemand sie mächtig reingelegt, und sie hat sich nicht verdrückt.«

»Weil wir die Batterie unter Verschluss halten.«

»Quatsch. Sie weiß, sie kann die jederzeit von mir kriegen. Schließlich ist es nicht sie, die wir an der Flucht hindern sollen.«

»Ich weiß.«

»Außerdem war sie nicht zu stolz, um dich um Hilfe zu bitten. Ich finde, das sagt einiges.«

Luke brummte. »Meiner Ansicht nach sagt das vor allem, dass sie hier verzweifelt.«

»Du hast doch nicht etwa einen Poolboy-Komplex?«

»Einen Poolboy-*was*?«

»Komplex.«

Luke seufzte. »Ich hab dich schon verstanden. Ich weiß nur nicht, was das heißen soll.«

Oliver zog sich einen Hocker heran und setzte sich. »Luke, wir kennen uns jetzt viele Jahre, richtig?«

Ach, du je. Dieser Satz als Gesprächseröffnung – das konnte unangenehm werden. »Ja. Sehr viele Jahre.«

»Du wirst also entschuldigen, wenn ich viel mehr über dich weiß, als dir vermutlich recht ist, okay?«

»Nö.«

Oliver nickte erheitert. »Gut. Dann wirst du wohl auch entschuldigen, wenn ich mehr als nur ein bisschen sauer bin, dass du nicht glaubst, den Ansprüchen einer Frau wie Gabi zu genügen.«

»Es geht nicht darum, ob ich ihren Ansprüchen genüge.«

»Nein?« Oliver sah ihn forschend an. »Worum geht es dann?«

»Es geht um – Mann, ich weiß nicht. Aber das ist nicht die Realität, verstehst du? Sie ist nur für vier Wochen hier, und wie lange ich noch hier bin, kann ich nicht mal sagen, das hängt von Briarwoods Plänen ab. Wir kommen aus grundverschiedenen Welten, und keiner von uns hat wohl vor, daran in nächster Zeit etwas zu ändern.«

»Das ist ein schwaches Argument. Ich sag's nur.«

»Nein, überhaupt nicht, und das weißt du. Das ist die Realität. Sie ist hier, weil sie dazu gezwungen wurde, nicht weil sie sich solche Ferien ausgesucht hat.«

»Also das Stockholm-Syndrom? Du meinst, die Gefangene hat sich in ihren Wärter verliebt, weil er der Einzige ist, der sie anständig behandelt?«

»Sie ist nicht ver… Sie ist keine Gefangene. Mensch, Oliver.« Er schnaubte und versuchte, sich wieder auf den Motor zu konzentrieren.

»Hey.« Olivers Ton war bestimmt, und er verlangte Lukes Aufmerksamkeit. Sofort blickte er auf, genau wie in der Nacht damals, als Oliver ihn nach Zahlung seiner Kaution aus der Ausnüchterungszelle geholt hatte. »Du bist nicht mehr der verlorene Junge, der du vor fünfzehn Jahren unbedingt sein wolltest. Du bist kein Versager wie dein Vater, der sich nie hat blicken lassen. Du hast dir ein eigenes Leben aufgebaut, und zwar ein verdammt gutes. Du bewirkst Gutes in der Gesellschaft, und die richtige Frau wird das erkennen. Ich habe das Gefühl, dass sie es bereits tut.«

»Sie weiß gar nichts über mich, Oliver.«

»Und du denkst, ihre Gefühle ändern sich, wenn sie erfährt, dass du als Kind von einer Pflegefamilie zur anderen gewechselt bist? Du denkst, sie findet dich nicht mehr so anziehend, wenn sie erfährt, dass du dich jahrelang beim geringsten Ärger geprügelt hast, nur weil du nicht wusstest, was du sonst tun solltest?«

»Ja, das denke ich.« Luke nickte entschlossen. »Weil der Junge in mir noch immer wütend ist, und er wird nie darüber hinwegkommen, dass seine Mutter ihn im Stich ließ, als ihr neuer reicher Freund fand, sie wäre mit weniger Schulschwänzern am Rockzipfel attraktiver. Also ja, ich bin ein geläuterter Mensch, aber ich trage noch viel Wut in mir, und der richtet sich entschlossen gegen viele Leute, die es verdienen ... Leute, die zu denselben Kreisen gehören wie Gabi.«

Oliver schwieg so lange, dass Luke schon glaubte, er würde nichts mehr dazu sagen. Doch dann seufzte er leise.

»Was mit deiner Schwester passiert ist, dafür kann Gabi nichts, Luke.«

20

Eine halbe Stunde später trocknete Gabi sich die Haare in dem neuen Waschraum mit einem Handtuch und fühlte sich erfrischt und zugleich todmüde. Sie hatte sich die halbe Nacht auf dem Feldbett hin und her gewälzt und beschlossen, im ersten Morgengrauen das Zelt zu verlassen und schwimmen zu gehen, auch wenn das Wasser arktisch kalt war. Denn die weltweiten Kaffeevorräte würden nicht ausreichen, um sie wach zu machen.

Wenn sie an den gestrigen Abend dachte, fühlte sie sich einerseits wunderbar beschwingt, andererseits empfand sie diese Oh-Gott-wie-konntest-du-nur-Peinlichkeit. Sie war mit keiner entsprechenden Absicht zu Lukes Hütte gegangen, aber sobald er ihr sein Luke-Magellan-Erlebnis vorschlug, hatte sie nichts mehr davon abbringen können, sich um den Tisch herumzuschlängeln und ihn zu küssen wie ein totales Flittchen.

Nicht dass er sich dagegen gewehrt hätte. Schließlich hatte er das immerhin selbst vorgeschlagen. Aber jetzt mal im Ernst. Sie sollte es besser wissen. Ja, sie war heiß auf ihn gewesen, praktisch seit sie vor zwei Wochen aus dem Schultransporter ausgestiegen war, aber … echt jetzt? Um Mitternacht zur Hütte eines quasi wildfremden Mannes zu schlendern, das war der entscheidende Schritt in besagte Ganz-heftig-in-den-ganz-Falschen-verliebt-Katastrophe. Und obwohl sie diesen Weg nie wieder bei Dunkelheit gehen würde, wollte sie im Moment genau das wieder tun.

Das war nicht ihr erster Kuss gewesen, nicht mal ihr erster guter Kuss. Aber sie war noch nie so geküsst worden wie von Luke … als wäre es sein Ziel gewesen, dass sie nie wieder aufhören wollte.

Hätten sie aufgehört, wenn Sam nicht erschienen wäre? Mit dieser Frage hatte sie sich bis in die frühen Morgenstunden gequält, und wenn sie im Spiegel ihre fiebrig geröteten Wangen sah, hatte sie das starke Gefühl, dass sie die Antwort genau kannte. Jedenfalls, wenn es nach ihr gegangen wäre.

Sie sollte froh und dankbar sein, dass Sam sie unterbrochen hatte.

Sie putzte sich die Zähne und versuchte, dabei das Kribbeln im Bauch zu ignorieren. Aber was sollte sie nachher zu Luke sagen? Wie würde er sie ansehen? Bereute er es schon?

Oder durchlebte er ihre nächtliche Stunde auch immer wieder und konnte die Gedanken daran nicht abschütteln?

Sie seufzte. Da stand sie nun kurz vor ihrem dreißigsten Geburtstag und kam sich vor wie eine frisch verknallte Dreizehnjährige im Feriencamp. Und sosehr sie sich wünschte, sie könnte einfach wandern gehen oder sich in ihrem Zelt verstecken oder mit dem Paddelboot auf den See flüchten, so sehr musste sie sich den Pflichten des Tages stellen.

Und damit auch Luke.

Sie atmete einmal tief durch, nahm ihren Badeanzug und das Handtuch und verließ den Waschraum, aber nur, um genau demjenigen in die Arme zu laufen, dem sie gerne noch ein Stündchen aus dem Weg gegangen wäre.

»Uff!« Sie prallte gegen ihn und taumelte.

Er fasste sie am Oberarm, um sie aufzufangen, und lächelte sie an. Aber sein Blick war distanziert.

»Ein bisschen abgelenkt heute Morgen, Gabi?«

Sie wurde augenblicklich rot. »Hab bloß nicht damit gerechnet, dass jemand vor dem Waschraum lauert. Vielen Dank auch.«

»Ich habe nicht gelauert. Ich bin daran vorbeigegangen, als du herausgestürmt kamst.«

»Ich bin nicht gestürmt. Ich stürme nie.«

»Meinetwegen.« Er seufzte und ließ sie los. »Du warst die Anmut in Person. Ich entschuldige mich dafür, etwas anderes angedeutet zu haben.«

»Danke.«

»War es schön im See?« Er deutete auf das Strandlaken.

»Jep. Aber steigt die Wassertemperatur jemals über arktisch kalt? Nur so aus Neugier.«

»Ja, Ende August kann man es meistens darin aushalten.«

»Fantastisch. Bis dahin sind wir von hier weg.«

Das rutschte ihr heraus, bevor ihr die tiefere Bedeutung in Bezug auf ihr nächtliches Beisammensein bewusst wurde, und dass seine Miene sich augenblicklich verfinsterte, bildete sie sich nicht bloß ein.

»Ich weiß, Gabi.« Er schüttelte den Kopf. »Ich weiß.«

»Bereust du … es?« Sie zwang sich zu der Frage, da sie eine gewisse Kühle bei ihm spürte und wissen wollte, wo sie stand, bevor die Mädchen aus dem Zelt kamen und sie Sams kritischem Blick begegnen musste.

Er fuhr sich durch die Haare und wich ihrem Blick aus. »Ja und nein.«

»Das hilft mir echt weiter.«

»Bereust du es denn?« Jetzt sah er ihr in die Augen.

»Na ja, im Augenblick schon, da es scheint, als würdest du es keine Minute länger in meiner Gegenwart aushalten.«

Er lächelte traurig. »Das ist nicht wahr. Ich bin nur … ich weiß nicht. Ich denke nur, wir waren nicht besonders vernünftig.«

»Ah.« Sie biss die Zähne zusammen, weil ihr Kinn sofort anfing zu zittern. Zurückweisung tat weh, auch wenn man fast dreißig war.

»Es liegt nicht an dir, Gabi.«

»Hast du das wirklich gerade gesagt?«

Er schloss die Augen. »Tut mir leid. Ich weiß.«

»Okay. Gut.« Sie holte tief Luft und schaute in die Gegend, ratlos, was sie sagen sollte. »Ich sollte … gehen.« Dann platzte ein nervöses Lachen aus ihr heraus. »Aber ich kann gar nicht weg. Ich kann nirgendwohin. Ich sitze fest. Du sitzt hier fest. Wir … sitzen hier zusammen fest. Das ist furchtbar.«

»Du plapperst.«

»Sag bloß, Sherlock.«

Er berührte ihre Wange, und trotz eines Impulses auszuweichen ließ sie es geschehen. »Es liegt wirklich überhaupt nicht an dir.«

»Und trotzdem nach einem Kuss?«

»Nach dem Kuss habe ich die ganze Nacht nicht geschlafen, okay? Fühlst du dich jetzt besser?« Er sah zum See hinüber und seufzte. »Ich … tue so was nicht, Gabi.«

»Und mit so was meinst du …?«

»Ich knutsche nicht mit einer herum, weil sich gerade die Gelegenheit bietet. Und auch wenn ich dich leicht hätte mit nach drinnen nehmen und die ganze Nacht wachhalten können – so gern ich das getan hätte –, wir wissen beide, dass das am Ende ein Riesenfehler gewesen wäre.«

»Oh.« Gabi verschränkte die Arme. »Tja, wenn du es so ausdrückst.«

»So war's nicht gemeint – schlechte Wortwahl, entschuldige.« Er schüttelte den Kopf und wollte sie am Arm berühren, aber diesmal wich sie zurück.

»Nein, wirklich.« Sie hob abwehrend die Hand, und verdammt, ihr brannten Tränen hinter den Lidern. »Ich war noch nie jemandes Riesenfehler. Und das will ich ganz bestimmt nicht ändern. Also danke.«

»Gabi, so war's nicht gemeint. Ich meinte bloß … Scheiße. Ich weiß gerade gar nicht, was ich meine. Du bringst mich völlig durcheinander.«

»Falls es dich tröstet, als ich gestern Abend zu dir ging, hatte ich nicht etwa den fiesen Plan, dich zu verführen.«

»Ich weiß. Es tut mir leid. Und es tut mir nicht leid.« Er seufzte. »Ich will nur nicht, dass du etwas bereust.«

»Ich? Oder du?«

»Wir beide sollten nichts bereuen müssen. Aber ich nehme an, dass du am ehesten darunter leiden würdest.«

»Warum?«

»Na ja, mal ehrlich, Gabi.« Er deutete mit dem Arm auf die Umgebung. »Es tut mir leid, was ich da gestern Abend angefangen habe. Das hier ist nicht deine Welt, so ein primitives Leben in einem schlichten Camp. Und ich gehe davon aus, dass du dich normalerweise auch nicht mit schlichten Camp-Angestellten einlässt.«

Gabi fasste sich erschrocken an den Hals. Hatte er das tatsächlich gesagt?

Die studierte Psychologin in ihr vermutete, was er gerade tat – er griff an, um als Erster auf Distanz zu gehen, bevor sie das tun konnte. Aber das zu wissen und es gegen sich gerichtet zu hören war zweierlei.

»Ich verstehe«, sagte sie leise und nickte nachdenklich.

»Es ist nur – hör zu: Wir haben hier nur noch zwei Wochen. Und dann kehrst du in dein Briarwood-Leben zurück, nicht wahr? Das Camp-Leben ist nicht deine Realität, und ich bin ein wenig zu alt, um eine Sommercamp-Romanze abzugeben. Und ich bin definitiv zu alt, um mich auf One-Night-Stands einzulassen.«

»Weil du denkst, mehr kannst du nicht sein?«

»Ich weiß es nicht. Aber eins weiß ich: Du bist müde, du bist verletzlich, und du hast Angst. Und du bist so fernab deiner eigenen Lebenswirklichkeit, dass du praktisch einen wildfremden Mann geküsst hast.«

Er verschränkte die Arme, und sie fröstelte plötzlich. »Ich will nicht, dass du mich am Ende nicht mehr leiden kannst, weil ich das ausgenutzt habe.«

»Luke! Hilfe! Hilf mir!« Katrinas Stimme gellte durch die lodernden Flammen. »Hol mich raus!«

Luke sah zu dem Fenster im ersten Stock hoch, wo seine kleine Schwester schrie, und riss entsetzt die Augen auf, als aus dem Fenster des Nebenzimmers Flammen schlugen. Ihm blieb keine Zeit mehr. Keine Zeit.

Nirgends war eine Leiter zu finden, und der Baum vor dem Haus stand zu weit weg. Aber vielleicht, wenn er den Himmel anflehte und sich weit genug vom Ast streckte, könnte er ihre Hand zu fassen bekommen. Sie könnte springen und er würde sie auffangen. Ja, das würde er tun. Er war zwar ein Nichtsnutz, aber das wenigstens konnte er.

Er kletterte den Baum hoch, und sie schrie immer lauter und verzweifelter. Doch sowie er einen Ast erklommen hatte, trennte ihn ein weiterer von dem, der zu ihrem Fenster führte, und egal wie schnell er kletterte, er kam nicht näher.

Er spürte die Hitze des Feuers, die Flammen leckten schon an dem Ast. Dann geriet er in Brand, und Luke sah die kleine Katrina nur noch durch eine Feuerwand. Er kletterte schneller, war bald außer Atem und doch nicht näher gekommen.

»Trina! Halt durch! Ich komme! Spring auf den Ast!«,

schrie er, aber seine Stimme klang heiser, und Trina begann zu husten. Rauch quoll aus dem Haus.

»Nicht einatmen! Spring, Trina! Spring!« Der Rasen war weich. Vielleicht würde sie sich ein Bein brechen, aber wenigstens wäre sie noch am Leben.

Er kletterte immer weiter den Baum hinauf, aber der verhöhnte ihn mit immer neuen Ästen und schlug ihm seine Zweige ins Gesicht.

Und dann hörte er nur noch das Prasseln des Feuers und geriet in Panik.

»Trina! Trina!«

»Luke. Luke, Schätzchen.« Jemand rüttelte ihn an der Schulter. »Luke, wach auf. Alles ist gut. Du hast nur geträumt.«

Pipers Stimme drang in seinen Traum, und er öffnete ein Auge. Völlig verwirrt blickte er auf und sah ihr Gesicht über sich schweben.

»Geht es dir gut?« Sie klang mitfühlend, besorgt. Mühsam schüttelte er den Traum ab und richtete sich auf. »Was war es diesmal?«

»Feuer.« Seine Stimme schwankte, und er räusperte sich. Die Feuerträume fand er am schlimmsten. Diesen verfluchten Baum, der nicht endete, den Rauch, das laute Prasseln. Er rieb sich die Augen mit den Handballen. »Wie spät ist es?«

»Sechs. Ich bringe nur die Zimtschnecken von Mama B. Sie meinte, du wärst seit einer Woche nicht mehr da gewesen, um welche zu kaufen, und sie fürchtet, du könntest vom Fleisch fallen.«

»Danke.« Er rang sich ein Lächeln ab und versuchte, den Traum hinter sich zu lassen.

»He, Luke?«

Er schüttelte den Kopf. »Bitte, frag mich nicht, ob ich jemanden konsultieren will. Ich bin selbst so ein Jemand, und solche Träume kann man nicht verhindern.«

Seit Sams Badeunfall häuften sie sich allerdings, und man brauchte kein Psychologe zu sein, um den Grund dafür zu erkennen. Außerdem schien es, dass er umso dramatischer träumte, je erschöpfter er war. Und derzeit fühlte er sich total ausgelaugt.

Nachdem er und Gabi gestern Morgen vor dem Waschraum verschiedener Wege gegangen waren, hatte er sich wie ein totaler Idiot gefühlt, wegen seiner Bemerkung, sie habe sich mit jemandem unter ihrem Niveau eingelassen. Er hatte gesehen, wie sehr sie das traf, und konnte es nicht ungeschehen machen. Danach hatte sie abwehrend die Hand gehoben und war zu ihrem Zelt gelaufen, als hielte sie es keinen Moment länger mit ihm aus.

Obwohl sie zusammen anderes geplant hatten, war sie ihm mit den Mädchen den ganzen Tag aus dem Weg gegangen. Um neun Uhr waren sie dann ins Zelt verschwunden, und sosehr er hoffte, sie würde noch an den Strand kommen … und er könnte sich irgendwie bei ihr entschuldigen, sie ließ sich nicht mehr blicken.

Es war wirklich dämlich gewesen, so etwas zu sagen, und er schämte sich, weil er sie mit Absicht gekränkt hatte. Ihm war noch nicht eingefallen, was er jetzt tun könnte.

»Was ist mit Josie? Vielleicht könnte sie helfen?« Piper holte ihn in die Gegenwart zurück.

»Nein. Ich brauche keine und ich will keine Hilfe. Irgendwann bleiben die Träume von selbst aus. Oder auch nicht. Jeder hat sein Päckchen zu tragen. Ich habe das verdient. Ich konnte sie nicht retten, Piper, dabei war ich der Einzige in ihrem Leben, dem sie nicht egal war. Es gibt keinen Therapeuten, der mir diesen Dämon austreiben könnte.«

21

Früh am nächsten Morgen machte Gabi es sich im Strandsessel bequem. Sie zog die Knie an und das Sweatshirt darüber. Der Morgennebel hob sich, und ab und zu erklang der Ruf eines Eistauchers, aber an diesem Morgen wirkte all das nicht entspannend auf sie. Stattdessen war sie jetzt gereizter als beim Aufstehen.

Gestern war sie mit den Mädchen nach dem Frühstück zum Garten hinaufgestiegen, weil sie Luke um jeden Preis aus dem Weg gehen wollte. Da hatten sie dann umgegraben und geharkt und gejammert, aber am Ende des Tages war der Boden so weit vorbereitet gewesen, dass man etwas aussäen konnte.

So viel zu dem Plan, die Mädchen Luke zu überlassen. Nun überlegte sie, wie sie den Rest der Zeit herumbringen konnte, ohne dass es zwischen ihnen beiden total unangenehm wurde.

Was er gesagt hatte, ging ihr noch immer durch den Kopf, und so gern sie auf ihn wütend sein wollte, war sie vielmehr verblüfft. Sie wusste ganz genau, dass er ihre Küsse ebenso sehr genossen hatte wie sie. Und sie wusste sogar *ganz* genau, dass sie beide nicht erpicht gewesen waren, aufzuhören, als Sam aufkreuzte und den sprichwörtlichen Schwall Eiswasser über sie goss.

Aber gestern Morgen hatte er ebenfalls einen Schwall Eiswasser über sie gegossen, und sie hatte keine Ahnung, was sie tun könnte, außer ihm aus dem Weg zu gehen, bis ihr etwas einfiel. In der Zwischenzeit quälte sie sich, indem sie die Szene in Gedanken immer wieder durchspielte. Auch wenn sie sich einreden wollte, es sei ein Riesenfehler gewesen, ihn zu küssen, wusste sie doch, dass sie, wenn sie die Zeit zurückdrehen könnte, es sofort wieder genau so machen würde.

Sie schloss die Augen und durchlebte wieder die wunderbarste halbe Stunde ihres Lebens – seine zärtlich tastenden Hände, seine Lippen, die ihr weiche Knie bescherten, seine sanft fordernde Zunge.

»Morgen.«

Gabi riss die Augen auf, als sie Lukes Stimme vernahm, und im nächsten Moment drang ihr auch schon der Duft von frischem Kaffee in die Nase. Er stellte eine Tasse auf die Armlehne ihres Sessels, dann setzte er sich in den anderen. Sie sah hastig zu ihm und stutzte, unschlüssig, ob sie erleichtert oder belustigt sein sollte, weil er … derart mitgenommen aussah. Wenn er wüsste, woran sie gerade gedacht hatte, würde es ihm noch mieser gehen, dessen war sie sicher.

»Alles in Ordnung, Luke?«

»Jep.« Er trank einen ordentlichen Schluck und runzelte die Stirn. »Nein.«

Ratlos, was sie darauf sagen sollte, entschloss sie sich, ebenfalls einen Schluck zu trinken und abzuwarten. Warum kam er zu ihr? Und brachte ihr auch noch Kaffee mit?

Das war zwar längst eine Gewohnheit geworden, aber trotzdem. Seltsam.

»Ich muss mich bei dir entschuldigen, Gabi.« Er sah sie noch immer nicht an.

»Weil?«

»Erstens, weil ich dich geküsst habe, und zweitens, weil ich dich auch noch gekränkt habe.«

»Oh. Das.«

Er sah sie von der Seite an. »Ja, das. Das tut mir leid. Ich wollte nicht, dass du dich mies fühlst und … na ja, wie immer du dich am Ende gefühlt hast. Ich bin ein Idiot.«

Gabi atmete tief durch. »Ja, wie immer ich mich gefühlt habe, Luke, *gedacht* habe ich jedenfalls, dass du mir eine bestimmte Art von Denken und Verhalten unterstellst, weil ich in einem BMW hier ankam, und dass du dich darauf versteift hast, es könne unmöglich zu deinen Gunsten enden.«

»Ich weiß.«

»Hast du eine Ahnung, wie viel ich im Jahr verdiene?«

»Nein, und das geht mich auch nichts an. Außerdem ist das vollkommen unwichtig.«

»Das glaube ich nicht.« Sie trank noch einen Schluck Kaffee, hauptsächlich, um Zeit zu schinden. »Weil das alles ist, was ich zuwege bringe. Ich arbeite nicht zeitweilig an einer angenehmen Privatschule, damit ich mich gut fühlen kann, weil ich einen hehren Beitrag für die Gesellschaft leiste, um dann den Rest meiner Jahre mit der Moderation von Spendengalas zu verbringen, wo ich so tue, als wären mir die populären Projekte wichtig, von denen ich gar keine Ahnung habe.«

»Ich weiß das.«

»Wirklich? Woher denn?« Sie merkte, dass ihre Wangen glühten. »Ich glaube nicht, dass du das weißt. Ich glaube, du hast dich auf die Vorstellung versteift, dass ich aufgrund meiner Herkunft verwöhnt bin und mich deshalb nur für mich selbst interessiere.«

»Gabi …«

»Ich arbeite an der Briarwood Academy, Luke, weil ich es verabscheue, dass Anspruchshaltungen die Art Leute hervorbringen, die du verabscheust. Mir ist es zuwider, dass Schulen wie meine reiche Kinder in Watte packen und ihr Fehlverhalten unter den Teppich kehren. Mir ist es zuwider, dass Jugendliche wie Madison und Waverly in der Vorstellung unterstützt werden, die Welt wäre für sie da und nicht umgekehrt. Ich arbeite dort, weil ich dieses System bekämpfen will, und es ärgert mich unendlich, dass ich das seit acht Jahren tue und du mir trotzdem sofort unterstellst, ich sei auch nur so eine reiche Zicke, die selbstgefällig ihre Zeit opfert.«

Er kniff die Lippen zusammen und runzelte die Stirn. Sie schien einen Nerv getroffen zu haben. »Das denke ich überhaupt nicht, Gabi.«

Sie redete einfach weiter, obwohl sie wusste, sie sollte besser aufhören. Sie war nicht mal sicher, wieso das plötzlich alles aus ihr herausdrängte. »Hast du eine Ahnung, wie sehr ich darum ringen musste, diese zwei Stipendiatinnen zu bekommen? An wie vielen Vorstandssitzungen ich dafür teilnehmen musste? Wie viel Recherche ich leisten musste, um dem Vorstand zu beweisen, dass zwei Außenseiter in unserer Mitte nicht den Ruf unserer elitären Schule ruinieren würden? Hast du auch nur die geringste Ahnung, wie sehr ich mich ins Zeug gelegt habe, damit das Stipendiatenprogramm erweitert wird? Um durchzusetzen, dass wir unsere Stiftungsgelder für unsere Schüler ausgeben und nicht für immer neue Laborräume und Gehaltserhöhungen der Direktorin?«

»Nein«, sagte er leise.

»Nein. Tust du nicht. Das ist wahr. Und dennoch hast du gestern vor mir gestanden – nachdem du mir den besten Kuss meines Lebens geschenkt hast – und mir unterstellt, ich würde mich zu dir herablassen?«

»Ich …«

»Ich lasse mich nicht herab, Luke. Ich verliebe mich nicht in einen Mann wegen seiner finanziellen Situation oder seiner Laufbahn. Und schon gar nicht küsse ich jemanden, den ich am nächsten Morgen nicht wiedersehen will. Und ich habe mich noch nie abschleppen lassen. Noch nie. Das tue ich nicht, und das will ich nicht. Ich habe dich geküsst, weil ich dich mag. Ich habe dich geküsst, weil du in dem Adirondack im Mondschein wahnsinnig anziehend aussahst und ich gar nicht widerstehen konnte. Und ich habe dich immer weiter geküsst, weil das schön war. Weil ich dich mochte. Das hatte nichts zu tun mit Verletzlichkeit oder Angst oder was du mir noch unterstellt hast.«

»Gabriela?«

Gabi holte tief Luft und versuchte, ihre rasenden Gedanken zu stoppen. »Was?«

»Hör auf zu reden.« Er klang ruppig und zugleich gequält. Dabei stand er auf und griff nach ihren Händen.

Ehe sie sich's versah, zog er sie aus dem Sessel, und bevor sie reagieren konnte, drückte er sie an sich, legte die Arme um sie und küsste sie. Aber keineswegs so sanft und sehnsüchtig wie vorgestern Nacht. Diesmal küsste er sie kraftvoll, dominierend, leidenschaftlich.

Seine Hände wanderten abwärts zu ihren Shorts, und als er um ihren Hintern griff, presste er sie fest an sich und ließ sie unmittelbar fühlen, dass seine Leidenschaft echt war.

Nach ein paar Minuten, als sie ein wenig außer Atem waren, zog er den Kopf zurück und umfasste ihr Kinn. Sein Blick glitt über ihr Gesicht und wieder zu ihrem Mund, und als könnte er dem nicht widerstehen, küsste er sie wieder. Diesmal sanft, als fürchtete er, sie zu zerbrechen.

Als er erneut den Kopf zurückzog, leuchteten seine Augen dunkel, aber sein Lächeln wurde breiter, als er ihr die Haare hinter die Ohren schob, dann die Arme um sie legte und sie an seine Brust zog. Er lachte leise, und sie spürte, dass er ein klein wenig den Kopf schüttelte.

»Offenbar mag ich dich auch, Gabriela. Das hatte ich nicht

vor. Das wollte ich gar nicht. Aber verdammt, du machst mich fertig.«

»Was tust du da?« Zwei Stunden nachdem die Mädchen davongestoben waren, um sich die Zähne zu putzen und das Zelt aufzuräumen, ging Gabi zum Bürohäuschen, wo Luke draußen auf dem Rasen dem Anschein nach zehn Kilometer Seil ausgebreitet hatte.

»Ich lege Köder aus.«

Gabi riss erschrocken die Augen auf. »Wofür? Was für ein Tier willst du damit fangen?«

»Entspann dich.« Er lachte. »War nicht wörtlich gemeint. Ich dachte, ich schaue mal, ob die Mädchen Lust haben, Klettern zu lernen.«

»Klettern?« Gabi stockte. »Du meinst, an Felswänden?«

Er zuckte lässig mit den Schultern. »Jep.«

»Oh nein. Haben sie nicht. Kommt nicht infrage.«

»Dachte mir, dass du das sagen würdest.«

»Luke, sie sind noch nicht so weit. Ich weiß, wir haben neulich über Erlebnispädagogik gesprochen, aber ich wusste nicht, dass du so etwas im Sinn hast. Das ist viel zu gefährlich.«

Er wickelte gerade ein hellgrünes Seil auf und hielt grinsend inne. »Morgens aufzustehen kann schon gefährlich sein, Gabi. Klettern mit guter Ausrüstung ist ungefährlich.«

»Aber – die Felswände.«

Er zwinkerte und deutete mit Daumen und Zeigefinger eine kurze Strecke an. »Nur an so kleinen.«

»Das ist nicht witzig.«

»Lass uns erst mal sehen, wie sie reagieren, okay? Vielleicht schlucken sie den Köder gar nicht.«

Sie stemmte eine Hand in die Seite. »Aber du bist dir ziemlich sicher, stimmt's?«

Er lachte. »Die werden nicht widerstehen können.«

Eine halbe Stunde später saß Gabi am Picknicktisch und sah zu, wie die Mädchen die Seile betasteten, fasziniert von den Farben und der Beschaffenheit. Luke stand wie beiläufig daneben, wickelte einige auf und schlang komplizierte Knoten.

Sam sprach ihn als Erste an. »Die sind zum Klettern da?«

»Jep.«

Waverly hielt ein besonders grelles hoch. »Ich hätte nie gedacht, dass Sie eins in Neonpink benutzen würden, Luke.«

Er nickte. »Ist eins meiner liebsten.«

»Wo klettern Sie denn?«, fragte Eve.

Luke deutete zu dem Berg am anderen Seeufer, der Gabi jetzt viel höher vorkam, seit sie fürchtete, die Mädchen könnten dort an einer Steilwand hängen.

»Da drüben gibt es gute Kletterwände.«

Sam sah ihn beeindruckt an. »Nehmen Sie oft Jugendliche dahin mit?«

»Ja. Vorigen Sommer eine große Gruppe. Wir haben am Berg gezeltet. Sind hochgewandert, geklettert, haben uns abgeseilt.« Luke sprach darüber, als wäre es nichts Besonderes. »Alles, worauf wir Lust hatten.«

»Können wir das auch tun?«, fragte Eve und ließ ein blaues Seil durch die Finger laufen.

Luke schnaubte abschätzig. »Ganz bestimmt nicht.«

Gabi blickte auf. Wie bitte? Hatte er es sich schon anders überlegt?

»Warum nicht?«

»Erstens, weil wir hier zu viel anderes zu tun haben. Zweitens, weil das viel zu schwierig ist. Ihr müsstet Knoten lernen und wie man sich anseilt und abseilt und sich gegenseitig sichert und ...« Er winkte ab.

Gabi hätte beinahe gelacht, weil sie kapierte, was er da tat. Als er ihr einen warnenden Blick zuschoss, hob sie ihre Wasserflasche und trank einen Schluck, um ihr Grinsen zu überspielen.

»Wir können das lernen.« Sam sah ihn herausfordernd an. »Sie könnten uns das beibringen.«

»Nee. Wir haben eigentlich keine Zeit dafür.«

»Wir haben noch Wochen, Luke.«

»Genau. Ich habe nur noch zwei Wochen Zeit, um die verlangten Arbeiten zu erledigen. Ich habe euch ja die Liste gezeigt. Tut mir leid. Hab nicht die Zeit, euch das beizubringen.«

Er legte ein aufgerolltes Seil auf den Picknicktisch und wandte sich ab. Dabei gab Sam den anderen Zeichen, auch Seile aufzurollen.

»Ach, kommen Sie, Luke. Bitte! Zeigen Sie uns nur einen Knoten.« Sie war sichtlich überzeugt, ihn um den Finger zu wickeln, und Gabi fiel es immer schwerer, sich das Lachen zu verkneifen. »Nur einen Knoten. Das dauert doch höchstens fünf Minuten.«

Er seufzte und kam an den Tisch zurück, als würde er genervt nachgeben. »Na schön. Einen Knoten. Mehr nicht. Dann müssen wir an die Arbeit.«

Zwanzig Minuten später saßen die vier im Gras und legten ihr Seil in raffinierte Schlingenfiguren. Luke hatte ihnen vier verschiedene Knoten gezeigt, und dann auch Gabi ein Seil gegeben.

»Willst du es mal versuchen?«

»Na und ob.« Grinsend nahm sie es und flüsterte: »Du bist echt gut, Luke.«

Er schüttelte den Kopf. »Nö. Sie sind nur nicht immer so kompliziert, wie wir glauben.«

Er ging auf dem Rasen hin und her, prüfte Knoten, nickte anerkennend oder wies auf Fehler hin, und obwohl Gabi lieber fleißig üben sollte, klebte ihr Blick an ihm.

Er ging neben Madison in die Hocke und half ihr, einen Knoten zu lösen, und Gabi merkte, dass sie auf seinen Rücken starrte. Sie rief sich zur Ordnung und zwang sich, woandershin zu sehen, und dabei sah sie, wie Sam sie mit hochgezogenen Augenbrauen musterte.

Kurz betrachtete sie Luke, dann Gabi und schüttelte den Kopf, um sich dann mit einem finsteren Blick wieder dem Seil auf ihrem Schoß zuzuwenden.

Am späten Nachmittag war sie mit Madison, Eve und Waverly oben im Garten, als unten etwas platschend ins Wasser fiel. Das Geräusch versetzte sie in Panik. Sie hatten sich aufgeteilt, um mehr Aufgaben gleichzeitig erledigen zu können, und Sam war bei Luke geblieben.

War Sam ins Wasser gefallen? War das möglich?

Sie rannte zum Rand der grasbewachsenen Terrasse und spähte zwischen den Sträuchern hindurch nach unten, stumm betend, es möge nichts Schlimmes passiert sein. Sie hörte wieder Wasser platschen, dann sah sie einen der Hunde und lachte. Lukes Hündchen spielten im See, und – Moment mal – war das Sam?

Sie war es. Ebenfalls im Wasser. In T-Shirt und Shorts zwar, obwohl Gabi ihr vor der Abreise einen Badeanzug gekauft hatte, aber immerhin. Sie war im Wasser.

Gespannt sah sie zu, wie Sam bis zur Taille hineinwatete und kicherte, als die Hunde um sie herumschwammen. Luke stand nur drei Schritte entfernt und warf den Hündchen Stöckchen zu, wenn sie auf ihn zukamen.

Nach ein paar Minuten sah sie Luke mit Sam reden, aber

es war nicht zu verstehen, was sie sagten. Dann winkte er das Mädchen zum Anleger und nahm zwei bereitgelegte Werkzeuge in die Hand. Er reichte Sam etwas und deutete auf etwas, und dann erkannte Gabi, dass Sam den Anleger festhielt und Luke Werkzeuge anreichte, mit denen er untertauchte und etwas reparierte.

Sie runzelte die Stirn. Sam reparierte mit Luke zusammen den Anleger und wirkte nicht im Mindesten ängstlich, obwohl sie bis zur Taille im Wasser stand. Bisher war sie höchstens bis zu den Knien hineingegangen, wenn überhaupt.

War das auch einer seiner Tricks? Hatte er Sam damit geködert, dass er Hilfe am Anleger brauchte, und sie so dazu gebracht, sich tiefer ins Wasser zu wagen? Hatte er sich schon überlegt, wie er sie zu Schwimmstunden bewegen könnte? Mit einer heimlichen Taktik, die offenbar schon funktionierte?

Dann verschränkte Gabi die Arme und rief sich ins Gedächtnis, was er heute Morgen zu ihr gesagt hatte. Und wie spielerisch und langsam er sich in jener Nacht an ihren Rippen entlang nach oben getastet hatte.

Köderte er sie etwa auch?

22

Kurz vor dem Abendessen stand Gabi mit Piper in der Küche, als sie Gelächter von der Rückseite des Bürohäuschens hörten. Die halb geschälte Kartoffel in der Hand, blickte sie Piper an, die ebenfalls innehielt.

Piper neigte den Kopf zur Seite. »Ganz ungewohnte Laute von dieser Truppe.«

»Ich weiß.« Gabi legte die Kartoffel zur Seite und wischte sich die Hände ab. »Bin mir nicht sicher, ob das etwas Gutes bedeutet.«

Hastig durchquerte sie den Speisesaal und stieß die Fliegengittertür auf, um der Sache auf den Grund zu gehen. Als sie um die Hüttenecke bog, blieb sie abrupt stehen und starrte verblüfft auf den Baum davor. Alle vier Mädchen hingen in einer Art Klettergeschirr von den unteren Ästen. Luke musste ihnen gezeigt haben, wie man sich aus den Seilen eines herstellt.

Piper trat neben sie und lachte, als sie die Mädchen dort baumeln sah. »Na, das ist mal was anderes.«

»Er hat meine Schülerinnen in einen Baum gehängt.« Gabi versuchte, autoritär zu klingen, aber da die Mädchen sofort in neues Gelächter ausbrachen, gab sie sich keine Mühe mehr.

»Sie schweben bloß einen Meter über dem Boden«, betonte Piper.

»Ja, aber … sie sehen aus wie Äffchen.«

In dem Moment warf Luke einen Ball. »Es steht drei zu zwei. Los!«

Die Mädchen rangelten, um den Ball zu fangen. Offenbar sollten sie ihn in ein Ziel werfen oder treten, das von Gabis Position aus nicht zu sehen war. Sie schwangen hin und her, fingen den Ball und zielten damit aufeinander und feuerten einander jauchzend an. Augenblicke später lachten sie schallend, als sich Madison mit dem Fuß in ihrem Seil verfing und sich zweimal um sich selbst drehte, bevor sie ihn befreien konnte.

Als Luke ihre Drehung stoppte, bemerkte Madison, wer ihnen zusah.

»He, Ladys, wollen Sie mitspielen?«

Piper ging auf sie zu. »Calvinball? Na klar!«

»Gabriela?« Luke bückte sich nach einem Seil. »Weißt du noch, wie man sich ein Geschirr knotet?«

Sie verschränkte die Arme. Auf keinen Fall würde sie sich an einen Baum hängen lassen. Kam nicht infrage. »Ja, weiß ich noch, und nein, ich will nicht mitspielen. Aber danke.«

»Ach, komm. Das macht Spaß.« Mit flinken Fingern schlang Piper eine Reihe von Knoten, die ihr sicherlich eine peinliche Bauchlandung ersparen würden. Gabi traute ihren eigenen Knotenkünsten nicht so sehr.

Sam lehnte sich so weit nach hinten, dass Gabi versucht war, sie an der Schulter abzufangen, damit sie nicht umschlug und mit dem Kopf auf den Boden knallte.

»Los, Gabi«, sagte sie. »Lassen Sie sich von Luke fesseln. Das wird lustig.«

Sofort blickte Gabi auf, um Sams Gesichtsausdruck zu sehen, aber die hatte den Kopf schon weggedreht. Lukes Schultern bebten jedoch, und er knotete bereits ein Klettergeschirr.

»Wisst ihr was?« Gabi reckte das Kinn. »Ich tu's.«

Waverly und Eve lächelten, aber Madison setzte ihr typisch gelangweiltes Gesicht auf, obwohl sie vor einigen Minuten noch fröhlich gelacht hatte.

»Komm her.« Luke winkte sie heran, und Gabi fiel es schwer, ihre Gedanken auf das harmlose Ballspiel zu richten. Sie ging zu ihm und stieg in das Geschirr. Er zog die Seilschlingen an ihren Beinen hoch, und sie hielt den Atem an, als sie seine Hände spürte.

Ihre Blicke trafen sich, und in dem Moment wurde ihr klar, dass er genau wusste, was er da tat. Sie blickte ihn böse an, aber er lächelte nur. Er drehte sie herum, prüfte den Sitz der Knoten, dann nahm er das Seilende und stieg in eine Kiefer.

»Steig auf den Baumstumpf, und ich binde dich fest«, rief er von oben.

Sie nahm sich vor, ihn später zu erwürgen.

Erst einmal stellte sie sich aber auf den Baumstumpf und spürte den kräftigen Zug am Seil, das er um einen dicken Ast schlang und festknotete. Hoffentlich absturzsicher.

»Okay, teste es mal.«

Sie zog mit den Händen daran, und es gab nicht nach. »Ich glaube, so ist es gut.«

»Springen Sie einfach von dem Ding runter, Gabi.« Sam verdrehte die Augen. »Sie fallen bloß einen halben Meter, wenn das Seil nicht hält.«

Sie spannte sich an, überzeugt, gleich kräftig auf den Hintern zu fallen, aber zu ihrer Überraschung schwang sie einen Meter hin und her.

»Siehst du? Nichts passiert.« Luke lächelte sie von oben an, dann fing er Pipers Seilende auf, das sie ihm hinaufwarf.

Nachdem er sie auch festgebunden hatte, kletterte er hinunter. Unwillkürlich dachte Gabi an die vielen Muskeln, die er brauchte, um einen Baum so mühelos rauf- und runterzusteigen und schon sah sie ihn dabei weniger bekleidet vor sich. Hastig schüttelte sie das Bild ab, bevor es ihr restlos den Verstand raubte.

Kurz darauf flog der Ball hin und her, die Mädchen lachten, und Gabi und Piper waren mittendrin. Schon nach kurzer Zeit taten Gabi Bauch und Wangen weh vom Lachen, und eine Stunde später, als Luke Eve und Waverly zu den Siegern erklärte, konnte sich Gabi nicht mehr erinnern, wieso sie seine Ködertaktik zuerst für eine schlechte Idee gehalten hatte.

Die Mädchen konnten sich jetzt ein Klettergeschirr knüpfen und hatten sich zwei Stunden lang daran gewöhnt, an einem Seil in der Luft zu hängen … und ohne dahinterzukommen, dass Luke mit dem harmlosen Spaß ein klares Ziel verfolgte.

Als Piper mit den Mädchen in den Speisesaal verschwand, löste Gabi ihre Knoten und wickelte das Seil auf.

»Hat es dir Spaß gemacht?« Luke sah sie bezeichnend an und glaubte wohl, die Antwort schon zu kennen.

»Überhaupt nicht.« Sie schüttelte den Kopf. »Sieht man doch.«

»Willst du mir helfen, das Zeug in den Schuppen zu räumen? Die Mädchen werden jetzt eine Weile beschäftigt sein.«

Gabi spürte, dass sie rot wurde, und bückte sich rasch nach ein paar Seilen, damit er es nicht sah.

Als alle aufgerollt waren, gingen sie zum Geräteschuppen.

»Weißt du, was mir an dir so gefällt?«, raunte er dicht an ihrem Ohr und sandte ihr dabei Schauer durch den ganzen Körper.

Sie schluckte nervös. »Was?«

»Dass dein Gesicht immer verrät, was in dir vorgeht. Du bist wie ein offenes Buch, Gabriela.«

»Das ist überhaupt nicht beruhigend.« Sie trat von ihm weg. »Hat dir noch niemand gesagt, dass Frauen lieber rätselhaft sind?«

Er schüttelte den Kopf. »Rätselhaftigkeit wird überbewertet. Ich mag dich, wie du bist.« Er neigte sich zu ihr, und sie schloss unwillkürlich die Augen und sehnte sich nach seinem Kuss.

In dem Moment ertönte ein Schrei aus dem Speisesaal. Gabi rannte los den Hang hinauf, Luke hinter ihr her. Kaum hatten sie die Fliegengittertür aufgerissen, blieben sie wie angewurzelt stehen.

Als Erstes sahen sie die Mädchen, die sich auf einem Tisch zusammendrängten.

Dann sahen sie das Bärenjunge.

23

»Luke?«, flüsterte Gabi panisch, als er sie hinter sich schob und durch den Raum spähte. Das Junge stand mit den Vordertatzen auf der Theke. Von der Mutter war nichts zu sehen. Nach den ohrenbetäubenden Schreien der Mädchen war es unwahrscheinlich, dass die Bärin noch in der Hütte war, aber noch unwahrscheinlicher war es, dass sie ihr Junges zurückgelassen hatte.

»Bei Oliver im Büro steht ein Betäubungsgewehr«, raunte er ihr ins Ohr, während sie mit schreckgeweiteten Augen zwischen den Mädchen und dem jungen Bären hin- und hersah. »Geh es holen, für den Fall, dass wir es brauchen.«

»Ich kann sie nicht allein lassen«, wandte sie ein.

»Du musst.« Er griff rücklings an ihr vorbei und drückte die Tür auf. »Geh. Ich passe auf sie auf.«

»Oh Gott«, wimmerte sie leise, als sie langsam zurückwich und dann zum Bürohäuschen sprintete. Luke schaute ihr kurz nach und wandte sich dann Piper und den Mädchen zu.

»Okay, Ladys«, begann er leise, ohne den kleinen Bären anzusehen. »Steigt langsam rückwärts vom Tisch und kommt zu mir. Auf keinen Fall den Bären ansehen und keine schnellen Bewegungen machen.«

Wie erstarrt standen sie da und rührten sich nicht, vermutlich, weil sie sich einbildeten, auf dem Tisch sicherer zu sein. Er seufzte. Später würden sie darüber reden müssen, wie hoch Bären klettern konnten.

»Ich weiß nicht, wo die Mutter ist, Mädchen, und ich will

ihr auch gar nicht begegnen. Wir müssen aus der Hütte raus, falls sie noch in der Küche ist.«

Er wünschte, er könnte in die Küche sehen, aber die halbe Zwischenwand blockierte die Sicht. Die Bärin und ihr Junges hatte er diesen Sommer schon das eine oder andere Mal gesehen, aber nicht nahe beim Camp, und noch nie war ein Bär in eine der Hütten eingedrungen.

Er schaute nacheinander durch die Fenster zu den Bäumen, ob irgendwo ein brauner Pelz zu erkennen war. Wenn sie nicht in der Hütte war, konnte sie nicht weit weg sein. Im Augenblick wusste er nicht, wo die Mädchen jetzt sicherer wären, drinnen oder draußen.

Gerade als Gabi mit dem Gewehr die Stufen heraufgehetzt kam, krachte und schepperte es im Küchenbereich, und die Frage war beantwortet. Er nahm ihr das Gewehr ab, spannte es und zielte über die Theke hinweg in die Küche. Er konnte gut mit der Waffe umgehen, war aber wirklich nicht erpicht darauf, sein Können unter Beweis zu stellen.

Das Gewehr im Anschlag, gab er den Mädchen mit einem Nicken zu verstehen, dass sie hinter ihm vorbeigehen und die Hütte verlassen sollten.

»Los. Geht. Geht in Olivers Hütte und bleibt da, bis ich euch hole.«

Noch immer rührten sie sich nicht.

»Los jetzt!«

Endlich siegte die Vernunft über die Furcht, und sie kletterten langsam vom Tisch und wichen zur Tür zurück, dann eilten sie hinaus. Luke blickte zwischen dem Bärenjungen und dem Bürohäuschen hin und her, bis alle drinnen waren.

»Gabi. Du auch. Hinterher. Die Bärin ist noch in der Küche. Es könnte gleich unangenehm werden.«

»Ich kann nicht.«

»Warum?«

»Mir ist gerade Papa Bär eingefallen.«

Luke kicherte, begriff dann aber, dass sie das ernst meinte. Sie hatte keine Ahnung vom Leben der Bären.

»Das Männchen hält sich nie bei der Bärin auf.«

»Es hockt also nicht vor der Küchentür und schärft sich die Krallen voller Vorfreude auf die leckere Hausmutter?«

»Nein. Aber wenn Mama Bär mit Plündern fertig ist und in den Wald aufbrechen will, nimmt sie diesmal vielleicht die Vordertür. Dann will ich dich nicht hier haben, okay?«

Gabi wich hinter ihn zurück. »Luke? Weißt du noch, dass du gesagt hast, Bären halten sich gewöhnlich von Menschen fern?«

»Jep.«

»Ich bete, dass das stimmt.«

»Gabi? Fahren wir *jetzt* nach Hause zurück?«, flüsterte Eve, während sie alle am Fenster des Büros kauerten und nach draußen spähten. »Unsere Eltern finden *das* garantiert nicht okay.«

Gabi antwortete nicht. Ihr Blick klebte an den Türen von Speisesaal und Küche, die sie beide sehen konnte. Luke war noch dort drinnen, und Oliver hatte das Büro mit zwei Pistolen verlassen. »In einer sind Platzpatronen«, hatte er beim Hinausgehen gesagt. »Um sie zu verscheuchen.«

Piper stieß Gabi an. »Hat sich schon was bewegt?«

Ehe Gabi antworten konnte, knallte ein Schuss, und dann rannten zwei braune Pelztiere aus der Küchentür und hielten im Galopp auf den Wald zu.

Waverly, die in der Ecke kauerte, schloss die Augen. »Ich fasse es nicht, dass wir Bären gesehen haben. Dass sie *in* einer Hütte waren. Ich fasse es nicht, dass die Pritch-Bitch uns den Bären zum Fraß vorgeworfen hat.«

Damit brach die angespannte Stimmung in der Hütte, und eine nach der anderen fingen sie an zu kichern. Gabi wehrte sich ein paar Augenblicke lang standhaft, aber als Sam losprustete, konnte sie nicht mehr an sich halten. In dem Moment erschien Luke in der Tür und blickte sie der Reihe nach entgeistert an. »Was ist so lustig?«

»Bären«, prustete Sam und hielt sich den Bauch vor Lachen.

Lukes Augen wurden noch größer, als er Gabi ansah, die sich daraufhin die Hand vor den Mund schlug. »Entschuldige. Sind bloß die Nerven.«

»Das war eine ziemlich große Bärin. Wir hatten Glück, dass niemand von euch durch die Küchentür reingegangen ist.« Er lehnte sich an den Türrahmen und musterte die Gesichter. »Apropos Tür. Die Küche gleicht einem Schlachtfeld, und das tut sie, weil jemand die Tür angelehnt gelassen hat. Ihr könnt unter euch ausmachen, wer das getan hat, und derjenige kann sich dann mit dem Besen an die Arbeit machen.«

Die Mädchen blickten einander an. »Ich war's nicht«, sagte Madison.

»Ich auch nicht«, erklärte Waverly.

»Ich auch nicht.« Eve schüttelte den Kopf.

»Also ich ganz bestimmt nicht.« Sam grinste. »Ich habe im Baum gehangen.«

»Oje.« Piper riss die Augen auf und drehte den Kopf zu Gabi. Und dabei sah Gabi sich selbst, wie sie Kartoffel und Schälmesser hinlegte, um nachzusehen, wieso draußen gelacht wurde. Verlegen sah sie Luke an.

»Das waren wir.«

»Du?« Er war sprachlos.

Piper hob die Hand. »Wir. Mist. Tut mir leid, Luke. Ich dachte nicht – also, wir waren direkt neben dem Bürohäuschen. Das ist ziemlich dreist von den Bären, oder? Direkt hinter unserem Rücken hineinzuschleichen.«

»Ja, stimmt. Die werden immer kühner. Das gefällt mir nicht.« Er seufzte. »Wirklich? Ihr beide?«

»Tut mir leid«, sagten Piper und Gabi gleichzeitig. Dann stand Gabi von dem Schreibtisch auf, an dem sie gelehnt hatte. »Ich gehe fegen. Und ich zahle für eventuelle Schäden. Es tut mir wirklich leid, Luke. Ich habe nicht daran gedacht.«

Sie bemerkte die Blicke der Mädchen, die zwischen ihr und Luke hin- und herhuschten. Sie waren gespannt, wie er darauf jetzt reagieren würde. Sam schlang die Arme um sich, und Eve wich ein Stück vor ihm zurück. Gabi fluchte im Stillen. Wenn er jetzt wütend reagierte ... wenn die beiden glaubten, nach dem Erlebnis mit den Bären auch noch vor ihm Angst haben zu müssen, dann wäre es mit ihren Gefühlen für ihn vorbei.

Doch statt sauer zu werden, lächelte er sie an, und dann lachte er. Die Mädchen schauten einander an, unsicher, was sie davon halten sollten.

»Also, meine Damen, offenbar haben Piper und Gabi jetzt jede Menge zu tun, außer jemand hätte Lust, ihnen zu helfen.« Er sah erwartungsvoll in die Runde. »Ich könnte dafür sorgen, dass es sich für euch lohnt.«

Madison sah sich um. »Nimm's mir nicht übel, Luke, aber für kein Geld der Welt bin ich bereit, Bärensabber aufzuwischen.«

»Ich rede nicht von Geld.« Er hielt sechs Tickets in die Höhe wie Lotteriegewinne.

Die Mädchen reckten sofort die Köpfe. »Was ist das?«, fragte Sam.

»Eintrittskarten fürs Snowflake Village. Für den Vergnügungspark. Der liegt ganz in der Nähe. Meine Freunde leiten ihn, und sie haben mir die Tickets gegeben für den Fall, dass ihr euch mal einen freien Abend verdient habt, außerhalb unseres paradiesischen Camps.«

Eve kniff misstrauisch die Augen zusammen. »Was für ein Vergnügungspark soll das sein?«

»Einer mit Karussells und ungesundem Essen und Weihnachtsliedern aus allen Lautsprechern.«

»Gute Karussells?«, wollte Sam wissen. »Oder welche für Dreijährige?«

»Sowohl als auch.« Er lächelte. »Also, wenn euch danach ist, in Teetassen oder Feuerwehrautos im Kreis zu fahren, dann seid ihr da richtig, Sam.«

»Sehr witzig.«

»Du hast gefragt.« Er steckte die Eintrittskarten wieder in die Hosentasche. »Also, was meint ihr? Ein Abend im Snowflake Village für ein bisschen Putzen?«

Die Mädchen sahen einander an, als könnte das vielleicht doch ein mieser Trick sein, dann kamen sie zu dem Schluss, dass sie das Risiko eingehen sollten. Sam griff zur Türklinke.

»Los, ihr Minions«, befahl sie. »Tun wir's, damit wir mal aus der Bude rauskommen.«

Während die Mädchen gefolgt von Piper aus der Hütte abzogen, trat Luke auf Gabi zu, die sich sofort in einem schrecklichen Zwiespalt befand: wegrücken oder anschmiegen?

»Kurze Frage.« Sie hob einen Finger und griff mit der anderen Hand nach der Küchenrolle im Regal. »Wie wahrscheinlich ist es, dass Mama Bär und ihr Junges noch mal hier aufkreuzen?«

Er sah ihr tief in die Augen. »Willst du die beruhigende Antwort oder die Wahrheit?«

Zwei Stunden später schlenderten Luke und Gabi durch Snowflake Village, das in tausend winzigen weißen Lichtern erstrahlte. Die Sonne würde erst in einer ganzen Weile untergehen, aber wenn man sich von der klingelnden Musik der Karussells und der Lautsprecher entfernte, konnte man die Frösche hören, die sich schon für ihren nächtlichen Chor warmquakten.

Die Mädchen hatten die Küche in bemerkenswert kurzer Zeit wieder auf Vordermann gebracht, hauptsächlich weil Gabi und Piper sie kaum etwas hatten tun lassen. Auf ihre Einwände hin hatten die beiden zur Tür gezeigt. »Wir haben das verursacht, wir beseitigen das.«

Aber nun waren sie hier, und Luke hatte Gabi endlich überzeugt, die Mädchen auch mal allein losziehen zu lassen, weil das Risiko, dass sie ausbüxten, gering war. Ethan, Molly und Josie hatten ihren Laden fest im Griff, und sollte tatsächlich eines der Mädchen durch den Zaun schlüpfen, käme es höchstens zehn Schritte weit, dann wären die Sicherheitsleute schon zur Stelle.

»Danke, dass du uns die Batterie eingebaut hast.« Gabi lehnte sich leicht gegen ihn, und er widerstand dem Drang, besitzergreifend den Arm um sie zu legen, da er nicht einschätzen konnte, wie sie darauf reagieren würde. »Und dass du uns in die Stadt gefahren hast. Du hast recht – ich wäre nicht ohne Kratzer im Lack um die enge Kurve am Fluss gekommen.«

»Die Batterie baue ich nachher wieder aus. Ich dachte, ihr müsst nach dem Bärenerlebnis alle auf andere Gedanken kommen. Aber wir haben nach wie vor strikte Anweisung, euch hinter Schloss und Riegel zu halten, vergiss das nicht.«

»Oh, könnte ich gar nicht, selbst wenn ich wollte.« Sie verdrehte die Augen. »Hier riecht es übrigens wahnsinnig lecker. In einem Vergnügungspark war ich nicht mehr seit – tja, genau genommen war ich noch nie in einem.«

»Wie kann das sein?« Er war als Kind auch in keinem gewesen, da er, von der letzten einmal abgesehen, nur bei armen Pflegefamilien gelebt hatte. Aber bei Gabi überraschte ihn das.

Sie zuckte mit den Schultern. »Das wurde ... eben nicht gemacht.«

»Warum?« Er war gefasst auf eine klassendiskriminierende Begründung, die sie vielleicht gar nicht so meinte, ärgerte sich jedoch gleich über seine Unterstellung.

»Keine Ahnung. Meine Mutter hatte wohl Befürchtungen.«

»Was für welche?«

Gabi seufzte. »Vielleicht fürchtete sie, es könnte mir gefallen.«

»Na, das wäre ja schrecklich gewesen.« Ohne zu überlegen, nahm er ihre Hand. »Aber da sie dich um das Erlebnis gebracht hat, fällt es jetzt wohl mir zu, dir die Freuden amerikanischer Vergnügungsparks nahezubringen. Hier die Weihnachtsvariante.«

Gabi lachte, und er war erleichtert, weil sie ihre Hand nicht wegzog. »Womit wollen wir anfangen?«

»Mit Fettgebackenem«, antwortete er ohne Zögern. »Denn wenn du den Park verlässt, ohne Fettgebackenes mit Ahornsirup genossen zu haben, habe ich bei meiner Aufgabe versagt.«

»Das klingt lecker. Und dann?«

Er drückte ihre Hand. »Zwiebelringe, Hotdogs und Softeis, aber die Reihenfolge ist egal. Und wir fahren Karussell. Auf allen.« Er blieb stehen und hob den Zeigefinger. »Wenn ich's mir recht überlege, fahren wir besser erst Karussell und essen dann, da du noch nicht sehr geübt darin bist.«

Sie nickte. »Gute Idee.« Dann faltete sie den Wegweiser auseinander und deutete auf die Nordwestecke. »Wie wär's, wenn wir dort anfangen und uns zu den Fressbuden vorarbeiten? Wenn du mich gut ablenkst, bleibt mir keine Gelegenheit, in Panik zu geraten, weil die Bären auf einen Happen vorbeikommen könnten.«

Lukes Gedanken kreisten sofort um verschiedene Möglichkeiten der Ablenkung, aber er riss sich zusammen und setzte ein unschuldiges Lächeln auf, als sie den Weg zur Wildwasserbahn einschlugen.

Eine halbe Stunde später und ein bisschen außer Atem von der Achterbahn stieg er mit Gabi in einen Schlitten der Hochbahn, und sie machten eine Rundfahrt durch den Park. Nach zwei Kilometern Parkweg und fünf Karussells war Luke reif für eine Pause, und die Schlittenrundfahrt liebte er seit eh und je. Es war friedlich, in neun Metern Höhe zwischen den Baumkronen hindurch über dem Park zu schweben.

»Wow.« Gabi spähte über den Seitenrand. »Das ist die schönste Fahrt von allen.«

Er lächelte. »Schöner als die Achterbahn?«

»Langsamer.« Grinsend hielt sie sich den Magen, als sie sich wieder zu ihm drehte. »Das müssen wir unbedingt noch mal machen, bevor wir abreisen, obwohl ich mir nicht sicher bin, ob das so gut wäre.«

Luke lachte. »In der letzten Achterbahnschleife dachte ich schon, du brichst mir die Finger.«

»Beim nächsten Mal weiß ich dann, was auf mich zukommt.«

»Ich mag mich irren, aber mir scheint, ich habe in der ersten halben Stunde einen Snowflake-Village-Fan aus dir gemacht.«

»Da könntest du recht haben.« Dann wurde sie ernst. »Ich weiß, jetzt genießen wir fröhlich den Park, ohne dass ich Todesängste ausstehe … aber die werden sich spätestens auf der Rückfahrt zum Camp einstellen.«

Luke nickte nur. Auf keinen Fall wollte er sie spüren lassen, wie nervös er wegen der Bären tatsächlich war, die durchaus auf einen zweiten Besuch vorbeikommen konnten.

»Wir lassen euch heute Nacht im Speisesaal schlafen.«

»Wo die Bären den Weg hinein bereits kennen?« Sie sah ihn erschrocken an.

»Da seid ihr sicherer als in einem Zelt. Oliver hat während unserer Abwesenheit die Türen verstärkt. Folglich gibt es viele Plätze, an denen sie leichter Futter finden. Sie werden weiterziehen.« Da sie noch nicht beruhigt zu sein schien, fügte er hinzu: »Wahrscheinlich sind sie längst weitergezogen.«

»Können sie durch die Fenster herein?«

»Nein. Die liegen zu hoch über dem Boden. Ich bin mir sicher, dass nichts weiter passieren kann. Solange wir die Türen geschlossen halten. Die Bärin wird die Futterstelle bald vergessen haben. Olivers Pistolenschuss hat sie außerdem mächtig erschreckt.«

»Willst du mir die heute Nacht dalassen?«

»Nein, aber die Hunde.«

Sie starrte ihn mit offenem Mund an. »Du willst uns wirklich Wuschel und Puschel als Beschützer dalassen? Fünf Pfund auf vier Pfoten?«

Er lachte über ihren Gesichtsausdruck. »Du würdest staunen, was für Verletzungen die anrichten können.«

»Luke, die sind gerade mal so groß wie die Ohren dieses Bären.«

»Beleidigst du meine Hunde?«

»Nein!« Sie lachte, und ihm wurde bewusst, dass er ihr Lachen gern den ganzen Abend hören würde. »Ich liebe deine Hunde. Ich bezweifle nur, dass sie die geeigneten Fähigkeiten für die Aufgabe mitbringen.«

»Sie brauchen den Bären nicht zu fressen. Sie müssen ihn nur verjagen.«

»Und du meinst, das können sie?«

»Jep.« Er sah sie von der Seite an und konnte ihrem Gesichtsausdruck ablesen, dass sie überlegte, ob er sie veralbern wollte. »Entschuldige«, sagte er. »Ich möchte das nicht verharmlosen, ehrlich. Aber das gehört bei uns zum Alltag. Hier leben auch Bären, und wir können nichts Essbares herumliegen lassen und erwarten, dass sie sich fernhalten. Aber nur weil einer unsere Küche geplündert hat, sind wir nicht dem Tod geweiht. Wir werden wie immer zurechtkommen. Wir müssen nur vorsichtig sein.«

»Aber ist das immer so? Hast du nie Angst um die Jugendlichen gehabt? Ich kann mir nicht vorstellen, dass da keiner mal einen Schokoriegel im Rucksack hatte.«

Luke schüttelte den Kopf. »Nein, so ist es nicht immer gewesen. In den Wäldern ringsherum ziehen seit drei Jahren viel mehr Leute umher, seit in der Gegend ein paar Wanderausrüster aufgemacht haben. Die machen viel Werbung in NYC und Boston, und die lockt haufenweise Touristen hierher, die keine Ahnung haben. Außerdem kaufen immer mehr Großstädter Grundstücke in der Wildnis, fällen die Bäume und bauen sich monströse Villen, die sie als Sommerhaus bezeichnen. Die Bären haben dadurch weniger Lebensraum, die Menschen gewähren ihnen leichten Zugang zu Futter, und die Bären lernen die Nähe von Häusern zu schätzen.«

»Sind sie manchmal angriffslustig?«

»Die Touristen? Definitiv.«

»Luke.«

Er zwinkerte. »In unserer Gegend werden nur die Weibchen aggressiv, wenn sie ihr Junges bedroht sehen. Also aufpassen.«

»Kein Problem. Falls du mich suchst, ich bin dann für den Rest der Ferien in der Bürohütte. Und schließe mich ein.«

Er lächelte. Hinter der nächsten Biegung schauten sie zwischen den Bäumen auf eine glitzernde Wasserfläche. »Und das ist die Aussicht, die dich verleiten könnte, Echo Lake nie wieder zu verlassen.«

»Ha. Wir für immer in Echo Lake, das ist vermutlich dein schlimmster Albtraum.«

Als er so darüber nachdachte, stellte er fest, dass das sogar das ganze Gegenteil eines Albtraums wäre. Er fühlte sich ernüchtert, und zugleich fuhr ihm ein ungewohntes Kribbeln den Rücken hinauf.

Er lächelte. »Man kann nie wissen. Vielleicht würde ich mich daran gewöhnen.«

24

Ein Weilchen saßen sie schweigend in dem Schlitten, und Luke beobachtete Gabi, die den Ausblick auf den Park und die Geräuschkulisse in sich aufnahm. An einer Stelle entdeckte sie ihre Mädchen und ließ sich entspannt gegen ihn sinken, als glaubte sie erst jetzt, dass sie nicht durchgebrannt waren.

»Also … da ich dich jetzt hier oben gefangen halte …« Er wackelte vielsagend mit den Augenbrauen, und sie errötete sofort.

»Erfahrungsgemäß verheißt der Satz nichts Gutes, nur damit du es weißt.«

Er lächelte. »Entschuldige. Ich habe nichts Böses mit dir vor, versprochen. Es ist nur schön, dich für ein Weilchen ganz für mich allein zu haben.«

»Ja.« Sie lächelte zu ihm hoch. »Das ist ziemlich nett.«

»Ich habe über etwas nachgedacht.« Er schluckte nervös, und halb hasste er sich, weil er die Frage stellte, die ihm seit Tagen auf der Seele lag. Teils wollte er die Antwort darauf unbedingt hören, teils fürchtete er sie, weil er sie bereits zu kennen glaubte. »Wo siehst du dich in zehn Jahren?«

Sie lehnte sich gegen die Schlittenwand und machte ein nachdenkliches Gesicht. »Das ist eine große Frage. Ich … ich weiß es nicht. So weit habe ich nie gedacht.«

»Was ist dein Lebenstraum? Ist das leichter zu beantworten?«

Lächelnd schüttelte sie den Kopf. »Mein Lebenstraum.

Hm.« Dann atmete sie auf und klatschte in die Hände. »Versprichst du mir, es niemandem weiterzusagen?«

»Ja.«

»Ich möchte Ballmädchen bei den Patriots werden.«

Er lachte schallend. »Komm, das war eine ernst gemeinte Frage.«

»Und eine ernst gemeinte Antwort.«

»Du willst Ballmädchen werden.«

»Jep.« Sie sah sehr mit sich zufrieden aus. »Jetzt du. Was ist dein Lebenstraum, Luke?«

Er atmete tief ein und schüttelte den Kopf. »Ich glaube, mir gefällt nicht, wie du das Spiel spielst, Süße.«

»Das ist kein Spiel. Du hast mich etwas gefragt, und ich habe geantwortet. Was für eine Antwort hast du erwartet? Dass ich den Weltfrieden herbeiführen will?«

»Absolut. Oder ein Heilmittel gegen Krebs finden.«

»Ach so. Das merke ich mir fürs nächste Mal.«

Er griff nach ihrer Hand und war erleichtert, als sie die nicht wegzog. »Ich meine es ernst, Gabriela. Ich möchte dich besser kennen.«

Sie sah ihm forschend in die Augen und kam wohl zu dem Schluss, dass er es tatsächlich ernst meinte.

»Okay. Es tut mir leid. Ich finde nur … wir wissen kaum etwas übereinander. Da ist es ein bisschen komisch, gleich nach solch persönlichen Dingen zu fragen.«

»Sollen wir lieber die Speed-Dating-Methode nehmen? Ich könnte dich fragen, wie dein erstes Haustier hieß.«

»Ich hatte nie eins.«

»Nicht mal einen Vorzeige-Zuchthund?«

»Nein.« Stirnrunzelnd sah sie ihn einen Moment lang an, als gefiele ihr der Ton seiner Frage nicht. Er konnte es ihr nicht verübeln. Wieso hatte er nicht die Klappe gehalten? »Du?«

Ha. Klar. Ein Tier hätte schlecht mit seinen Sachen zusammen in den Müllsack gepasst, wenn er zur nächsten Pflegefamilie umzog.

»Erst als Erwachsener. Da hatte ich Duke. Und jetzt – wie hast du sie genannt? Wuschel und Puschel?«

Sie lachte. »Sie müssen ja mal einen Namen bekommen. Frag doch die Mädchen, welche ihnen einfallen.«

»Die würden Namen wie Justin und Selena vorschlagen, oder Kim und Kanye oder andere mit Promibezug, und das hätten die Hunde dann davon.«

»Du traust meinen Mädchen noch immer nicht viel zu, oder?«

»Sollte ich?«, fragte er und grinste.

Gabi lehnte sich zurück und betrachtete ihn mit jenem Blick, bei dem er immer das Gefühl hatte, dass sie ihn langsam, aber gründlich durchschaute. Und behutsam, sodass es nicht wehtat. »Jetzt bin ich mal dran mit dem Fragen. Was hat dich bewogen, diese Arbeit anzunehmen, Luke? Wie bist du darauf gekommen, dass du hierhergehörst?«

Jetzt sah er sie ebenfalls prüfend an, während seine Gedanken rasten. Warum sollte er ihr das erzählen? Was konnte er ihr erzählen? Was würde er ihr erzählen, wenn er glaubte, aus ihrer Beziehung könnte mehr werden als ein Sommerflirt? Was würde er ihr erzählen … wenn nichts daraus wurde?

Er wusste es nicht.

»Dafür gab es viele Gründe, Gabriela. Wir haben ein kaputtes System, und ich habe die Möglichkeit, Entscheidendes dafür zu tun – in meinem bescheidenen Rahmen. Das ist mein Beruf. Die Jungen, die zu uns kommen, glauben aufgrund ihrer Erziehung, dass sie nichts können und nichts wert sind. Oliver und ich versuchen, ihnen zu zeigen, dass das Gegenteil der Fall ist.«

Sie holte tief Luft, neigte den Kopf zur Seite und sah ihn weiter prüfend an. »Ich habe dich noch nicht mit diesen Jungen arbeiten sehen, aber wenn du bei denen nur halb so gut bist wie bei meinen Schülerinnen, dann verneige ich mich vor deinem Können.«

»Ach, wirklich?« Er registrierte ihr freches Lächeln.

»Ja, ganz ehrlich. Ich würde dich sehr gern mit ihnen arbeiten sehen. Von dir und Oliver könnte ich eine Menge lernen, davon bin ich überzeugt.«

Bei ihren Worten wurde er mutlos, denn wenn es so kommen würde, wie er und Oliver ahnten, dann arbeiteten sie diesen Sommer zum letzten Mal in dem Camp. Er schob den Gedanken beiseite. Jetzt war nicht der Moment für dieses Thema.

Er hatte einen Kloß im Hals und musste sich räuspern. »Oliver ist der Beste. Unvergleichlich, in meinen Augen. Und er verlässt sich zu hundert Prozent auf sein Bauchgefühl. Wenn er glaubt, ein Junge verdient eine Chance, dann tut er alles, um ihm diese Chance zu verschaffen.«

»Wie hast du ihn eigentlich kennengelernt?«

Luke sah ihr einen Moment lang still in die Augen. Dann sprach er es aus, ehe er sich davon abhalten konnte.

»Ich war einer dieser Jungen.«

»Lass los, Eve.« Luke stand am Fuß einer niedrigen, aber steilen Felswand und sicherte Eve, die ihren ersten Kletterversuch unternahm. Gabi stand drei Schritte entfernt und versuchte, nicht allzu offensichtlich die Hände zu ringen. Luke war überzeugt, die Mädchen seien schon so weit. Gabi glaubte das jedoch nicht.

Vergangene Nacht hatte sie mit den Mädchen im Speisesaal campiert. Obwohl sie dort sicher waren, hatte sie kaum geschlafen. Zu wissen, dass Luke gleich vor der Tür in einem

Zweimannzelt schlief, hatte auch nichts geholfen. Im Gegenteil, das hatte ihre Unruhe nur verstärkt, weil sie am liebsten zu ihm in den Schlafsack gekrochen wäre, Bären hin oder her.

»Wieso soll ich loslassen?« Eve hielt sich an dem Felsen fest, als wäre der ihre letzte Hoffnung. »Ich dachte, es geht gerade darum, an der Felswand zu bleiben.«

»So ist es. Aber es ist wichtig, einmal zu sehen, was passiert, wenn man den Halt verliert.«

Sie sah über die Schulter zu ihm runter. »Nichts für ungut, Luke, aber es hieß, wir würden das Klettern und keine Bruchlandungen üben.«

»Es wird keine Bruchlandung geben.« Er zeigte auf das Seil, das sicher an seinem Geschirr verankert war. »Ich halte dich.«

»Hey, Luke?« Sie drehte den Kopf wieder nach vorn und machte keine Anstalten loszulassen. »Bin mir ziemlich sicher, dass Sie uns gar nicht leiden können. Warum soll ich Ihnen trauen?«

Gabi sah ihn lächeln. »Gute Frage. Aus zwei Gründen. Erstens: Du wächst mir allmählich ans Herz, und zweitens: Ich hatte schon reichlich Gelegenheit, nervige Jugendliche abstürzen zu lassen, und habe dem Drang nie nachgegeben. Ich denke, du bist bei mir sicher. Außerdem würde unsere Versicherungsprämie sonst in die Höhe schnellen.«

»Sehr witzig.« Eve blickte über die andere Schulter nach unten. »Gabi?«

Luke sah sie erwartungsvoll an. Gabi wusste, er bat sie still um Unterstützung, obwohl ihm klar war, dass sie nicht ganz mit der Sache einverstanden war. Prüfend schaute sie an den Seilen entlang, sah Lukes Anspannung, die er zu überspielen hoffte, und wie ausbalanciert er dastand, um Eve zu halten.

Sie musste ihm vertrauen.

»Es ist okay, Eve. Du musst loslassen. Tu, was Luke sagt.«

Luke nickte ihr zu. »Lass dich fallen, Eve. Lass los.«

Gabi sah, wie sie sich für einen Moment umso fester an den Felsen klammerte. Dann atmete Eve ein paarmal tief durch, und als wüsste sie, dass sie komplett kneifen würde, wenn sie jetzt nicht aufs Ganze ging, stieß sie sich vom Felsen ab. Nach einem zaghaften Schrei sah sie, dass sie in der Luft hing, aber dann blickte sie zu Luke hinunter, der sie zuverlässig in dieser Höhe hielt.

»Ich bin nicht abgestürzt.«

»Nein.«

»Ha.« Sie drehte den Kopf zu Gabi und zwinkerte. »Vielleicht kann er uns doch leiden.«

Luke lachte. »Werde nicht übermütig. Zurück an den Felsen.«

Eve fand mit den Fingern Halt, und fünf Minuten später erreichte sie den oberen Rand des Felsens. Sie zog sich über die Kante, richtete sich auf und stand zufrieden grinsend da. Gabi lachte vor Freude.

»Das ist jetzt mein Felsen!«, rief Eve, und Luke nickte seelenruhig und erneuerte seinen Griff um das Seil.

»Jep. Und jetzt musst du wieder runter.«

»Runter?« Ihr Grinsen schwand rapide. »Aber ich … das haben Sie vorher nicht gesagt. Da geht doch ein schöner Weg nach unten. Ich kann zu Ihnen runterlaufen.«

»Erinnerst du dich, wie wir uns gestern vom Hüttendach abgeseilt haben?«

Gabi wurde ganz flau. Wann hatten sie *das* denn getan?

Er blickte zu Eve hoch. »Du machst es genau wie gestern, nur an Felsen, nicht an Holz. Halte dich am Seil fest, spring auf die Zehen, und ich gebe Seil nach. Vertrau mir.«

Murrend setzte Eve sich hin und drehte sich mit dem Gesicht zur Felswand, wobei sie etwas mit ihrem Seil tat. »›Vertrau mir?‹ Ich hasse diesen Satz.«

Grinsend sah er zu Gabi. »Das ist in Ordnung. Da bist du nicht die Einzige.«

»Erstklassig, Sam. Du kannst es. Du machst das gut.« Gabi hörte Luke unten am Wasser mit Sam reden und schaute von dem Brief auf, den sie an Laura Beringer schrieb. Seit einer Stunde saß sie schon im Speisesaal und überlegte, wie sie sich am besten ausdrücken sollte – respektvoll, aber dringlich bittend –, damit Laura ihre Ansicht zur künftigen Nutzung des Camp Echo Lakes änderte … und anschließend die übrigen Vorstandsmitglieder überzeugte. Bisher hatte sie sechs Briefbögen zerknüllt. Frustriert zerknüllte sie den siebten und stand auf, um ans Fenster zu gehen.

Luke war mit Sam im Wasser. Sie lag auf dem Rücken und ließ sich treiben, ganz ruhig und ohne Angst. Die Hündchen tollten neben ihr herum, aber auch die Spritzer versetzten Sam nicht in Panik.

»Er hat sie, Gabi.« Oliver trat zu ihr, und sie lächelte ihn an. Er strich sich über sein schütteres Haar. »Mit den Jahren habe ich viele graue Haare bekommen, aber keins davon durch ihn. Du kannst dich auf ihn verlassen, Gabi.«

»Ich weiß.« Sie nickte, behielt die Arme aber verschränkt.

Eben drehte Sam sich im Wasser herum, anmutig wie ein Seehund und ohne unterzugehen. Luke ging neben ihr her, als sie wie ein Hund paddelnd bis zum Ende des Anlegers schwamm, kehrtmachte und bis ins knietiefe Wasser zurückpaddelte.

Gabi kamen Tränen. Sam … schwamm! Noch unbeholfen und langsam, aber sie schwamm. Im Seichten angelangt, stieß Sam die Fäuste in die Luft. »Ich hab's total hingekriegt, Luke.«

»Absolut.« Er lächelte sie an, und Gabi schmolz dahin. Noch nie hatte sie Sam so strahlen sehen, und mit wehem Stolz sah sie das Mädchen einen kleinen Freudentanz aufführen.

Nachdem sich die beiden abgetrocknet hatten, machte Luke Anstalten zu gehen und strahlte jene Sorglosigkeit aus, die zu seiner Arbeitsmethode gehörte. Doch kaum dass er zwei Schritte gegangen war, hielt Sam ihn am Arm zurück.

»Luke?«

»Ja, Meerjungfrau?«

Sam lächelte. »Danke für die Hilfe.«

»Keine Ursache. Du hast dir selbst geholfen. Du konntest das ganz von allein. Ich habe nur aufgepasst.«

Oliver klopfte Gabi auf die Schulter, als er sich zum Gehen wandte. »Hab's ja gesagt.«

Gabi faltete die Hände unterm Kinn und schaute weiter zu ihnen hinüber. Sam umarmte Luke und rannte dann vom Strand zum Zelt. Luke setzte sich hingegen auf den Anleger und sah plötzlich mitgenommen aus, so als hätte er insgeheim die ganze Zeit Blut und Wasser geschwitzt.

Als er sich das Wasser aus den Haaren strich, die Augen schloss und das Gesicht in die Sonne drehte, die seinen Körper in goldenes Licht tauchte und ihn umso mehr zu einem Adonis machte, kam Gabi eine schmerzliche, schöne Erkenntnis.

Sie wollte ihn – so wie er war, mit allem, was dazugehörte –, und das jagte ihr Angst ein.

25

»Das Wort gibt es nicht.« Gabi deutete mit dem Kinn auf das Spielbrett und trank einen Schluck ihres Biers. »Was soll das denn heißen?«

Es war elf Uhr. Die Mädchen lagen im Speisesaal und schliefen längst. Gabi saß mit Luke auf seiner Veranda, jeder mit seinem Buchstabenkontingent auf dem Schoß. Von den Bären war keiner mehr aufgekreuzt. Trotzdem hatten sie beschlossen, die Mädchen hinter abschließbaren Türen schlafen zu lassen, bis man davon ausgehen konnte, dass Mama Bär mit ihrem Jungen weitergezogen war. Luke hatte die Hunde in den behelfsmäßigen Schlafsaal gebracht, als die Mädchen es sich in ihren Schlafsäcken gemütlich gemacht hatten, und auch wenn Gabi wusste, dass die Fellknäuel sie höchstens vor einer wild gewordenen Mücke beschützen konnten, war es doch beruhigend zu wissen, dass sie ihre Öhrchen spitzten und frühzeitig vor einer anrückenden Gefahr warnen würden.

Im Moment war alles still, abgesehen von den Grillen und zwei Eistauchern auf dem See. Luke hatte das Scrabble-Spiel hervorgeholt, nachdem sie gestanden hatte, eine Schwäche für Männer zu haben, die gern Brettspiele spielten, und sobald sie die Buchstaben aus dem Beutel gezogen hatten, hatte sich auch ihre Nervosität gelegt.

Luke sah sie an und grinste. »Wirklich? Du forderst mich heraus?«

»Absolut. Du gibst mir was von deinem Bier ab und lässt mich in dem bequemen Sessel sitzen, und dann guckst du mich mit diesem schiefen Lächeln an. Du glaubst vielleicht, du treibst dein Spiel mit mir, aber ich habe dich durchschaut.«

»Tatsächlich?« Er lächelte träge, einladend, wahnsinnig anziehend. »Und was glaubst du, was ich tue, wenn du nicht auf der Hut bist?«

Das setzte ihre Fantasie in Gang und trieb ihr die Hitze ins Gesicht. »Ähm, schummeln?«

»Ich schummle nicht.«

»Okay. Was … würdest du also tun?«

»Ich weiß nicht.« Er musterte sie. »Aber hat dir schon mal jemand gesagt, wie süß du bist, wenn man dich durcheinandergebracht hat?«

»Nein.« Sie verdrehte die Augen. »Und was bringt dich auf die Idee, ich könnte durcheinander sein?«

»Du wirst andauernd rot … was ich übrigens unglaublich süß finde. Du bist auch süß, wenn du genervt bist. Und wenn du stocksauer bist. Und wenn du deine Meinung überdenkst. Und wenn du morgens in den Speisesaal kommst und deine Haare auf der einen Seite abstehen, auf der anderen platt gelegen sind.«

Er lachte, weil sie sich automatisch an den Kopf fasste. »Ich weiß nicht, wie du in deiner gewohnten Umgebung bist, aber in ungewohnter Umgebung gefällst du mir. Sehr sogar.«

»Tja, ich könnte ein paar Fähigkeiten gebrauchen, die in dieser Umgebung angebracht sind.«

»Die habe ich voll drauf.« Er zwinkerte und hielt seinen blau geschlagenen Daumen hoch. »Zum Beispiel Nägel einschlagen.«

»Tja, du kannst … manches gut.« Sie lächelte. »Zum Beispiel Pfannkuchen backen. Die machst du ausgezeichnet.«

»Das beruhigt mich.« Er trank einen Schluck. »Noch was?«

»Na klar. Du bist einsame Spitze, wenn es um Seile geht.«

»Einsame Spitze?« Er lächelte. »Im Ernst?«

Sie schaute über das Spielbrett. »Und du kannst … buchstabieren. Nehme ich an. Nicht heute Abend, aber im Allgemeinen.«

»Eine lebenswichtige Fähigkeit. Danke.« Er deutete auf sein gelegtes Wort. »Und das Wort gibt es doch.«

Sie sah ihn an, sein Kinn, seine Lippen, seine Augen, die voller Begehren funkelten. Dann schluckte sie verlegen. »Und so ein Red-Sox-Shirt kannst du sehr, sehr gut tragen.«

Er neigte den Kopf zur Seite. »Eine Fähigkeit, die ich nie für wichtig gehalten habe.«

»Oh, sie ist wichtig. Sie ist definitiv wichtig.«

Sie stand auf. Es zog sie zu ihm wie einen Kolibri zum Zuckerwasser. »Du kannst ein Red-Sox-Shirt auch sehr, sehr gut ausziehen.«

»Tatsächlich?« Er stellte sein Bier hin. Sie hatte seine volle Aufmerksamkeit.

»Ja. Vielleicht habe ich dich ein, zwei Mal dabei gesehen. Das hätte ein Problem geben können.«

Er hakte einen Finger um den Gummibund ihres Rocks und zog sie langsam zu sich heran.

»Was für eins denn?«

Sie ließ sich bereitwillig heranziehen, und als er mit der anderen Hand ihre Wange streichelte, sank sie langsam gegen ihn.

»Ähm … eins, bei dem die Konzentration leidet?« Ihre Stimme wurde immer leiser, als er mit den Fingerspitzen ihr Ohrläppchen berührte, und sie schmiegte das Gesicht in seine Hand.

»Das klingt nach einem ernsten Problem.«

»Ist … es.«

»Was können wir dagegen tun?« Langsam fuhr er mit dem

Finger an dem Elastikbund entlang, und sie holte scharf Luft, als er sie noch näher an sich zog. Heute Nacht würde sie ihm nicht widerstehen können, selbst wenn sie wollte.

»Was meinst du … sollen wir reingehen?« Ihre Stimme klang hauchig und schwankte ein bisschen.

Er zog den Kopf zurück und sah sie an. »Willst du das?«

»Ich … ja. Nein. Oder doch? Ich weiß es nicht.«

Er überlegte lächelnd. »Bisher bist du mir nicht unschlüssig vorgekommen, Gabriela.« Dann küsste er sie sanft und brachte sie damit zum Seufzen. »Einfache Frage, Süße: Willst du mich? Und ich sag es dir gleich: Im Augenblick will ich nichts auf der Welt so sehr wie dich.«

»Oh Gott«, stöhnte sie an seinen Lippen und ergab sich seinem Kuss. Dann stand er auf, hielt ihre Hand entschlossen fest und führte sie in die Hütte.

Gabi lächelte, als sie zum ersten Mal sein Zuhause sah. Helle Holzwände, warmes Licht, zwei Lampen auf den Beistelltischen neben dem Sofa, das den Wohnbereich von der Küche trennte.

»Wow.« Sie drehte sich einmal im Kreis. »Gefällt mir. So urig und charmant und einladend.« Sie runzelte die Stirn. »Und ordentlich. Bist du immer so ordentlich?«

»Kommt drauf an. Steht das auf deiner Traummann-Checkliste?«

Sie lachte. »So was habe ich nicht.«

»Solltest du aber. Woher willst du sonst wissen, ob du ihn gefunden hast?«

»Ich hoffe, mein Bauch und mein Verstand werden mir das verraten. Aber wenn ich so eine Liste hätte, stünde Ordnungsliebe nicht darauf. Das wäre nicht fair, dafür bin ich selbst zu chaotisch.«

Er nahm sie bei den Hüften, was ihr Schauder der Erwartung durch den Körper jagte. »Also gut. Legen wir eine Liste an. Was soll draufstehen?«

»Mal sehen.« Sie blickte auf und gab sich nachdenklich. »Ich stehe wirklich auf dunkelhaarige, große, gut aussehende Männer, so klischeehaft das ist.«

Er nickte. »Ich decke nur groß und dunkelhaarig ab. Du wirst dich weiter umsehen müssen.«

Gabi lachte und schaute in seine hinreißenden Augen, dann glitt ihr Blick über die Bartstoppeln zu seinem Mund, der eine unvergessliche Nacht verhieß.

»Ja, stimmt, darüber wollte ich mit dir reden«, sagte sie scherzhaft.

Er verdrehte die Augen. »Was soll noch auf deiner Liste stehen?«

»Wirklich? Du willst, dass ich dir meinen Traummann beschreibe?«

»Ja. Aus irgendeinem Grund – und ich betone, das ist noch nie passiert – möchte ich das unbedingt wissen.«

»Oh.« Gabi kaute auf der Unterlippe und ließ den Ernst seiner Worte auf sich wirken. Schließlich lächelte sie. »Okay. Ich will einen Mann, der mich dazu bringt, mich selbst nicht so ernst zu nehmen.«

»Das ist leicht. Was noch?«

»Er soll wahnsinnig sexy sein, das aber nicht zur Schau stellen.«

»Ich bin total nerdig. Das decke ich also ab.«

Sie lachte. »Er soll sich Waschbären, Stinktieren und Bären furchtlos entgegenstellen.«

»Hm.« Er schaute nachdenklich. »Wird schwierig, so einen außerhalb dieser Gegend zu finden.«

»Er soll seinen geheimen Kaffeevorrat mit mir teilen, obwohl ich mehr Kaffee trinke als ein Fluglotse.«

»Du trinkst wirklich enorme Mengen.«

»So ist es.« Sie überlegte. »Aber weißt du, was wirklich an oberster Stelle steht … nur falls es so eine Liste gäbe.«

»Spann mich nicht auf die Folter.«

Sie holte tief Luft. »Ich brauche einen, der mein Herz im Sturm erobert und mir das Gefühl gibt … die einzig Richtige für ihn zu sein. Ich brauche den Mann, der zur Stelle ist, wenn's brennt, der mich beim Küssen die Welt vergessen lässt und bei dem ich mir sicher bin, dass wir zusammen alles schaffen. Ich brauche den Mann, der keine Angst hat, romantisch zu sein und süß und selbstkritisch, der ein anziehendes Lächeln hat und mit Bartschatten umwerfend aussieht.« Sie hob den Zeigefinger. »Der Bartschatten ist übrigens ganz neu auf der Liste. Mochte ich früher nie.«

»Danke.« Er lächelte, sagte aber nicht mehr.

»Das ist total albern, und du kannst das ruhig sagen, weil ich es sowieso zugebe … aber ich will ein Happy End wie in den romantischen Komödien im Film, Luke. Ich bin bereit, es mir zu verdienen, aber ich will es unbedingt, und vorzugsweise, bevor ich hundert Jahre alt bin.«

Oh Gott, hatte sie das tatsächlich gesagt? Hatte sie gerade ihre tickende Uhr auf den Tisch gestellt? Und seit wann hatte sie das blöde Ding eigentlich?

»Tut mir leid.« Sie wollte sich zurückziehen, weil sie ihm gerade einen 1A-Grund zum Rückzug aus dieser jungen Beziehung geliefert hatte. »So ausführlich wollte ich gar nicht werden.«

Zärtlich lächelnd zog er sie näher und strich ihr mit den Fingerspitzen über die Wange.

»Das war zwar sehr ausführlich, aber das schreckt mich nicht ab.«

»Klar.«

»Ehrlich.« Er hob ihr Kinn an und zwang sie, ihn anzusehen. »Bei einer anderen hätte mich das abgeschreckt … aber … bei dir tut es das nicht.« Er sah sie forschend an. »Ehrlich nicht.«

Und dann küsste er sie und zog sie an sich, aber noch lange nicht eng genug, und sie hörte sich wohlig stöhnen, als er seine Hände ihren Rücken hinabwandern ließ und ihren Hintern umfasste, um sie hochzuheben.

Er trug sie in sein Schlafzimmer, in dem sie sanftes Licht und der würzige Seifenduft empfing, den sie so gern an ihm roch. Behutsam legte er sie auf das Bett.

Seine Zunge spielte mit ihrer, während er eine Hand in ihre Bluse schob und die Knöpfe durch die Löcher gleiten ließ.

»Du bist so schön«, flüsterte er. Dabei strich er mit den Fingern über die Spitzenränder ihres BHs. Geschickt hakte er den Vorderverschluss auf und ließ die Cups langsam zur Seite gleiten. Sie sah, wie seine Pupillen groß wurden, als er ihre Brüste umfasste und mit den Daumen die Brustwarzen streichelte.

Und dann küsste er sie härter, fordernder. Er zog eine Spur von Küssen an ihrem Hals hinab, am Schlüsselbein entlang und weiter abwärts, dorthin, wo seine Finger sie liebkosten. Sie stöhnte unter seinen Lippen, die ihre empfindlichsten Stellen berührten, und griff unsanft in seine Haare, als er an einer Brust saugte und dann die andere mit der Zunge umspielte.

Sehnsüchtig wölbte sie sich ihm entgegen, und er schob seine Hand an ihrem Oberschenkel hinauf bis an den Slip. Stöhnend tastete er am Spitzenrand entlang und streichelte sie durch den seidigen Stoff. Als er ihr den Slip langsam die Beine hinunterzog, griff sie nach seiner Erektion.

»Noch nicht, Süße«, sagte er mit rauer Stimme. Auf dem

Teppich kniend zog er sie behutsam zur Bettkante und schob mit seinen warmen, sicheren Händen ihre Beine auseinander. »Wir haben Zeit.«

26

Am frühen Nachmittag des nächsten Tages stand Gabi im Speisesaal am Fenster und schaute zum See, wo sich eine turbulente Szene darbot. Luke hatte den Mädchen das Kajakfahren beigebracht, und jetzt spielten sie Bumper Boat, sodass sich die Kajaks drehten und schaukelten und umkippten.

Sie kannte ihn jetzt lang genug, um zu wissen, dass er mit dem Spiel einen Zweck verfolgte, und allmählich sah sie, dass die Mädchen bei jedem Umkippen geschickter darin wurden, aus dem Kajak auszusteigen, es wieder aufzurichten und aus dem Wasser einzusteigen. Doch es gab Momente, da wünschte sie, sie wären in einem öffentlichen Schwimmbad, wo sechs Bademeister am Beckenrand bereitstanden. Sie war übermüdet von einer wunderbaren Nacht und konnte die Augen kaum offen halten. Sie wäre nicht imstande, jemanden aus dem Wasser zu ziehen.

»Ah, Bumper Boat.« Piper trat zu ihr ans Fenster. »Das liebe ich. Und wie es sich anhört, tun die Mädchen das auch.«

Gabi nickte. »Sie lachen wie schon lange nicht mehr.«

»Luke weiß, was er tut. So viel ist sicher.«

»Das stimmt. Aber manchmal wünschte ich wirklich, es ginge nicht ganz so gefährlich zu.«

»Du weißt, das Wasser ist da nur brusttief. Und sie tragen Schwimmwesten.«

»Ja, aber jedes Mal, wenn ein Kajak kippt, tut das mein Magen auch. Was, wenn es einer von ihnen nicht schnell genug gelingt auszusteigen?«

»Dann ist er zur Stelle.« Piper schmunzelte. »Man könnte glatt meinen, du liebst die Mädchen doch ein bisschen.«

»Verrate es ihnen nicht. Das würde meine Autorität untergraben.«

Pipers Lächeln wurde breiter. »Und was ist mit Luke? Schon in ihn verliebt? Ernsthaft?«

»Nö. Er ist schrecklich. Und hässlich auch, wie du vielleicht schon bemerkt hast.«

Jetzt musste Piper schallend lachen. »Ich nehme das als Ja.«

»Verrate es ihm nicht.«

Oh, und wie sie sich verliebt hatte! Sie hatte nicht nur seinen Köder, sondern gleich die ganze Angel und das verdammte Boot geschluckt. Nach der magischen Nacht in seiner Hütte war sie in der Morgendämmerung aufgewacht, und seitdem spielte sich das Geschehen in ihrem Kopf immer wieder ab, mal in Zeitlupe, mal im Zeitraffer.

Er war großzügig gewesen und unglaublich süß und wahnsinnig erregend.

Jedes Mal durchlief sie eine kribbelnde Sehnsucht, wenn sie daran dachte, was er mit seinen Händen, seinen Lippen, seiner Zunge angestellt hatte.

Trotzdem war sie im Licht des neuen Tages wegen der ganzen Sache aufgewühlt, denn eine magische Liebesnacht war wunderbar, aber nicht die Realität. Die Realität war, dass ihre gemeinsame Zeit dem Ende entgegenging. Und sie hatten beide beteuert, sie seien für schnelle Affären nicht zu haben. Wenn sie sich also auf diesen Mann einließe, der jede Zelle ihres Körpers in Schwingung versetzen konnte, würde es ein schmerzhaftes Ende nehmen, nachdem sie beide zur Vernunft gekommen waren.

Sie hasste es wirklich, wie ihre romantischen Liebesträume jedes Mal an Vernunft und Realität zerschellten.

»Ha.« Piper nahm einen Schluck von ihrer Limonade. »Ich weiß ja nicht, ob dir das klar ist, aber dein Gesicht verrät dich andauernd. Da du gerade schon wieder rot wirst, würde ich sagen, ihr habt es getan.«

»Piper!«

»Aufgeflogen. Wann ist es passiert?«

Gabi antwortete nicht, was Piper jedoch nur zum Lachen brachte. »Er war fantastisch, hm?«

Sie seufzte. Offenbar war es unmöglich, das Thema abzuwenden. »Ja. War er. Und ich weiß überhaupt nicht, was ich da machen soll.«

Piper zuckte mit den Schultern. »Also, ich an deiner Stelle würde es wahrscheinlich noch mal machen.« Sie zwinkerte ihr zu. »Aber vielleicht bin ich unkomplizierter als du.«

»Das bezweifle ich.«

»Wo liegt das Problem? Du magst ihn, er mag dich, der Sex war himmlisch, und er ist der beste Fang, den du machen kannst, seit Noah vom Markt ist.« Sie lachte. »Da gibt es nichts zu überlegen, scheint mir.«

»Tja, da wäre nur die Kleinigkeit, dass ich in zwei Wochen abreise. Von anderen Komplikationen ganz abgesehen.« Gabi warf die Hände in die Luft und unterstrich damit die Offensichtlichkeit des Problems.

»Ah. Die alte Zwickmühle der Sommerromanze.«

»Ich hatte überhaupt nicht vor, mich auf eine Sommerromanze einzulassen. Oder irgendeine andere Art von Romanze.« Gabi schüttelte den Kopf. »Ich wollte das alles nicht.«

»Und deshalb redest du nicht mit ihm? Weil das die logische Reaktion darauf ist?«

»Ich rede doch mit ihm.« Aber sie fühlte sich ertappt, denn in Wirklichkeit war sie ihm den ganzen Tag aus dem Weg gegangen.

Piper nickte nachdenklich und schaute weiter zum See hinunter. »Möchtest du einen Rat?«

»Kommt drauf an.«

»Gib deine Skepsis auf. Er ist ein guter Typ. Ein wirklich guter Typ.« Piper sagte das vollkommen ernst. »Er schläft nicht einfach mal so mit einer Frau, Gabi. Das ist bei ihm ein eiserner Grundsatz. Er flirtet ab und zu, er küsst mal eine, mit den wirklich Netten geht er auch mal essen und ins Kino, aber er geht mit keiner ins Bett. Nie.«

»Ihr habt es also getan, und jetzt will sie nicht mit dir reden?« Am Abend stand Noah mit einem Bier in der Hand am Billardtisch. »Das tut sicher weh.«

»Ja, komisch.« Luke verdrehte die Augen. »Bau die Kugeln auf.«

Erpicht darauf, vom Camp wegzukommen, wo Gabriela alles unternahm, um ihn zu meiden, war er mit Noah zum Cooper's gefahren, einer neuen Bar in der Stadt, um ein bisschen Pool zu spielen. Rings um die Theke war es brechend voll, aber im hinteren Bereich bei den Billardtischen hatten sie ihre Ruhe. Viele saßen auch auf der Uferterrasse und tranken, flirteten und verfolgten ihren Plan, für die Nacht jemanden abzuschleppen.

Oder vielleicht tranken sie auch bloß. In seinem frustrierten Zustand konnte es gut sein, dass er seine Wünsche auf andere übertrug.

Noah packte die Kugeln in das Dreieck, hob es an und hängte es an die Wand. Luke setzte zum ersten Stoß an, doch Noah klopfte auf den Tisch. »Nur schnell eine Frage.«

Luke hielt mit dem Queue inne und schloss die Augen. »Geht es darum, wieso ich mir reiche Frauen aussuche, die nicht die Absicht haben, ihren goldenen Palast für mich aufzugeben? Denn wenn du diese Frage im Sinn hast, werde ich dir wehtun müssen.«

»Nö. Die ist mir nicht eingefallen.«

Luke machte seinen Stoß. Die Kugel ging daneben. »Welche dann?«

»Warte kurz.« Noah wich vorsorglich ein Stück zurück. »Muss mir eine neue ausdenken.«

Luke rollte die Augen. »Ich glaube, sie hat bloß Angst.«

»Wovor?«

»Keine Ahnung.« Er holte tief Luft. »Aber die Sache stand ganz bestimmt nicht auf ihrer Sommer-Agenda.«

»Und sie ist eine Frau, die sich gern an ihre Agenda hält?«

»Ziemlich sicher, ja.« Er trank von seinem Bier, während Noah zielte. »Ziemlich sicher hat sie auch begriffen, dass ihre Zeit hier abläuft und sie bald fortmuss. Ich denke, sie ist nicht der Typ, der etwas anfängt und nicht zu Ende führt.«

»Ach so.« Noah machte seinen Stoß. Lochte ein, wie immer. Dass er fast zehn Jahre lang in Bars rund um den Globus Pool gespielt hatte, verschaffte ihm einen unfairen Vorteil. »Und was willst du nun in der Sache unternehmen?«

»In welcher Sache?« Piper gesellte sich zu ihnen und nahm sich ein Queue. »Darf ich gegen den Gewinner spielen?«

Noah lächelte. »Nein. Du machst mich jedes Mal fertig. Spiel mit Luke, wenn ich ihn plattgemacht habe.«

»Nein danke. Sie gehört ganz dir.« Luke schüttelte den Kopf.

»Da hast du verdammt recht.« Noah schlang den Arm um Pipers Schultern und küsste sie herzhaft auf den Mund.

Luke sah weg. Vorige Nacht hatte er Gabriela auch so geküsst, aber – wenn er ehrlich war – lag die Sache völlig anders. Noahs und Pipers Beziehung war unerschütterlich, entstanden aus einer langjährigen Liebe aus der Ferne.

Seine Beziehung mit Gabriela war dagegen – tja, was eigentlich? War es überhaupt eine? War da mehr zwischen ihnen als eine heiße Nacht? Auch er war nicht so blauäugig zu glauben, eine Nacht gäbe ihm das Recht, sich gebunden zu fühlen. Er selbst hatte das nicht leichtfertig angefangen, aber Gabriela vielleicht? Er konnte das im Grunde nicht einschätzen.

Er seufzte. Wem wollte er eigentlich was vormachen? Er wusste verdammt gut, dass sie nicht leichtfertig war ... gerade deshalb war sie jetzt mit Sicherheit in Panik.

»Worüber habt ihr gerade geredet?« Piper löste sich aus Noahs Arm und nahm einen Schluck aus ihrer Bierflasche.

»Gar nichts«, antwortete Luke.

»Über Gabi«, sagte Noah im selben Moment.

»Oh wirklich?« Piper musterte ihn interessiert. »Und wie läuft es mit ihr?«

Luke verdrehte die Augen. »Als ob du das nicht längst wüsstest. Ich habe euch beide heute Vormittag im Speisesaal quatschen sehen. Da hat sie dir bestimmt alles haarklein erzählt.«

»Weil wir Frauen sind und das eben tun, meinst du?« Sie sah ihn herausfordernd an. »Vielleicht haben wir über die neuste Forschung der Luft- und Raumfahrttechnik gequatscht. Oder über das neue Medikament gegen Multiple Sklerose. Oder ... weiß der Teufel ... über die Auslandsbeziehungen der Präsidentschaftskandidaten.«

Luke lachte. »Okay. Tut mir leid. Dachte nur, ihr habt vielleicht über ... gewisse Dinge geredet.«

Piper trank einen Schluck. »Na ja, haben wir. Aber wir hätten auch über das andere Zeug reden können.«

»Natürlich.«

Noah beendete seinen Stoß. »Hat sie zufällig darüber gesprochen, warum sie mit ihm geschlafen hat, jetzt aber nicht mit ihm reden will?«

Sie schüttelte den Kopf. »Nein, eigentlich nicht.«

Luke verfehlte das Loch und fluchte. »Mensch, Piper. Ich habe keine Ahnung, was los ist, und sobald ich versuche, mit ihr allein zu sein, hat sie sich irgendeinen Grund ausgedacht, um wegzugehen. Ich weiß, dass es schön war, für uns beide. Daran liegt es also nicht. Aber mehr weiß ich nicht, und das macht mich verrückt.«

Piper sah ihn prüfend an, und schließlich glitt ein winziges Lächeln auf ihre Lippen. »Hm-hm.«

»Komm mir nicht mit hm-hm, Piper.«

Sie stieß Noah mit dem Ellbogen an. »Siehst du auch, was ich sehe?«

»Oh, und wie.« Noah grinste.

Luke blickte zwischen den beiden hin und her. »Wisst ihr, manchmal kann ich euch gar nicht leiden.«

»Ich glaube, sie hat Angst, Luke.« Piper sah ihn jetzt direkt an. »Und sie weiß nicht, was sie tun soll.«

»Willst du einen Rat?«, fragte Noah.

»Von dir? Nö.«

Noah lachte. »Aber klar. Ich sag dir, was ich an deiner Stelle tun würde.«

»Ach, du je.« Luke nahm sein Queue hoch und hielt es senkrecht.

»Kannst du dich zufällig an diesen Typen erinnern, der vor ein paar Jahren mal wieder in Echo Lake vorbeischaute und gar nicht bleiben wollte? Der sich dabei aber noch mal auf diese heißblütige Italienerin einließ und sie nicht mehr aus dem Kopf bekam? Und der sich dann doch wieder hier niederließ, obwohl er deswegen seine Karriere und alles andere aufgeben musste?«

Piper gab ihm einen Rippenstoß. »Hey!«

Luke schüttelte den Kopf und stöhnte. »Da klingelt bei mir nichts.«

»Hm-hm.« Noah klopfte ihm auf den Rücken. »Also, das ist mein Rat.«

»Das war kein Rat.«

»Aber sicher war das einer.« Noah führte seinen Stoß aus, lochte drei Kugeln ein und richtete sein Queue auf. »Tu einfach, was Piper mit mir gemacht hat. Weck in ihr den Wunsch zu bleiben. Ganz einfach.«

27

Ganz einfach? Von wegen. Später an dem Abend drückte Luke die Tür des Pick-ups möglichst leise zu, um Gabi und die Mädchen nicht zu wecken. In Wirklichkeit wünschte er sich, Gabi möge davon wach werden. Er wäre am liebsten in den Speisesaal marschiert, hätte sie bei der Hand genommen und zu seiner Hütte gezogen, um ihr zu zeigen, dass ihm die vorige Nacht mehr bedeutete, als sie sich vielleicht vorstellen konnte.

Aber das wäre nicht fair. Er sollte zumindest bis zum Morgen warten, wenn sie beide ausgeschlafen waren und einen klaren Kopf hatten. Seufzend schlug er den Weg zu seiner Hütte ein. Aber gerade als er am Büro vorbeiging, stutzte er.

Ah, verdammt. Gabriela saß in einem der Strandsessel, die Knie an die Brust gezogen, und starrte auf den See, der im Mondschein leuchtete. Er blickte zum Speisesaal hinüber, wo die Mädchen hoffentlich schliefen und sich nichts regte. Konnte Gabi etwa nicht schlafen?

Womöglich seinetwegen?

Einen Moment lang betrachtete er sie und wünschte, er würde sich nicht so stark danach sehnen, sie anzufassen. Sie trug sein Red-Sox-Shirt und ihre Yogahose, und die Haare hatte sie zum Pferdeschwanz gebunden. So sah sie wie zwanzig aus. Sie hatte nackte Füße, die Flipflops lagen im Sand. Sie sah müde aus und schaute versonnen und ... Er strengte die Augen an. Hatte sie geweint?

Seinetwegen?

Eine Minute lang blieb er still stehen und überlegte hin

und her, ob er sich bemerkbar machen sollte. Sie glaubte, sie wäre allein am Strand und unbeobachtet. Doch ehe er sich überzeugen konnte, die intelligente Entscheidung zu treffen und zu seiner Hütte zu gehen, schlugen seine Füße die andere Richtung ein. Als er nur noch drei Schritte von ihr entfernt war, sah er, dass sie sich anspannte. Sie hatte ihn gehört, drehte sich aber nicht um.

»Ich habe mich schon gefragt, ob du mal aufhörst, im Dunkeln zu lauern, und zu mir kommst.«

Er kicherte. Es war ein gutes Zeichen, dass sie ihn ansprach. »Ich habe nicht gelauert. So was tue ich nicht.«

»Hast du einen schönen Abend in der Stadt gehabt?«

Er blieb neben dem zweiten Sessel stehen, um ihr Abstand zu gewähren. »Es war ... nett. Wir haben Pool gespielt. Bin übel untergegangen.«

»Noah?«

»Piper eigentlich. Aber Noah auch.« Er zuckte mit den Schultern. »Ich kann's einfach nicht.«

Sie lachte leise. »Na, dann ist es wohl gut, dass du ein paar Reservefähigkeiten hast.«

»Was dagegen, wenn ich mich setze?«

»Sicher nicht. Ich hatte sowieso gehofft, mit dir reden zu können.«

»Da bin ich aber erleichtert.« Er lächelte. »Ich habe mich gefragt, ob wir noch mal dazu kommen.«

»Ich weiß. Es ... tut mir leid.«

»Geht es dir gut?«

Sie seufzte und schaute mit gerunzelter Stirn aufs Wasser. »Ich bin mir nicht sicher. Ich denke ... vorige Nacht bin ich ins kalte Wasser gesprungen, und wie sich jetzt zeigt, bin ich ganz schön ins Schwimmen geraten.«

»Was heißt das?«

Gabriela seufzte. »Das weiß ich selbst nicht so genau. Ich bin nur … wie gelähmt, aus Angst, ich könnte vielleicht mehr in die Vorstellung, verliebt zu sein, verliebt sein, als tatsächlich verliebt zu sein.« Sie schüttelte den Kopf. »Klingt wie wirres Zeug. Und das ist außerdem genau die Art Äußerung, die dich in die Flucht treiben sollte. Tut mir leid.«

Er ahnte, was das bedeutete. *Verdammt.* »Ich glaube zu verstehen, was du meinst.«

»Ich will dir nicht wehtun, Luke.« Sie schlang die Arme fester um ihre Knie. »Ich bin nur in dieser verrückten Phase. Man geht auf die dreißig zu und wird jeden Sommer zu fünf Hochzeiten eingeladen, und plötzlich hat man das Gefühl, der Zug ist abgefahren und man hat lebenslänglich auf einer einsamen Insel mit einem Haufen Liebesromane und zehn maunzenden Katzen.«

»Die größte Angst der Frauen?«

»Du wärst überrascht.«

Er überlegte. »Ich möchte dich was fragen, und du kannst antworten oder nicht, ganz wie du willst, aber … ich würde es gern wissen. Einerseits.« Er fuhr sich frustriert durch die Haare. »Andererseits aber auch nicht.«

Sie blickte ihn von der Seite an. »Wenn es um den Sex geht: Das war die beste Nacht meines Lebens.«

Er lachte auf und unterdrückte es sofort. »Ähm, nein. Darum geht es nicht.«

»Oh.« Sie wurde rot. »Hätte dich ausreden lassen sollen. Anscheinend.«

»Ich komme nicht umhin, mich zu fragen, ob es an mir liegt, dass du in Panik geraten bist. Oder ob jemand vor mir deinen Glauben daran erschüttert hat, dass so etwas … echt sein könnte.« Er hob die Hände. »Ich dränge dich nicht zu antworten. Denn das ist sehr persönlich. Aber alles war …

fantastisch, und dann? Ich fühle mich, als ob du mich abservierst, bevor wir die Chance hatten zu erkennen, was zwischen uns ist.«

»Ich weiß, und das tut mir leid.« Sie stöhnte leise, sah ihn aber nicht an. »Ich hätte dich warnen sollen, dass ich alles überanalysiere. Außerdem bin ich immer furchtbar pessimistisch. Das ist ungesund, aber so bin ich.«

»Du hast vermutlich deine Gründe dafür. Ich weiß nicht das Geringste, wie du aufgewachsen bist, aber …«

»Hast du irgendeine Ahnung, wie groß mein Nettovermögen ist, Luke?«

Er schüttelte den Kopf. *Wie bitte?* »Natürlich nicht.«

»Ich habe dreihundert Dollar auf dem Konto. Nicht dreihunderttausend oder dreihundert Millionen. Dreihundert Dollar.« Sie runzelte die Stirn. »Wie ich aufgewachsen bin, ist irrelevant.«

»Kein Investmentfonds? Kein Topf voll Gold?« Luke lächelte und schämte sich fast dafür, wie froh ihn das machte.

»Hast du darauf gehofft?« Sie blickte ihn drohend an und brachte ihn damit zum Lachen.

»Überhaupt nicht. Mittellos finde ich dich viel attraktiver.«

»Dann habe ich eine gute Nachricht für dich. Ich bin so gut wie pleite. Ich hatte tatsächlich mal einen Investmentfonds, einen ziemlich üppigen, aber den … hab ich nicht mehr.«

»Was ist passiert?«

Sie überlegte. »Lange Geschichte. Ich habe mich für Anstand und Freundschaft entschieden und gegen die Familie. Und der Familie hat das nicht gefallen. Das war dann das Ende meines O'Brien-Fonds. Am Ende war das für mich das Allerbeste. Dadurch musste ich erwachsen werden und auf eigenen Füßen stehen. Aber das konnte ich dann wenigstens auf meine Art tun.«

»Wow.«

Sie warf einen Kieselstein ins Wasser. »Mein letzter Freund hat nicht ›wow‹ gesagt. Er hat auf mich eingeredet, ich solle mich wieder mit meiner Familie versöhnen, dafür sorgen, dass ich bei ihnen wieder gut angeschrieben bin.« Sie schauderte. »Aber da hatte ich mich mit meiner Rolle als schwarzes Schaf der Familie schon abgefunden. Er war nicht erfreut. Ich bin mir ziemlich sicher, dass er mit meinem Geld schon allerhand vorhatte. Und eine Woche nachdem er begriffen hatte, dass ich keine Erbin mehr bin, hat er mit mir Schluss gemacht. Wer hätte das gedacht?«

Luke lachte. Gabriela als schwarzes Schaf, das war ein lustiges Bild, vor allem wenn er in ihr schönes Gesicht sah.

»Das ist nicht lustig.«

»In gewisser Weise doch.« Er berührte sie am Arm. »Überleg mal: Dieser Idiot denkt, er ist auf eine Goldader gestoßen, und dann muss er plötzlich erkennen, dass sie kein oberflächliches Society-Girl mit dickem Bankkonto ist, und gibt ihr den Laufpass, um nach einer anderen Erbin Ausschau zu halten? Das ist die romantische Komödie schlechthin.«

»Überhaupt nicht! Hast du überhaupt schon mal eine gesehen? Die sind romantisch … und lustig.«

»Na klar. Das kommt erst danach. Zuerst braucht man eine katastrophale Ausgangslage, damit die Heldin wirklich dankbar ist, wenn der wahre Held auf der Bildfläche erscheint.«

»Ach, so geht das?«

In Gabrielas Gesicht bahnte sich ein Lächeln an, daher trieb er das Spiel weiter. »Absolut.«

»Und wie geht es dann weiter?«

»Tja«, er tat, als überlegte er, »im Allgemeinen sehen wir in ein paar kurzen Szenen, was für ein Leben sie führt. Das

Publikum verliebt sich in ihr komisches Lächeln und ihren furchtbaren Geschmack bei Flipflops zum Beispiel.«

Gabriela schaute verstohlen auf ihre Sandalen, dann blickte sie ihn mit schmalen Augen an, sagte aber nichts.

»Wir sehen sie bei der Arbeit oder wie sie etwas Gutes für Bedürftige tut, zum Beispiel für unausstehliche Gören einer Privatschule, aber das ist vielleicht zu klischeehaft.«

»Und wie. Total abgegriffen.«

»Schsch.«

»Entschuldigung.« Sie wedelte lächelnd mit der Hand. »Heldin abserviert, schreckliche Flipflops, unausstehliche Gören. Weiter.«

Er schnalzte missbilligend. »Danke. Dann also passiert etwas, das die Heldin aus der Bahn wirft – Ka-wumm –, und sie landet an einem völlig abwegigen Ort.«

»Zum Beispiel in einem Sommercamp für Jungen? Wo gar keine Jungen mehr sind? Und auch kein Camp?«

»Genau. Aber das ist ganz okay, denn in der nächsten Szene trifft sie auf den wahnsinnig attraktiven, genauso wenig wohlhabenden, die Fantasie anheizenden Hausmeister-Camp-Leiter.« Er wackelte bezeichnend mit den Augenbrauen. »Kannst du mir folgen?«

Sie lachte. »Eine wirklich komplexe Geschichte.«

»Sie verlieben sich ineinander, die Heldin zieht nach Echo Lake, äh, an den Wohnort des Helden, und sie bleiben zusammen bis an ihr seliges Ende.«

»Ah.« Ihr Lächeln schwand. »Einfach so, hm?«

»Na ja, gemeinhin gibt es noch die Szene, wo alles verloren scheint und das Publikum glauben soll, dass sie nie zueinanderfinden, aber irgendwie klappt das dann immer. Aber den Teil können wir überspringen. Der ist sowieso superkitschig.«

Sie lächelte wieder. »Wie viele solcher Filme hast du gesehen? Du hast das Muster ziemlich gut erkannt.«

»Zehn.« Er rollte die Augen. »Piper, Josie und Molly haben uns Kerle gezwungen, vorigen Winter an einem Wochenende, als wir eingeschneit waren, einen Frauenfilm-Marathon mitzumachen.«

»Die reine Männer-Hölle!«

»Aber echt!«

Gabriela blieb ein Weilchen still. »Warst du mal in Versuchung umzusatteln, Luke?«

Er musterte sie von der Seite, konnte ihr aber nicht ansehen, warum sie das fragte oder auf welche Antwort sie hoffte. Hoffte sie zu hören, dass sein Engagement für das Camp Echo Lake felsenfest stand? Hoffte sie zu hören, dass er das alles für die richtige Frau sofort aufgäbe? Er konnte es nicht einschätzen, vermutete aber, sie würde Letzteres nicht glauben, auch wenn es wahr wäre.

Was es nicht war ... eigentlich.

»Nein, Gabriela. Ich würde nie etwas anderes tun wollen. Oliver gibt sein Lebenswerk an mich weiter, und das nehme ich nicht auf die leichte Schulter. Was Briarwood mit dem Grundstück anfangen wird, kann ich im Augenblick nicht vorhersagen. Aber ich habe eine Aufgabe, und die erledige ich mit Leidenschaft. Es gibt nichts, was ich lieber tun würde.«

Sie nickte langsam. »Ich finde das bewundernswert.«

»Aber?«

»Kein Aber.«

»Und du?« Er wappnete sich. Was, wenn sie ebenfalls sagte, sie würde ihre Stellung niemals aufgeben? Wo stünden sie dann?

Sie schüttelte den Kopf. »Ich weiß es nicht. Manchmal fühle ich mich, als würde ich mit dem Kopf gegen efeubewachsene

Mauern rennen. Das Stiftungskapital ist beschämend groß. Da liegt so viel Geld auf der hohen Kante, zu dem immer neues hinzukommt, und das macht mich verrückt. Damit könnten wir fünfzig bedürftige Kinder aufnehmen.«

Sie seufzte. »Ich frage mich gerade, ob ich vielleicht ... auf dem falschen Weg bin. Vielleicht bin ich deshalb so beeindruckt, wie gut du deine Arbeit machst. Ich gebe mir Mühe, aber wie ich mich auch drehe und wende, Briarwood bleibt eine elitäre, bestens vernetzte Einrichtung, und sie sind wirklich nicht daran interessiert, die übrigen neunundneunzig Prozent der Bevölkerung in ihren Club reinzulassen. Das macht mich ehrlich gesagt ziemlich wütend. Dabei kämpfe ich noch gar nicht so lange dafür. Aber in den drei Jahren, in denen ich mich bemühe, Geld für Kinder zu bekommen, die es tatsächlich nötig haben, wurden mir ganze zwei Stipendien bewilligt. Zwei.«

Luke legte die Hand auf ihren Arm. »Du tust das Richtige, indem du dich darum bemühst. Manchmal kann man nicht mehr bewirken.«

»Luke?« Sie nahm seine Hand, sah ihn aber nicht an. »Du hast gesagt, Oliver habe dir eine Chance gegeben, damals als du ...«

»Als ich ein Pflegekind war? Ja. Zehn Adressen in sieben Jahren. Und das war nicht schön. Ich weiß, es gibt sicher reihenweise Pflegeeltern, die für die Kinder das Beste wollen und großartige Arbeit bei der Erziehung leisten.« Er schüttelte den Kopf. »Aber ich bin solchen leider nicht begegnet.«

»Das tut mir leid.«

Er atmete tief durch in der Erwartung, den altgewohnten Schmerz zu fühlen, stellte jedoch überrascht fest, dass der ausblieb. Vielleicht weil er in ihren Augen nicht Mitleid, sondern Mitgefühl sah.

»Wie alt warst du damals?«

»Sechzehn. Alt genug, um bei vielen Leuten als hoffnungsloser Fall zu gelten. Und ich gab ihnen wenig Anlass, ihre Meinung zu überdenken. Oliver glaubte den Unsinn nicht und durchschaute mein Gehabe. Er nahm mich mit ins Camp Echo Lake, gab mir etwas Sinnvolles zu tun und brachte mich durch die Schulzeit. Dafür werde ich ihm bis an mein Lebensende dankbar sein.«

Sie lächelte traurig. »Ich wäre gern wie Oliver.«

»Du hattest einen ziemlich guten Start, meinst du nicht? Du kannst nicht alles auf einmal schaffen, Gabriela. Du musst irgendwo klein anfangen, richtig?«

»Ich weiß. Ich wünschte nur, es wäre mir möglich, mehr zu tun.«

Er nickte nachdenklich. »Bist du an Briarwood gebunden?« Er hielt den Atem an, während er auf ihre Antwort wartete, und hasste sich, weil er hoffte, sie würde Nein lauten.

Stirnrunzelnd neigte sie den Kopf zur Seite. »Eigentlich kenne ich nichts anderes. Ich bin da aufgewachsen, ich habe da unterrichtet, und jetzt bin ich dort … was auch immer. Und eines Tages werde ich vielleicht zu einer Position befördert, in der ich tatsächlich etwas verändern kann, weißt du?«

»Schon mal daran gedacht, dass du bei der Arbeit mit bedürftigen Kindern mehr erreichen kannst?«

»Ja und nein. Vielleicht.« Sie seufzte. »Aber weißt du was? Meine sind genauso bedürftig, nur in anderer Hinsicht.«

»Ich weiß.«

»Meine Eltern haben mich schon im Kindergartenalter ins Internat gegeben, Luke. Da kannte ich das Wort noch gar nicht.«

»Wirklich?«

Sie nickte. »Weihnachten durfte ich zu Hause verbringen

und die ersten Sommerferien. Danach habe ich die Ferien in Camps verbracht. Mit zehn habe ich für jeden Tag, an dem ich meine Eltern gesehen habe, eine Kerbe in mein Bett geritzt. Rate mal, wie viele es am Jahresende waren?«

»Zwölf?« Einmal pro Monat, dachte er. Schrecklich wenig, aber er nannte mit Absicht eine niedrige Zahl.

»Zwei.«

Er riss die Augen auf. »Unmöglich.«

Sie nickte. »Doch, im Ernst. Die Sekretärin meines Vaters hat mich im August nach Briarwood gebracht, und die Sekretärin meiner Mutter hat mich im Juni wieder abgeholt und ins Camp gefahren. Ich habe meine Eltern an Heiligabend und am ersten Weihnachtstag gesehen. Am Tag danach brachen sie zu einer Kreuzfahrt auf, und ich blieb zu Hause mit der Nanny, bis der Unterricht wieder begann.«

»Wow. Das tut mir wirklich leid, Gabriela. Ich hatte keine Ahnung.« Er hatte ein schlechtes Gewissen wegen seiner Annahme, sie habe eine goldene Kindheit verbracht.

Sie zuckte mit den Schultern. »Aber so war es. Es ist nicht so, als hätte man mich mitten im Winter vor der Kirchentür ausgesetzt. Ich hatte alles, was ich brauchte, und die Briarwood Academy ist eine ausgezeichnete Schule. Ich bin ganz gut geraten.«

Luke schaute über den spiegelglatten, mondbeschienenen See. Eine Ablenkung täte ihr vermutlich gut, und ihm kam genau die richtige Idee dafür. »Hey, hast du Lust auf ein Abenteuer?«

Sie schaute überrascht. »Was für eins?«

»Kajak fahren bei Vollmond.«

Sie zog die Knie unters Kinn. »Weiß nicht. Ich kann schon bei Tag nicht gut Kajak fahren, und der See ist tief.«

»Auch wenn es dir anders vorkam, als die Mädchen Bumper Boat gespielt haben, aber Kajaks kippen gar nicht so leicht um. Ehrlich nicht.«

Sie schaute zum Speisesaal hoch. »Ich finde, wir sollten die Mädchen nicht allein lassen.«

»Oliver ist in der Hütte nebenan. Er hört alles, was man hören sollte, und die Hunde sind bei ihnen. Die Mädchen wissen auch, dass sie sich an ihn wenden können, wenn wir nicht da sind, oder?«

»Ja, aber …«

Er stand auf und reichte ihr eine Hand. »Komm, Gabriela. Das wird schön. Vertrau mir.«

Sie senkte den Blick, wie immer, wenn er das sagte. Zu Beginn der Sommerferien fand er es amüsant, dass sie ihm so offen misstraute.

Aber jetzt? Jetzt schmerzte es ihn. Und daran musste er etwas ändern.

28

Eine halbe Stunde später nahm Gabi ihr Paddel aus dem Wasser und schaute staunend zum klaren Sternenhimmel hinauf.

»Umwerfend, hm?« Lukes Kajak glitt neben ihres und stieß sanft dagegen.

»Unbeschreiblich schön.« Sie seufzte. »Wir sind immer so sehr mit unserem Alltag beschäftigt, dass wir den Himmel über uns vergessen.«

»Genau darum bringe ich den Jugendlichen gern astronomisches Wissen bei. Sie saugen es geradezu auf. Sogar deine Das-ist-doch-Kinderkram-Mädchen neulich Abend.«

»Ja, das stimmt. Vielleicht haben sie aber auch so gut zugehört, weil sie eine nächtliche Flucht planen und sich an den Sternen orientieren wollen. Das ist dann ganz allein deine Schuld.«

»Klar. Ich glaube aber gar nicht, dass sie abhauen wollen. Ich würde sogar vermuten, es gefällt ihnen hier inzwischen.«

»Nun ja, wir haben die Anlage entscheidend verbessert.«

Er lachte. »Touché. Und ich wage außerdem die Vermutung, dass es dir hier auch gefällt.«

»Oh, siehst du, jetzt wirst du übermütig.« Lächelnd tauchte sie ihr Paddel ins Wasser und stieß sich sanft von seinem Kajak ab, wissend, dass er ihr folgen würde. Unter leisem Plätschern glitt ihr Boot auf die kleine Insel zu, die er ihr vom Ufer aus gezeigt hatte. Er hatte recht gehabt. Nachts über den See zu paddeln war schön.

»Ach, es gefällt dir gar nicht?« Er fuhr neben sie und hielt gerade so viel Abstand, dass sie sich mit den Paddeln nicht behindern konnten.

»Ein paar Sachen gefallen mir.«

»Der heiße Camp-Leiter, stimmt's? Das ist ja ganz offensichtlich.«

»Ja.« Sie nickte. »Oliver ist definitiv traumhaft.«

Luke hielt inne, tauchte sein Paddel ein, und mit einer schnellen Drehung des Handgelenks spritzte er ihr ein paar Tropfen ins Gesicht.

Sie lachte und versuchte den Trick auch, brachte jedoch nur ihr Kajak ins Schlingern und balancierte es schnell mit beiden Händen aus, damit es nicht umkippte.

»Ha.« Luke paddelte um sie herum. »Mir scheint, da hätte jemand noch ein paar Stunden Bumper Boat gebraucht.«

»Ich hatte gar keine Stunde! Und wage es ja nicht, mein Kajak zu rammen!« Lachend wendete sie und versuchte hastig, parallel zu seinem Boot zu bleiben.

Im Mondschein sah er halb wie ein verschmitzter Teenager und halb wie ein griechischer Gott aus. Sein Lächeln war übermütig, sein Körper ... Sie sehnte sich danach, ihn an sich zu spüren.

»So.« Endlich hörte er auf, sie zu umkreisen, und fuhr wieder neben sie. »Was unsere romantische Komödie angeht ...«

Sie lächelte. »Was ist damit?«

»Ich finde, du bist jetzt an der Stelle angekommen, wo es okay ist, sich in den heißen Camp-Leiter zu verlieben.« Er hob den Zeigefinger. »Nicht in den, der Oliver heißt.«

Gabi lachte. »Jetzt wird es gefährlich.«

Extrem gefährlich. Heiß, beängstigend, wunderbar gefährlich.

»Könnte gut sein, das muss ich zugeben.« Langsam paddelte er neben ihr her. »Da besteht ernsthafte Gefahr, dass wir uns wahnsinnig verlieben und am Ende in meiner Hütte landen und endlos Scrabble spielen.«

Sie lachte schallend. »Scrabble?«

»Oder Abwandlungen davon. Da bin ich ganz flexibel.« Er zuckte mit den Schultern. »Ich habe auch Monopoly.«

Als sie den komödiantischen Ernst in seinem Gesicht sah, musste sie an sich halten, um ihn nicht sofort mitten auf dem See zu küssen.

»Luke, falls ich in deiner Hütte landen sollte, dann wäre Scrabble zu spielen bestimmt das Letzte, was ich tun wollte.«

Er stoppte. »Und was wäre das Erste?«

Gabi lag eine schlagfertige Antwort auf der Zunge, aber sie stockte. Sie wusste genau, was sie mit ihm tun wollte, und das beschwingte sie einerseits und machte ihr andererseits eine Heidenangst.

»Ich weiß nicht, Luke.«

Er schien zu spüren, dass sie sich zurückzog, denn er legte sein Paddel auf den Rand ihres Kajaks und zog das Boot zu sich heran.

»Soll ich dir helfen, auf ein paar Ideen zu kommen?«

»Nein. Ich brauche eher Hilfe, um nicht permanent auf Ideen zu kommen.«

»Warum siehst du dann nicht glücklicher aus?«

»Weil«, sie seufzte, »weil mir das Angst macht.«

»Welche Idee genau?«

»Alle.«

»Warum?«

Er sprach leise, und sie hörte den Schmerz in seiner Stimme. Weil sie selbst Schmerz empfand oder er?

Sie holte tief Luft und atmete langsam aus, unsicher, wie sie in Worte fassen sollte, was in ihr vorging. Ach, ihr war nicht mal klar, was in ihr vorging. Wie sollte sie da nach einer geschickten Formulierung suchen? Die Sache war schrecklich verworren.

Sie wusste nicht, was sie sagen sollte.

»Luke, ich … ich kann so was ganz schlecht.«

Er lächelte. »Da bin ich anderer Ansicht.«

»Nur, weil du mich kaum kennst.«

»Ich kenne dich besser, als du zugeben möchtest.«

»Das könnte wahr sein. Und nur, damit du es weißt: Meine Angst wird dadurch nicht geringer.«

Luke nahm ihre Hand und streichelte sie mit dem Daumen, was sie halb erregte und halb erschreckte. »Ich bin nicht dein Ex. Ich bin überhaupt nicht wie irgendjemand, mit dem du vielleicht schon zusammen warst. Das garantiere ich dir.«

»Ich weiß, du bist nicht wie andere. Das weiß ich.«

»Also bin ich vielleicht eine Chance wert?«

Sie seufzte. »Luke, bei mir ist das so: Ich verliebe mich schnell und heftig, aber immer in den Falschen. Meine Antennen funktionieren ganz schlecht.«

»Darf ich noch mal darauf hinweisen, dass ich nicht wie andere bin?«

»Das kannst du wiederholen bis zum Gehtnichtmehr, aber das dringt nicht zu mir durch. Das ist ungerecht, ich weiß. Glaub mir, Luke, ich wünschte, ich wäre nicht so. Wirklich, das tue ich, weil das alles dir gegenüber unfair ist. Ich hätte es gar nicht so weit kommen lassen dürfen. Aber, mein Gott, ich konnte nicht anders.«

»Und das sollte dir etwas sagen, oder nicht? Anstatt kitschige Abschiedsphrasen zu dreschen, die gar nicht wahr sind, könntest du dich zum Beispiel küssen lassen.«

»Oh, kommt nicht infrage.«

Er kicherte. »Weil das schrecklich wäre?«

»Entsetzlich. Das Allerschlimmste.«

Grinsend fasste er sich ans Herz, als hätte sie ihn schwer getroffen. »Das tut weh.«

»Ich … kann das nicht, Luke. Du verdienst eine, die sich ganz auf dich einlassen kann, und das kann ich im Moment nicht. Da ist gerade einfach zu viel los, und es gibt zu vieles, das ich noch nicht hinter mir gelassen habe. Es wäre dir gegenüber nicht fair. Und ganz ehrlich? Wir haben nur noch zwei Wochen, und dann bin ich fort, und du bist hier. Das ist unrealistisch. Das kann nicht funktionieren.«

Sie sah, wie sich seine Gesichtszüge verhärteten, und fühlte sich sofort schuldig. Verdammt. Sie redete lauter unbedachtes Zeug.

Er drehte den Kopf zu ihr, sein Blick strich über ihr Gesicht, von den Lippen zu den Augen über die Haare und wieder zu den Lippen.

»Wir machen Folgendes«, sagte er schließlich.

»Was?« Sie bekam nur ein Flüstern heraus.

»Wir küssen uns. Jetzt, hier im Mondschein, nur ein Mal … und dann sagst du mir noch mal, dass das nicht funktionieren kann.«

»Nein.« Ihre Stimme zitterte, und er zog mit dem Daumen langsame Kreise auf ihrem Handrücken. »Küssen geht nicht.«

»Nur ein Mal, Gabriela. Einen Kuss, und wenn du mir nach diesem Kuss sagst, dass zwischen uns nichts ist, über das es sich nachzudenken lohnt, dann lasse ich dich in Ruhe.«

Sie wich seinem Blick aus, denn es wäre zu gefährlich, ihm jetzt in die Augen zu sehen. Sie würde nur dahinschmelzen wollen.

Und als hätte er das gespürt, fasste er ihr unters Kinn und zog sie näher und näher, und dann spürte sie seine Lippen und konnte sich nicht mehr entziehen.

Stunden später stieß ihr Kajak am Ufer in den Sand, und Gabi versuchte, möglichst elegant auszusteigen. Was eindeutig schiefging. Luke dagegen stützte sich ab und sprang aus dem Cockpit ins flache Wasser, ohne dass es aussah, als müsse er ein ernstes Wort mit seinen Gliedmaßen reden, damit sie kooperierten.

Nachdem sie die Boote auf den Strand gezogen und die Paddel ins Gestell gelegt hatten, wandte Luke sich ihr träge lächelnd zu. Er legte die Arme um sie, drehte sie herum und zog sie an sich. Das Kinn an ihren Scheitel geschmiegt, zeigte er zu den Bergen hinüber.

»Offenbar haben wir die Nacht durchgemacht, Süße. Jetzt können wir die Sonne aufgehen sehen.«

Gabi ließ sich selig gegen ihn sinken. Sie liebte es, seine Wärme zu spüren … seinen festen muskulösen Körper. Wenn da nicht gleich vier Mädchen aufwachen und ein Unterhaltungsprogramm erwarten würden, könnte sie so in seinen Armen stehen bleiben, den ganzen Tag, und noch einmal in Gedanken die Stunden auf dem See durchleben, wie unbemerkt die Zeit verging, bis er zum Anleger deutete und sie traurig feststellte, dass sie wieder am Ausgangspunkt angekommen waren … und ihre magische, völlig ungeplante Nacht vorbei war.

Sie lächelte, müde, aber glücklich. Vielleicht könnten sie es doch miteinander versuchen, vielleicht könnte es doch funktionieren. Sie müssten es beide nur genügend wollen. Sie müssten einander nur genügend wollen.

Sie seufzte glücklich. »Ich liebe es, wie die Sonne über dem See aufgeht.«

»Oh gut. Ich setze das auf die Liste.«

»Was für eine Liste ist das?«

»Die Liste der Gründe, warum dir irgendwann klar werden sollte, dass du in Echo Lake leben willst.«

»Nicht, dass wir hier irgendwas überstürzen. Nein, gar nicht.«

»Ich sagte irgendwann. Das war mein Hintertürchen.«

Sie verdrehte die Augen.

»Ich sehe das, Missy.« Er kitzelte sie an den Rippen und brachte sie zum Lachen. »Und vor nicht mal einer Stunde hast du versprochen, uns eine Chance zu geben.«

»Das ist etwas anderes als hierherzuziehen.« Sie drehte sich in seinen Armen um und strich mit den Fingerspitzen über seine Bartstoppeln. »Wir kennen uns erst sehr kurze Zeit, Luke. Das ist eine Tatsache. Ob du sie anerkennen willst oder nicht.«

Er wurde ernst. »Ich weiß das, Gabriela, und trotzdem habe ich das Gefühl, dich schon ewig zu kennen. Ich kann das nicht erklären, aber so ist es. Und was ich unmöglich ignorieren kann, ist das.«

Beim letzten Wort küsste er sie sanft auf die Lippen. Es war nur eine zarte Berührung, und doch bekam sie davon weiche Knie.

Er löste sich von ihr und sah sie forschend an, während er mit dem Handrücken über ihre Wange streichelte. »Die Mädchen werden gleich aufwachen, sonst würde ich dich jetzt in meine Hütte mitnehmen, Gabriela. Aber versprich mir, dass du heute Abend zu mir kommst. Bitte.«

Gabi zögerte. Wenn sie das tat, würde es kein Zurück mehr geben. Sie war schon bis über beide Ohren verliebt, und wenn sie noch einmal mit ihm ins Bett ging … wenn sie unter seiner weichen Daunendecke aufwachte, die nach Fichten duftete, war sie verloren. Wunderbar, unverzeihlich verloren.

»Wirst du kommen?« Mit dem Daumen strich er über ihre Unterlippe, und sie nahm sich zusammen und löste sich aus seinen Armen.

»Ich werde kommen.«

Er zog sie erneut an sich. »Ich kann es kaum abwarten.« Dann ging er mit ihr auf den Weg zu. »Meinst du, du kannst noch ein Stündchen schlafen, bevor alle aufwachen?«

Gabi wusste, sie war im Augenblick viel zu aufgekratzt, um ein Auge zuzutun, selbst wenn die Mädchen tatsächlich noch im Tiefschlaf lagen. Aber sie nickte.

»Ich werde es versuchen. Sehen wir uns beim Frühstück?«

Er schüttelte den Kopf. »Wo denkst du hin? Ich werde erst mal bis Mittag ausschlafen.«

Gabi lachte und ging den Weg hinauf zum Speisesaal und lächelte noch, als sie die Tür öffnete und auf ihr Feldbett zuschlich, um wenigstens ein bisschen zu ruhen.

Als sie in ihren Schlafsack gleiten wollte, schaute sie automatisch zu den anderen Betten und zählte die Köpfe. Es waren vier. Lächelnd löste sie ihren Pferdeschwanz. Plötzlich wohlig müde, legte sie sich aufs Kopfkissen.

Auch zwei Tage später konnte sie nicht sagen, was sie veranlasst hatte, sich wieder aufzurichten. Was ihr an dem einen Feldbett auffiel, sodass sie aus dem Schlafsack schlüpfte, um sich die Sache näher anzusehen.

Aber sie würde nie vergessen, was sie sah, als sie Sams Schlafsack herumdrehte.

29

»Was heißt, sie ist weg?« Luke sah sie entgeistert an, als sie fünf Minuten später vor seiner Tür stand. Gabi war in voller Panik den Weg hinaufgesprintet und völlig außer Atem.

»Weg, Luke. Sie ist weg. Sie schlief, als ich um zehn zum Strand gegangen bin. Ich weiß, dass sie noch da war. Ich habe schon im Waschraum und im Büro und im Auto nachgesehen. Sie ist nicht hier.«

»Also hat sie sich weggeschlichen, während wir gepaddelt sind.« Besorgt fuhr er sich durch die Haare und zog sich die Wanderstiefel an. »Weiß Oliver schon Bescheid?«

»Nein.« Ihre Stimme klang dünn und hell. »Ich wollte es zuerst dir sagen.«

»Wo sind die anderen drei?«

»Im Speisesaal. Sie sind total aufgeregt. Ich habe ihnen eingeschärft, sich nicht vom Fleck zu rühren, bis wir entschieden haben, was wir tun.«

»Okay.« Er ging an einen Schrank und holte einen Rucksack heraus, der bereits gepackt war. Den schwang er sich über die Schulter und nahm Gabi mit nach draußen. »Also ist sie zwischen zehn und fünf gegangen, damit sie einen ordentlichen Vorsprung hat. Hast du eine Ahnung, ob sie eher zum Wald oder zur Straße gegangen sein könnte?«

»Nein. Oh Gott.« Gabi beeilte sich, mit ihm Schritt zu halten, während er auf das Bürohäuschen zueilte. »Wenn sie per Anhalter gefahren ist? Zu jemandem ins Auto gestiegen ist? Dann kann sie jetzt sonst wo sein.«

Er blieb stehen und umfasste ihre Schultern. »Hör zu. Sich aufzuregen und reinzusteigern hilft uns nicht. Wir müssen herausfinden, in welche Richtung sie gegangen ist. Und dafür müssen wir nach Hinweisen und Spuren suchen. Geh zum Zelt, und sieh nach, ob sie etwas mitgenommen hat. Quetsch die Mädchen aus, ob sie etwas wissen. Egal, was.«

In jeder anderen Situation hätte Gabi sich darüber geärgert, dass er ihr Anweisungen erteilte, aber sie hatte solche Angst, dass sie es beruhigend fand. Er schien das zu wissen. Daher der bestimmte Ton. Der Schlafmangel und der Schreck über Sams leeres Bett beeinträchtigten ihr Denkvermögen.

»Was wirst du tun?«

»Die Polizei verständigen.«

»Oh Gott.« Gabi fasste sich an den Hals. Also war er sehr besorgt. Sie hatte gehofft, er werde eine stoische Ruhe bewahren und ihr versprechen, Sam bis zum Frühstück gefunden zu haben. Aber nun rief er als Erstes die Polizei an?

»Heißt das …«

»Das heißt nicht, dass ich die Hoffnung aufgegeben habe, dass wir sie schon nach ein paar Hundert Metern im Wald finden könnten. Das heißt nur, dass ich mich an die Vorschriften halte und tue, was in solch einer Situation getan werden muss. Der Wald ist groß, der See ist groß.«

»Oh Gott, der See. Ich … oh Gott, Luke. Sie wird doch nicht rausgeschwommen sein, oder?« Gabi sah wieder Sams blonde Haare unter Wasser treiben wie bei dem schrecklichen Badeunfall. Sam konnte jetzt schwimmen, aber trotzdem. Sie könnte ihre Kräfte überschätzt haben.

»Dann hätten wir sie gesehen, Gabriela. Nein, sie ist nicht schwimmen gegangen.«

»Okay. Gut. Okay.« Gabi drehte sich um und lief zum Speisesaal. »Ich rede mit den anderen.«

»Sag ihnen, sie sollen ihre Wanderausrüstung zusammenpacken.«

»*Was?*« Sie starrte ihn mit offenem Mund an. »Wir können sie nicht in den Wald zum Suchen schicken. Bist du irre?«

»Wir schicken sie nicht. Wir nehmen sie mit. Es wird eine Stunde dauern, bis die Suchmannschaft vor Ort ist. Wir fünf können in der Zeit schon ein großes Gebiet absuchen. Die Chancen stehen gut, dass wir Sam vor denen finden.«

Eine Viertelstunde später setzten sich Gabi und die Mädchen ihre Rucksäcke auf, schoben Wasserflaschen und Müsliriegel in die Seitentaschen und gingen nach draußen vor die Hütte. Die Mädchen wirkten ernst, erschrocken, und dass sie so still waren, fand Gabi beunruhigender, als wenn sie in einem fort geplappert hätten. Alle behaupteten, nicht mal zu ahnen, wohin Sam gegangen sein könnte oder wann sie aufgebrochen war. Keine hatte etwas gehört.

Während sie auf Luke warteten, der die gerade eingetroffenen Polizeibeamten über die Einzelheiten informierte, schaute sich Gabi noch einmal im Speisesaal um. Sam hatte ihre Wanderausrüstung mitgenommen, und soweit sich feststellen ließ, hatte sie genau die Dinge eingepackt, die Luke ihnen als überlebenswichtig eingeschärft hatte, wenn sie für eine unbestimmte Zeit im Wald wanderten.

»Sie hat nichts gesagt? Zu keiner von euch?« Gabi musterte ihre Gesichter und hoffte verzweifelt auf ein verräterisches Augenzucken oder nervöse Blicke. Aber keine gab durch irgendetwas zu erkennen, dass sie doch etwas wusste.

»Fällt euch etwas ein, das Sam aufgewühlt haben könnte? Ist gestern etwas vorgefallen? Hat jemand etwas zu ihr gesagt? Irgendwas?« Gabi hob die Hände. »Keine Angst, Leute. Mir ist egal, was es war oder wer es gesagt hat. Jeder Hinweis kann uns weiterhelfen. Wenn etwas darauf hindeuten könnte, wohin sie gegangen ist, dann heraus damit.«

Die drei schüttelten den Kopf und schwiegen, sosehr Gabi auch hoffte, eine könnte eine winzige, aber entscheidende Information besitzen.

Luke kam auf die Hütte zugeeilt und klemmte sich ein Funkgerät an den Rucksackriemen. »Alles klar. Legen wir los.«

Die Mädchen standen wie erstarrt da, unsicher, was dieses Loslegen im Einzelnen hieß. Dann zeigte Luke auf Eve.

»Wonach suchen wir zuerst?«

»Nach Hinweisen am Ausgangspunkt.« Sie rasselte die Antwort wie auswendig gelernt herunter, und er lächelte.

»Genau. Was wissen wir also?« Er zeigte auf Madison.

»Sie hat ihre Wanderausrüstung mit allem Lebensnotwendigen mitgenommen. Auch Essen und Wasser. Den zusätzlichen Schlafsack.«

»Gut.« Er nickte. »Waverly? Ist dir noch etwas aufgefallen?«

Waverly schaute sich um. Dann schien ihr ein Licht aufzugehen. »Sie hat die Hunde mitgenommen.« Sie lächelte erfreut. »Luke, sie hat die Hunde mitgenommen!«

Gabi sah ihn an, während er nachdenklich nickend seine Wasserflasche in die Seitentasche seines Rucksacks steckte. Wieso hatte sie nicht schon selbst bemerkt, dass die Hunde fehlten?

»Ja«, sagte er schließlich, »das ist eine gute Neuigkeit.«

»Weil?«

»Weil sie mit ihnen langsamer vorankommt. Wenn sie müde werden, setzen sie sich einfach hin und weigern sich weiterzulaufen. Dann muss sie warten.«

»Das ist also gut.« Gabi atmete tief durch. »Vielleicht ist sie noch nicht weit gekommen.«

»Vielleicht. Außer sie trägt sie, was ich ihr durchaus zutraue. Aber dann müsste sie zusätzlich zu dem schweren Rucksack noch fünf Kilo in jedem Arm tragen, und auch das bremst sie.« Luke sah die Mädchen der Reihe nach an. »Letzte Gelegenheit, mit der Sprache herauszurücken, falls jemand etwas weiß. Das hat für euch keine Auswirkungen, niemand wird euch einen Vorwurf machen. Aber wir müssen jede Kleinigkeit berücksichtigen. Und die Information brauchen wir jetzt.«

Er wartete. Und wartete. Er blickte Eve durchdringend an, dann Waverly, dann Madison und wieder Eve. Keine sagte etwas, und Gabi war bereit, sie hinauszuscheuchen und mit der Suche zu beginnen. Aber Luke stand nur da, die Hände an den Hüften, als hätte er den ganzen Tag Zeit.

Was sollte das? Sie vergeudeten wertvolle Zeit! Jede Minute, die sie dastanden entfernte sich Sam weiter von ihnen. Wenn sie sie finden wollten, bevor die Suchmannschaft eintraf, sollten sie aufbrechen. Jetzt.

Sie blickte ihn vielsagend an, aber er schüttelte unauffällig den Kopf und blickte weiter die Mädchen an.

Gabi tat das daraufhin auch. Was sah er, das ihr entging? Welche Emotionen nahm er auf, die ihn veranlassten, die Situation in die Länge zu ziehen? Bluffte er etwa?

So musste es sein. Er bluffte.

Und dann gab Eve einen leisen Schluchzer von sich, und im nächsten Moment liefen ihr auch schon die Tränen über die Wangen. Gabi schaute sie mit großen Augen an, aber Luke gab ihr unauffällig zu verstehen, sie nicht zu drängen. Daher stand sie weiter still da und wartete.

Madison und Waverly drehten sich zu Eve und schauten sie erwartungsvoll an. Madison war es schließlich, die sie ansprach. »Was ist denn, Eve? Was ist los?«

Eve schluckte und wischte sich die Augen. Sie sah Gabi an, dann Luke, kaute auf der Unterlippe, holte tief Luft und atmete langsam aus. Endlich, als Gabi es fast nicht mehr aushielt, begann sie zu sprechen.

»Sie will nicht zurück nach Briarwood.« Nach einem zittrigen Atemzug fuhr sie fort. »Lieber nimmt sie es mit den Bären auf, hat sie gesagt.«

Wie bitte? Gabi war sprachlos und hatte das dringende Bedürfnis, sich zu setzen.

»Was soll das heißen? Ich habe sie noch nie so zufrieden gesehen wie in den letzten zwei Wochen. Ich verstehe das nicht.« Sie schüttelte den Kopf. »Warum denn?«

Eve verschränkte die Arme. »Na, eben weil wir hier wieder wegmüssen. In zwei Wochen sind wir wieder die Stipendiatinnen auf dem Campus.« Sie hob eine Hand. »Und tun Sie nicht so, als hielten Sie das für ein großes Geheimnis. Ehrlich, Gabi. Jeder hat das begriffen, sobald wir dort ankamen.«

»Das ist nicht wahr.« Gabi wünschte, sie würde sicherer klingen.

Madison schnaubte. »Ja, wir wussten es.« Waverly nickte und schaute besorgt von Gabi zu Luke.

»Okay.« Gabi schwirrte der Kopf. »Im Moment ist das nebensächlich. Wohin wollte sie?«

»Das wissen wir nicht«, antwortete Eve. »Und das ist die Wahrheit. Ich habe sie gestern Abend beim Packen erwischt, aber ich wusste nicht, ob sie das wirklich tun würde.«

»Und das hast du uns *nicht* gesagt?«

»Ich denke, die Antwort darauf ist offenkundig.« Sie verschränkte die Arme fester. »Ich meine, in der Situation.«

»Niemand hat sie aufbrechen sehen?«

Alle drei schüttelten den Kopf.

Luke rückte seinen Rucksack zurecht. »Also gut. Dann gehen wir von einem Vorsprung von fünf Stunden aus. Wir müssen jetzt los. Auf geht's.« Er hielt auf den Weg zu, den sie immer bei ihren Wanderungen gegangen waren, und schlug ein zügiges Tempo an.

»Woher weißt du, dass sie diesen Weg gewählt hat?«, schnaufte Gabi neben ihm.

»Weiß ich gar nicht. Aber wenn sie es eilig hatte, möglichst schnell vom Camp wegzukommen, wird sie den Weg genommen haben, den sie kannte.«

»Aber würde sie nicht vermuten, dass wir das vermuten?«

»Kommt darauf an, wie verzweifelt sie war, als sie aufbrach. Und ich nehme an, dass sie ziemlich verzweifelt war, sonst wäre sie nicht um diese Uhrzeit in den Wald gegangen.« Er drehte sich nach den Mädchen um und prüfte, ob sie Schritt hielten. »Worauf haben wir zu achten, Mädchen?«

»Auf Fußspuren«, antwortete Madison. »Auf Sams und die der Hunde.«

»Gut. Waverly? Was noch?«

»Abgeknickte Zweige, platt getretenes Gras, vielleicht Haare von ihr an einem Zweig?«

»Jep. Eve? Noch etwas?«

»Hundekacke.«

Die anderen Mädchen kicherten angespannt, und Luke lachte. »Goldrichtig. Haltet Augen und Ohren offen, und – aus gegebenem Anlass – achtet auch auf gewisse Gerüche.«

Nach zwanzig Minuten gabelte sich der Weg. Luke hielt an und schaute nach Spuren. Er ging in die Hocke und suchte, zeigte aber nicht gleich in eine der beiden Richtungen. Gabi und die Mädchen tranken einen Schluck Wasser und warteten. Schließlich zeigte er nach rechts, und sie gingen weiter. Nach zwei Minuten hob er die Hand und stoppte.

Kopfschüttelnd blickte er vor sich auf den Trampelpfad. »Raffiniertes Mädchen. Das dachte ich mir.«

»Was?« Gabi folgte seinem Blick, konnte aber nichts Aufschlussreiches entdecken.

»Hier.« Er bückte sich und zeigte auf eine schwache Spur in der Erde. »Das ist ihr Schuhabdruck.« Dann zeigte er auf den Rand des Pfades. »Und da ist ein Pfotenabdruck der Hunde.«

»Okay?«

»Sams Abdruck zeigt in diese Richtung, der Pfotenabdruck in die entgegengesetzte.«

»Was bedeutet das?«

»Dass sie den Weg gegangen ist, um uns in die Irre zu führen, und umgekehrt ist, um an der Gabelung den anderen zu nehmen. Aber offenbar hat sie nicht daran gedacht, dass die Hundespur sie verraten könnte.« Er drehte sich um. »Kehrt um! Zurück zur Gabelung.«

Sie liefen schneller, um ein wenig Zeit wettzumachen. Dann nahmen sie die linke Abzweigung, aber es dauerte fünf Minuten, bis Eve Spuren von Sam entdeckte.

Gabi lief es kalt über den Rücken. »Ich kann es nicht fassen, dass sie im Dunkeln durch den Wald läuft. Sie muss doch Ängste ausstehen.«

Sie bekam Schmerzen in der Brust, wenn sie daran dachte, dass Sam nur mit den Hündchen als Begleitung durch den dunklen Wald stapfte. Was hatte sie sich dabei gedacht? Was hatte sie überhaupt vor, um Himmels willen? Gabi flehte, dass dem Mädchen nichts passiert sein möge, und während die Sonne höher stieg und der Morgentau im Gras verdunstete, fühlte sie sich allmählich krank, weil das alles unter ihrer Verantwortung passiert war.

Es wäre ihre Pflicht gewesen, bei den Mädchen im Speisesaal zu sein. Stattdessen war sie mit Luke auf dem See gepaddelt.

Sein Funkgerät knackte. Er zog es vom Riemen ab, als Oliver sich meldete.

»Schon was gefunden da draußen?«

»Wir sind ihr auf den Fersen«, antwortete Luke. »Die Spuren sind zwei Stunden alt. Sie hat also einen guten Vorsprung.«

»Okay. Die Suchmannschaft versammelt sich gerade auf dem Parkplatz. Meinst du, wir sollten jemanden von der Webster Road schicken? Sehen, ob wir ihr den Weg abschneiden können?«

Luke schaute auf eine Wanderkarte und stimmte zu, er gab Oliver GPS-Koordinaten durch und noch andere Zahlen und Richtungsangaben, die Gabi nichts sagten. Dann meldete er sich ab und ging weiter. Die Mädchen blieben ungewohnt still.

»Du hast das schon mal gemacht, stimmt's?«, fragte Gabi.

»Jep.«

Luke wandte sich ab und lief den Weg noch schneller entlang, die Mädchen hielten Schritt und überholten sie. Wenn sie sich nicht beeilte aufzuholen, würde sie als Bärenfutter enden. Sie zog die Riemen ihres Rucksacks strammer und schaute noch einmal prüfend rechts und links über den Wegrand. Da fiel ihr etwas ins Auge, hinter einem Busch – ein Streifen niedergetrampeltes Gras, der abbog und sich im Wald verlor.

Sie schaute nach den anderen, aber die waren bereits außer Sicht. Sollte sie die Entdeckung rasch überprüfen und dann hinter ihnen herlaufen? Es wäre ihr peinlich, sie zurückgerufen zu haben, wenn sich dann herausstellte, dass dort nur Tiere entlanggelaufen waren. Das würde sie wertvolle Zeit kosten.

»Gabriela?« Sie erschrak. Luke stand über ihr am Abhang.

»Ich habe etwas gefunden«, rief sie. »Vielleicht.«

Er winkte den Mädchen, die nacheinander neben ihm auftauchten, dann kamen sie alle den Hang herab zu ihr. Als sie bei ihr angelangt waren, zeigte Gabi auf den Grasstreifen.

»Ich weiß nicht, ob das von einem Menschen oder einem Tier stammt, aber es sieht aus, als wäre das vor Kurzem erst platt getreten worden, oder?«

Luke kniff die Augen zusammen, ging in die Hocke und bog einige Grashalme auseinander. Nachdem er das einige Sekunden lang getan hatte, schüttelte er den Kopf.

»Ich sehe keine Abdrücke von Pfoten, und der Boden wäre weich genug dafür. Möglich, dass Sam abgebogen und hier weitergegangen ist.«

»Mit Absicht?«

Er schaute verwirrt. »Das glaube ich nicht. Der Pfad ist hier schwerer auszumachen. Sie könnte tatsächlich versehentlich falsch abgebogen sein.« Er deutete mit dem Kopf nach vorn. »Lasst uns mal weitersehen.«

Er klebte einen reflektierenden Pfeil an den Stamm der Kiefer, neben der er stand, dann winkte er allen, ihm zu folgen. Eine halbe Stunde lang liefen sie weiter und blieben immer wieder stehen, änderten die Richtung, bis sie merkten, dass sie im Kreis gegangen waren. Sams Spur hatten sie verloren. Daher schwärmten sie nach allen Richtungen aus und suchten nach Hinweisen, dass Sam oder die Hunde dort entlanggekommen waren.

Gerade als Gabi äußern wollte, dass sie sich bei dem Grasstreifen geirrt hatte, hob Luke die Hand, und alle hielten an.

»Horcht.«

Gabi erstarrte und lauschte auf ein Geräusch. Eine ganze Minute lang verhielten sie sich vollkommen still. Keiner wagte sich zu rühren, solange Luke die Hand oben behielt.

Dann hörten sie es.

Ein helles Kläffen, weit weg.

Sie drehte den Kopf zu den Mädchen, die mit einem Mal lächelten. »Sind sie das?«, flüsterte sie. »Erkennst du sie am Gebell?«

Luke neigte den Kopf zur Seite und runzelte angestrengt die Stirn. »Ich bin mir nicht sicher. Das könnte auch einer von den Suchhunden sein.«

»Können die denn schon so weit gekommen sein?«

»Möglich. Oder auch nicht.« Er hielt sich eine Hand hinters Ohr. »Zwischen den Talhängen ist es unmöglich zu sagen, woher ein Laut kommt. Der Schall wird von den Felsen zurückgeworfen wie eine Flipperkugel.«

Die Mädchen standen schweigend da, während er sich langsam im Kreis drehte, um auszumachen, aus welcher Richtung das Gebell tatsächlich kam. Nach ein paar Augenblicken schien er sich entschieden zu haben. Er klebte einen weiteren Leuchtpfeil an einen Baum mit der Spitze nach Norden und gab dann die Koordinaten an Oliver durch.

Nach der erforderlichen Kommunikation klemmte er sich das Funkgerät wieder an den Riemen seines Rucksacks und wandte sich den Mädchen zu.

»Wie geht es euch?« Alle nickten. »Könnt ihr noch weiter? Wenn nicht, teilen wir uns auf, und eine Hälfte rastet, die andere Hälfte sucht weiter.«

»Auf keinen Fall«, sagte Eve. »Niemand rastet, bis wir Sam gefunden haben.«

Luke sah die anderen zwei an. »Seid ihr einverstanden? Geht es euch gut?«

»Ja«, sagte Madison. »Gehen wir.«

Zehn Minuten später, nachdem sie über einige Mauern gestiegen waren, die eine ehemalige Grundstücksgrenze markierten, schöpften sie Atem und lauschten. Zuerst war nichts zu hören außer dem Gezwitscher der Vögel, aber dann, gerade als Gabi fürchtete, sie wären in die falsche Richtung gelaufen, hörten sie das gleiche helle Hundegebell, diesmal lauter. Oh, Gott sei Dank. Sie kamen näher.

Das spornte sie alle an, und sie liefen schweigend weiter, schnaufend vor Anstrengung, als sie halb rutschend einen steilen Hang in eine Schlucht hinunterstiegen und auf der anderen Seite wieder hinaufkletterten. Oben angelangt, horchten sie erneut, und Gabi sah auf die Uhr. Sie waren schon eine ganze Weile unterwegs, und noch immer konnten sie nicht sicher sein, ob sie Sam tatsächlich näher gekommen waren. Vielleicht lief sie immer im selben Abstand vor ihnen her?

»Ich höre nichts mehr«, flüsterte Gabi Luke zu, als die Mädchen ihre Wasserflaschen aufschraubten.

Nickend spähte er in die Richtung, aus der sie das Gebell zuletzt gehört hatten. Dann drehte er sich langsam im Kreis und sah sich dabei nach Spuren um.

Madison wischte sich über die Stirn. »Ist es nicht sonderbar, dass wir keine Fußabdrücke mehr gesehen haben? Woher wissen wir, ob wir auf dem richtigen Weg sind?«

Luke schüttelte den Kopf. »Das ist nicht sonderbar. Sie kann zwei, drei Schritte neben dem Weg entlanggelaufen sein. Deshalb bilden Suchmannschaften eine Kette. Aber im Moment richten wir uns nach dem Gebell. Wir müssen nur herausfinden, woher es tatsächlich kommt.«

Er schaute sich noch einmal gründlich um, und Gabi erschrak, weil er dabei plötzlich sehr angespannt wirkte. Er spielte ihnen die Zuversicht vor, um die Mädchen nicht in Angst und Panik zu versetzen.

Schließlich gab er das Zeichen weiterzugehen. »Wir behalten die Richtung bei. So treffen wir irgendwann auf den Suchtrupp, der von Westen kommt.«

Madison schüttelte den Kopf. »Wir finden sie zuerst. Das müssen wir.«

Sie überwanden eine breite Schlucht und mussten sich aneinander und an Bäumen festhalten, um den Steilhang hinaufzugelangen. Gabi glaubte nicht, dass Sam den allein bewältigt hatte, und erst recht nicht, ohne Spuren zu hinterlassen. Ihre kleine Gruppe hatte trocknes Laub und Nadelteppiche aufgewühlt und Steine den Hang hinabgetreten. Falls sie sich verirrten, würde der Suchtrupp keine Mühe haben, sie zu finden.

Dass Luke immer wieder Pfeile an Bäume klebte, würde natürlich auch helfen. Sie holte ihn ein, als sie einen Hang zu einem Bach hinabliefen. »Wozu die Pfeile? Hast du Angst, wir könnten uns verirren?«

»Nein.« Er schüttelte den Kopf. »Damit helfen wir Sam, uns zu finden, für den Fall dass sie doch wieder zu uns zurückmöchte.«

»Oh.« Gabi hatte plötzlich einen Kloß im Hals. »Das ist eine gute Idee.

»Schsch.« Er legte den Finger an die Lippen.

»Aber …«

Er legte die Hand an ihren Mund. »Horch. Sch.« Er zeigte ein Stückchen weiter nach links. »Sie bellen wieder.«

Freudig lächelnd erkannte Gabi, dass es tatsächlich seine Hündchen waren, die sie da hörten. Sie mussten jetzt ganz in der Nähe sein.

Die Mädchen strafften die Schultern und wirkten frisch motiviert.

»Das klingt, als wären sie gleich hinter der Anhöhe«, sagte Waverly aufgeregt.

»Kann gut sein«, sagte Luke. »Ich hoffe es. Aber bedenkt, der Schall nimmt in solchem Gelände sonderbare Wege. Wir machen jetzt Folgendes: Wir gehen hundert Schritte, bleiben stehen und horchen. Wir sind ihnen jetzt ganz nah, und ich will sie auf keinen Fall verfehlen.«

Er zeigte in die Richtung, aus der das Gebell zu kommen schien, schickte die Mädchen voraus und ließ sich mit Gabi ein wenig zurückfallen.

Als sie außer Hörweite waren, blickte er sie an, und sie erschrak über seinen Gesichtsausdruck.

»Was ist los?« Ihre Stimme schwankte.

»Ich weiß es nicht, aber«, er atmete vorsichtig aus, »ich denke, wir müssen auf alles gefasst sein. Diese Hunde sind wie gesagt keine Kläffer.«

»Du machst mir Angst, Luke.«

»Das ist nicht meine Absicht. Du sollst nur vorbereitet sein. Sie würden nicht bellen, wenn alles in Ordnung wäre.«

»Warum stehen wir dann noch hier?« Gabi griff sich an den Magen. »Oh Gott. Luke. Was, wenn ...«

Er hob die Hand und schüttelte den Kopf. »Lass das. Steigere dich nicht in Befürchtungen rein. Damit machst du dich nur verrückt. Wir werden es so machen: Wenn ich glaube, dass sie ganz nah sind, schicke ich dich mit den Mädchen unter einem Vorwand in eine andere Richtung und gehe erst einmal nachsehen, wie die Lage ist.«

»Nein! Du darfst uns nicht wegschicken. Sie ist *mein* Mädchen.«

»Gabi.« Er legte ihr seine Hände auf die Schultern. »Hör mir zu. Wenn etwas Schlimmes passiert ist, willst du auch nicht, dass Waverly, Eve und Madison ihre Mitschülerin so finden. Glaub mir.«

»Luke ...« Gabi war den Tränen nah.

Er drückte ihre Schultern. »Hoffen wir das Beste, okay? Ein wildes Tier hätte vermutlich eher die Hunde angefallen als sie.«

Gabi riss die Augen auf. »Also ist es eigentlich ein gutes Zeichen, dass sie bellen.«

»Wollen wir es hoffen.« Er drehte sich um. »Komm weiter.«

Zehn Minuten später war das Bellen stetig lauter zu hören, und alle fünf gingen schneller, angetrieben von dem Gedanken, gleich bei Sam zu sein. Gabi versuchte, nicht darüber nachzudenken, warum sie plötzlich so rasch näher kamen, denn es war offenkundig, dass Sam sich nicht mehr fortbewegte.

Bald würden sie den Grund kennen.

Kurz darauf hob Luke die Hand und blieb stehen, dabei blickte er Gabi bedeutungsvoll an. Er ging in die Hocke und fegte Kiefernnadeln beiseite. Gabi atmete tief durch. Das war sein Signal. Er wusste jetzt, wo Sam war.

Sie war hin- und hergerissen zwischen Freude und Schrecken.

Luke deutete auf den Boden. »Hier gibt es zwei Fußspuren. Möglich, dass sie hier abgebogen ist.« Als er rechts den Hang hinunterzeigte, der zu einer Lichtung führte, blickte Gabi nach links, um zu finden, was ihn bewog, sie in die andere Richtung zu schicken. Die Hunde waren still geworden, und sie fand keinen Hinweis darauf, dass Sam in unmittelbarer Nähe war.

Dann blickte sie auf.

Und sah am Stamm einer hohen Kiefer senkrechte Kratzer in der Rinde, an denen das ausgetretene Harz noch frisch war.

30

»Okay, ihr lauft schon mal zu der Lichtung, aber bleibt am Rand stehen, wenn ihr dort seid. Gabi kommt gleich nach. Ich muss mir einen Baum suchen.«

Die Mädchen verdrehten die Augen über seine verblümte Information, dass er pinkeln musste, aber sein Trick wirkte. Sie wandten sich augenblicklich ab und beeilten sich, von ihm wegzukommen. Rasch nahm er sein Funkgerät vom Rucksackriemen und reichte es Gabi.

»Wenn ich dir innerhalb der nächsten Viertelstunde kein Zeichen gebe, drück diesen Knopf, und Oliver wird sich melden.«

»W-was soll ich ihm sagen?«

»Gib ihm diese Koordinaten durch. Dann schickt er ein Team hierher, das euch abholt.«

»Aber was ist dann mit dir?«

»Ich komme klar. Wenn das Team bei euch eintrifft, schick ein paar Leute hier hoch. Ich werde meinen Weg markieren, damit sie mich finden.«

Er zog eine Pistole aus dem Holster, das ihr jetzt erst auffiel, und sie schlug entsetzt die Hand vor den Mund.

»Oh Gott.«

»Flippe jetzt nicht aus, Gabriela. Das ist das Schlechteste, was du jetzt tun kannst.«

»Okay. Ich weiß.« Sie riss sich zusammen. »Tut mir leid.«

Er drehte sie an den Schultern herum. »Ich pfeife, wenn ihr kommen könnt. Geh jetzt. Und wenn sich irgendein Problem auftut, benutz das Lufthorn.« Das drückte er ihr ebenfalls in die Hand. »Und das Funkgerät.«

»Okay. Alles klar.« Sie klemmte das Funkgerät an ihren Rucksackriemen und hängte das Lufthorn in eine Schlaufe. »Bitte finde sie.«

Während sie mit Tränen in den Augen den Hügel hinunterstolperte, gingen ihr in einem fort Szenen der Camp-Ferien durch den Kopf und auch Begebenheiten des vergangenen Schuljahrs. Sie hatte Sam aus einer furchtbaren Pflegefamilie herausgeholt, aber in welche Situation hatte sie sie gebracht? In ein Internat, wo die Schülerinnen sie mies behandelten, und dann in ein Sommercamp, wo es für sie genauso weiterging. Und jetzt? Sam fand ihr Leben so schrecklich, dass sie lieber mitten in der Nacht durch einen fremden Wald floh.

Eine Nacht im Wald unter wilden Tieren war ihr also immer noch lieber als der Alltag in Briarwood.

Gabi holte schluchzend Luft, als ihr klar wurde, dass sie in ihrem Eifer, Sam und Eve neue Chancen zu eröffnen, die Situation völlig falsch beurteilt hatte. Mit idealistischer Haltung und rosaroter Brille hatte sie sich vorgestellt, wie das laufen würde – wie in einem Kitschfilm, in dem eine fürsorgliche Frau zwei Mädchen aus ihrem traurigen Leben erlöste und ihnen durch ihren persönlichen Einsatz eine schöne, erfolgreiche Zukunft bescherte.

Blödsinn.

Eve und Sam waren vom ersten Tag an aufgefallen wie bunte Hunde, trotz der neuen Schuluniform und trotz all der neuen Sachen, die Gabi für sie gekauft hatte, damit sie genauso ausgestattet waren wie die reichen Mädchen und sich nicht anders vorkamen.

Doch die Schuluniform konnte die Wunden, die das Leben ihnen bereits zugefügt hatte, nicht verbergen. Neue Notebooks konnten nicht überdecken, dass sie noch nie ein Buch besessen hatten. Und Ralph-Lauren-Bettwäsche konnte nicht wettmachen, dass sie die meiste Zeit ihres Lebens nicht gewusst hatten, ob sie nächsten Monat schon wieder in einem anderen Bett schliefen.

Verdammt. Vielleicht hatte sie ihnen sogar geschadet. Ein Jahr in Briarwood hatte für sie alles nur verschlimmert. Der Gedanke war ernüchternd und erschreckend. Gabi hatte ihre berufliche Laufbahn darauf ausgerichtet, den Benachteiligten Chancen zu eröffnen, und schon ihr erster Versuch scheiterte katastrophal.

Moment mal. Sie schnupperte. Da wehte Rauch heran. Jemand hatte ein Feuer angezündet. Etwa Sam?

»Rauch!« Die Mädchen kamen den Hang heraufgestürmt und zeigten nach oben zu der Stelle, wo sie sich von Luke getrennt hatten. »Er kommt von da oben!«

Gabi wischte sich hastig die Tränen aus dem Gesicht und hielt die Mädchen mit einer Handbewegung auf.

»Wartet mal. Luke hat noch kein Signal gegeben.«

»Signal gegeben?« Madison schaute beunruhigt. »Er musste pinkeln.«

»Richtig.« Gabi nickte. »Und wir wollen ihn wirklich nicht dabei stören, nicht wahr?«

Madison brummte unwirsch. »Aber wir haben Rauch gesehen! Das könnte Sam sein! Sie war beim Feuermachen immer am geschicktesten.« Ungeduldig trat sie von einem Bein aufs andere und wollte am liebsten weiter voranstürmen. »Kommen Sie. Wir müssen das prüfen.«

In dem Moment hörten sie einen lauten Pfiff von oben. Luke!

»Ist das sein Signal?«, fragte Eve aufgeregt. »Können wir jetzt endlich weiter?«

»Ja!« Gabi schob sie praktisch an sich vorbei. »Los! Los! Ich glaube, er hat sie gefunden!«

Fünf Minuten später gelangten sie auf eine kleine Lichtung und rannten, sobald sie Sam sahen. Sie lag an ihren Rucksack gelehnt im Gras. Luke stand neben ihr und wühlte in seinen Sachen. Als Sam die vier kommen sah, lächelte sie so freudig wie noch nie.

Eve, Madison und Waverly streiften sich die Rucksäcke ab und warfen sich neben Sam auf den Boden, um sie in die Arme zu schließen. Gabi begegnete Lukes Blick, und er reckte beide Daumen nach oben. Heftig blinzelnd rang sie mit den Tränen und drehte sich weg, damit das niemand sah. Sam war am Leben. Es ging ihr sogar halbwegs gut.

»Gabriela, ich brauche das Funkgerät.« Luke streckte die Hand danach aus, dann gab er die Koordinaten durch, schaute auf den Kompass und dann auf die Karte.

Madison blickte zu ihm hoch. »Das wäre viel einfacher, wenn man hier Handyempfang hätte.«

»Gar nicht. Handys sind was für Weicheier. Ich habe das hier.« Er entfernte sich ein paar Schritte, um mit Oliver zu sprechen.

»Er ist dermaßen altmodisch«, brummte Madison.

»Er hat GPS«, widersprach Gabi. »Er zieht dich nur auf.«

Madison kniff die Augen zusammen und schaute Luke hinterher. »Sieh mal an.«

Gabi setzte sich neben Sam, und die Hunde stellten sich sofort auf die Hinterbeine und stupsten sie mit ihren kalten Nasen an. Das arme Mädchen war überall schmutzig, und jetzt erst bemerkte Gabi, dass sie sich einen Stiefel ausgezogen hatte und ihr Knöchel stark geschwollen war. Ehe sie sich darüber klar war, wie sie das Gespräch beginnen wollte, kam Sam ihr zuvor.

»Gabi, erinnern Sie sich noch an den Tag im Juni, als Sie in den Gemeinschaftsraum kamen, um unseren Untergang anzukündigen?«

Gabi sah sie überrascht an. »Ja. Und?«

»Und wissen Sie noch, wie Sie gestanden haben, unsere Ermordung zu planen?«

»So etwas habe ich garantiert nicht gesagt.« Gabi schmunzelte. »Ich habe vielleicht mal daran gedacht, aber definitiv nichts geplant.«

»Na ja, ich dachte nur gerade, dass Ihre Mordlust von damals wahrscheinlich nichts ist verglichen mit der, die Sie jetzt haben.«

»Das ist nicht wahr.« Gabi schüttelte den Kopf. »Ich bin nur heilfroh, dass dir nichts Schlimmeres passiert ist.«

»Gabi?« Sam sah ihr ins Gesicht. »Sie sind eine echt schlechte Lügnerin.«

»Stimmt, aber ich habe eben nicht gelogen. Ich bin wirklich ungeheuer froh und fast gar nicht böse.«

Eve nickte. »Das stimmt wirklich. Sie hat unterwegs kein einziges Mal gedroht, dich den Bären zu überlassen.«

»Danke, Eve.« Gabi grinste. »Siehst du? Ich habe Luke sogar eine Suchmannschaft organisieren lassen.«

»Was?« Sam war entsetzt. »Oh Gott, jetzt bin ich endgültig geliefert. Ich war sowieso schon geliefert, aber jetzt?« Sie ließ sich gegen ihren Rucksack sinken und schloss die Augen. »Jetzt bin ich tot.«

»Kann man nicht behaupten«, wandte Madison ein. »Ekelhaft dreckig, aber nicht tot. Was ist eigentlich los, Sam? Wieso bist du abgehauen, ohne uns was zu sagen?«

Sam behielt die Augen noch einen Moment geschlossen, dann blickte sie auf. »Ich weiß nicht, wo ich anfangen soll.«

In dem Moment kam Luke zurück, klemmte das Funkgerät wieder an und holte einen Verbandskasten aus dem Rucksack.

»Okay, Leute.« Er deutete auf Sams Fuß. »Was haben wir hier?«

Eve, Waverly und Madison beugten sich darüber, um das blau angelaufene, geschwollene Gelenk zu betrachten. Das war zumindest verstaucht, wenn nicht gar gebrochen. Gabi sah Sam in die Augen. Sie musste starke Schmerzen haben.

Waverly ließ sich aus der Hocke auf die Knie fallen. »Der ist verstaucht oder gebrochen. Wir müssen ihn schienen und verbinden, und irgendwie müssen wir sie tragen, denn damit kann sie auf keinen Fall laufen.«

»Gut.« Luke gab ihr den Verbandskasten. »Dann tu das.«

»Ich?«, fragte sie erschrocken.

»Jep.« Er nickte knapp. »Du hast die Diagnose gestellt, du darfst die Behandlung leiten. Eve, Madison, ihr tut, was sie sagt.«

Ganz langsam leuchtete in Waverlys Gesicht Freude auf. Sie drehte sich zu Madison um und gab ihr vermutlich zum ersten Mal eine Anweisung. Und es war vermutlich auch für Madison das erste Mal, dass sie widerspruchslos tat, was eine Mitschülerin verlangte.

Gabi sah ihnen zu und spürte Lukes Blick auf sich ruhen, aber als sie aufblickte, beschäftigte er sich plötzlich mit seiner Karte.

»Wir sind jetzt ungefähr drei Kilometer von der Straße entfernt«, sagte er. »Wir werden eine Trage bauen müssen.«

Sam riss die Augen auf. »Ihr wollt mich auf eine Trage legen?«

»Hast du eine bessere Idee? Möchtest du mit dem Fuß lieber laufen?«

Sam verzog das Gesicht. »Nein.«

»Dann tragen wir dich also.«

»Okay«, flüsterte sie. Dann rollten ihr dicke Tränen aus den Augenwinkeln hinab zu den Ohren. Sie kniff die Augen zu und zuckte, als Waverly ihren Fuß anhob, um ihn zu verbinden. »Das tut mir so leid.«

»Warum bist du abgehauen, Sam?«, fragte Luke im Plauderton, als säßen sie am Lagerfeuer und unterhielten sich darüber, warum jemand lieber Spaghetti anstatt Steak aß.

»Ich ... kann das jetzt, glaube ich, nicht erklären.«

»Das wäre aber wirklich hilfreich. Denn, weißt du was? Eine Menge Leute werden dich das nachher fragen.«

»Ich ... hatte Angst.«

»Mehr Angst als nachts allein im Wald?«

Sie nickte kläglich. »Ja.«

»Warum, Sam? Wovor hast du solche Angst gehabt?«

Sie schüttelte den Kopf, sah ihre Mitschülerinnen an, und Luke schien im selben Moment zu verstehen wie Gabi. Er räusperte sich und legte Waverly eine Hand auf die Schulter.

»Okay, Leute. Lassen wir den Fuß eine Weile ruhen und bauen die Trage. Wisst ihr noch, was wir dafür brauchen?«

Eve nickte. »Müssen wir das wirklich machen?«

»Ja, außer du trägst sie huckepack.« Er zeigte zum Rand der Lichtung. »Da drüben ist ein geeigneter Platz. Nehmt mein Beil und seht, was ihr finden könnt.«

Gabi schnappte nach Luft, aber Luke gebot ihr sofort Einhalt. »Gabriela, wenn du jetzt etwas wegen scharfer Klingen sagst, komme ich in Versuchung, dich hierzulassen.«

Gabi schwieg und machte ein betretenes Gesicht. Als die Mädchen losgezogen waren, um nach Holz zu suchen, hockte sich Luke neben Sams verletzten Fuß und legte den Verband fertig an, den Waverly begonnen hatte. Schweigend wickelte er die elastische Binde bis zur Wade hinauf, und Gabi wartete ab, was er weiterhin tun würde.

Schließlich sah er zu Sam auf. »Was hat dir solche Angst gemacht, Meerjungfrau?«

Bei dem Kosenamen verlor Sam die Fassung, und die Tränen quollen hervor. Gabi hockte sich an ihre andere Seite und nahm sie in die Arme. Zwei Minuten lang schluchzte Sam, bis sie genug geweint hatte. Sie wischte sich die Nase am Ärmel ab und ließ sich auf ihren Rucksack sinken.

Sie sah zwischen Gabi und Luke hin und her und seufzte gequält.

»Ich bin schwanger.«

31

Drei Stunden später teilte Gabi den Vorhang zu Sams Behandlungskabine, noch unsicher, was sie zu ihr sagen sollte. Soeben hatte sie mit der Ärztin gesprochen, die ihr auf dem Röntgenbild die Fraktur gezeigt und ihr dann die Laborergebnisse erklärt hatte.

Sie setzte sich auf einen Stuhl und wartete, bis Sam sie ansah. Als es nicht so schien, als würde sie das von alleine tun, beschloss Gabi, mit dem Offensichtlichen zu beginnen.

»Dein Knöchel ist tatsächlich gebrochen. Gleich kommt jemand und legt dir eine Aircast-Schiene an. Er ist zu dick geschwollen für eine richtige. Darum müssen wir uns dann kümmern, wenn wir wieder im Internat sind.«

»Okay«, sagte Sam sehr leise, und es brach Gabi fast das Herz, sie so bekümmert in dem Krankenhausbett liegen zu sehen. Sie hielt die Arme verschränkt, als hätte sie die ganze Welt gegen sich.

»Ich muss dir noch einen Befund mitteilen.« Gabi wartete einen Moment lang, und Sam blickte tatsächlich auf. »Du bist nicht schwanger.«

Das Mädchen nickte langsam. »Ich weiß.«

Gabi neigte den Kopf zur Seite. »Wieso weißt du das?«

»Weil ich gar nicht … Sie wissen schon. Ach, egal.« Sie schüttelte den Kopf. »Wenn, dann wäre es ein Wunder, okay?«

»Warum hast du es dann behauptet?«

Sam schlang die Arme um sich, und ihr Kinn fing an zu zittern. Um Himmels willen, was war mit dem Mädchen los?

»Sam, Liebes. Du musst mir erzählen, was du hast, sonst kann ich dir nicht helfen. Ich möchte dir aber gern helfen. Das versuche ich schon seit anderthalb Jahren, seit ich deine Bewerbung gelesen habe. Aber du musst ehrlich sein, Liebes. Warum hast du gesagt, du seist schwanger?«

»Weil …« Sam holte tief Luft und schloss die Augen. »Weil meine heldenhafte Flucht ein Schlag ins Wasser war. Mir fiel nichts mehr ein. Ich … wollte rausgeworfen werden, Gabi.«

»Was?«

»Ich hasse Briarwood. Ich finde es da schlimmer als bei den Leuten, wo ich vorher war. Ich gehöre da nicht hin. Ich habe keine Freundinnen, die Lehrer gucken mich an, als würde ich ihnen ihre kostbaren Stifte klauen, und ich … hasse es da einfach, okay? Ich lege es schon seit Monaten auf einen Rauswurf an. Aber Sie haben mich immerzu geschützt und mir wieder eine neue Chance gegeben. Ich weiß, Sie wollen nur mein Bestes, aber bitte, Gabi, lassen Sie die Pritch-Bitch mich rauswerfen, ja?«

Gabi lehnte sich zurück und war erst einmal sprachlos. »Was soll das heißen, du legst es schon seit Monaten darauf an?«

Sam blickte sie an, als wäre sie beschränkt. »Als ich im Zimmer geraucht habe? Als ich die Laborratten mit Popcorn gefüttert habe? Das Abführmittel im Essen? Ich hätte längst vor den Disziplinarausschuss gehört. Und der hätte dann entschieden, dass ich an dieser Schule nichts verloren habe.« Sie zog das gesunde Bein an die Brust. »Das wäre mal eine gute Neuigkeit gewesen.«

»Aber …«

»Ich weiß, Sie wollen wirklich nur mein Bestes. Das habe ich kapiert. Aber Gabi, selbst Sie werden doch einsehen, dass es ein Fehler war, mich an die Briarwood Academy zu holen.

Ich bin da so was von fehl am Platz, und ich wollte sowieso nie dorthin.«

»Ich will dir nur einen besseren Lebensweg ermöglichen, Sam.« Gabis Stimme versagte. Sie hatte gesehen, dass Sam unglücklich war, aber von diesem Ausmaß hatte sie nichts geahnt.

»Ich weiß. Aber ganz ehrlich? So ein Leben will ich nicht. Ich will wieder zurück.«

»Zu den Leuten, bei denen ich dich abgeholt habe?« Gabi konnte ihre Ungläubigkeit nicht verbergen.

Sam zuckte mit den Schultern. »So schlimm war's gar nicht. Jedenfalls war es bei manch anderen schlimmer.«

»Sam, ich habe keinen Einfluss darauf, wo du jetzt hinkämst. Es könnte viel schlimmer sein als bei den bisherigen Leuten.«

»Ich weiß. Aber da falle ich wenigstens nicht auf, verstehen Sie? Da weiß ich, womit ich rechnen muss, und kann auf mich aufpassen. Aber die Leute in Briarwood? Da weiß ich nie, woran ich bin.«

»Das erste Jahr in einer neuen Umgebung ist immer schwierig, Sam«, argumentierte Gabi. »Bestimmt wird es dir diesen Herbst leichterfallen, meinst du nicht?«

Sam warf ihr einen frustrierten Blick zu, dann deutete sie auf ihren gebrochenen Fuß. »Wenn ich das meinen würde, hätte ich mich dann in diese Lage gebracht?«

Gabi schaute auf die violett verfärbte Schwellung. Schaudernd dachte sie daran, dass Sam allein und voller Angst im Wald gelegen hatte.

So ungern sie die Parallele sah, aber das erinnerte sie an einen Vorfall, als sie sieben Jahre alt war. Die Hausmutter ihres Wohnheims hatte sie aus dem Zimmer auf den Flur ans Telefon geholt, drei Tage nach ihrem Geburtstag, weil ihre

Mutter sie sprechen wollte. »Herzlichen Glückwünsch, Liebling«, sagte sie, und Gabi war so klug, ihrer Mutter nicht vorzuhalten, dass sie den Geburtstag versäumt hatte. Sie war nur froh, ihre Stimme zu hören, wie spät auch immer.

Und nachdem Gabi sich für die Plüschgiraffe, die Buntstifte und die neuen Kleider bedankt hatte, wusste ihre Mutter nicht mehr, was sie sagen sollte, und zwei Minuten später flötete sie: »Bis bald, Liebling«, und legte auf. Schließlich kam die Hausmutter in den Flur und nahm die weinende Gabi in den Arm. Sie nahm sie in ihre eigene Wohnung mit und gab ihr heißen Kakao und Kekse und ließ sie einen Zeichentrickfilm gucken.

Als Gabi in ihr Zimmer zurückkehrte, stopfte sie die Giraffe und die neuen Kleider unter das Bett und schenkte die Buntstifte ihrer Zimmergenossin. Zwei von den Keksen hatte sie sich in die Tasche gesteckt, und die legte sie unter ihr Kopfkissen und ließ sie dort, bis sie zerkrümelt waren.

Seufzend starrte Gabi vor sich auf den Boden, dann sah sie Sam wieder an. »Also war es deine Idee, der Pendleton einen Besuch abzustatten?«

»Aber hallo.« Sam verdrehte die Augen. »Sie haben ja ständig verhindert, dass ich rausgeworfen werde. Da musste ich mir etwas einfallen lassen, was nicht mehr in Ihre Zuständigkeit fällt.«

»Oh Gott.« Gabi fasste sich ans Herz. »Ich war fest überzeugt, Madison sei die Schuldige. Dabei warst du es? Du hast die anderen angestiftet?«

»Ja. Als ob das schwer gewesen wäre.« Sie schüttelte den Kopf. »Ich sagte bloß: ›Jungs‹, und Madison rief: ›Bin dabei!‹«

»Du wolltest so dringend von der Schule fliegen, dass du … das getan hast?« Gabi wurde es übel.

»Zu meiner Verteidigung: Ich bin wirklich langsam gefahren. Ich dachte, wir werden geschnappt, bevor wir die Pendleton sehen. Ich dachte, Kacey verpetzt uns schon, bevor wir vom Parkplatz runter sind.«

»Das hast du gehofft?«

»Mensch, klar. Ich wollte nicht so weit fahren.«

»Ist dir wenigstens ein Mal der Gedanke gekommen, mit mir zu *sprechen?* Mir zu erzählen, wie elend du dich fühlst? Ich meine, war das alles wirklich nötig?«

Sam blickte auf ihre Bettdecke und zupfte an imaginären Knötchen. »Ich hätte nicht gewusst, was ich sagen soll. Ich dachte mir, auf lange Sicht wäre es einfacher für Sie, wenn ich mich als hoffnungsloser Fall herausstelle ... nicht als undankbar.«

»Und darum hast du dich als hoffnungslosen Fall inszeniert.«

»Ja. Und ich hatte echt gute Einfälle. Aber Sie waren so verdammt tolerant, Gabi. Das ist so was von frustrierend.«

Gabi musste lachen. »Das tut mir wirklich leid.«

»Also ...« Sam wurde ernst. »Was passiert jetzt?«

Gabi holte tief Luft. Das wüsste sie selbst gern. »Was hoffst du denn?«

»Ist das nicht offensichtlich?«

»Ich werde dich nicht nach Boston bringen, Sam. Dazu bin ich nicht bereit. Du verdienst ein besseres Leben als das.« Gabi schüttelte energisch den Kopf. »Du kannst auf mich einreden, bis du schwarz wirst, ich gebe dich nicht auf.«

Sam blickte sie stur an. »Ich bin kein Mitleidsprojekt, Gabi. Das haben nicht Sie zu entscheiden.«

»Oh doch.«

»Nein. Absolut nicht.« Gabi sah neue Entschlossenheit in Sams Blick aufleuchten und wäre fast zurückgewichen. »Wenn

Sie mich nicht nach Boston gehen lassen, stelle ich etwas noch Schlimmeres an. Ich ziehe das durch, das wissen Sie.«

»Hör auf, Sam. Es gibt andere Möglichkeiten. Wir können uns etwas überlegen.«

Sam schüttelte den Kopf. »Ich überlege nicht. Nächstes Mal sorge ich einfach dafür, dass mich keiner schnappt.«

»Hey.« Am Abend setzte sich Luke in den Strandsessel neben ihr und bemerkte sofort ihre Niedergeschlagenheit. »Geht es dir gut?«

Sie seufzte und ließ die Schultern hängen. »Ich will nicht lügen. Es ging mir schon besser.«

»Ja.« Er reichte ihr ein Bier. »Mir auch.«

Sie sah ihn an, und der Schmerz in ihren Augen tat ihm weh. »Danke für alles, was du heute getan hast.«

»Das war eine Teamleistung. Du kannst auf deine Mädchen verdammt stolz sein.«

»Bin ich. Das haben sie sich bestimmt nicht zugetraut. Ich jedenfalls nicht.«

Luke nickte. »Schwer zu glauben, dass das dieselben vier sind wie vor drei Wochen. Da konnte keine die andere leiden.«

»Ich weiß.«

»Wie geht es Sam jetzt?«

»Ehrlich gesagt weiß ich das nicht. Wir haben noch über vieles zu reden.« Gabriela seufzte und zog die Knie an die Brust, auf diese Art, bei der er sie immer auf seinen Schoß ziehen und trösten wollte. Bei wem bekam sie Trost, wenn sie ihn brauchte?

»Und wie geht's dem Baby?« Er wusste bereits, dass der Knöchel gebrochen war. Sam hatte Glück gehabt und war keinem Raubtier begegnet. Sie war ohne GPS durch unbekanntes Gelände gelaufen und schließlich von einem blöden Stein abgerutscht, als sie über einen Bach sprang. Er fand es unglaublich, wie weit sie damit noch gehumpelt war, bevor sie aufgab. Angst und Adrenalin hatten sie vermutlich aufrecht gehalten.

Gabi schüttelte den Kopf und machte ein klägliches Gesicht. »Es gibt keins, Luke.«

»Hat sie es verloren?«

»Nein. Sie war gar nicht schwanger.«

»Aber –«

»Ich weiß. Es ist unfassbar.« Sie stützte den Kopf in die Hände, als könnte er sonst herunterfallen, und wieder hatte Luke den starken Drang, sie zu trösten. Aber er spürte auch eine Barriere zwischen ihnen. »Sie hat gehofft … wenn ich ihr die Schwangerschaft glaube, bliebe mir nichts anderes übrig, als es der Direktorin zu melden. Sie wollte, dass die sie dann der Schule verweist.«

»Das ist ziemlich extrem.«

»Sie war verzweifelt. Mit ihren Streichen hat sie den Schulverweis bisher nicht provozieren können. Nicht mal mit dem Diebstahl des Schultransporters und der nächtlichen Fahrt zur Jungenschule. Dann war auch noch die Flucht fehlgeschlagen. Ich nehme an, ihr ist auf die Schnelle nichts Besseres eingefallen. Sie ist in Briarwood kreuzunglücklich, Luke. Sie findet es dort so schlimm, dass sie lieber wieder bei Pflegeeltern wohnt.« Sie seufzte. »Wie machst du das?«

»Wie mache ich was?«

»Mit solchen Jugendlichen zu arbeiten. Das ist dein Ding. Du bist ständig von solchen Fällen umgeben. Dir muss doch zehnmal am Tag das Herz brechen. Bei mir ist das jedenfalls so, seit ich hier bin, und es macht mich fertig, dass ich ihr nicht helfen kann. Wie … wie kommst du damit klar?«

Er sah sie an. Sie wirkte vollkommen verletzlich, hatte Tränen in den Augen und trug so schwer an ihrer selbst auferlegten Verantwortung. Er spürte einen ungewohnten Schmerz in der Brust. Stirnrunzelnd begriff er, dass der ihretwegen da war – wegen ihrer Verletzlichkeit, ihres Vertrauens, ihrer Zuversicht, dass er ihr mit einem entscheidenden Rat aufhelfen konnte, wenn sie sich ganz unten angekommen fühlte.

»Ich hatte eine jüngere Schwester.« Der Satz war ausgesprochen, ehe er sich überlegen konnte, ob er wirklich darüber reden wollte. Und das schockierte ihn. Nur Oliver, Piper und Noah kannten seine Geschichte, und er hatte ewig gezögert, sie ihnen zu erzählen.

»Hatte?«

»Keine leibliche Schwester, aber wir waren fast sechs Jahre zusammen untergebracht, sind fünfmal in eine andere Familie umgezogen. Sie war also fast wie eine richtige Schwester für mich.«

»Was ist passiert?«

Er holte tief Luft. »Unsere letzte Pflegefamilie war das Allerletzte. Wir kamen in ein Haus in der Vorstadt. Drei Schlafzimmer, zwei Bäder, Garage und so weiter. Als wir dort ankamen, war ich bereits alt genug, um zu wissen, dass ich nicht auf ein glückliches Familienleben zu hoffen brauchte. Aber sie war hin und weg, weil es einen Pool und einen Hund gab und sie ein eigenes Zimmer hatte. Sie dachte, jetzt sind wir endlich angekommen, und wenn sie nur ganz brav ist, werden die Leute sie adoptieren.«

Er blickte zu Gabi, die am Daumennagel kaute und ihn unverwandt ansah. Er entdeckte Sorge, Anteilnahme in ihrem Blick, aber kein Mitleid, und deshalb erzählte er weiter.

»Äußerlich machte das Haus einen guten Eindruck. Auch beim Reinkommen schien alles in Ordnung zu sein. Aber hinter der Fassade lief eine üble Scheiße ab, und Trina wünschte sich so sehr, bleiben zu dürfen, und wollte sich um jeden Preis einfügen, dass sie unter den Bann des Zeugs geriet, das die im Keller kochten, und es dauerte nicht lange, da war sie süchtig.«

»Oh Luke.«

»Darum wandte ich das einzige Mittel an, das ich kannte. Ich ließ meiner Wut freien Lauf, legte es darauf an, dass wir rausgeworfen wurden, um Trina vor dem Schlimmsten zu bewahren. Randall, der Pflegevater, säuselte immerzu, wie hübsch und wie süß sie ist ... da wusste ich, es war nur eine Frage der Zeit.« Luke ballte die Fäuste. »Einmal sind wir zusammen abgehauen, aber wir kamen nicht weit, er fand uns. Und er versprach, uns nicht zu verraten, solange Trina brav ist.«

Er musste tief durchatmen, denn der Rest der Geschichte schmerzte am meisten.

»Mir war klar, was er unter brav verstand. Ihr nicht. Aber bei der Fürsorge glaubte mir keiner, weil ich als besonders verkorkst galt. Ich blieb, damit ich auf sie aufpassen konnte, aber es wurde immer schlimmer. Sie verlor Gewicht, bekam diesen irren Blick, und ich wusste, eine Überdosis war so unvermeidlich wie die andere Scheiße, die da lief. Zu der Zeit kriegte Randall spitz, dass ich ihm auf die Schliche gekommen war, und schwärzte mich bei der Fürsorge an, sodass ich abgeholt wurde. Nur ich.

Ich habe getobt und meinen Sozialarbeiter zehnmal am Tag angerufen, und endlich schickten sie jemanden vorbei, der sich die Verhältnisse ansehen sollte. Aber – jetzt kommt die große Überraschung – Trina sagte, alles sei bestens und ich wäre nicht ganz richtig im Kopf. Da war sie schon so abhängig, dass sie es nicht riskieren konnte, von ihrem Versorger getrennt zu werden. Mir fiel nichts Besseres ein, als mitten in der Nacht in das Haus einzubrechen und sie zu überreden, mit mir zu kommen.«

Er schwieg, während er sich erinnerte – wie er sie bekniete und weinte und wie das Geschrei losging. Randall rief die Polizei, und Luke wurde in Handschellen von der Veranda gezerrt, auf der Trina schluchzend stand. Er landete in der Ausnüchterungszelle, stocknüchtern, und dachte daran, seinem Leben ein Ende zu bereiten. Dann kam Oliver.

Während er das erzählte, starrte Gabi ihn fassungslos an. Er beobachtete jede Regung in ihrem Gesicht, weil er unbedingt wissen wollte, was sie davon hielt ... ob sie ihn verstand. Am Ende seufzte er tief und starrte über den See.

»Darum bin ich hier, Gabi. Und darum werde ich nicht freiwillig von hier weggehen. Ich kann das nicht. Ich muss einfach hoffen, bei einem verzweifelten Kind Entscheidendes zu erreichen und das alles zu einer lohnenswerten Anstrengung zu machen. Ich konnte Trina nicht retten, aber ich werde wenigstens mein Bestes geben, um ein anderes Kind zu retten. Oder viele andere. Ich habe keine Wahl. Und wenn der Schulvorstand unser Camp dichtmacht, werde ich die Arbeit woanders fortsetzen. Aber das werde ich dann allein tun müssen, denn ich garantiere dir, die Schließung wird Oliver umbringen.«

»Was ist aus Trina geworden?«, fragte Gabi mit schwankender Stimme.

Luke stützte das Kinn auf die Fäuste. »Eine Woche danach starb sie an einer Überdosis.«

32

»Hey, Gabi. Wie geht es dir?« Fröhlich lärmend kam Piper am nächsten Morgen mit drei Einkaufstaschen voller Lebensmittel zur Küchentür hereinspaziert. Gabi überkam das schlechte Gewissen, weil sie die nicht mehr verzehren würden.

»Das steht noch nicht fest.« Sie rang sich ein schwaches Lächeln ab und half ihr, die Taschen auf den Tresen zu hieven, spürte aber deutlich ihre Übermüdung, nachdem sie sich die ganze Nacht im Bett hin und her gewälzt hatte.

Piper spähte über den Tresen hinweg in die Schlafecke. »Wo sind die Mädchen?«

»Oben im Garten, ob du es glaubst oder nicht.«

»Um sieben Uhr früh? Leisten sie Buße für die Riesensuchaktion gestern?«

»Nein. Eigentlich nicht. Jedenfalls glaube ich das nicht. Es soll heute höllisch heiß werden, und das Unkraut muss gejätet werden. Deshalb wollen sie möglichst früh damit fertig sein.«

»Wow.« Piper nickte und begann die Taschen auszuräumen. »Das ist ziemlich … tatkräftig.«

Gabi zog lächelnd die Nase kraus. »Ich weiß.« Dann wurde sie ernst, denn Piper holte drei Großpackungen Eier hervor. »Ich wünschte, ich hätte gewusst, dass du heute früh einen Großeinkauf machst.«

»Wieso? Brauchst du etwas?«

»Nein.« Sie seufzte. »Dann hätte ich dir gesagt, dass das nicht mehr nötig ist. Gestern Abend, als alles ruhig war, haben Luke und ich noch lange miteinander geredet, und … na ja, ich werde wohl heute Nachmittag mit den Mädchen nach Briarwood zurückfahren.«

»Was?« Piper sah sie verblüfft an, und Gabi wusste, sie sollte sich besser eine gute Begründung überlegen, bevor sie Luke gegenübertrat. Allerdings zweifelte sie, ob sie wirklich eine hatte. Während er ihr gestern Abend die Geschichte über seine Pflegeschwester erzählte, war sie ergriffen gewesen, aber auch beeindruckt von der Lauterkeit seiner Absichten, die ihn an das Camp Echo Lake banden.

So etwas konnte sie nicht geltend machen.

Nun ja, sie hatte geglaubt, so etwas zu haben – dass sie nach besten Kräften für bessere Lebenswege und Zukunftschancen sorgte. Aber was sie gestern erfahren hatte, stellte alles infrage.

Alles bis auf eines.

Wenn sie noch einen Tag länger bliebe, würde das in einer Katastrophe enden. Wenn die Mädchen keine Dummheiten begingen, dann sie selbst, und die lenkten sie so sehr ab, dass sie Sams Aufbruch zur Flucht nicht mitbekommen hatte.

Sie musste heimfahren und sich auf ihre Pflichten konzentrieren, in die Umgebung zurückkehren, in der sie sich auskannte, auch wenn sie im Moment weder Sympathie noch Respekt für ihre Schule übrighatte.

Und mit der Zeit und genügend Abstand würde sie sich vielleicht darüber klar werden, was sie im Hinblick auf Luke tun wollte.

Sie holte tief Luft. »Das scheint mir im Moment das Beste zu sein.«

»Sieht Luke das auch so?«

Gabi beäugte äußerst interessiert einen Kratzer in der Arbeitsfläche. »Ähm, er … weiß noch nichts davon.«

Piper hielt inne, lehnte sich gegen den Tresen und schaute

sie forschend an. »Hast du Angst, Sam könnte noch mal abhauen? Oder jemand anderes? Ich schätze, Sam wird im Moment nicht allzu weit laufen.«

»Ja und nein. Ich weiß es nicht.« Gabi seufzte. »Das bringt mich um.«

»Was bringt dich um?«, hörten sie Luke fragen, der gerade zur Tür hereinkam. Mit aufmerksamem Blick lehnte er sich neben Piper an den Tresen.

Sie sah Gabi fragend an. *Willst du es ihm sagen?*

»Ich weiß nicht, wie ich anfangen soll«, brachte Gabi endlich über die Lippen und kam sich vor wie der allerletzte Feigling.

»Sie hat mir gerade eröffnet, dass sie heute abreisen.« Piper wandte sich ab und öffnete den Kühlschrank. »Sie hat bedauert, dass ich schon einkaufen war, denn sie werden das alles nicht mehr essen.«

Schweigend verschränkte Luke die Arme und musterte Gabis Gesicht. »Abreisen.« Mehr sagte er nicht, und Gabi fühlte einen Kloß im Hals.

»Ich glaube, ich hab etwas im Auto vergessen.« Piper nahm ihre Schlüssel. »Bin gleich wieder da.«

Beide schauten ihr nach, dann drehte sich Luke zu Gabi um. »Was soll das?«

»Ich … ich habe gestern mit einem der Dekane telefoniert. Unser Wohnheim ist fertig renoviert. Wir können heimfahren. Also … ich denke, nach allem, was passiert ist, müssen wir das tun.«

»Weswegen?«

»Wegen allem!« Sie hob die Hände. »Überleg doch mal! Wir mussten wegen eines meiner Mädchen die Bergrettung anrufen, Luke!«

»Also gibst du auf und fährst?«

Sie seufzte. »Meine Mädchen sind eine wandelnde Katastrophe, und wir haben euch schon drei Wochen lang von der Arbeit abgehalten. Ich dachte, wir machen Fortschritte … und dass die Camp-Ferien doch keine so schlechte Maßnahme waren … und dann passiert das mit Sam. Also, im Ernst. Ich darf es nicht riskieren, dass noch mal so etwas geschieht.«

»Also bringst du sie zurück in Briarwoods hehre Hallen, wo nichts passieren kann?«

»Ja.«

»Weil man da keine Autos kurzschließen und über die Staatsgrenze abhauen kann?«

»Sieh mich nicht so an, okay? Mir ist bewusst, weshalb wir hier hergeschickt wurden, aber der Aufenthalt hier hat nichts gebracht. Es ist nur schlimmer geworden.«

»Inwiefern?«

Gabi sah ihn aufgebracht an. »Hast du Sam heute Morgen nicht gesehen? Sie geht an Krücken.«

»Aber nicht aufgrund des Camp-Aufenthalts, Gabi.«

»Was soll das heißen? Natürlich ist das passiert, weil sie hier ist.«

»Warum ist sie weggelaufen?«

»Weil sie das Leben in Briarwood hasst.«

»Und warum willst du sie dann dorthin zurückbringen?«

»Weil ich mir darüber klar werden muss, was ich jetzt tun sollte – für sie, für Eve … und für mich. Und das kann ich hier nicht.«

»Warum nicht?«

Sie seufzte. *Darum, Dummkopf. Deinetwegen war ich nicht für sie da, als sie mich am dringendsten gebraucht hätte. Deinetwegen fühle ich mich völlig unfähig, nachdem ich dir dabei zugesehen habe, wie du bei meinen Mädchen in kürzester Zeit Riesenfortschritte erzielt hast. Deinetwegen kann ich keine gerade Strecke gehen, weil ich mich ständig nach dir umdrehe.*

»Es geht nun einmal nicht.«

Er nickte nachdenklich. »Lass mich mal zusammenfassen. Du hast dich also – wie lange? – drei Jahre lang immer wieder dafür eingesetzt, ein Stipendienprogramm zu etablieren, obwohl alle Vorstandsmitglieder bis auf eines dagegen waren, und du würdest lieber fünfzig oder hundert Mädchen aufnehmen, weißt aber, du kannst immerhin bei diesen zweien gute Arbeit leisten.« Er sah sie fragend an. »So weit stimmt alles?«

Sie verdrehte die Augen.

»Sie kommen also an die Schule, und du bist überzeugt, sie werden ihre große Chance mit Freuden nutzen, erkennen, was ihnen gefehlt hat, begreifen, was du ihnen ermöglicht hast, und glücklich sein. Dankbar sogar.«

»Mir geht es nicht um Dankbarkeit, Luke.«

Er hob eine Hand. »Darauf will ich nicht hinaus. Du hast dir vorgestellt, die beiden Mädchen aus ihren schlimmen Verhältnissen herauszuholen, sie für ein besseres Leben fit zu machen und das Stipendienprogramm zu einem Erfolg werden zu lassen, richtig?«

»Ja. Warum sollte ich nicht? Das war der Zweck des Programms.«

»Klar. Und weil es nicht zu einem Erfolg wurde, sitzt du nun hier, gibst dir die Schuld, fragst dich, was du denn hättest besser machen können, damit es doch ein Erfolg geworden wäre.«

»Ja.«

»Es tut mir leid, dir das sagen zu müssen, aber das kannst du nicht.«

»Was kann ich nicht?«

»Für einen Erfolg sorgen. So gut bist du nicht.«

Sie schluckte verlegen. »Na, besten Dank.«

»Niemand ist so gut, Gabi.« Er schüttelte den Kopf. »Ich bin nicht so gut, Oliver ist nicht so gut. Niemand. Das ist keine Aufgabe, die man mit sorgfältig ausgesuchten Mitbewohnern oder drei Wochen Sommercamp bewältigen kann.«

»Offensichtlich.«

»Aber vier Wochen können schon einen wesentlichen Unterschied ausmachen.«

Gabi seufzte und schüttelte den Kopf. »Weil die eine zusätzliche Woche Wunder wirkt?«

»Vielleicht.« Er zuckte mit den Schultern. »Man kann nie wissen, wann das Wunder passiert, und ich sag dir was: Wir haben dieses Wunder gestern kurz gestreift.«

»Wir haben gestern eine groß angelegte Suchaktion veranstaltet.« Sie stieß die Worte mühsam hervor.

»Genau. Und drei deiner Mädchen waren dabei. Sie haben das nicht getan, weil sie dazu verdonnert wurden, sondern weil Sam ihnen am Herzen liegt. Sie haben sie auf einer Trage durch den Wald geschleppt, die sie eigenhändig gebaut haben, weil Sam ihnen nicht egal ist. Sie haben ihr heute Morgen zum Garten hinaufgeholfen, weil sie ihnen nicht egal ist. Und sie werden ihr auch wieder nach unten helfen. Weil sie ihnen *nicht egal ist.*«

Gabi runzelte die Stirn, als er jedes Wort betonte. »Das war eine Ausnahmesituation. Sie hatten keine andere Wahl. Das heißt nicht, dass sie von jetzt an immer so sind.«

»Da irrst du dich«, erwiderte er sehr bestimmt. »Das wird bleiben. Denn sie haben gemeinsam ein einschneidendes Erlebnis bewältigt. Das schmiedet sie zusammen, ob sie es möchten oder nicht. Dieser Sommer wird sich in ihr Gedächtnis einbrennen, und dass es schlimme Vorfälle gab, ist nicht zwingend schlecht für sie. Zusammen eine Katastrophe zu bewältigen erzeugt die stärkste Bindung überhaupt.«

»Großartig.« Sie lachte bitter. »Ich habe meine Mädchen eine Katastrophe bewältigen lassen. Der Schulvorstand wird begeistert sein.«

»Sie haben furchtbare Angst gehabt, Gabi, aber nicht vor dir oder vor mir oder vor der Wildnis, sondern sie haben Angst *um* jemanden gehabt. Und das ist für diese vier keine Selbstverständlichkeit.«

»Also … ich weiß nicht«, sagte sie leise. Ihr schwirrte der Kopf.

»Aber ich.« Er trat auf sie zu und umfasste sanft ihr Kinn. »Gabriela, schieb die Entscheidung noch auf. Fahr noch nicht.«

Wie er sie berührte, wie er ihr in die Augen blickte, wie nah sie seinen warmen Körper spürte … sie wollte sich nur an ihn schmiegen, sich in die Arme nehmen lassen, die Wange an seine Brust legen. Und das machte ihr zusätzlich Angst, denn sie konnte sich leicht darin verlieren. In ihm. Und ob sie heute oder erst in einer Woche abreiste, änderte nichts, so oder so würde es ihr das Herz brechen.

Es würde leichter werden, wenn sie sofort heimfuhr, bevor sie sich noch mehr in ihn verliebte.

Er löste sich von ihr, als ob er ihre Gedanken erraten hätte, und ihr kroch ein kalter Schauer über den Rücken.

»Du fährst trotzdem, stimmt's?«

Sie machte einen zittrigen Atemzug. Sie hasste die Antwort mehr, als er wahrscheinlich vermutete.

»Mir bleibt nichts anderes übrig, Luke.«

»Was ist mit uns, Gabriela? Gibst du uns auch auf? Bevor wir ergründen konnten, was zwischen uns ist?«

Sie schloss die Augen und suchte nach Worten, die nicht ganz so sehr schmerzten.

»Ich fälle die Entscheidung nicht leichten Herzens, Luke.«

»Wenn du jetzt sagst, es liegt nicht an dir, sondern an mir, dann werfe ich dich in den See. Ich warne dich.« Sein heiterer Ton kostete ihn einige Anstrengung, das merkte sie ihm an. Seine Schultern und Arme blieben angespannt.

»Aber es liegt nun mal wirklich an mir, Luke. Mach dich nicht darüber lustig. Ich wurde an der Briarwood erzogen und weiß gar nicht, wie ich etwas anders machen könnte. Die vergangenen vierundzwanzig Stunden haben das wohl zur Genüge gezeigt.«

Er zuckte mit den Schultern. »Dann lerne es eben. Das tust du doch schon den ganzen Sommer.«

»Mag sein. Ich weiß nur nicht, ob ich das wirklich will.« Ihre Stimme versagte. »Es tut mir leid«, krächzte sie.

»Tja.« Er nickte langsam und trat von ihr weg. »Das ist natürlich etwas anderes.«

33

Am Nachmittag packte Gabi den letzten Schlafsack in den Schultransporter und warf die Tür zu. Die Mädchen standen auf dem Parkplatz herum und waren auffallend still. Ein letztes Mal ging sie die Liste durch, ob sie auch wirklich alles eingepackt hatten.

»Okay, wir haben alles.« Sie legte das Klemmbrett in das Fach der Fahrertür und drehte sich zu Piper um, die still neben dem Wagen stand.

Sie musterte Gabis Gesicht. »Bist du dir wirklich sicher?«

»Überhaupt nicht.« Gabi lächelte traurig. »Aber ich muss erst mal von hier weg, um mir über alles klar zu werden.«

Piper schaute besorgt zu Lukes Hütte hinüber. »Willst du nicht noch mal mit ihm reden, bevor du fährst?«

Gabi seufzte und musste sich zwingen, nicht auch zu seiner Hütte zu blicken, zu der Veranda, auf der sie sich zum ersten Mal geküsst hatten. Außerdem wollte sie nicht sehen, ob er ihre Abreise durchs Fenster verfolgte.

»Wir … haben uns schon verabschiedet«, sagte sie.

In dem Moment kam Oliver aufgeregt aus seinem Büro gelaufen. »Noch nicht einsteigen, Gabi!«, rief er.

»Warum nicht?«

Er deutete mit dem Kopf auf die Zufahrtsallee. »Weil gleich ein Wagen vorfährt. Wahrscheinlich ein Überraschungsbesuch aus Briarwood.«

Gabi wurde es flau im Magen. »Was hat das zu bedeuten?«

»Keine Ahnung. Gerade hat Ike von der Tankstelle angerufen. Meinte, eine Lady in Großstadtklamotten hätte soeben vollgetankt. Hat sich nach dem Weg zum Camp erkundigt.«

»Das kann sonst wer sein, oder?« Ihre nervöse Unruhe wuchs.

Oliver nickte. »An dem Wagen klebte allerdings das Briarwood-Wappen.«

Gabi wurde mulmig. Das musste Priscilla sein. Und die hatte wohl von Sams Eskapade erfahren. Aber jetzt schon? Wie?

Kurz darauf drehten alle den Kopf zur Einmündung der Allee, weil man den Wagen kommen hörte. Eine schwarze Limousine fuhr auf den Parkplatz. Die Windschutzscheibe spiegelte in der Sonne, sodass Gabi nicht erkennen konnte, wer am Steuer saß. Derjenige parkte neben dem Schultransporter.

»Der alte Zausel an der Tankstelle hat mich wohl schon angekündigt, wie?« Eine tiefe Frauenstimme kam durch das offene Seitenfenster, und Gabi ging freudig lächelnd auf die Wagentür zu.

»Laura?«

»Höchstpersönlich. Seien Sie so gut und helfen mir beim Aussteigen, ja? Das war eine lange Fahrt. Weiß nicht, ob meine Knochen noch alle am richtigen Platz sind.«

Gabi lachte. Die Vorstandsvorsitzende griff nach ihrer Hand und hievte sich vom Sitz, um sich sodann schwer auf Gabis und Olivers Unterarme zu stützen.

Schließlich stand Laura aufrecht und schüttelte die helfenden Hände ab, um sich in den Wagen zu neigen und ihren Stock vom Beifahrersitz zu nehmen. Er war mit rosafarbenem Strass besetzt, passend zu ihrem Hutband.

»So. Dann bin ich wohl wieder einsatzfähig. Welche Erleichterung.«

»Was tun Sie denn hier so weit draußen?«, fragte Gabi. Sie hatte sich zwar mehrmals hingesetzt und einen Brief an Laura formuliert, wie sie Luke versprochen hatte, aber nie die richtigen Worte gefunden. Der Besuch kam also aus heiterem Himmel.

»Ich komme aus einem bestimmten Grund und zu einer offiziellen Besichtigung.«

»Oh.« Betroffen schaute Gabi über Lauras Kopf hinweg zu Oliver. Nach dessen Gesichtsausdruck zu urteilen, wusste er auch nichts davon. Sie wollte sich nicht vorstellen, was Luke für ein Gesicht machen würde, wenn er davon erfuhr. »Worum geht es?«

»Nun, wie ich höre, gibt es eine Liste mit Bauprojekten. Das Camp soll modernisiert werden. Ich will mir ansehen, wie weit das gediehen ist.«

»Oh.«

Gabi ließ die Schultern hängen. All die Zeit hatte sie gehofft, es läge ein Missverständnis vor – die Liste beruhe vielleicht gar nicht auf einem Vorstandsbeschluss. All die Zeit hatte sie gehofft, ihre Schule habe doch nicht vor, die Ferienprogramme für bedürftige Jugendliche einzustellen.

Aber nein.

Augenscheinlich war die Liste offiziell, die Absicht dahinter nicht bloß eine Befürchtung. Und nun kam die langjährige Vorstandsvorsitzende, um zu prüfen, ob die Anweisungen auch penibel ausgeführt wurden.

Laura tätschelte lächelnd Gabis Arm. »Machen Sie nicht so ein erschrockenes Gesicht.« Sie wandte sich den Mädchen zu. »Hatten die Damen schöne Ferien?«

Die Mädchen murmelten etwas und nickten höflich, fingen aber nicht an zu erzählen. Gott sei Dank.

Laura musterte sie. »Wie es aussieht, seid ihr noch heil.«

Sie beugte sich zur Seite, um an Madison vorbeizuspähen und Sam besser ins Visier nehmen zu können. »Die meisten zumindest. Was ist passiert? Hat der Camp-Leiter euch Kampfkunstunterricht erteilt?«

Die Mädchen kicherten nervös, und Sam schüttelte den Kopf. »Nee. Bin mit einem Bären aneinandergeraten. Aber der sieht jetzt schlimmer aus als ich.«

Laura lachte schallend, und das klang kräftiger, als man es einer Dame ihres Alters zutraute. »Nun, ein Briarwood-Mädchen, das es nach nur drei Wochen Camp mit einem Bären aufnimmt, will ich in meinem Team haben.« Sie zwinkerte Gabi zu. »Und eine Hausmutter, die das bewirkt hat, nehme ich auch.«

Gabi lächelte angespannt. »Für Briarwood nur die Besten.« Sie sagte das Motto automatisch daher, das sie während ihrer Kindheit dort verinnerlicht hatte.

Laura winkte ab. »Gut. Wer wird mich herumführen? Und wo ist Luke? Ich möchte ihn einiges fragen.«

Eine Stunde später hatte Laura das gesamte Camp besichtigt, gehörig gestaunt und genickt und sogar eines der Feldbetten im Zelt ausprobiert. Sie hatte den Waschraum bewundert, den heißen Brausestrahl geprüft, und war, trotz Gabis Einwänden, zum Garten hochgestiegen, weil sie die Setzlinge der Mädchen sehen wollte. Je weiter sie herumkam, desto zufriedener lächelte sie, und Gabi stellte fest, dass sie selbst das Camp nun auch mit anderen Augen sah.

Sie hatten in den wenigen Wochen wirklich eine Menge geschafft, trotz des holprigen Starts. Die Hütten waren frisch gestrichen, der Parkplatz mit neuem Kies bestreut, und die Mädchen hatten den Anleger am Wochenende ganz allein weiter ausgebessert und gestrichen.

Dabei hatten sie sogar Elektrowerkzeuge benutzt, und Gabi war dabei die Ruhe selbst geblieben.

Doch während des Rundgangs hatte sie sich gefühlt, als ob sie den Untergang des Camp Echo Lakes besiegelte. Wenn Laura überschwänglich die neuen Duschen lobte und bemerkte, wie viel besser die Hütten jetzt aussahen, machte Gabi ein gequältes Gesicht. Denn jede Verbesserung brachte das Camp näher an die geplante neue Verwendung heran, und das hieß, Oliver und Luke würden ihren Hut nehmen müssen, und Olivers Lebenswerk würde vernichtet werden.

Luke war dem Rundgang ferngeblieben. Gabi machte ihm daraus keinen Vorwurf. Sie hatte ihre Schule drei Wochen lang in Schutz genommen und sich geweigert, das zu glauben, was er schon länger vermutete. Und jetzt wurde das Camp von der Vorsitzenden inspiziert. Klar, sie war freundlich und zeigte den Mädchen, wie dankbar sie ihnen für die geleistete Arbeit war. Aber die künftigen Pläne standen dabei unausgesprochen im Raum und klangen in Lauras Fragen durch.

Nun war der Rundgang zu Ende. Gabi wusste, das war ihre letzte Chance, für Lukes und Olivers Anliegen einzutreten. Wenn sie jetzt nicht die Stimme erhob, dann würde der idyllische Uferstreifen nächstes Jahr eine Horde schnatternder wohlerzogener Teenagerinnen sehen, die ebenso gut in hundert anderen Camps die Ferien verbringen konnten.

»Laura? Dürfte ich Sie sprechen, bevor Sie sich mit den beiden Männern zusammensetzen?«

»Aber gern, meine Liebe.« Laura legte eine Hand auf ihren Arm. »Mädchen? Wie wär's, wenn ihr euch einen schönen Nachmittag macht? Zieht euch den Badeanzug an und geht schwimmen.«

Die Mädchen stutzten und blickten Gabi um Erlaubnis heischend an, was diese erst einmal überraschte und dann freute.

»Nur zu«, sagte sie lächelnd. »Ihr habt es euch verdient.«

Die Mädchen schlenderten mit Sam in ihrer Mitte zum Speisesaal, während Gabi und Laura die Strandsessel ansteuerten. Gabi half ihr, sich hinzusetzen.

»Meine Güte«, sagte Laura. »Ich hatte ganz vergessen, wie schön es hier ist.«

»Sie waren schon einmal hier?«

»Oh ja. Im vorigen Jahr haben wir uns das Gelände angesehen.« Sie zwinkerte. »Wollte doch wissen, was ich für mein Geld bekomme.«

»Ihr Geld?« Gabi neigte den Kopf zur Seite. *»Sie* sind der anonyme Geldgeber?«

»Nicht *so* anonym, fürchte ich.«

»Ich hatte keine Ahnung.«

Laura lächelte. »Die sollten Sie auch nicht haben.«

»Würden Sie mir gestatten, eine sehr gezielte Frage zu stellen?«

»Das sind die besten, scheint mir.«

Gabi holte tief Luft. »Ich bitte um Verzeihung, falls mir diese Frage nicht zusteht, aber ich möchte es unbedingt wissen. Welche Pläne hat Briarwood tatsächlich für das Camp?«

Laura schwieg ein paar Augenblicke lang, und das verriet Gabi schon alles, was sie wissen wollte. Daher wartete sie nicht ab, bis Laura ihre beschwichtigenden diplomatischen Zeilen abspulte, sondern redete weiter.

»Laura, ich weiß, was auf der Liste steht, und habe ernsthafte Bedenken bezüglich der geplanten Veränderungen.«

»Ach so?«

»Ja.« Sie nahm ihren Mut zusammen. »Das Camp … ich finde, es war vorher genau richtig … bevor wir herkamen.«

»Wie das?«

»Weil es sich um ganz andere Jugendliche gekümmert hat,

Laura. Oliver und Luke haben ihre ganze Arbeitskraft, ihr Herzblut dafür gegeben, aus lauteren, selbstlosen Motiven. Ich weiß nicht, wie viel sie verdienen, habe aber den starken Verdacht, dass sie alles in das Camp gesteckt haben. Wissen Sie, wie viele Jungen in den letzten fünf Jahren hier die Sommerferien verbracht haben?«

»Wie viele?«

Gabi stutzte, weil sie eine gewisse Erheiterung in Lauras Miene sah. Im Ernst? Sie fand das lustig? Gabi wiederholte die Zahl, die Oliver ihr vorige Woche genannt hatte, und Laura nickte anerkennend, sagte jedoch nichts dazu.

»Briarwood muss die Betreuungszeit nicht ausdehnen, Laura. Unsere Mädchen haben für die Ferien viele andere Optionen. Es gibt zahlreiche Camps, die ganz auf die Ansprüche solcher Familien ausgerichtet sind. Dieses Camp ist nicht so eins.«

»Aber es könnte eins werden, meinen Sie nicht? Es könnte so viel mehr sein.«

Gabi unterdrückte ein Seufzen. »Natürlich. Es ist schön hier, es ist ruhig und umgeben von freier Natur, die Ehrfurcht gebietend und zugleich Furcht einflößend ist. Das perfekte Gelände für den bisherigen Zweck. Hunderte Jungen sind schon hier gewesen, und die haben für ihre Ferien keine anderen Optionen. Für die gibt es kein anderes Camp. Sie kommen aus Pflegefamilien, es fehlt ihnen an allem, ihre Chance, in die Kriminalität abzurutschen, ist groß, und Luke und Oliver haben es sich zur Aufgabe gemacht, sie auf den rechten Weg zu bringen, ihnen zu zeigen, dass sie nicht allen egal sind.«

»Und Sie glauben nicht, dass Briarwood-Mädchen dasselbe verdienen?«

»Natürlich verdienen sie das auch. Aber sie müssen das

nicht hier bekommen. Camps wie dieses sind selten und sollten denen vorbehalten bleiben, für die sie konzipiert wurden.«

»Ich verstehe.« Laura nickte, doch ihre Miene verriet keinen Hinweis darauf, was sie dachte.

»Ich bedaure, wenn ich zu weit gegangen bin.« Gabi verschränkte die Hände im Schoß. »Aber ich habe Luke mit den Mädchen arbeiten sehen und bin inzwischen überzeugt, dass die bisherige Verwendung des Camps beibehalten werden muss.«

»Und Sie glauben, der Vorstand hat etwas anderes damit vor?«

Gabi holte tief Luft und dachte an Lukes Liste. »Ja, das glaube ich.«

Laura nickte nachdenklich. »Ich auch.«

Eine Stunde später betrat Gabi den Speisesaal, wo Laura, Oliver und Luke bereits am Tisch saßen. Sie hatte die Mädchen gebeten, den Wagen wieder zu entladen, da es mittlerweile zu spät war, um noch heimzufahren. Laura hatte sie noch hundert Dinge gefragt – und Gabi hatte sie ihrerseits mit Fragen überschüttet, aber schließlich hatte Laura sie gebeten, ihr aus dem Sessel zu helfen. Das Gespräch war damit beendet gewesen.

Und obwohl Laura ihren Verdacht bestätigt hatte, hatte sie weiter das Gelände gelobt, das Potenzial hervorgehoben und betont, welche Vorteile es für die richtigen Jugendlichen hätte.

Aber den richtigen würde es Gabis Ansicht nach nun nicht mehr zugutekommen.

Gabi wappnete sich und trat nun an den Tisch, wo Laura eine dicke Mappe vor sich ausgebreitet hatte. Mutlos überlegte sie, was dies zu bedeuten hatte.

»Oh, gut. Jetzt sind wir vollzählig. Kommen Sie, meine

Liebe, setzen Sie sich«, sagte Laura mit einer einladenden Handbewegung. »Ich will nicht um den heißen Brei herumreden, vor allem, weil ich in meinem Alter keine Zeit mehr zu vergeuden habe, aber auch, weil ich es nicht ausstehen kann, wenn andere das tun.« Sie hielt kurz inne. »Ich muss mit Ihnen dreien ein paar Dinge besprechen.«

Gabi schluckte nervös und sah Luke zum ersten Mal an, seit sie den Raum betreten hatte. Er wirkte verschlossen, nahm ihre Anwesenheit kaum zur Kenntnis.

Autsch.

Nicht, dass sie es besser verdient hätte.

Laura blickte in die Runde. »Oliver und Luke, ich weiß, Sie haben sehr hart an den Bauprojekten auf der Liste gearbeitet, die wir Ihnen am Ende des Schuljahres übergeben haben, und ich spreche für den Vorstand, wenn ich meine tiefe Dankbarkeit dafür zum Ausdruck bringe.«

Oh, nein. Vor lauter Anspannung bohrte Gabi die Fingernägel tief in ihre Handfläche. Gleich würde Laura die Entlassung aussprechen, und sie ließ Gabi diese auch noch bezeugen.

»Also«, fuhr Laura fort. »Alles sieht wunderbar aus … aber leider muss ich Sie bitten, die Arbeiten sofort einzustellen.«

Luke blickte abrupt auf. Offenbar war er zu demselben Schluss gelangt wie Gabi. »Was bedeutet das?«

»Das, was ich sage. Was Sie noch nicht ausgeführt haben, ist hiermit offiziell gestrichen.«

Oliver sah sie skeptisch an. »Sprechen Sie für den Vorstand?«

Laura ließ sich mit der Antwort Zeit. »Der Vorstand ist zurzeit … im Wandel.«

»Was geht da vor, Laura?« Gabi nahm die Hände auseinander, damit sie nicht noch blutete. »Ist etwas vorgefallen?«

»Nein. In der Schule ist alles unverändert.« Sie schüttelte den Kopf. »Und das ist das Problem. Vor acht Wochen haben mich meine Anwälte informiert, dass der Briarwood-Vorstand beschlossen hat, das Camp Echo Lake einer anderen Verwendung zuzuführen. Diese Leute haben ihre Gründe, und ich verstehe sie, auch wenn ich anderer Ansicht bin.«

Luke seufzte. »Worin besteht die neue Verwendung?«

»Sie haben beschlossen, das Camp in den Dienst der Schule zu stellen, den Familien Gelegenheit zu geben, ihre Töchter ganzjährig in unserer Obhut zu lassen und nicht nur während der Unterrichtszeit.«

Gabi sah Luke an, und diesmal erwiderte er ihren Blick. Seine Vermutung war damit bestätigt, und sie schämte sich für ihren Arbeitgeber. Wie unverfroren diese Leute doch waren! Und ihr Plädoyer war bei Laura offenbar auf taube Ohren gestoßen.

Laura räusperte sich. »Aber die Sache ist noch nicht verloren.«

»Laura.« Oliver seufzte. »Wenn man Sie hergeschickt hat, um uns mit einem Abfindungsscheck und warmen Worten abzuspeisen, dann kann ich Ihnen gleich sagen, dass ich nicht freiwillig gehen werde.«

»Es gibt keinen Abfindungsscheck.«

Gabi sah, wie sich Lukes Kiefer anspannte. Er blickte durchs Fenster auf den See, und sie konnte sich vorstellen, wie er innerlich tobte. Das war ein Albtraum für ihn. Und Gabi saß ihm als Repräsentantin der Einrichtung gegenüber, die daran schuld war.

»Gentlemen, bevor ich auf alles Weitere zu sprechen komme, möchte ich Sie wissen lassen, dass Gabi heute Nachmittag ihr Bestes getan hat, um mich zu überzeugen, das Camp Echo Lake nicht zu verändern … dass es weiterhin solchen Jugendlichen dienen muss, die bisher von Ihnen betreut worden sind … und dass Sie beide genau die richtigen Leiter für das Camp sind.«

Gabi versuchte, dankbar zu sein, weil Laura sie gegen jeden Verdacht in Schutz nahm. Aber das war ein bitterer Trost, weil es am Ergebnis nichts änderte.

Laura nickte. »Und ich muss sagen, ich stimme ihr in vielem zu.«

Ach wirklich?

Gabi schaute sie neugierig an und wagte dann einen Blick zu Luke, doch der sah noch immer aus dem Fenster.

Laura öffnete ihre Mappe, nahm drei dicke Unterlagen heraus und verteilte sie. »Eine Frage an Sie alle, bevor wir das gemeinsam durchgehen: Was glauben Sie, wie alt ich bin?«

Darauf schaute sie jeder an, und Gabi hätte beinahe nervös aufgelacht, als sie Olivers und Lukes Gesichtsausdruck sah.

Oliver schüttelte den Kopf. »Es geziemt sich nicht für einen Gentleman, das zu beantworten, Laura, und Luke wird das sicherlich auch so empfinden.«

Luke nickte und musterte sie mit gerunzelter Stirn.

»Nun, dann verrate ich es Ihnen.« Laura lächelte. »Achtundachtzig. Eine schöne runde Zahl, nicht wahr?«

Niemand sagte etwas.

»Jetzt verrate ich Ihnen auch, was an diesem Alter das Schöne ist. Es ist gar nicht leicht, dahin zu kommen, und wenn man so reich ist wie ich, braucht man auch noch eine Menge Anwälte. Ich habe die besten der besten. Tja, und jetzt?« Sie blinzelte. »Jetzt habe ich eine kleine Überraschung.«

34

Überraschung? Gabi blickte auf die Unterlagen. Das konnte in dem Fall doch wohl nur etwas Gutes bedeuten? Hatte Laura eine Möglichkeit gefunden, Oliver und Luke als Angestellte zu behalten?

Doch Gabi wusste nicht einmal, ob die beiden überhaupt weiter hier arbeiten wollen würden, wenn nur noch die Töchter reicher Leute ins Camp kämen.

Laura hob ihre Mappe hoch. »Die Sache ist die: Es war mein Geld, mit dem das Gelände gekauft wurde, auf Empfehlung von einem meiner Anwälte. Ich hatte vom Camp Echo Lake gehört, und er überzeugte mich, dass es in ganz Neuengland keine Einrichtung gebe, die meine Investition mehr verdiente. Ich habe mich erkundigt – was wahrscheinlich keiner von Ihnen mitbekommen hat –, und je mehr ich erfuhr, desto mehr stimmte ich meinem Anwalt zu.«

Gabi konnte Luke förmlich ansehen, dass er überlegte, bei wem sie sich so unbemerkt erkundigt haben konnte. Und worauf sie überhaupt hinauswollte.

»Ich habe meine Zuwendung über Briarwood laufen lassen, weil ich wirklich glauben wollte, dass wir bessere Arbeit für mehr Kinder leisten können, und mir wurde vonseiten des Vorstands versichert, dass das Camp modernisiert, mit Personal ausgestattet und nächsten Sommer neu eröffnet wird. Ich glaube, das ist alles auf einem guten Weg, und das macht mich froh.«

Sie tippte auf die Mappen. »Nur eines stimmt mich überhaupt nicht froh: dass der Vorstand vor acht Wochen einen anderen Entschluss gefasst hat und dass ich in der Hinsicht richtig vermutet hatte.«

»Aber ...« Gabi schüttelte den Kopf langsam. Wenn Laura das schon vermutet hatte, warum tätigte sie die Spende über die Schule? Warum nicht privat, wenn sie doch glaubte, die Schulleitung würde das Geld am Ende umwidmen?

Laura hob beide Zeigefinger, um sie zu unterbrechen. »Ich habe das Gelände gekauft, und ich habe es Briarwood gestiftet, aber das habe ich an Bedingungen geknüpft. Meine Anwälte setzten eine Klausel in den Vertrag, wonach jede Änderung des Zweckes oder Nutzungsziels von mir genehmigt werden muss. Wir waren sicher, der Vorstand würde davor zurückschrecken, aber er hat zugestimmt.« Sie zuckte mit den Schultern. »Offenbar waren alle darauf erpicht, das Stück Land in die Finger zu bekommen, und ich vermute, sie sehen mich als alte, tattrige Närrin, die entweder den Juristenjargon nicht versteht oder es nicht bemerkt, wenn sie die Veränderungsabsicht zwischen anderen Dingen verstecken, über die im Paket in der Sitzung abgestimmt wurde.«

Sie zog die Brauen hoch. »Ich habe sie jedoch bemerkt. Und ich habe der Veränderung nicht zugestimmt. Und da wir uns nicht einigen konnten, muss der Besitz gemäß jener Klausel in einen Fonds übergehen, der von meinen Anwälten und mir selbst verwaltet wird.«

»Was ...?« Gabi stockte und sah einen Hoffnungsschimmer aufglimmen. »Also gehört das Gelände nicht mehr Briarwood?«

Laura lächelte. »Ich habe sehr, sehr gute Anwälte.«

Luke legte die Unterlagen hin, die er noch keines Blickes gewürdigt hatte, aber ihm war nicht anzusehen, ob er Lauras Neuigkeit gut fand oder auch nur für Augenwischerei hielt.

»Was bedeutet das nun im Endeffekt?«, fragte er.

»Genau deswegen bin ich hier. Mir schwebt einiges vor, aber ehe ich meine Ideen unterbreite, möchte ich Ihre Meinung hören – von Ihnen dreien. Sie haben das Camp aufgebaut, Sie leben hier und haben gesehen, was es vermag. Ich möchte hören, was Sie zu sagen haben.«

Gabi lehnte sich zurück. »Ich bin erst seit ein paar Wochen hier, Laura. Ich kann mich nicht dazu äußern und sollte es auch nicht.«

»Da irren Sie sich«, widersprach Laura so kräftig, dass alle zusammenzuckten. »Was glauben Sie denn, weshalb Sie hier sitzen, Gabriela?«

»Hm?« Gabi schaute verwirrt. Denn Laura hatte an jener Dringlichkeitssitzung teilgenommen, bei der Gabis Urlaub gecancelt wurde. Sie dürfte sogar dafür gestimmt haben.

»Ähm …«, begann sie stammelnd. »Weil meine Mädchen zur Strafe hierhergeschickt wurden und ich sie begleiten musste.«

»Auch da sind Sie im Irrtum«, sagte Laura schon freundlicher und lächelte dabei. »Sie sind hier, weil ich Sie seit Jahren beobachte. Ich schätze Ihren Mut und Ihre Geisteshaltung und Ihre Herzlichkeit, und ich wollte, dass Sie sich in das Camp Echo Lake verlieben. Ich wusste sehr genau, was der Vorstand beabsichtigte … deshalb habe ich jene Klausel in den Vertrag setzen lassen. Aber ich wollte den Leuten die Chance geben, mich eines Besseren zu belehren.«

Sie seufzte. »Das haben sie nicht getan. Also habe ich Sie hierhergeschickt.«

»Sie waren das?«

»Ja.« Laura lächelte, als fühlte sie sich köstlich unterhalten. »Ich bin ganz gut darin, andere zu beeinflussen, wenn ich mir das in den Kopf setze. Ich muss nur wissen, womit sie sich ködern lassen. Da Priscilla Pritchards Köder das Leid anderer ist, habe ich vorgeschlagen, die Mädchen zur Strafe in das Camp zu schicken, und habe absichtlich ein schreckliches Bild davon gemalt.« Laura zwinkerte. »Darauf ist sie angesprungen wie ein Hund auf ein Steak.«

»Wie überraschend.« Stirnrunzelnd versuchte Gabi, sich einen Reim auf all das zu machen. »Warum wollten Sie, dass ich mich in das Camp verliebe?«

»Tja, jetzt kommt das Beste.« Laura schlug sich die Hände vor die Brust, als könnte sie vor Freude kaum an sich halten. »Ich habe einen Plan, meine Liebe, und so Gott will, sind Sie Teil des Ganzen.«

»Einen Plan?« Gabi blickte von einem zum anderen und in ihrem Magen setzte ein nervöses Kribbeln ein, das zu neunzig Prozent durch Angst und zu zehn Prozent durch freudige Erwartung verursacht wurde. Sie verschränkte die Arme, um sich nichts anmerken zu lassen.

»Einen Plan.« Lächelnd holte Laura weitere Unterlagen aus ihrer Mappe. »Ich möchte eine Schule bauen.«

Luke hustete. »Eine Schule?«

»Eine Schule.« Sie nickte bekräftigend. »Eine öffentliche Schule, finanziert mit meinem privaten Geld, für Kinder, die Ihrer Ansicht nach am meisten von Ihrem Erziehungsstil profitieren würden.«

Luke blickte sie misstrauisch an. »Was für Kinder?«

»Die Entscheidung läge bei Ihnen.«

»Bei mir.« Er sagte das leise und stirnrunzelnd, als verstünde er nicht recht. Gut, denn Gabi ging es ebenso.

»Genauer gesagt, bei Ihnen und Gabriela sowie Oliver, der eine beratende Funktion einnehmen würde.«

»Wie bitte?« Gabi schüttelte den Kopf. »Aber ... Briarwood ... meine Stelle als ... *wie bitte?*«

Laura lächelte und klopfte ihr auf die Schulter. »Es tut mir leid. Mir geht diese Idee schon seit zwei Jahren durch den Kopf. Ich muss mich immer wieder daran erinnern, dass hier ja noch niemand etwas darüber weiß.« Sie holte tief Luft. »Am besten, ich erkläre es Ihnen ausführlich.«

Oliver nickte, und seinem Gesicht nach zu urteilen, freundete er sich mit Lauras Idee bereits an. »Das halte ich für ratsam.«

Laura stand auf und ging zum Fenster. »Ich wünsche mir eine Schule am Ufer des Echo Lake, wo die richtigen Kinder mit den richtigen Mentoren zusammenleben. Wir suchen sie aus, wir gehen auf sie ein, und wir sorgen für sie, geben ihnen eine gute Schulbildung und emotionalen Halt, damit sie erfolgreiche, leistungsfähige Erwachsene werden.«

Sie drehte sich zu ihnen um. »Oliver, Sie haben das Camp erschaffen. Luke, Sie haben sich dem Camp verschrieben, und Gabriela, Sie *brauchen* dieses Camp. Und ich brauche es auch. Das Geld, das mein Vater mir vererbt hat, muss mehr bewirken, als eine reiche Schule voll reicher Mädchen zu unterstützen, denen die Welt ohnehin offensteht. Mit diesem Geld will ich vielmehr jene unterstützen, die diesen Vorteil nicht haben.« Sie hielt kurz inne. »Kinder, die vergessen wurden. Denn die haben es am nötigsten und die verdienen es am meisten.«

Gabi sah zu Luke, der während Lauras Erläuterungen immer überraschter dreinschaute. Doch sie konnte ihm nach wie vor nicht ansehen, ob er der alten Dame traute.

»Und diese Schule«, fragte er schließlich mit einem skeptischen Unterton, »wie stellen Sie sich die konkret vor?«

Laura lächelte zufrieden. Er schien angebissen zu haben, zumindest vorläufig. »Nun, auf der materiellen Seite darf es irgendein Gebäude sein, es muss nur dazu taugen, Schüler ganzjährig aufzunehmen. Also gehören dazu auch Wohnhütten, ein Speisesaal und Unterrichtsräume mit vier Wänden.« Sie hob den Zeigefinger. »Aber ich versichere Ihnen, das soll keine typische Klassenraum-Schule werden.«

»Was für eine soll es dann werden?«

»Sie soll gar nichts *werden*, sie soll genau das sein, was hier bis vorigen Sommer bestanden hat, seit fünfzehn Jahren. Sie haben bereits ein funktionierendes Verfahren etabliert. Sie haben erfolgreiche Erziehungsmethoden, erprobtes Material. Sie wissen, wie Sie mit solchen Kindern umgehen müssen, Luke. Ich will nicht, dass Sie etwas ändern, ich will Sie nur finanziell ausstatten, damit Ihre Arbeit nicht gefährdet ist und damit Sie diese für mehr Kinder leisten können.«

Dann wandte sie sich an Gabi. »Und Sie, Gabriela, sind begierig darauf, mehr zu tun als bisher, mehr zu sein, als Sie an einer elitären, überheblichen Schule wie Briarwood je sein könnten. Sie haben sich enorm ins Zeug gelegt, um dort etwas zu verändern, und was haben Sie erreicht?« Sie blickte Gabi fragend an, die langsam den Kopf schüttelte. »Ich weiß, wie wenig Sie den Vorstand leiden können. Und ich weiß, dass Sie ein großes Herz haben. Dies ist Ihre große Chance. Sie und Luke, unter der Aufsicht von Oliver, können eine Schule erschaffen, auf die Sie alle stolz sein können.«

Gabi war überwältigt.

»Nun, offenbar haben wir jetzt viele Details zu besprechen, und Sie werden einige Zeit brauchen, um darüber nachzudenken, aber ich bin willens und bereit, mein Konto freizugeben, sobald Sie drei unterschrieben haben. Wir könnten nächsten Juni eröffnen. Die Gehälter werden Sie mit mir aushandeln. Ich verspreche, sie werden mehr als angemessen sein. Meine Steuerberater werden sich um den ganzen langweiligen, aber notwendigen Kram wie Versicherungen und Pensionsgeld und dergleichen kümmern, aber ich bin entschlossen, Sie alle drei auf diese Mission mitzunehmen, und dafür werde ich alles tun, was nötig ist.«

Sie schaute Gabi, Luke und Oliver nacheinander an, und dann lachte sie. »Ach, wenn Sie jetzt Ihre Gesichter sehen könnten!«

»Also, Laura«, sagte Oliver schließlich. »Sie sind ein wahrer Wirbelwind. Jetzt haben wir erst mal einiges zu verarbeiten, denke ich.«

»Nehmen Sie sich ruhig Zeit.« Sie setzte sich wieder hin und tippte auf ihre Mappe. »Aber innerhalb der nächsten zwei Tage hätte ich gern eine Antwort.«

Am späten Abend saß Gabi im Strandsessel am See und dachte über die Besprechung mit Laura nach. All diese unglaublichen Nachrichten – sie wusste noch nicht, wie sie das verarbeiten sollte.

Als sie Lukes Schritte hörte, verhielt sie sich ganz still, gespannt, ob er zu ihr kam.

Kurz darauf setzte er sich neben sie. »Wow, hm?«

»Das ist noch untertrieben.« Gabi nahm einen der Kieselsteine, die sie im Schoß gesammelt hatte, und warf ihn ins Wasser. Er verursachte ein befriedigendes Platschen.

»Du meinst, ihr Plan ist realistisch?«

Sie nickte. »Ja, absolut. Aber er ist auch riesig und gewagt und beängstigend.«

»In welcher Hinsicht?«

»In jeder. Sie will aus dem Sommercamp eine Ganzjahresschule machen, und wir sollen die leiten. Du und ich. Das ist völlig irre.«

»Oder brillant. Ich soll mit den gleichen Kindern arbeiten wie bisher, aber finanziell gut abgesichert und nicht nur vier Wochen lang, sondern ganzjährig.«

»Ich weiß.« Sie seufzte. »Ich bin total überwältigt.«

Er schaute über den mondbeschienenen See. »Was macht dir am meisten Angst?«

Gabi dachte ein paar Augenblicke lang darüber nach. »Das kann ich dir im Moment gar nicht beantworten. Ich bin so übermüdet und zugleich so aufgekratzt, dass ich nicht geradeaus denken kann. Ich weiß gar nicht, wie ich das alles verarbeiten soll.«

»Ja.« Er nickte. »Das verstehe ich. Für mich ist es wesentlich einfacher. Ich kann bleiben, wo ich sein will, mit Kindern arbeiten, die ich verstehe, in der Stadt wohnen, die ich bereits schätze. Ich brauche nichts aufzugeben. Für dich sieht die Sache ganz anders aus.«

»So ist es. Ich kenne nichts anderes außer Briarwood«, sagte sie verlegen. »Mir ist wahrscheinlich gar nicht klar, wie jämmerlich das tatsächlich ist.«

»Das ist überhaupt nicht jämmerlich, Gabriela. Du bist dort aufgewachsen, du hast die Schule geliebt, und du bist dorthin zurückgekehrt, um sie zu verbessern. Das kann man wohl kaum jämmerlich nennen.«

»Danke«, flüsterte sie. »Aber so kommt es mir vor. Weißt du, jahrelang habe ich Laura immer nur als das lächelnde Gesicht am Konferenztisch gesehen. Ich habe mich immer wieder hingestellt und für eine Sache plädiert, die mir wichtig war, und sie hat immer nur lächelnd dagesessen, als hielte sie das für das Größte seit der Erfindung der Bratkartoffel.«

»War es wahrscheinlich auch.«

»Danke.« Sie rollte die Augen. »Ich hatte nur immer das Gefühl, das macht sie bei jedem.«

»Nun, offenbar nicht. Sie hatte dich auf dem Schirm und hat bereits ihre eigenen Pläne geschmiedet.«

Sie drehte sich zu ihm. »Was hältst du wirklich von ihrem Vorhaben? Meinst du auch, das ist realistisch?«

»Und ob. Das ist genau das, was in dieser Gegend gebraucht wird. Und in den benachbarten Gegenden. Wir können Kinder wie Sam und Eve aus unzumutbaren Verhältnissen herausholen und ihnen eine Erziehung geben, die sie stärkt und ihnen Halt gibt, anstatt sie in eine Schule zu stecken, wo sie sich nicht einfügen können.« Er hob die Hände. »Und ich meine das nicht wertend.«

»Ich weiß.« Gabi seufzte. »Ich kann mir nur nicht vorstellen, wie man das im Einzelnen angehen muss. Das ist eine Riesenaufgabe.«

»Ist es. Aber du musst bedenken, welche berufliche Erfahrung wir drei mitbringen. Ich habe nicht den Eindruck, dass Laura dumme Entscheidungen trifft, und dieses Vorhaben hat sie lange bis ins Detail geplant. Scheinbar ist sie stinkreich und will Gutes tun. Wir wären verrückt, wenn wir ihr Angebot ablehnen würden.«

Er griff nach ihrer Hand, und sie ließ ihn gewähren. Seine Nähe ließ sie sofort ruhig werden, und sie konnte endlich wieder aufatmen.

»Gabriela, das ist deine Chance, um zu erreichen, wofür du dich jahrelang eingesetzt hast. Deine Chance, fünfzig oder hundert oder zweihundert Kindern im Jahr ein besseres Leben zu ermöglichen. Du müsstest dich nicht mehr mit dieser Pritch-Bitch herumschlagen. Nicht mehr zusehen, wie das Stiftungskapital anwächst, während anderswo Kinder hungrig zu Bett gehen. Du könntest hier bei uns jeden Tag Entscheidendes vollbringen. Überleg nur, wie es dir damit ginge.«

Sanft, aber überzeugend redete er auf sie ein, und Gabi war immer mehr geneigt nachzugeben. Doch eine bestimmte Angst blieb.

Oberflächlich betrachtet schien das die perfekte Lösung zu sein. Sie würde großartige Dinge tun, sie würde in einer wunderschönen Umgebung leben. Sie würde … mit ihm zusammen sein. Jeden Tag. Vielleicht sogar jede Nacht. Das war zu schön, um wahr zu sein.

Und deshalb musste sie auf Abstand gehen, sich eine Auszeit nehmen und gründlich nachdenken, anstatt sofort den großen Sprung zu wagen.

»Bitte sei nicht sauer auf mich«, sagte sie, »aber ich kann jetzt nicht Ja sagen. Nicht sofort.«

Er seufzte. »Warum?«

»Weil ich nachdenken muss, Luke. Das ist eine Riesenentscheidung. Ich müsste meine bisherige Existenz aufgeben für etwas völlig Neues, das funktioniert oder auch nicht. Ich müsste meinen Wunsch nach Stabilität hintanstellen. Das wäre eine Fahrt ins Ungewisse. Solch eine Entscheidung kann ich nicht von heut auf morgen treffen, so idealistisch das Projekt auch ist. Ich … kann das nicht.«

»Verstehe.« Er nickte langsam und zog seine Hand zurück. »Wie lange wirst du dafür brauchen?«

»Keine Ahnung. Ich muss nach Briarwood zurück, die Mädchen wieder eingewöhnen und mir Zeit für mich selbst nehmen. Ich weiß ehrlich nicht, wie lange. Tut mir leid.«

»Okay«, sagte er, und sie sah den Schmerz in seinen Augen, als er sich abwandte.

»Wir reden hier im Grunde nicht nur über die Arbeit.« Gabis Stimme versagte ein paarmal, und sie versuchte den Kloß hinunterzuschlucken.

»Ich weiß, Gabriela. Und ich dachte, das fällt in die Spalte der Vorteile, nicht der Nachteile.« Er schlug sacht mit der Faust auf die Armlehne. »Aber vielleicht bin ich der Einzige, der das so empfindet.«

»Bist du nicht. Ich meine …« Sie lehnte den Kopf an und atmete tief durch. »Wir kennen uns ganze drei Wochen. Länger nicht. Und jetzt reden wir darüber, beruflich eng zusammenzuarbeiten. Und vielleicht wäre das wunderbar, wenn wir privat genauso eng zusammen wären. Aber meine Güte, Luke. Das ist verdammt viel Zweisamkeit, selbst für die stabilsten Paare. Und wir sind nicht mal …«

»Ein Paar?«

»Ja. Wir sind … ich weiß nicht, was wir im Augenblick sind.« Sie schloss die Augen. Einerseits wollte sie auf seinen Schoß hinüberrutschen und ihm glauben, dass alles wunderbar werden würde … und andererseits den Anleger hinunterrennen und ins kalte Wasser springen, damit sie zur Vernunft kam.

»Oder weißt du nicht, was du dir zukünftig für uns wünschst? Weißt du nicht, was du möchtest?« Er wahrte einen unbekümmerten Ton, aber das kostete ihn einige Mühe.

»Ja. Nein.« Ihre Verlegenheit wuchs. »Das ist das Problem. Ich weiß es nicht. Und es wäre nicht fair, die nächste Zeit hier nachdenklich herumzuschleichen. Das will ich nicht.«

»Weil du nicht klar denken kannst, wenn ich in der Nähe bin?« Er zog die Augenbrauen hoch. »Wegen der typisch männlichen Ausstrahlung und so?«

Gabi lächelte, froh, dass er sich so viel Mühe gab, einen unbeschwerten Ton in ihre Unterhaltung hineinzubringen. Aber er hatte den Nagel auf den Kopf getroffen. Wenn sie nicht sofort abreiste, würde sie die Entscheidung – wie immer sie ausfiele – aus den falschen Gründen treffen.

Und ein Mal in ihrem Leben wollte sie nicht dem Schnell-heftig-falsch-Muster folgen.

»Ich muss von hier weg, Luke. Ich sage nicht, dass ich nicht wiederkomme. Aber jetzt … muss ich von hier weg.«

35

Am nächsten Nachmittag während der Heimfahrt, sie waren schon eine Stunde lang unterwegs, sah Gabi im Rückspiegel noch immer dasselbe Bild wie kurz nach der Abfahrt: vier Mädchen mit verschränkten Armen, die schweigend aus dem Fenster starrten. Genauso hatten sie vor drei Wochen auf der Hinfahrt dagesessen, aber jetzt war ihre Hausmutter daran schuld, nicht die Pritch-Bitch. So wütend die vier seinerzeit waren, weil sie die Ferien im Camp Echo Lake verbringen mussten, jetzt waren sie noch viel wütender, weil sie es verlassen mussten.

Und Gabi würde das leichternehmen, wenn sie nicht selbst schon zehnmal kurz davorgestanden hätte umzukehren. Sie wollte nichts so sehr, wie bei Luke zu sein, in Lukes Hütte, in seinem … *Leben*, aber sie hatte sich fest vorgenommen, weit weg von Echo Lake darüber nachzudenken. Es brachte sie fast um, immer weiter nach Süden zu fahren, aber sie tat das Richtige.

Definitiv.

Ziemlich sicher.

Definitiv.

»Ich verstehe noch immer nicht, warum wir eher zurückfahren müssen.« Madison sah Gabi böse an. »Ist das für Sam überhaupt gut, schon so viel herumzulaufen?«

»Sie hat ihre Krücken, Madison. Das ist in Ordnung. Das habe ich euch heute Morgen erklärt. Das Wohnheim ist fertig renoviert, Oliver und Luke haben tausend Dinge zu erledigen. Da wären wir nur im Weg. Ihr habt lange genug gebüßt. Es gibt keinen Grund, noch länger dortzubleiben, wenn wir die beiden in Ruhe arbeiten lassen und nach Hause fahren können. So haben wir auch einen Vorsprung vor den anderen Schülerinnen, wisst ihr? Wir kommen etwas eher an und können noch ausspannen.«

Trotz ihres aufgesetzten munteren Tons überzeugten ihre Argumente nicht. Ganz wie erwartet.

»Hat Luke gesagt, wir sind ihm im Weg?«, hakte Waverly nach.

Gabi seufzte. »Nein.«

»Warum fahren wir dann heim?« Eve setzte sich auf. »Erzählen Sie uns keinen Blödsinn, Gabi. Haben Sie sich mit Luke gestritten? Mussten wir deswegen schon abreisen?«

»Nein. Luke und ich haben nicht … nein. Er hat nichts damit zu tun.«

»Na klar.« Madison rollte die Augen. »Er ist bloß das Beste, was uns seit einer Ewigkeit passiert ist. Oder Ihnen. Aber wir sollten auf keinen Fall bleiben und glücklich sein. Ja, hängen wir lieber auf dem verlassenen Schulgelände ab und langweilen uns zu Tode, bis die anderen Prinzessinnen eintrudeln.«

Sam schnaubte. »Sagt die Oberprinzessin.«

Gabi machte sich auf Madisons schneidende Verachtung gefasst, da die Mädchen schon eine Autostunde vom Camp Echo Lake entfernt ihr früheres Verhalten wiederaufnahmen. Ihr Versagensgefühl, das ihr seit gestern Abend im Magen lag, zog sie noch weiter runter.

»Ja, gut, vielleicht werden Prinzessinnen überbewertet«, erwiderte Madison, und Gabi war verblüfft.

Sam drehte den Kopf, um sie prüfend anzusehen. »Das heißt, du willst dich dieses Jahr mal wie ein normaler Mensch benehmen, anstatt die reiche Bitch zu spielen, sobald du dein Zimmer verlässt?«

Gabi hielt den Atem an, aber Madison lächelte bloß. »Werde ich, wenn du das auch tust.«

»Klar. Ich bin ja auch keine.«

»Du bist eine andere Sorte Bitch. Allerdings bist du nicht halb so wütend und distanziert, wie du es uns glauben machen wolltest.«

»Erzähl es keinem weiter.« Sam verdrehte die Augen.

Waverly tippte Gabi auf die Schulter. »Dass sie sich plötzlich vertragen, heißt nicht, dass wir nicht noch immer megamäßig sauer auf Sie sind wegen der verfrühten Rückreise. Nur damit Sie es wissen.«

»Ich nehme das zur Kenntnis. Danke.«

Eine Stunde später baten die Mädchen sie um eine Toilettenpause. Gabi fuhr bei der nächsten Raststätte ab. Sam wollte nicht mit den Krücken über den Parkplatz laufen, und Madison leistete ihr Gesellschaft, sodass nur Gabi und die anderen zwei in das Gebäude gingen. An einem Abschnitt der Theke gab es kostenlosen Kaffee, den man sich selbst nehmen konnte. Dort goss Gabi sich einen Becher ein und rührte etwas Sahne hinein. Während sie in Ruhe ihren Kaffee trank, wartete sie, dass Waverly und Eve vom Waschraum zurückkamen.

Sie schlenderte in dem kleinen Gebäude umher, nahm sich Broschüren aus einem Ständer und versuchte, nicht an Luke zu denken.

Doch, sie tat das Richtige. Abstand und Muße waren jetzt wichtig. Sie musste die richtige Entscheidung treffen, aus den richtigen Gründen, und im Camp Echo Lake, wo sie sich ständig nach ihm umsah und auf sein T-Shirt und seine Jeans starrte … wo sie die Ohren spitzte, ob sie seine Stimme hörte … wo sie sich nach seinen Berührungen sehnte – im Camp Echo Lake ginge das nicht.

Gabi hatte den Kaffee fast ausgetrunken, da kamen die Mädchen von der Toilette zurück.

»Alles okay?« Gabi schaute sie aufmerksam an, ob sie vielleicht das Mittagessen nicht gut vertragen hatten.

»Bestens. Ja. Auf geht's.« Eve schlug den Weg zur Tür ein.

Als sie in den Wagen stiegen, lehnte sich Madison zu Gabi hinüber und legte die Hand auf ihren Arm, sodass sie den Zündschlüssel nicht gleich ins Schloss stecken konnte.

»Sind Sie sich ganz sicher? Denn wir können immer noch umkehren. Ich wette, Luke findet genug Arbeit für uns, dass wir eine Woche lang beschäftigt sind, und vielleicht können Sie beide dann bereinigen, was immer zwischen Ihnen vorgefallen ist.«

»Madison, da ist nichts …«

»Nicht böse sein, Gabi, aber ersparen Sie uns das.« Waverly beugte sich auch zu ihr. »Wir wissen, dass Sie beide – Sie wissen schon – zusammen waren.«

»Wir sind nur Freunde.« Gabi bekam heiße Wangen.

Sam schnaubte. »Freunde mit beson–«

»Nein.« Gabi hob energisch die Hand. »Sprich es nicht einmal aus. Lass das gefälligst. Ich tue so etwas nicht.«

»Aber … Sie haben es getan.« Madison setzte ihr schönstes Mega-peinlich-Gesicht auf. »Mehr als einmal.«

Gabi errötete. »Ehrlich gesagt, geht euch das gar nichts an.«

Eve schob sich aus ihrem Sitz und beugte sich über die Lehne vor ihr. »Eigentlich doch.«

»Wie kommst du denn darauf?«

»Tja, wir haben uns ein Ticket für vier Wochen Camp verdient. Wir haben nur drei Wochen bekommen. Sie schulden uns noch eine Woche.«

»Meinetwegen. Ich baue euch auf dem Campus ein Zelt auf.«

»Wir wollen umkehren, Gabi«, sagte Waverly. »Bitte!«

»Nein. Schluss damit. Es ist Zeit, nach vorn zu blicken und sich auf das nächste Schuljahr vorzubereiten.«

Eve ließ sich auf ihren Sitz zurückfallen. »Das ist ätzend!«

Waverly folgte ihrem Beispiel und verschränkte außerdem die Arme. »Aber so was von!«

Madison lehnte sich ebenfalls in ihren Sitz. »Na schön. Aber wenn Sie vertrocknen wie eine Rosine und eine verbitterte alte Jungfer werden – oder wie das heißt –, dann sind wir nicht schuld. Wir haben alles versucht.«

Gabi steckte den Zündschlüssel ins Schloss. »Vermerkt. Ich werde das auf meine Kappe nehmen.« Sie drehte den Schlüssel, aber sie hörte nicht das gewohnte Startgeräusch, sondern nur das Klicken der Raste im Zündschloss. Sie drehte ihn erneut und dann noch mal. Es machte nur »klick«.

Moment, das Geräusch kannte sie. So hatte es sich angehört, nachdem Luke die Batterie ausgebaut hatte.

»Mädchen?« Sie blickte in den Rückspiegel und sah vier Unschuldsgesichter. »Weiß jemand, was mit dem Transporter los ist?«

Alle vier schüttelten den Kopf. Mit Grauen entriegelte Gabi die Motorhaube und stieg aus. Sie ging nach vorn und hob die Haube hoch, dann seufzte sie und schloss die Augen. Die Batterie fehlte.

Sie zählte bis zehn, dann ließ sie die Haube zufallen. Ruhig ging sie zur Fahrertür und schob sich hinter das Lenkrad. Eine volle Minute lang schwieg sie. Dann blickte sie in den

Rückspiegel, wo ihr wieder vier Unschuldsgesichter entgegenblickten.

Dann grinste Sam. »Da war dieser Typ, der hat sie einfach ausgebaut und mitgenommen, während Sie auf der Toilette waren.«

»Jep«, bestätigte Madison. »Hab ich mit eigenen Augen gesehen. Wir konnten nichts machen.«

Gabi schaute zu Waverly und Eve. »Und warum habt ihr zehn Minuten auf der Toilette zugebracht?«

Eve zuckte mit den Schultern. »Der Fisch heute Mittag war schlecht.«

»Ihr habt Erdnussbuttersandwichs gegessen.«

»Dann waren die wohl schlecht«, meinte Waverly lächelnd.

Gabi atmete tief durch. »Wo ist die Batterie?«

»Weg.« Madison zeigte zur Parkplatzausfahrt. »Ein Müllauto hat neben uns gehalten. Das war praktisch Schicksal, wissen Sie?«

»Ihr habt die Batterie *weggeworfen?«* Gabi atmete tief ein und langsam aus. »Warum? Warum habt ihr das getan?«

Zunächst antwortete niemand. Dann beugte sich Sam nach vorn. »Weil Sie eine Idiotin sind.«

»Wie bitte?«

»Sie sind total, restlos, unerträglich in Luke verliebt, wollen das aber nicht zugeben. Also helfen wir nach.«

»Und wie helft ihr nach?« Gabis Stimme klang piepsig.

»Na ja, wir denken, das Schlimmste, was Ihnen passieren kann, ist, dass Sie sich in einer Situation wiederfinden, wo Sie hilflos sind und gerettet werden müssen.« Madison zuckte mit den Schultern. »So eine Situation haben wir arrangiert. Und jetzt arrangieren wir die Rettung.«

Sie zog ihr Handy hervor und konnte zweimal auf das

Display tippen, dann riss Gabi es ihr aus der Hand. »Wage ja nicht, ihn anzurufen.«

»Braucht sie nicht.« Sam hielt schelmisch grinsend ihr Handy hoch. »Ich habe ihm schon vor einer Stunde geschrieben, was wir vorhaben. Er ist unterwegs.«

36

»Du kannst ruhig aufhören zu lachen, Luke.« Gabi verschränkte die Arme, als er eine Stunde später die Motorhaube fallen ließ. Die nagelneue Batterie war eingebaut.

»Entschuldige.« Er grinste. »Das kann ich wirklich nicht. Also, komm schon. Sie haben die Batterie ausgebaut und in einen Müllwagen geworfen? Du musst zugeben, sie haben was drauf.«

»Wir hätten hier für Stunden festsitzen können.«

Er hielt sein Handy hoch. »Auch das haben sie bedacht. Ihr wart vermutlich noch nicht mal bis White River gekommen, da erhielt ich schon Sams Nachricht. Die Mädchen sind Planer, Gabi.«

Sie verdrehte genervt die Augen. »Ich entschuldige mich nochmals für sie. Es tut mir ehrlich leid, dass du den weiten Weg fahren musstest.«

»Mir tut das nicht leid.« Ehe sie entscheiden konnte, ob sie ihm widerstehen wollte, fasste Luke sie bei den Hüften. »Ich bin hell erfreut, dass deine treusten Freunde durchtriebene Teenager sind, die einen Wagen fahrunfähig machen und Hilfe organisieren können. Aber am meisten freut mich, dass sie nach nur drei Wochen Camp genau wussten, dass sie mich deswegen anrufen können und dass ich kommen würde.«

Sie seufzte. »Ich weiß.«

Luke hob ihr Kinn an, sodass sie gezwungen war, in seine dunkelgrünen Augen zu blicken.

»Gabriela, ich weiß, es ist dein eiserner Grundsatz, keinen

Retter in deinem Leben zu brauchen, aber tatsächlich braucht jeder einen. Sogar der heiße Camp-Leiter. Oder sagen wir mal der heiße Co-Direktor der künftigen Echo Lake School.«

Gabi saß ein Lachen in der Kehle, das sich gegen ihren Willen rausdrängte. Mit seinen Händen an ihren Hüften und beim Anblick seines Grübchens wollte sie nichts weiter, als sich an ihn zu drücken und seine Arme um sich zu spüren.

Er hob erneut ihr Kinn an. »Rate mal, was mir gerade in den Sinn kam.«

»Keine Ahnung.«

»Wir haben uns doch neulich darüber unterhalten, wie dringend du eine romantische Komödie erleben willst.«

»Das habe ich nie gesagt. Ich will nur das Happy End.«

»Tja, wir waren gerade bei der Stelle angelangt, wo alles verloren scheint, und dann hast du dramatisch die Flucht ergriffen, musstest aber unerwartet anhalten, weil deine schelmischen Teenagerinnen beschlossen hatten, das Denken für dich zu übernehmen, weil sie wussten, dass du im Grunde deines Herzens mit dem Mann aus Echo Lake zusammen sein willst.« Er warf die Hände in die Luft. »Wir haben es geschafft! Wir haben eine romantische Komödie erlebt!«

Gabi lachte. Sie konnte nicht anders. »Und wie geht es weiter, heißer Camp-Leiter?«

»Die nächste Szene ist einfach.« Er lächelte. »Jetzt kommt der verheißungsvolle Kuss. Wir küssen uns und ignorieren völlig, dass wir auf dem Parkplatz einer gut besuchten Raststätte stehen, und die Kameras schwenken herum und zeigen das idyllische Panorama von Vermont, wo man gleich einen großen weißen Pick-up auf der Stelle kehrtmachen und nach Echo Lake zurückfahren sieht, und das Publikum weiß, es ist nur eine Frage der Zeit, bis der Held die Heldin überzeugt hat, ihrem Herzen zu folgen und dortzubleiben.«

»So einfach ist das, hm?« Gabi lächelte, aber das nervöse Flattern im Magen setzte wieder ein.

Luke wurde ernst. »Nein. Es ist überhaupt nicht einfach. Das wird harte Arbeit, und wir werden ab und an verschiedener Meinung sein und uns vielleicht auch mal streiten. Aber verdammt, Gabriela, zwischen uns, das ist echt. Du weißt das, und ich weiß das.« Er senkte den Kopf, und ehe sie ausweichen konnte, küsste er sie sanft auf den Mund. »Komm zurück nach Echo Lake, Gabi. Komm zurück, dann können wir zusammen etwas Fantastisches aufbauen.«

Sie sah in seine Augen, bei deren Blick ihr warm wurde, und auf seine Lippen, die genau das Richtige sagten, und sie wusste, sie hatte wirklich keine andere Wahl. Sie wusste, dass sie sich insgeheim auch über die Mädchen freute, weil sie es auf sich genommen hatten, ihre Heimfahrt zu verhindern, in der Hoffnung, an den Ort zurückzukehren, den sie vor drei Wochen noch verabscheut hatten.

Ja, sie musste zurückfahren. Sie musste dem eine Chance geben. Wenn das, was sie für Luke empfand, nicht echt war, dann war es auch nichts anderes auf der Welt. Sie würde sich ewig hassen, wenn sie es nicht versuchte.

Sie nickte langsam und sah dabei, wie sich pure Freude in seinem Gesicht ausbreitete. »Ich muss völlig verrückt sein, aber ich sage Ja.«

»Das ist in Ordnung.« Er drückte sie an sich. »Mit völlig Verrückten kann ich umgehen.«

»Bist du dir sicher?« Sie sah ihn forschend an. »Wirklich ganz sicher?«

Luke legte die Hände an ihre Wangen, so sanft, als wäre sie aus Glas. »Ich war mir noch nie im Leben einer Sache so sicher, Süße. Wenn im nächsten Wagen ein Pfarrer säße, würde ich ihn sofort fragen, ob er uns traut. Hier und jetzt.«

»Gütiger Himmel, Luke.« Sie lachte nervös.

»Aber es ist okay, dass du noch nicht so weit bist.« Er zwinkerte. »Ich kann absolut noch ein oder zwei Wochen warten.«

»Das ist … sehr großzügig.«

Er schob eine Hand in ihre Haare, die andere um ihre Taille und lächelte geheimnisvoll. »Also bist du bereit?«

»Bereit wofür?«

Er deutete mit dem Kopf zur Seite. »Ich denke, unsere kleinen Ehestifterinnen warten auf das Ende.«

»Das Ende?«

»Des Films. Auf den großen Kuss. Die anschwellende Musik.« Er schüttelte den Kopf. »Du weißt schon.«

Lächelnd legte Gabi die Hand um seinen Nacken und spürte, dass sie das Richtige tat.

»Okay«, flüsterte sie. »Der verheißungsvolle Kuss. Ich bin bereit.«

Er berührte ihren Mund mit seinen Lippen – sanft und süß, als wären sie allein … so als würden keine Autos hinter dem Grasstreifen eines Highways an ihnen vorbeirauschen. Und sie schmiegte sich an ihn, als ob da nicht vier Teenager-Mädchen jubelten und klatschten.

Lächelnd löste er seine Lippen von ihren. »Ich liebe dich, Gabriela. Und das ist keine Drehbuchzeile mehr. Das spricht mein Herz.«

Gabi lachte, und das nervöse Flattern legte sich zum ersten Mal, seit er mit seinem alten Pick-up, der so gut zu ihm passte, auf den Parkplatz eingebogen war.

»Weißt du was?« Sie schüttelte den Kopf, als könne sie selbst nicht glauben, dass sie das jetzt sagte. »Es lässt sich nicht leugnen … ich liebe dich auch.«

Epilog

»Oh, Gabi. Das ist perfekt.« Piper standen Tränen in den Augen, als sie um Gabi herumging und die Lagen weißer Seide zurechtzupfte. »Das ist genau das richtige Kleid für dich.«

Gabi sah in den Spiegel, drehte sich nach links und rechts, um es von allen Seiten zu betrachten. Es war atemberaubend. Absolut fantastisch.

Laura erhob sich von dem schicken Ohrensessel in der Ecke, und Gabi fasste sich gerührt ans Kinn, als sie sah, dass auch die alte Dame Tränen in den Augen hatte.

»Oh, Gabriela.« Langsam ging sie um sie herum, berührte die Perlen, die Spitze, die Seide. »Ich hätte nicht gedacht, dass ich mal so stolz sein würde wie in dem Moment, als Sie zugestimmt haben, mein Kleid zu tragen. Und wenn ich Sie jetzt darin sehe, freue ich mich riesig. Sie sehen … so schön aus.«

Gabi umarmte sie. »Danke, dass Sie das sagen. Und danke, dass Sie mich gebeten haben, Ihr Kleid zu tragen. Sie ahnen nicht, wie viel mir das bedeutet.«

»Nun, das schien mir nur angemessen, da ich für mich eine gewisse Urheberschaft an dieser Hochzeit in Anspruch nehme.« Laura lächelte. »Und ich hoffe, Sie führen eine so lange und glückliche Ehe wie ich. Ich habe keine Tochter, an die ich das Kleid weitergeben könnte.« Laura drückte Gabi an sich. »Danke, dass Sie es tragen.«

Piper trocknete sich die Augen mit einem Taschentuch, und Gabi konnte förmlich sehen, wie sie beschloss, sich nun zusammenzureißen.

»Hannah hat gerade geschrieben, dass sie gleich hier ist.«

Lächelnd dachte Gabi an die blonde Besitzerin von Hannah's Hair Palace, die stets nur in zwei Geschwindigkeiten arbeitete: schnell und superschnell. Im Laufe des Jahres hatte Gabi sich mit ihr angefreundet. Zum ersten Mal in ihrem Leben hatte Gabi einen Freundeskreis, den sie länger als ein Semester behalten wollte. Sie fragte sich jetzt, wieso sie zuvor nicht auf den Gedanken gekommen war, dass Luke einen festen Freundeskreis haben könnte, den er nur zu gern mit ihr teilen würde.

Eine Stunde später drehte Hannah sie zum Spiegel hin, und Gabi keuchte überrascht. Sie hatte eine weiche Hochsteckfrisur mit ein paar losen Strähnen, die ihre Wangen umspielten. Hannah hatte sie auch geschminkt, und Gabi war begeistert von dem Ergebnis.

»Hey, ihr beiden!« Sie sah sich nur noch durch einen Tränenschleier. »Ich sehe aus wie … eine Braut!«

Piper, die das gleiche dunkelblaue trägerlose Kleid wie Hannah trug, tupfte sich erneut die Augen. »Das tust du, Liebes. Luke wird umkippen, wenn er dich so sieht.«

Die Türglocke des Salons klingelte, und Laura schaute auf ihre Uhr. »Wer kann das sein?«

Piper ging hinüber, um nachzusehen. Währenddessen bauschte Gabi ihren Rock vor dem Spiegel noch einmal auf und wünschte, sie würde bereits den Mittelgang hinunterschreiten. Sie lächelte, als Piper mit einer Schachtel zurückkam und sie überrascht ansah.

»Was ist das?«, fragte Gabi.

»Keine Ahnung.« Piper gab es ihr.

Gabi erkannte Lukes Handschrift darauf, und mit einem glücklichen Seufzen öffnete sie die Schachtel. Dann lachte sie schallend, als sie begriff, was darin lag.

»Was ist es?« Hannah beugte sich über ihre Schulter, dann lachte sie auch. »DVDs?«

Piper schaute auch in die Schachtel. »Gütiger Himmel, das sind mindestens zwanzig. Hat Luke noch nichts von Streamingdiensten gehört?«

Gabi lächelte nur und nahm eine DVD heraus. *»Pretty Woman.«* Sie legte sie zurück und nahm eine andere in die Hand. *»Schlaflos in Seattle.«* Ihr Lächeln wurde breiter, während sie eine romantische Komödie nach der anderen hervorholte. *»Dirty Dancing. Tatsächlich Liebe. Selbst ist die Braut.«*

Sie fasste sich an die Wange. »Wie habe ich je an dem Mann zweifeln können?«

Piper lachte. »Verspricht er etwa, die alle mit dir zu gucken? Denn damit wäre die Sache wirklich geritzt.«

»Oh, darauf kannst du wetten.« Gabi hörte auf, sich die DVDs anzusehen, und tastete am Boden der Schachtel, wo sie einen cremeweißen Umschlag mit goldener Beschriftung fand.

»Warum hat er eine von euren Hochzeitskarten reingelegt?«, fragte Hannah.

»Mal sehen.« Lächelnd öffnete Gabi den Umschlag, dann sank sie auf das antike Sofa und las, was er auf die Karte gedruckt hatte.

Piper setzte sich neben sie. »Was steht da?«

Gabi lachte leise und wischte sich die Tränen aus den Augenwinkeln. »Wenn man begriffen hat, dass man den Rest des Lebens zusammen verbringen will, dann will man, dass der Rest des Lebens so schnell wie möglich beginnt. *Harry und Sally*, 1989.«

»Ach. Er zitiert aus einer romantischen Komödie?«

»Oh ja.«

Laura zog die Vorhänge beiseite. »Ich glaube, wir werden abgeholt, Ladys. Gabi? Bist du bereit für den Bräutigam?«

Gabi schaute nach draußen zu dem weißen Wagen, dann auf Lukes Worte und dann zu den drei Frauen, die sie vor einem Jahr noch kaum gekannt hatte, und strahlte übers ganze Gesicht.

»Nichts lieber als das.«

Piper hielt ihr die Tür auf, als sie das Brautzimmer verließ. Auf Zehenspitzen tippelte sie zum Wagen und gab dem Fahrer einen Kuss auf die Wange.

»Zu Ihren Diensten, Ma'am.« Noah verneigte sich lächelnd und hob Gabis Schleppe hinter ihr in den Wagen. »Ich soll dafür sorgen, dass sich die Braut nicht vor der Hochzeit aus dem Staub macht. Das ist offenbar wichtig.«

Er schloss die Tür und ging um den Wagen herum zur Fahrerseite. Fünfzehn Minuten später holperte der Wagen die ungepflasterte Allee zum Camp Echo Lake entlang. Rechts und links standen geparkte Autos, und Gabi wurde langsam nervös.

»Wer hat die vielen Leute eingeladen?« Ihre Stimme schwankte, und Piper nahm ihre Hand.

»Du. Und alle haben zugesagt.«

Schließlich parkte Noah den Wagen und half ihnen beim Aussteigen. Er bot beiden Damen einen Arm, und so gingen sie den Weg hinauf zum Speisesaal. Es war ein schöner Herbstabend, und das ganze Camp war von tausend weiß funkelnden Lichterketten erleuchtet. Es sah märchenhaft aus.

Die neuen Schulgebäude waren auf der Hügelkuppe hinter Lukes Hütte zu sehen, alle neu erbaut aus dem Holz der umliegenden Wälder. In nur zwei Wochen würden die ersten fünfzig Schüler eintreffen, und Gabi und Luke hatten von morgens bis abends gearbeitet, um das zu ermöglichen.

Aber heute Abend? Heute Abend ging es nur um sie beide.

»Nun, Ms O'Brien«, sagte Oliver hinter ihr. »Darf ich Sie zu Ihrer Hochzeit geleiten?«

Gabi wandte sich ihm zu, doch anstatt ihr den Arm zum Unterhaken zu bieten, breitete er die Arme aus. Lachend warf sie sich in seine Umarmung, und sie kippten beinahe um.

»Unglaublich, dass ihr beide das geschafft habt. Sieh nur, wie das Camp jetzt aussieht!«

Überall Lichterketten auf den Hüttendächern und entlang des Verwaltungsgebäudes und sogar entlang des Anlegers. Sie zeigte zu den Strandsesseln am Ufer, an denen rosafarbene Glühbirnen leuchteten.

»Sieh mal, die Adirondacks!«

Oliver lächelte. »Wir hatten beim Schmücken ein wenig Hilfe.«

Gabi drehte sich einmal im Kreis. »Dass ihr das alles an einem Nachmittag geschafft habt! Ich war ja nicht mal vier Stunden weg.«

»Tja, wenn man die besten Kräfte anheuert …«, sagte eine vertraute Stimme hinter der Limousine, und Gabi erfasste pure Freude, als sie sah, wer da in den Lichtschein trat: Sam. »Wir sind mädchenhaft und hübsch, aber auch Arbeitstiere, stimmt's, Oliver?«

Gabi zog das Mädchen lächelnd in die Arme. »Danke, Sam. Es sieht fantastisch aus.«

»Ich hatte ein paar Helfer.« Sam zeigte zu einem anderen Auto. »Kommt, Mädels, zeigt eure hässlichen Gesichter.«

Die Tür ging auf, und Gabi quietschte vor Freude, als Eve, Waverly und Madison ausstiegen, und plötzlich liefen ihr die Tränen über die Wangen und ruinierten vermutlich ihr Make-up, aber sie umarmte alle drei stürmisch.

»Wie wunderbar, dass ihr hier seid! Aber wie –«

Sam grinste. »Da nicht jeder so wie ich das Glück haben kann, hier zu leben, haben wir sie abgeholt.«

»Wer?«

»Luke und ich. Heute Morgen.«

Gabi stutzte. »Also war er gar nicht weg, um Besorgungen zu machen … offenbar.«

»Nö. Er war schon halb in Massachusetts, bevor Sie aufgewacht sind.« Sam drückte ihre Hände. »Er wusste, Sie würden uns alle dabeihaben wollen.«

Waverly zog sich lächelnd das Kleid zurecht. »Vor allem sind wir ja quasi daran schuld, dass Sie beide jetzt heiraten. Wenn wir nicht den nächtlichen Ausflug zur Pendleton unternommen hätten, hätten Sie Ihren Traummann nicht kennengelernt.«

»Ja.« Madison lächelte herzlich. »Gern geschehen, Gabi. Und sehen Sie mal, was wir uns ausgedacht haben.«

Sie zeigte an Oliver vorbei. Dort saßen ganz brav Lukes Hunde mit blauen Schleifchen am Hals. Gabi lachte, als sie am Halsband die Schachteln mit den Ringen entdeckte.

»Ihr habt Wuschel und Puschel in den Kreis der Brautjungfern aufgenommen?«

Sam griff nach den Hundeleinen. »Das schien doch passend.«

Oliver deutete zum Speisesaal. »Ladys? Ich denke, die Gäste warten auf uns und ein sehr nervöser Bräutigam.«

Gabi holte tief Luft und schaute den Weg entlang, den ebenfalls Lichterketten säumten. Die Mädchen und die Hunde gingen bereits auf das Gebäude zu, und als die Tür hinter ihnen zufiel, bot Oliver der Braut seinen Arm, damit sie sich unterhakte.

»Wollen wir, Gabriela?«

Sie hakte sich ein, betupfte sich rasch die Augen und

strahlte vor Freude. »Und ob, Oliver. Lassen wir ihn nicht länger warten.«

Um Mitternacht stand Gabi auf dem Anleger unter den funkelnden weißen Lichtern mit dem Rücken an Luke geschmiegt.

»Bist du glücklich, Gabriela?«, fragte er leise an ihrem Ohr, was ihr wohlige Schauder durch den Körper jagte.

»So glücklich, wie man nur sein kann.« Sie drehte sich lächelnd zu ihm um. »Und du?«

»Ich bin der glücklichste Mann der Welt.« Er küsste sie zärtlich und strich ihr mit den Fingerspitzen die Haare aus der Stirn.

»Also ist das jetzt der beste Teil der romantischen Komödie, wo du die superkitschige Liebesbekundung aussprichst und dann ausgeblendet wird?«

»Absolut.«

»Okay.« Sie lächelte. »Ich bin bereit.«

»Okay.« Er nickte und schien sich auf etwas zu besinnen. »Ähm, okay. Ooh … ›*Mein Baby gehört zu mir*‹?«

Sie lachte. »Ähm …«

»Vervollständigst du das Zitat? ›*Du hattest mich bei Hallo*‹?« Er runzelte die Stirn. »Kommt da nichts?«

»Hm, nein.«

»Oh, jetzt hab ich's. Das Beste von allen.«

»Da bin ich gespannt.«

Er verschränkte die Finger mit ihren und zog sie näher an sich heran. »Sag, du liebst mich, Gabriela.«

»Du liebst mich, Gabriela.« Sie biss sich auf die Lippe, dann quiekte sie, weil er sie kitzelte. »Schon gut, schon gut. Ich liebe dich.«

Er holte tief Luft, als würde er gleich die unglaublichste

Zeile der Filmgeschichte zu Gehör bringen, umfasste ihr Kinn und blickte ihr so ernst in die Augen, dass sie den Atem anhielt.

Dann flüsterte er: »Dito.«

Danksagung

In einem arbeitsreichen Jahr voller Aufregung und Chancen ist es mir eine große Ehre, folgenden Personen für ihre Hilfe bei diesem Buch zu danken:

Meiner Lektorin Holly Ingraham – für ihre Freundlichkeit, ihren Humor und ihren aufmerksamen redaktionellen Blick. Es hat großen Spaß gemacht, Echo Lake mit Ihnen lebendig werden zu lassen.

Meiner Agentin Courtney Miller-Callihan – es war ein Glück und eine Freude, Teil des neuen Projekts von Team Courtney zu sein.

Dem gesamten St. Martin's Team für das hinreißende Cover, die enorme Liebe zu Büchern und dafür, dass ich mich immer willkommen gefühlt habe.

Meiner kritischen Partnerin und außergewöhnlichen Cheerleaderin Jennifer Brodie – weil sie einfach unbeschreiblich toll ist. Immer.

Meinen Häschen – für fünf wunderbare Jahre voller Was-wäre-wenn-Momente.

Markus B – weil er sein Fachwissen über gefährdete Teenager und Erlebnispädagogik großzügig geteilt hat. Und weil er mich zum Klettern mitgenommen und mich nicht fallen gelassen hat, selbst als ich ihn sehr in Versuchung brachte.

Den Männern meiner Familie, die mich zu den Helden meiner Bücher inspirieren. Ihr seid die wahren Helden.

Vor allem meinen Mädchen, weil es wahrlich kein größeres Geschenk gibt als euch.